Die betörende Last des Schönen

Das Buch

1918 emigriert Etsuko Sone mit ihrem Mann Tadoa von Kobe nach Seattle. Er ist Drachenbauer und träumt von einer Karriere bei Boeing; stattdessen findet er Arbeit auf einem Fischerboot – und geht mit ihm unter. Einige Jahre später stirbt Etsukos Schwester Naomi im Kindbett, und Etsuko kümmert sich liebevoll um die kleine Hanae. Als diese sechs Jahre alt ist und in den USA die antijapanischen Ressentiments wachsen, kehrt Etsuko mit dem Kind nach Japan zurück, wo Hanae traditionell erzogen werden soll. Das bedeutet für Etsuko aber auch, erstmals im Haushalt ihrer eigenen Mutter Chie zu leben, die Etsuko damals gleich nach der Geburt weggegeben hat. Während die beiden Frauen sich – jede auf ihre Weise – der Erziehung Hanaes widmen, verändert sich Japan in rasanter und bedrohlicher Weise. Etsuko und Chie wird allmählich bewußt, daß sie vielleicht mehr verbindet als trennt …

Die Autorin

Lydia Minatoya ist promovierte Psychologin und Therapeutin. Nachdem sie zwei Jahre lang an Universitäten in Japan und China gelehrt hat, lebt sie heute mit ihrem Mann und zwei Kindern in Seattle. Für ihr autobiographisches Werk *Talking to High Monks in the Snow* erhielt sie zahlreiche Literaturpreise.

Lydia Minatoya

Die betörende Last des Schönen

Roman

Aus dem Englischen
von Marion Balkenhol

List Taschenbuch

Besuchen Sie uns im Internet:
www.list-taschenbuch.de

Umwelthinweis:
Dieses Buch wurde auf chlor- und säurefreiem Papier gedruckt.

List Verlag
List ist ein Verlag des Verlagshauses Ullstein Heyne List GmbH & Co. KG
1. Auflage Dezember 2002
Deutsche Erstveröffentlichung in der Reihe List GRANDE, 2000

Titel der amerikanischen Originalausgabe: The Strangeness of Beauty
(Simon & Schuster, New York)
Übersetzung: Marion Balkenhol
Redaktion: Maria Buchwald
Umschlagkonzept: HildenDesign, München – Stefan Hilden
Umschlaggestaltung: Hauptmann und Kampa Werbeagentur, CH-Zug
Titelabbildung: Eberhard Grames, Kleve
Druck und Bindearbeiten: Ebner & Spiegel, Ulm
Printed in Germany
ISBN 3-548-60272-X

In Liebe
für Emiko und Seiji

1. Kapitel

November 1922

Angeblich sind sechzig Prozent aller Japaner ständig damit beschäftigt, einen Roman zu schreiben. Einen autobiographischen, versteht sich.

Dieses Phänomen ist zwar von der Form her nicht neu (der autobiographische Roman ist eine alte Kunstform), um so mehr aber in seiner Intensität. Es existiert sogar ein Ausdruck dafür: *shi-shosetsu*, die »Ich-Geschichte«.

Kritiker haben die Beweggründe für die laienhafte Ich-Geschichte in Frage gestellt. Allzuoft scheint sie einfach sinnlos zu sein. Warum arbeiten so viele Menschen so lange an einem Roman, den niemand außer ihnen selbst je zu Gesicht bekommt? Begründen läßt sich das vielleicht mit dem gesellschaftlichen Umbruch während der beiden letzten Kaiserreiche, bei dem plötzlich einsetzender übertriebener Bildungseifer (fortschrittliche Einstellungen in Kunst und Wissenschaft) auf einen Mangel an Einrichtungen traf, so daß eine Nation, die an das Verfassen von Haikus gewöhnt war, völlig aus dem Häuschen geriet.

Die Theorie besagt, das Selbstbewußtsein der Moderne sei in Japan auf die Tradition der Zurückhaltung gestoßen – auf das Gefühl, andere nicht mit den eigenen subjektiven Erfahrungen belasten zu können – und habe ein Volk geschaffen, in dem der Bekenntniseifer geradezu wütet.

Das könnte stimmen. Es gibt offenbar nur wenige Völker, die so darauf bedacht sind, verstanden zu werden, wie die Japaner.

Außer den Amerikanern vielleicht.

Doch ich weiche vom Thema ab. Das hier ist natürlich meine Ich-Geschichte.

Etsuko Sone *Seattle, Washington*

Ich kann mir nicht vorstellen, daß Hanae ihre Geburt schön fand. Durch eine enge Röhre gepreßt zu werden, die sich immer wieder zusammenzieht, ist eine Erfahrung, die man im günstigsten Fall noch als aufreibend bezeichnen könnte. Man hört den Atem der Mutter, dessen gleichbleibender Rhythmus monatelang so beruhigend gewesen war, plötzlich unregelmäßig und stoßweise und spürt, wie ihr Herzschlag schwankt. Nein, das hat meiner Nichte gewiß nicht gefallen.

Vielleicht hielt sie sich aus diesem Grund zunehmend zurück und beteiligte sich immer weniger. Es wollte ihr nicht gelingen, sich für das, was man Leben nennt, zu interessieren.

Doch ihre Mutter war stark. Sie stieß ihr Kind hinaus. Sie öffnete sich weit, und Hanae glitt in meine kalten, zitternden Hände.

Helle, salzige Schlieren aus Blut und Fruchtschmiere kitzelten Hanae an den Nasenflügeln. Sie holte tief Luft und nieste.

»Mein Kind!« rief Naomi.

Mit einer Mischung aus Achtung und Angst warf ich Naomi einen kurzen Blick zu. Wer war dieses neue Wesen, das man Mutter nannte? Verschwitzt und animalisch, wie sie war, hatte sie keine Ähnlichkeit mehr mit meiner kleinen Schwester.

Hanae jedoch erkannte ihre Mutter sofort und begann zu zappeln. Das war die Stimme, die gesungen und geflüstert, die ihr heimliche Hoffnungen und Wünsche anvertraut hatte. Das war die Stimme, die ihr nächtelang buddhistische Sutras, die *Geschichte aus zwei Städten* und *König Lear* vorgelesen hatte, um das moralisch Gute in ihr zu wecken.

Dennoch habe ich verabsäumt, Kind und Mutter zusammenzuführen, denn ich schlug Hanae hastig in weiche Tücher ein und brachte sie in die andere Ecke des Zimmers.

»Mein Kind, mein Kind!«

Es sah aus, als verfolge Hanae mit den Augen Naomis dünne, blasse Hände, die schwach winkten. Waren das die Hände, die sie beruhigt hatten, als sie noch im Mutterleib war? Die sie gestreichelt hatten, wenn sie unter Schluckauf litt? Die sie sanft wieder zurückgeschoben hatten, wenn sie zu heftig um sich getreten und ihrer Mutter eine knochige Ferse unter die Rippen gestemmt hatte?

Diese Hände griffen jetzt mit mütterlichem Hunger ins Leere, dieser Mund öffnete sich mit gierigem Verlangen.

Und Hanae *wollte* verschlungen werden und in die Geborgenheit jenes Leibes zurückkehren. So wie der Wolf sich vom Mond angezogen fühlt, lockte Hanae die Stimme der Mutter.

Sie pumpte Luft in die Lunge und begann zu wimmern.

Ein Zeichen des Himmels

Akira Shinoda war vierundzwanzig, ein gutaussehender, gewissenhafter junger Zahnarzt und Vater dieses Kindes. Nachdem sich die Wogen geglättet hatten, nachdem Hanae den Kopf allein halten konnte und nachts durchschlief, sprach ich ihn an. Ich wollte mit ihm über die Geburt reden. »Woran kannst du dich erinnern?« fragte ich ihn.

»An eine kundige Hebamme, eine rasche Niederkunft und an das Ergebnis: ein gesundes Kind.«

Doch ich blieb vor ihm stehen – ich trug nichts auf den Armen, wiegte mich aber unbewußt hin und her, als müßte ich ein unruhiges Kind besänftigen –, und Akira spürte, daß er mich nicht einfach beiseite schieben konnte, sondern verpflichtet war, mir zu antworten.

Daher legte er den medizinischen Text, in dem er gerade gelesen hatte, vor sich auf den Tisch und stellte die Frage, die ich seiner Meinung nach hören wollte.

»Woran kannst *du* dich denn erinnern?«

Viel später erst, als es still im Haus war, antwortete er auf meine Frage, die ich vor lauter Erleichterung darüber, meine

Geschichte loszuwerden, vergessen hatte. Die Frage, woran er sich erinnerte.

Es war Sonntag, der 23. Oktober 1921. Naomi schlief bis mittags. Akira hantierte ungeschickt in der Küche herum und versengte beim Anzünden des Herdes ein Geschirrtuch.

Als sie den angebrannten Reis und die wäßrige Misosuppe sah, die er zubereitet hatte, lachte Naomi. Ein Frühstück, das bereits kalt geworden war. Sie zog ihn am Ärmel, bis er zu ihr aufs Bett sank, und wand ihm die Brillenbügel hinter den Ohren hervor.

Kurz darauf stand sie am Fenster, bürstete sich die Haare und betrachtete den Mount Rainier. Ohne die sonst übliche Wolkendecke war der hohe Berg verblüffend nahe gerückt.

»Rainier-san ist draußen.«

Akira schaute ihr über die Schulter. Dreistöckige Holzbauten standen dicht nebeneinander an der Jackson Street bis zum Kamm hinauf. In den Furchen des Gehwegs sammelten sich abgestorbene, trockene Blätter.

Wie eine Karikatur des Fudschijama schwebte der Mount Rainier über Okis Café We Never Close.

Akira runzelte die Stirn. Sie lebten in Nihonmachi, der Japantown von Seattle. Ein sonderbares Viertel zwischen den Kulturen: tagsüber voll mit amerikanischen Produkten – quietschenden Zügen, die schnaufend in der King's Street Station ein- und ausfuhren, den Lieferwagen von Uchidas Wäscherei Uncle Sam oder Katos Eiswagen, der über das holprige Kopfsteinpflaster rumpelte. Kleine japanische Schulschwänzer in Knickerbockern und Schlägermützen drehten Milchkreisel und spielten Murmeln. In der Dämmerung aber wurde Nihonmachi von Japan überflutet: Laternenlicht, der Duft von Sojasoße und japanischen *soba*, die zum Trocknen aus den Fenstern im ersten Stock wehten, und der friedliche Anblick von Nachbarn, die auf dem Heimweg von den öffentlichen Bädern waren. Leise lachend huschten die frisch Gebadeten in Strohsandalen mit Zehenriemen und Baumwollkimonos über unglaublich breite Straßen, die entweder amerikanische Namen trugen (Main Street, Jackson Street, King Street) oder nach Nummern eingeteilt waren (sechste bis zwölfte). Noch später dann, wenn es am südlichen Rand von Nihonmachi auf Mitternacht zuging – die einzige Zeit, zu der Weiße überhaupt in unseren Teil der Stadt kamen –, veränderte sich die Stimmung, und man wandte sich schnelleren, dunkleren Geschäften zu: Spielhöllen hinter verschlossenen Türen, Messerstechereien an Tischen, auf denen Siebzehnundvier und Ma-Jongg gespielt wurde; hastig abgewickelte Prostitution.

Akira fuhr sich mit der Hand über die Stirn. Obwohl Naomi in Nihonmachi glücklich war, löste der Gedanke, seine Braut an einen so schäbigen Ort gebracht zu haben, Schuldgefühle in ihm aus.

»Sieh dir nur an, wie eilig es diese Schlawiner haben.«

Kichernd verfolgte Naomi die Blätter und sah zu, wie sie dem Besen auswichen, den Kozawa, der Friseur, schwang.

Sie drehte sich zu ihrem Mann um. »Ich weiß was. Laß uns das Herbstlaub ansehen gehen!«

Akira betrachtete seine neunzehnjährige Frau und sah hinter der Schönheit ihres ruhigen, ovalen Gesichts die Mühe, die es sie kostete, ein Kind auszutragen. Naomis Beine waren geschwollen, ihr Blutdruck erhöht. Die Schwangerschaft war nicht leicht gewesen.

»Nein«, sagte er. »Du stehst kurz vor der Niederkunft.«

Aber sie lächelte nur über seine Strenge.

»Nur zur Universität«, drängte sie ihn. »Bald werden wir dazu keine Zeit mehr haben.«

Akira band sich einen Schlips unter den gestärkten, hohen Kragen seines weißen Hemdes. (In Japan hieß ein fortschrittlicher junger Intellektueller tatsächlich *hakara*, abgeleitet vom englischen »high collar«.) Dann zog er sich Weste und Jackett seines grauen Dreiteilers über.

Naomi wählte ein taubenblaues Kostüm mit langem Rock

(die für gewöhnlich taillierte Jacke fiel von einer Passe in weichen Falten herab), dazu hohe schwarze Schuhe und einen breitrandigen Hut.

Akira reichte ihr den Arm und achtete sorgsam auf jeden ihrer Schritte, während sie die schmale Treppe von ihrer Wohnung im ersten Stock hinuntergingen.

An der Ecke Main Street–Occidental Avenue stiegen sie in eine Straßenbahn. Auf der oberen Stufe ließ Akira zwei Münzen in den durchsichtigen Behälter fallen und sah zu, wie der Fahrer einen Hebel umlegte. Das Geld verschwand, und er lauschte auf das Klicken der Münzen, die gleich richtig sortiert wurden.

Die halbe Straßenbahn war bereits voller Japanoamerikaner, die einen Sonntagsausflug machten. Die meisten verhielten sich wie in einer japanischen Straßenbahn: anonym, wie es sich gehörte; man nickte, wenn jemand einstieg, den man kannte, sprach ihn jedoch nicht an, weil man in dieser Massengesellschaft das Bedürfnis nach Distanz respektierte.

Kurz darauf schmiegte sich Naomi an Akiras Schulter.

»Hör dir das alte Ehepaar an«, flüsterte sie ihm zu.

Er mußte nicht lange nach den beiden suchen. Das Ehepaar – beide vielleicht Ende Fünfzig, in abgetragener Ausgehkluft – zankte sich auf japanisch.

Selbst nachdem Akira sie entdeckt hatte, fiel es ihm schwer, Naomis Aufforderung nachzukommen. Flüchtig schoß ihm der Gedanke durch den Kopf »der alte Mann braucht eine Zahnprothese«, und er vermochte ihrer Unterhaltung nicht zu folgen.

»Sind sie nicht reizend?«

In dem Bestreben, ein guter Ehemann zu sein, gab Akira sich einen Ruck und konzentrierte sich auf den Dialog.

»Fahr mit dem Bus nach Norden bis zur Pike Street«, rief die untersetzte Frau. »Dann nimmst du die Linie von der Pike nach Osten. Das ist der kürzeste Weg zum Markt.«

»Nein, nein!« entgegnete der Mann und wedelte ablehnend mit den dünnen Ärmchen. »Da ist viel zuviel Verkehr. Steig an der Yessler aus, und geh zu Fuß zur ersten, am Ufer entlang.

Und *zooto*!« – der Mann hatte heftig mit der Zunge geschnalzt – »bist du da.«

»Na schön, dein Weg mag zwar schnell sein«, maulte die Frau, »aber er führt an der gesamten Fischereiflotte vorbei.« Sie faltete die verwitterten Hände im breiten Schoß und schnaubte triumphierend. »Auf deinem Weg stinkt es!«

»Was ist denn so reizend an ihnen?« beschwerte sich Akira flüsternd bei Naomi. »Das ist doch albern. Wir sind schon an der Yessler und auch an der Pike vorbei; es liegt auf der Hand, daß sie nicht die Absicht haben, zum Markt zu gehen. Und außerdem – sieh dir doch ihre Kleidung an. Es sind Bauern. Wahrscheinlich von Bainbridge Island. Ich wette, sie gehen seit mindestens fünfzehn Jahren zweimal in der Woche auf den Markt!«

»Und hatten jedesmal denselben Streit«, kicherte Naomi.

»Sie sollten sich einmal selbst hören«, murmelte Akira ungnädig. »So disharmonisch. Eine Schande ist das.«

»Nein«, erwiderte Naomi mit fester Stimme. »Es ist keine Schande.«

Sie sah das Paar liebevoll an.

»Hör zu, Akira«, sagte sie leise, wie eine Mutter, die ihr Kind in die Geheimnisse des Lebens einweiht. »Aus ihrem Streit klingt die Melodie der Ehe.«

Akira hielt inne. Jetzt kabbelte sich das Ehepaar um die Frage, ob der Mann seinen Pullover anziehen sollte oder nicht.

»Das nennst du eine Melodie?«

»Sicher«, sagte Naomi. Sie hörte eine Zeitlang zu und lächelte. »Es ist eine Mischung aus Bindung und Unabhängigkeit, die nicht immer glattläuft.«

»Aber in aller Öffentlichkeit? Es hört sich so albern an!«

»Für ein Ehepaar ist das wie eine Schallplatte, die im Hintergrund abläuft, ein bißchen verkratzt vielleicht, aber eine Melodie, die sie immer wieder abspielen.«

Akira schenkte Naomi einen anerkennenden Blick. Unter den bodenständigen Pionieren von Japantown hatte diese Art Einblick – neben ihrer Schönheit und ihrer vornehmen Abstammung aus einer Samurai-Familie – Naomi den Ruf eingetragen, etwas zu vergeistigt zu sein.

Akira jedoch fand sie überaus weise.

Er deutete auf das alte Paar.

»Glaubst du, mit uns wird es auch einmal soweit kommen?« fragte er scherzhaft.

Naomi lachte warmherzig.

»O Akira! Wir sind doch schon längst soweit!«

Die Straßenbahn fuhr nach Osten, vorbei an großen Häusern am See. Am Madison Park rechten japanische Hausangestellte – alte Männer mit blinkenden Brillen – langgestreckte, sanft abfallende schattige Rasenflächen.

Der Himmel zog sich immer mehr zu. Nur hin und wieder drangen noch ein paar wärmende Sonnenstrahlen durch die Wolkendecke.

Als sie an der Universität eintrafen, sah Akira, daß Naomi müde war. Beim Anblick des Herbstlaubs jedoch erwachten ihre Lebensgeister wieder.

Sie raschelte mit den Füßen durch den herrlichen Blätterteppich. Da ihr Leibesumfang sie daran hinderte, sich zu bücken, ließ sie sich von Akira einen Strauß mit den leuchtendsten Farben zusammenstellen. Sie fächerte das Laub auf und betrachtete es wie ein ausnehmend gutes Blatt beim Kartenspiel.

Der Duft nach Röstkastanien wehte zu ihnen herüber.

Als wolle sie ihm etwas mitteilen – wie sonst auch, wenn sie seine Hand auf ihren Bauch legte, in dem das Kind sich bewegte –, drehte Naomi Akiras Kopf in Richtung der viereckigen Rasenfläche.

»Schau.« Sie lächelte.

Zwischen gotischen Steingebäuden scherzten die ersten paar japanoamerikanischen Collegestudenten – gekleidet in Flanellhosen und weiße Unipullover – in akzentfreiem Englisch miteinander und spielten Fußball.

»So sieht die Zukunft aus«, prophezeite sie.

Doch seine Augen sahen nur Naomi.

Der Himmel hatte sich verändert. Die Sonne schien schräg durch die Äste und liebkoste Naomis Schultern und Haare.

Still und zufrieden, erfüllt von Mysterien und vor Glück strahlend, leuchtete sie wie ein Renaissancegemälde.

In jener Nacht wachte Akira lange nach Mitternacht mit einem Ruck auf.

Naomi war ganz steif und zitterte. Sie klammerte sich an den Bettrand.

»Keine Bange, es dauert noch Stunden«, sagte sie mit nervösem Lachen.

Akira legte ihr ein kaltes Handtuch auf die Stirn und lief die Straße hinunter, um mich zu holen.

Ich zögerte nicht. Rasch schlüpfte ich in meine Schuhe und schnappte mir meinen Mantel, ohne darauf zu achten, daß Akira mich im Nachthemd sah. Doch als wir ankamen, war der Kopf des Kindes bereits zu sehen.

Während er unruhig im Wohnzimmer auf und ab ging, fielen Akira viele Dinge auf. Das dürftige Mobiliar. Ein Riß im Teppich. Der liebgewordene Anblick der staubigen Flächen auf den Regalen vor den Buchrücken, ein Zeichen für Naomis nachlässige Haushaltsführung.

Gegen Abend, als endlich Stille eintrat, bemerkte Akira, wie erleichtert er war. Er lehnte den Kopf an die kalte Fensterscheibe, wich zurück, verwundert lächelnd, und betrachtete das zarte Geflecht von Eisblumen. Es war im Oktober für Seattle so ungewöhnlich, daß er es für ein Zeichen des Himmels hielt. Ein Wunder, wie eine Geburt.

Der frühe Frost war in der Tat ein Zeichen.

Dafür, daß seine junge Frau gestorben war.

2. Kapitel

November 1927

Bei der Durchsicht meiner Habe stieß ich auf dieses Manuskript und erkannte, daß ich keine begnadete Schriftstellerin bin. Fünf Jahre sind seither vergangen! Die Wahrheit ist, ich schreibe – wie wahrscheinlich viele Menschen – nur dann, wenn es mir nicht gutgeht, um das Leben aus dem Dunkel des Bauches, wo die Empfindungen sitzen, hinauf ans ordnende Licht des Verstandes zu befördern.

In den vergangenen fünf Jahren verlief mein Leben ruhig. Doch während ich das hier lese, regt sich meine Erinnerung. Schreib, drängt sie. Bewältige mich. Bring mich ans Licht.

Woran ich mich erinnere

Ich kann mich noch an das Blut erinnern. Das helle Blut, das weiße Tücher rot färbte und auf den Boden spritzte.

Und an den Schrei »Mein Kind, mein Kind!«

»Still, kleine Schwester«, raunte ich Naomi zu. »Deiner Tochter geht es gut. Du hältst sie noch früh genug in den Armen.«

Hastig langte ich nach Verbandsmull, nach heißen und kalten Packungen. Ich versuchte es mit Höherlegen und Druck.

Naomi war argwöhnisch. Sie spitzte die Ohren und lauschte in die Zimmerecke, in der ich Hanae in einen kleinen Korb gelegt hatte. Vielleicht dachte sie an meinen besitzergreifenden Blick, mit dem ich Mütter und ihre Kinder betrachtete, an mein allzu reges Interesse – hatte ich ihr geliebtes Kind am Ende in eine Decke gewickelt, wie ich sie kaufen würde?

Ihre Augen blitzten auf.

Als hätte sie mich dabei ertappt, wie ich versuchte, etwas Kostbares zu entwenden.

Die Wut in Naomis Augen sagte mir, daß sie im Sterben lag.

»Mein Kind«, forderte sie.

Jetzt erst begriff ich.

Eilig holte ich das schreiende Bündel aus dem Korb.

Es fuhr zusammen, streckte mit einem Ruck beide Arme aus und wäre mir beinahe entglitten. Doch ich brachte es zu Naomi.

Naomi war nicht zufrieden. Sie zerrte an der Windel und legte das Kind frei.

Sie schob ihr Hemd hoch.

Als das Kind dann ihre Brust suchte und fand, kehrte Ruhe ein.

Naomi berührte das Haar des Kindes, in dem noch Blut und Fruchtschmiere klebten.

»Hallo«, flüsterte sie und wählte eine ehrfürchtige Anrede, die dem Umgang mit älteren Menschen oder Männern vorbehalten ist: »Unsere erste Begegnung ehrt mich sehr.«

Das Kind, das keine Milch fand, quengelte unzufrieden.

Naomi lachte, und zwischen den beiden erblühte etwas.

Aus diesem Grund habe ich immer behauptet, daß Naomi dem Kind seinen Namen gegeben hätte, auch wenn es eine Lüge war.

Hanae, die Blüte.

So kam ich eines Nachts, ungekämmt und mit vertauschten Schuhen – und bin geblieben.

Hanae war Naomis Abschiedsgeschenk. Ich konnte keine Kinder bekommen.

Als Hanae geboren wurde, war ich mit meinen vierundzwanzig Jahren bereits Witwe.

Obwohl ich meinen Mann geliebt habe, bin ich nach seinem Tod nicht verbittert. Verbitterung rührt von der Enttäuschung darüber, daß man aus Prestigegründen oder aus Verpflichtung eine Ehe eingegangen ist, in der man keine Erfüllung gefunden hat. Ich hatte Glück gehabt und wußte, wie es war, an einem kalten Morgen in einem weichen Bett wach zu werden und Tadaos Hand auf meinem Bauch zu spüren.

Tadao war ein guter Ehemann, weil er mich eigentlich nicht gut kannte.

An mir ist beileibe nichts Rätselhaftes; jeder hätte ihm sagen können, was für ein Mensch ich bin. Schlicht und robust (einsfünfundfünfzig groß, fünfzig Kilo schwer), mit einem ansprechenden Gesicht – zu rund, um im klassischen Sinne als wohlgestaltet zu gelten – und etwas zu stumpfer Nase. Entgegenkommend und friedfertig. Doch das sah Tadao einfach nicht.

In seinen Augen war ich eine ganz andere Frau als die, die ich im Spiegel sah. Nicht nur hübscher, sondern auch noch interessanter. Ein Mensch mit eigener, unabhängiger Meinung, mit einer in sich geschlossenen, inneren Welt, die kennenzulernen sich lohnte. Für mich war diese unorthodoxe Nebeneinanderstellung – der Gedanke, außer mir könnte es noch mehr geben –, so erbauend, daß ich nur zu gern deren fundamentale Unzulänglichkeit übersah.

Ich habe meinen Mann 1915 in Kobe kennengelernt. Es war an einem Sommermorgen, an dem die kleinen Finken schlugen und die großen Pfingstrosen ihren süßen Duft verströmten. Ein Morgen so voller Schönheit, daß mein Schoß anzuschwellen schien und meine Hände danach verlangten, ein kleines Kind zu streicheln. Ich war Fahrstuhlführerin in dem aufregenden, neuen Kaufhaus Daimaru – es hatte vier Etagen, ein Restaurant, einen Saal für Ausstellungen und Vorträge und sogar einen Dachgarten – und trug einen einfachen, aber kleidsamen Kimono mit silbernen Punkten und einem breiten, zinnfarbenen *obi*. Ich stand in der Nähe eines Parks an einer quirligen Geschäftsstraße mit hohen Gebäuden im europäischen Stil, wartete auf die Straßenbahn und spielte mit meiner Münze. Sie fiel zu Boden.

Ein junger, westlich gekleideter Japaner, der am Ende der Schlange stand, eilte mir mit solchem Eifer zu Hilfe, daß wir, als wir uns gleichzeitig bückten, mit den Köpfen zusammenstießen.

»Verzeihen Sie!« Er stand auf, schob eine Reihe selbstgebastelter Drachen auf dem Arm zurecht (an einen aschfarbenen Phönix mit edel erhobenem Haupt kann ich mich noch erinnern) und hielt mir die Münze hin.

Ich schaute ihn an. Die Sonne hinter ihm schien so hell; ich war so verwirrt; er sah so gut aus – mit seinem gewinnenden Lächeln und seiner an Unhöflichkeit grenzenden Offenheit –, daß mir fast der Atem stockte.

»Ich bin zu ungeschickt«, stammelte ich. »Vielen Dank für Ihre Hilfsbereitschaft.«

Automatisch verbeugten wir uns.

»Nein, ich!« hörte ich ihn noch sagen, als unsere Schädel erneut zusammenprallten.

Als ich meinen Mann kennenlernte, war ich achtzehn. In Japan heißt dieses Alter »Frühlingsanfang«, eine Zeit, in der eine gewisse, dem frühen Märzwind ähnliche Unruhe zu Verhaltensweisen führt, die für Aufbruchsstimmung sorgen. Hinzu kam, daß die japanische Gesellschaft im Jahre 1915 meine jugendliche Unruhe genau widerspiegelte.

Kaiser Meiji, der Japan der Moderne geöffnet hatte, war seit drei Jahren tot, und unter seinem Sohn, Kaiser Taisho, hatte gerade die große Industriemesse stattgefunden. Angeregt durch die Gelegenheit, das eigene Können zur Schau zu stellen, und in dem Bestreben, sich von der düsteren, monumentalen Architektur des Westens, wie sie die Ära Meijis gekennzeichnet hatte, zu lösen, kannte die Phantasie der Architekten jetzt keine Grenzen. Da in einem Land, in dem Feuer ein ebenso konstanter und vernichtender wie schöner Faktor ist und als unterhaltend gilt und in dem Feuerwehrleute – traditionell in Begleitung von Standartenträgern – als Akrobaten der Lüfte gelten und ständig neue Gebäude entstehen, machte sich unter Taisho ein venezianischer, süßlicher Stil breit.

Feinsinnigkeit und symbolische Andeutungen – jene Stützpfeiler der japanischen traditionellen Kunstwelt aus Seide und Schatten – verschwanden blitzschnell. Im Kabuki-Theater von Kobe hatten elektrische Scheinwerfer das Gaslicht ersetzt, was einerseits Kostüme und Farben besser zur Geltung brachte, andererseits dem Ganzen aber auch etwas von seinem Zauber nahm. In den Vergnügungsvierteln des Landes, in denen die neue Architektur sämtliche Häuserblocks aus Holz, Papier und Dachziegeln verschlang, machten sich die »Blumen«-Häuser mit lizensierter Prostitution breit und verdrängten nach und nach die »Weiden«-Häuser der Geishakunst.

Internationalismus war das Schlagwort. In der Oberstufe einer Mädchenschule hatte ich Demokratie, Marxismus und Existentialismus gelernt. Die Universitäten waren überfüllt. In den folgenden drei Jahren sollten Albert Einstein und Margaret Sanger bei ihren Vorträgen enormen Zulauf bekommen.

Doch trotz des Wandels um mich herum blieb ich ein Mädchen vom Lande, obwohl ich in der Stadt arbeitete und meine Haare etwas kürzer trug (als ich sechzehn war, wurden Frauen aufgerufen, ihre Haare für ein neues Glockenseil in einem heiligen buddhistischen Tempel zu opfern; wenn ich auch zu zaghaft war, ein dramatisches Opfer zu bringen, wollte ich dennoch an dieser romantischen, großartigen Geste teilhaben und kürzte meine Haare, die mir bis zur Hüfte reichten, auf Schulterlänge).

Natürlich war ich weltlich – in der für wohlerzogene japanische Mädchen typischen unschuldigen, diensteifrigen Art. Ich sprach ein paar Brocken Englisch, und tatsächlich hatte man mich eingestellt, damit ich wohlhabenden Amerikanerinnen und Europäerinnen sagen konnte, was es auf den verschiedenen Stockwerken zu kaufen gab. Ich hatte mich in deutschen Bäckereien umgesehen und einen Blick in Galerien geworfen, die den letzten Schrei französischer zeitgenössischer Kunst ausstellten.

Persönliche Erwartungen oder Wünsche hatte ich jedoch nicht.

Eines Tages, zu Beginn unserer Beziehung, stellte Tadao beiläufig fest: »Du bist schlauer, als du nach außen hin zeigst. Das verschafft dir eine Menge Freiraum.«

Auf der Stelle erwählte ich ihn zu meinem Verlobten.

Nicht etwa, weil ich meinte, Tadao habe mein wahres Wesen erkannt – seine Feststellung schien mir völlig abwegig –, sondern weil ich das Wort »Freiraum« gehört hatte, ein Wort, das ich nie mit mir in Verbindung gebracht hätte. Das weckte einen gewissen Ehrgeiz in mir.

Ich war bestrebt, eine gute Ehefrau und Mutter zu werden. Und noch etwas Unwahrscheinliches: Ich wollte sein, was Tadao in mir sah, wollte tief in mir mein weiseres Selbst finden und meine mir eigene, spezielle Zukunft entdecken.

Ich hielt diese Ansprüche für bescheiden. Sie erschienen mir weder zu unverschämt noch zu hoch. Doch vielleicht ist gerade das Verlangen nach Wesentlichem und Schlichtem der ausgefallenste Wunsch überhaupt.

Heutzutage heiratet man, wie es sich bei kaiserlichen Familienhochzeiten durchzusetzen beginnt, in wunderschönen Restaurants und malerischen Schreinen; Tadao und ich heirateten jedoch traditionell.

An einem Sonnabend stand ich mit meinen Eltern in unserem strohgedeckten Bauernhaus und trank nach altem Brauch Sake mit ihnen. Man nennt diese Zeremonie »Drei-mal-drei«. Von einem Set aus drei zarten Lackschalen – einer winzigen, einer mittleren und einer etwas größeren – nahm mein Vater zuerst die kleinste Schale in die Hand. Er führte sie dreimal an die Lippen und reichte sie dann an mich weiter. Ich tat es ihm nach und gab die Schale anschließend meiner Mutter. Wir wiederholten das Ritual, bis jeder drei Schlucke aus den drei Schalen getrunken hatte, wobei jedesmal ein anderer den Anfang mit der nächstgrößeren Schale machte.

Ich trug Weiß wie eine amerikanische Braut – jedoch aus einem ganz anderen Grund. In Japan ist Weiß die Farbe des

Todes. Von dem Zeitpunkt an, wo ich mein Elternhaus verließ, während der Prozession zum Haus der Familie meines Mannes, bis zum dritten Morgen meiner Ehe, galt ich als familienlos. Die Trauerkleidung symbolisierte meine Verletzlichkeit auf dieser Reise des Übergangs.

Meine armen Eltern schienen das alles wortwörtlich zu nehmen. Als wir uns über unsere Sakeschale hinweg anschauten, sah ich, daß sie auf meinen weißen Leinenkimono starrten und mehr Tränen als Reiswein hinunterschluckten. Danach, während sie mich mitsamt meiner Aussteuer – einer Frisierkommode, einem halben Dutzend Kimonos, Bettwäsche, Geschirr und Haushaltswaren – auf zwei Sänften mit vier Griffen verluden, faßten sie offenbar wieder Mut. Geführt von einem Laternenträger – ein alter, abergläubischer Brauch, der mich auf meinem Weg durch die Unterwelt vor gefräßigen Dämonen schützen sollte –, brach ich zum Haus von Tadaos Familie auf.

Eine Brautprozession war allseits beliebt. Auf der sieben Meilen langen Strecke liefen überall Anwohner vor das Haus und verbeugten sich. Kinder riefen: *»Oyame-san o mini yukimasho!«*, hüpften ein Stück neben der Sänfte her, reckten die Hälse und schätzten den Wert meiner Habseligkeiten (um ihn später bei Tisch haarklein wiederzugeben). Es heißt, der Wohlstand einer Familie, der auf dem Hochzeitszug zur Schau gestellt wird (und das damit einhergehende Konkurrenzverhalten) sei ein Grund dafür, daß japanische Haushaltswaren – Textilien, Lacktruhen, Geschirr aus Lack und Ton – so kunstvoll gearbeitet sind.

Als es dunkel wurde, schlossen sich uns immer mehr jubelnde Menschen an. Ein kleines Mädchen in einem abgetragenen Kimono reichte mir eine Papiertüte voller Leuchtkäfer, die sie selbst gesammelt hatte. »Für deine Reise!« rief sie mir zu, als ich dankend mit dem Kopf nickte. Die Tüte leuchtete auf dem Rest des Weges wie eine Kerze in meinen Händen.

Vor Tadaos Haus wurde ich mit Fackeln begrüßt. Während er mir beim Aussteigen half und mich ins Haus führte, berührte er mich zärtlich wie der warme Nachtwind. Dann wiederholten

Tadao und ich unter den Augen der gesamten Familie Sone die »Drei-mal-drei«-Zeremonie des Saketrinkens.

Diesmal weinte niemand, obwohl es mir auch nicht aufgefallen wäre. Ich schaute Tadao tief in die Augen. Drei Tage danach, als mein Mann und ich in ein winziges Stadthaus zogen, das nur uns gehörte, zog ich meine weiße Kleidung aus. Ich hatte ein neues Zuhause gefunden.

Wie erhofft, brachte die Ehe mit Tadao das Glück der Unvernunft und die Unordnung mit sich, aus der zuweilen Wunder erwachsen. Es dauerte nicht lange, und wir waren wie verwaiste Kinder auf einem großen Abenteuer unterwegs nach Amerika.

Es war komisch. Obwohl meine Eltern bei meiner Hochzeit geweint hatten, waren sie angesichts unserer Amerikapläne ebenso begeistert wie Tadao und ich. Es ging sogar so weit, daß ich einmal, als meine Mutter stundenlang zu Fuß und mit der Straßenbahn nach Kobe gekommen war, um mir beim Packen zu helfen, ihr endloses, fröhliches Geschnatter unterbrach.

»Sag mal, werde ich dir denn nicht fehlen?« fragte ich mürrisch, als wir in unseren Kimonos vor meiner großen schwarzen Lacktruhe knieten.

Mama lächelte. Sie fuhr mir sanft über das Haar.

»An dem Abend, als du geheiratet hast, Etsu-chan«, sagte sie und gebrauchte meinen Kindernamen, »habe ich eine Laterne angezündet und mich auf deinen Platz am Tisch gesetzt. Ich bildete mir ein, durch die Strohmatte auf dem Boden deine Wärme zu spüren.«

Mama lachte, und in ihren Augenwinkeln glitzerte es. »Ich gab mich dem rührseligen Gedanken hin, daß du das nächste Mal, wenn du an dieser Stelle sitzen würdest, nur zu Gast wärst. Lauter solche Sachen. Aber als du uns in der Woche darauf besuchen kamst, sah ich, wie glücklich du warst. Deshalb habe ich mich gefreut, von den neuen Dingen zu hören, die du vorhast. Es war dumm, der Vergangenheit nachzutrauern.«

Mama faltete einen gehäkelten, blaßrosa Schal und legte ihn

sorgfältig in die Truhe. Dann drückte sie den Inhalt der Truhe fest zusammen, um mehr Platz zu schaffen.

Plötzlich wurde mir klar, daß sie mir auf diese Weise ihre Liebe zeigte und soviel Trost wie möglich in meine Reisetaschen stopfte. Genauso war es auch bei meiner Hochzeit gewesen, als sie wie wild umhergelaufen war und genau jede Kleinigkeit überwacht hatte, während die Sänftenträger meine Mitgift auf den Palankin luden. Auch Papa war ungewöhnlich geschäftig gewesen, so übertrieben belehrend: Er wies die Träger an, meinen Palankin im Gleichgewicht zu halten und mich genau in die Mitte zu setzen. Immer wieder fragte er nach: »Sind Sie sicher, daß ihr nichts passieren kann?«

Als der Zeitpunkt unserer Abreise nach Amerika kam, begleiteten uns sowohl Tadaos als auch meine Eltern an den Pier. Wie Zwerge standen sie auf dem Kai neben dem Ozeanriesen (der noch in Yokohama und Honolulu haltmachen sollte, ehe er in Seattle anlegte). Die amerikanischen Passagiere der ersten Klasse in Nadelstreifen und Bowlerhüten, Seidenkleidern und Federhüten, die an ihnen vorbei an Bord gingen, nahmen sie gar nicht wahr. Hoch oben von der Reling schauten Tadao und ich auf unsere Eltern hinab: Da standen sie, winzig und fern, winkten und verbeugten sich, zwei Ehepaare in mittleren Jahren, unmodern und so lieb. Wie alle anderen japanischen Passagiere standen Tadao und ich an Deck der dritten Klasse und hielten eine große Rolle Kreppband fest in der Hand. Als die Schiffssirene ertönte und aus den Lautsprechern »Auld Lang Syne« schmetterte, hielten wir das eine Ende fest und warfen die Rollen zu unseren Eltern hinunter. Dann, während das große Schiff auslief, entrollten sich die Bänder allmählich und verbanden das Schiff mit dem Land, ein Herz mit dem anderen, bis sie schließlich rissen, begleitet von dem Ruf *»itte irashaii«* aus vielen Kehlen (zieht hin, aber kommt bald zu uns zurück) und *»itte mairimasu«* (ich gehe, aber ich komme bald zu euch zurück).

Um Immigranten rankt sich der Mythos, sie kämen auf den Flügeln ihrer Träume ins neue Land. Für die meisten ist diese Vorstellung zu einfach, weil sie komplexe persönliche Beweggründe in ein gewisses Klischee preßt.

Auf meinen Mann allerdings traf der Mythos genau zu.

Tadao war Drachenbauer von Beruf und Hobbybastler obendrein. Sein ganzes Leben lang begeisterte er sich für alles, was mit dem Fliegen zu tun hatte.

An einem warmen Morgen im Frühjahr 1916 – ein Morgen, an dem ganz Japan aufwachte, um festzustellen, daß die Kirschbäume über Nacht zu betörender Schönheit erblüht waren – hörte ich die Fahrradklingel des Postboten.

»Brief aus Amerika, Brief aus Amerika!«

Tadao und ich saßen in unseren einfachen blauen Baumwollkimonos auf der *tatami* im Wohn- und Schlafzimmer unseres hübschen, kleinen, hölzernen Stadthauses, das aufgrund seiner schmalen Bauweise *unagi-no-nedoko*, »Aalhaus«, genannt wurde.

Als er den Postboten hörte, legte Tadao den Drachen nieder, an dem er gerade arbeitete; es war ein großer, silberner Tintenfisch mit acht ausladenden Tentakeln. Die Augen bestanden aus durchsichtigem, rot lackiertem Reispapier und würden wie Rubine leuchten, wenn man sie gegen die Sonne hielte.

Er tappte in seinen *tabi* an den Rand des höhergelegten Wohnbereichs, ging in die kleine Eingangshalle hinunter, schlüpfte in Straßensandalen und schob die dunkle Holztür zur Seite.

Während ich meine Näharbeit beendete (ich stopfte gerade den großen Zeh einer weißen *tabi*), stand Tadao am Eingang und las den Brief.

Die Tür war offen, Sonnenlicht und Blumenduft drangen herein.

»Von wem ist er?« rief ich.

»Junichiro.«

Ich dachte an Junichiro, einen fröhlichen Mann, der mit Flüchen nicht geizte. Er arbeitete als Schiffbauer in den geschäftigen Bootsschuppen am Lake Union in Seattle.

Vor mich hin summend, begann ich zu putzen.

Mir gefiel die Hausarbeit, bei der ich dem Wesen eines jeden Gegenstands Rechnung trug. Wie alle Hausfrauen hatte ich ein Putztuch für die hölzerne Eingangshalle und ein anderes, weicheres, um die *tatami* im Wohn- und Schlafbereich zu reinigen. Jetzt holte ich aus einer besonderen Kommode ein Tuch,
das ich ausschließlich für die Kunstwerke im Hausschrein benutzte.

»Etsuko!« rief Tadao.

Vor Erregung versagte ihm beinahe die Stimme.

Ich sprang auf und lief zum Fenster.

»Was ist los? Ist jemand gestorben?«

Mein Mann stand noch immer mit dem Rücken zu mir. Über seine Schulter hinweg sah ich, wie oben auf einem grauen Dachziegel eine Spinne ihre Beute gerade in ein Totennetz wickelte.

Das war nicht gerade ein gutes Omen.

»Von wem ist der Brief? Was ist passiert?«

Als er sich zu mir umwandte, warf Tadao den Brief, ein Stück leicht zerknittertes Papier, hoch in die Luft.

Mir schwante Schreckliches.

Doch dann hob er mich auf seinen starken Armen in die Höhe und wirbelte so ausgelassen mit mir herum, daß der kleine, zerknitterte Brief aufstob, als wäre er lebendig.

»Bill Boeing.« Tadao lachte. »Bill Boeing, Bill Boeing.«

Er wiederholte die komischen Wörter so oft, bis ich auch lachte.

»In Seattle gibt es einen Mann mit Namen Bill Boeing, der aus Stoff und Holz Flugzeuge herstellt!«

Wir machten ein paar Verwandte ausfindig und stellten unseren Einwanderungsantrag. Amerika hatte zwar mit dem Gesetz von 1907 die Einwanderung von Japanern einzudämmen versucht, doch eine Bestimmung – nach der die Einreise für Familienmitglieder auch weiterhin erlaubt war – hatte zur Feststellung unzähliger Verwandtschaftsbeziehungen geführt (was bei Inselvölkern nie schwer ist, wo jeder mit jedem verwandt zu sein scheint) und außerdem zum Phänomen der »Bildbräute«.

Wir frischten unsere Englischkenntnisse auf. Tadao übte besonders intensiv. Er hatte die Absicht, mit der Tradition zu brechen, sich der Rassentrennung am Arbeitsplatz zu widersetzen und mit den hochnäsigen, englischsprechenden Männern der Boeing's Pacific Aero Products Company zusammenzuarbeiten.

Im Sommer 1918 konnten wir fließend Englisch sprechen. Als wir in Amerika ankamen, waren wir imstande, Sätze wie »wir hätten gerne ein Abteil erster Klasse im schnellsten Zug nach New York« und »der Flügel sollte aus Eiche und Fichte hergestellt und mit wasserfestem Klebstoff verleimt werden« zu sagen.

Die Sätze waren ebenso unterschiedlich wie nutzlos.

Denn da wir aus Kobe kamen, das immerhin über eine italienische Oper, französische Mode und britische Banken verfügte, hatten wir uns vorgestellt, die Entfernung zwischen Amerika und der Heimat könne so groß nicht sein. Natürlich meinten wir das nicht geographisch, aber wir hatten erwartet, Seattle besäße eine Art internationales Flair: jede Menge Büchereien und Museen, energiegeladene Einwanderer und ein ausgeprägtes Gesellschaftsleben. Als wir in Seattle aus dem Gebäude kamen, in dem sich die Einwanderungsbehörde befand, und anschließend den Laden direkt am Ausgang betraten, in dem wir meinen Kimono in amerikanische Kleidung umtauschten, nahmen wir als erstes verblüfft (wenn auch nicht entmutigt, denn unser Enthusiasmus kannte keine Grenzen) den Anblick erodierter Berge mit abgestorbenen Baumstümpfen und die im Hafenbekken schwimmenden Innereien von Fischen wahr – den Dreck, aus dem Seattle im wesentlichen bestand.

Bereits im darauffolgenden Jahr, als Geschäftsleute aus Seattle die antijapanische Liga gründeten, wurde mir klar, daß wir niemals irgendwohin erster Klasse fahren würden.

Hinzu kam, daß zu dem Zeitpunkt, als wir endlich eine winzige Wohnung auf der ersten Etage gefunden hatten, Tadaos Zukunft in der Luftfahrtindustrie schon vorbei war. Die Welt hatte sich verändert; es herrschte Waffenstillstand.

Schließlich traf Tadao seinen Helden, Bill Boeing. An einem Spätnachmittag standen sie zusammen in einem lauten Hangar am Duwamish River in Seattle.

»Tut mir leid, mein Junge«, sagte Big Bill, nicht unfreundlich. Er war sich seiner Stellung durchaus bewußt und trat mit Würde auf. »Jetzt, da der Krieg vorbei ist, sind die Flugzeugbestellungen alle storniert worden.«

Tadao sah sich um. Außer einem leichten Schleier von Sägemehl war in den schwachen Sonnenstrahlen nicht viel zu erkennen.

Eine kleine Gruppe der besten Arbeiter von Boeing war damit beschäftigt, französische Möbel zusammenzubauen.

Tadao trat an eine Kommode und öffnete eine Schublade.

»Stabil, und doch federleicht: Eiche und Fichte.«

Er prüfte die Schublade an den Stellen, an denen sie zusammengefügt war.

»Wasserfester Leim?«

Big Bill nickte. Er schenkte Tadao ein scheues, schuldbewußtes Lächeln.

»Es ist einfach ein schlechter Zeitpunkt, und das, wo Sie so viel von Luftfahrt verstehen.« Er deutete mit einem kleinen, verlegenen Lachen auf die Möbel. »Wir sagen Chifferette dazu.«

Tadao – ganz der Großzügige und Freundliche – streckte die Hand aus, denn er fühlte sich zu einem Ritual des Respekts veranlaßt, das er nie zuvor praktiziert hatte.

»Behalten Sie Ihre Belegschaft, bauen Sie, was Sie können«, sagte er, drückte Bill Boeing die Hand und bestärkte ihn in seinem Traum vom Genie. »Bis sich Ihr Glück wieder himmelwärts wendet, gratuliere ich Ihnen einstweilen zu Ihren wunderbaren Möbeln.«

Mein Mann nahm den Verlust seiner Karriere philosophisch.

»Na ja«, sagte er. »Ich kann wohl kaum enttäuscht sein, wenn ein Krieg zu Ende ist.«

Statt Flugzeugingenieur wurde Tadao Koch auf einem Boot, das vor der Küste von Alaska auf Fischfang ging.

Tadao wurde Spezialist für dünnen Kaffee und Riesenportionen öliger, ungenießbarer Gerichte. Sein Können war bezeichnend für die ganze Mannschaft – keiner kannte sich in dem Job aus, doch alle verdienten so viel Geld, daß sie es kaum glauben konnten.

In einer furchtbaren Nacht stieß dieser Kahn voll fröhlicher, unglaublich unerfahrener Seeleute mit einer Eisscholle zusammen. Rasch drang Wasser in das überladene Schiff, und ich sah meinen Geliebten und Freund nie wieder.

Ich träumte davon, nach Japan zurückzukehren. Amerika, das an der Seite des tapferen, anpassungsfähigen Tadao stets so verheißungsvoll gewesen war, erschien mir jetzt so trügerisch wie das kalte Nordmeer. Doch in Japan hatte ich niemanden mehr, zu dem es mich hingezogen hätte. (O unbedarfte Jugend! Als ich an Bord des Schiffes stand – als ich meinen vier sich verbeugenden Eltern zuwinkte und rief: »ich gehe, aber ich komme bald zu euch zurück!« –, wie hätte ich da ahnen können, daß sie alle innerhalb von fünf Monaten infolge der Grippeepidemie von 1918 sterben würden?)

Außerdem sollte Naomi nach Seattle kommen.

Und ich war trotz meines Verlusts gut versorgt. Mein Mann hatte mir ein Handwerk hinterlassen. In der Vertrautheit der ersten Ehejahre, in denen ein junges Paar alles miteinander teilt, hatte mir Tadao zwischen seinen Ausfahrten das Kochen beigebracht.

So kam es, daß ich aus unserer kleinen Wohnung in die große Küche des Hotels Samurai Gardens unten am Hafen von Seattle umzog.

Das Hotel war auf die Bedürfnisse japanischer Einwanderer zugeschnitten. Junge Japaner vom Lande staksten von den Schiffen, auf denen sie sich fast zwei Wochen lang ununterbrochen übergeben hatten, brachten die Einwanderungsbehörde hinter sich, wechselten die Kleidung und standen auf der Straße.

Das erste, was sie sahen, war ein imposantes Wunderwerk – den spitz zulaufenden Smith Tower (das höchste Gebäude westlich des Mississippi) – ihr erster Blick auf einen Wolkenkratzer. Das zweite, was die Einwanderer sahen, war ein tröstliches Schild, auf dem es in japanisch hieß:

Zimmer zu vermieten

Sauber, billig, feuersicher

Das Hotel florierte. Die Gäste waren wie betäubt.

Da sie aus winzigen Dörfern kamen, in denen seit siebzehn Generationen jeder jeden kannte, überwältigte sie der Anblick der ihnen riesig erscheinenden rothaarigen Einwohner, der Gestank nach Abwasser und faulendem Lachs, der ständige Baulärm und die Fehlzündungen der Automobile eines gewissen Mr. Ford.

Sie waren so benommen, daß sie nicht merkten, wie scheußlich die Gerichte schmeckten, die ich ihnen vorsetzte.

Monat für Monat, Jahr für Jahr verschlangen sie mechanisch riesige Mengen meiner merkwürdigen, fettigen Speisen, bis das automatische Herunterschlingen eines Tages wie durch ein Wunder in ehrlichen Appetit umschlug und sie plötzlich auf englisch zu träumen begannen.

Obwohl ich nie die kühne, agile Frau wurde, die mein Mann in mir gesehen hatte, und nachgiebig und zuvorkommend blieb, fand ich in der Küche des Hotels Samurai Gardens eine merkwürdige Selbstbestätigung.

Jedes Gericht war, wenn auch nicht eßbar, so doch wenigstens unvergeßlich. Ich machte aus jeder Mahlzeit ein Wunder.

3. Kapitel

Februar 1928

Das Geschenk

Nach dem Tod seiner Frau und der Geburt seiner Tochter fand Akira Shinoda, die Zeit der trauten Zweisamkeit sei nun vorbei.

Ein verantwortungsbewußter Vater, so dachte er, dürfe seinen Platz nicht *in* der Familie haben. In der Rolle eines Beschützers müsse er *darüber* schweben – distanziert, unbeholfen, meist nutzlos – wie ein großer, sperriger Schirm.

Daher verwirrte ihn das Geschenk, das ihm Naomi hinterließ – Hanae –, und die Tatsache, wie leicht er sie lieben konnte.

Zunächst dachte er, er könne sie mir überlassen. Was wußte er schon über kleine Kinder? In der ersten Zeit litt er zu sehr unter Naomis Tod.

Doch schließlich rettete ihn sein Pflichtgefühl. Noch vor Ende der dritten Woche setzte wahrscheinlich das schlechte Gewissen ein.

Etsuko hat meinetwegen ihr eigenes Leben aufgegeben; sie ist bei mir eingezogen, führt mir den Haushalt und wacht bei meinem weinenden Kind.

Er fühlte sich verpflichtet, mir zur Hand zu gehen.

Eines Abends, als ich mir am Herd zu schaffen machte, dabei laut ein Schlaflied sang, mich rhythmisch wiegte und etwas umrührte, was er als kulinarische Greueltat empfand, zeigte Akira auf das schreiende Bündel, das ich mir auf den Rücken gebunden hatte.

»Komm, gib sie mir.«

Ich drehte mich um und lächelte. »Ich wußte, daß du ihr nicht widerstehen kannst!«

Akira fuhr zurück. Er fand, er könne Hanae durchaus widerstehen. Er hatte das Angebot aus Pflichtgefühl gemacht, nicht etwa, weil es sein innigster Wunsch gewesen wäre.

Ich wischte mir die rauhen Hände an einem weichen Handtuch ab und begann, das Kind auszuwickeln.

Akira sah mit starrem Blick zu, als würde Hanae mit jeder Schicht noch weiter schrumpfen, immer verletzbarer und weniger einschüchternd.

»Hier, nimm sie.«

Ich legte ihm das Kind in die Arme.

»Ahhh!« rief er.

Hanae war so leicht, daß er sie beinahe hätte fallen lassen.

Sie hörte auf zu schreien.

Aufgeschreckt durch die Berührung eines anderen Menschen, durch die plötzliche Unsicherheit, öffnete sich ihr Mund zu einem weiten Oh.

»Kore wa!« rief Akira. »Sieh doch nur, wie gesund ihre Kiefer sind!«

Sachkundig deutete er in ihren Mund.

»Etsuko, siehst du die kleinen Erhebungen hier? Darunter liegen die Milchzähne.«

Ich lachte.

»Hanae-san«, sagte ich, »darf ich dir deinen Ehrenwerten Zahnarzt-Vater vorstellen?«

Schlagartig wurde sich Akira bewußt, daß es sich hier um *sein* Kind handelte. Eingehend betrachtete er ihre Gesichtszüge.

Hanae runzelte die Stirn.

»Sie ist ein amerikanisches Kind; sie verbeugt sich nicht.« Ich lächelte. »Aber wenn du ihr deinen kleinen Finger gibst, schüttelt sie dir bestimmt die Hand.«

Gedankenverloren streckte Akira den kleinen Finger aus. Hanae fühlte sich so weich und biegsam an, daß er sich Sorgen machte. Und wenn sie nun keine Knochen entwickelt hatte? fragte er sich mit übertriebener Fürsorge.

Im Reflex griff Hanae zu.

Interessiert betrachtete sie seinen kleinen Finger und fing an, leise zu schmatzen. Akira wackelte mit dem Finger und spürte die Kraft in ihren kleinen Armen. Als sie schließlich den Finger an ihren Mund führte, lachte er.

Wie der Kuß eines Schmetterlings, wie ein Segen Buddhas drang ihre Berührung direkt in seine Seele ein.

Februar 1928

Nach dem letzten Abschnitt wurde mir klar, daß ich etwas nachzutragen habe. Akira ist zweifellos ein guter Mann, ein gebildeter Mann, der sich liebevoll um seine Tochter kümmert. Doch ich muß an dieser Stelle noch etwas hinzufügen.

Er ist nicht nur Zahnarzt, er ist auch Spieler.

Obwohl Akira Wissenschaftler ist, ein Mann, der seine Welt durch den Verstand filtert, gibt es ein Gebiet, auf dem er nie denkt, aber immer weiß.

Mit dem Queue beim Billard ist er ein Genie.

Akiras Spezialität ist Dreiband-Billard. Auf einer rechteckigen Spielfläche aus grünem Filz sollen möglichst viele Karambolagen erzielt werden, wobei man drei oder vier Stöße im voraus berechnet, was man dem Gegner läßt. Akira hat es schon immer gern gespielt.

Die Sache ist die, daß man beim Dreiband-Billard den Ball nicht einfach ins Loch treiben kann wie beim Poolbillard. Es wird mit drei Bällen und ohne Löcher gespielt, und der Ball des Spielers muß mindestens dreimal von der Bande abprallen und einen anderen Ball berühren, ehe er schließlich auf den dritten trifft.

Drei dumpfe und zwei helle Aufpraller also.

Fünfzehn Stöße, und man hat das Spiel gewonnen.

Akira gab sich zu Anfang noch bescheiden.

Nach Naomis Tod trat er zunächst nur zum Zeitvertreib in einen Billardclub ein. Im Gegensatz zu Billardhallen geht es dort gepflegt zu.

1924 kam er mit dem Dreiband-Billard zum ersten Mal zu Geld. Irgendwo hatte er aufgeschnappt, die Internationale Meisterschaft zwischen Japanern und Japanoamerikanern finde in San Francisco statt. Akira kannte den japanischen Meister – er hatte ihn geschlagen, als sie damals in Japan noch für zwei verschiedene Colleges gegeneinander antraten –, und er wollte seine Geschicklichkeit testen.

Er lieh sich daher einen Smoking von Kuramatsu, dem Fotografen, der mit einem knallenden Blitzlicht unbeholfene Jungen in schmucke Kerle verwandelte – ein Fuß im Lackschuh ruhte dabei lässig auf dem Sitz eines Brokatsessels, eine Hand steckte in der Tasche eines seidenen Abendjacketts. Solche Fotos wurden an die ehrfürchtig staunende Verwandtschaft nach Japan geschickt. Dann überredete Akira einen Freund beim Gütertransport, ihn ohne Fahrkarte mitzunehmen.

In San Francisco spielte Akira ein Spiel nach dem anderen und arbeitete sich allmählich zur Spitze hoch. Zwischen den Spielen trank er aus langen, schlanken Limonadeflaschen und las zahnärztliche Fachliteratur. Als Akira schließlich den japanischen Meister besiegte, waren die Menschen in Seattle außer sich vor Begeisterung. Denn obwohl er als Zahnarzt bescheiden auftrat, machte das Gerücht schnell die Runde, Akira Shinoda stehe eine große Zukunft bevor. Das gesamte Wettvolk aus Seattles Japantown hatte auf seinen Sieg gesetzt.

Damit hätte die Sache erledigt sein können. Akira gewann fünfzig Dollar, und seine Freunde beteiligten ihn an ihren Gewinnen. Von den feindseligen Blicken der anderen Fahrgäste und ihren Bemerkungen über »Rassenmischung« ließ Akira sich nicht beeindrucken und kehrte mit der Touristenbahnlinie heim.

Nachdem er den Wettbewerb zwischen Japanern und Japanoamerikanern gewonnen hatte, sah Akira keine weiteren Spielmöglichkeiten mehr. Zu gern wäre er gegen den amerikanischen Champion und Weltmeister im Billard Willie Hoppe angetreten (den »Wunderknaben«, der 1906 mit achtzehn Jahren seine erste Weltmeisterschaft errungen hatte, nachdem er bereits zehn Jahre lang aus anderen Wettkämpfen als Sieger hervorgegangen war!), doch dieses Privileg war den weißen Spielern in der Turnierrunde vorbehalten.

Einmal wurde Akira im Jahre 1926 jedoch ins Hotel Alexis gerufen, wo er den legendären russischen Opernbaß Fjodor Tschaljapin kennenlernte. Tschaljapin war ein korpulenter Mann, der nicht nur in der Oper glänzte, sondern darüber hinaus auch ein erstklassiger Bildhauer, Schauspieler und Billardspieler war. Trotz seiner Begabungen mußte Tschaljapin allerdings die Erfahrung machen, daß er in Amerika aufgrund seines russischen Akzents und seines theatralischen Auftretens ein Exot war. Akira mochte Tschaljapin, der ihn, nachdem er von Akiras Talent erfahren hatte, großzügig zu einem Spiel Dreiband-Billard einlud. Ich kann mir die Szene gut vorstellen: das snobistische Hotel und die etwas anrüchigen, brüderlichen Spieler. Der riesige, leidenschaftlich ungepflegte dreiundfünfzigjährige Russe passend zu dem gepflegten, elegant zurückhaltenden neunundzwanzigjährigen Japaner.

Nachdem Akira 1924 die Internationale Meisterschaft zwischen Japanern und Japanoamerikanern gewonnen hatte, erwartete man, daß er sich zurückzog. Das versuchte er auch ein paar Monate lang; er blieb unter seinesgleichen, erteilte gelegentlich Unterricht, gab die eine oder andere Vorführung – aber ihm fehlte der Wettbewerb.

Also kaufte er sich ein paar schicke Sachen (und stellte fest, daß sie ihm gefielen). Dann begann er, weiße Spieler herauszufordern, obwohl er genau wußte, daß er niemals zu weißen Turnieren zugelassen würde, daß er nur durch Hintertüren und Küchen in Clubs für Weiße käme, daß man ihn ködern und aus rassistischem Stolz gegen ihn wetten würde.

Ich habe einige Zeit darauf verwendet, diese Situation zu analysieren.

Sosehr er Hanae auch liebt, sowenig kann sich Akira ihr Bild vor Augen führen. Er weiß nur, daß sie sechs Jahre alt ist, wie groß sie etwa ist und daß sie ein Matrosenkostüm trägt. Doch wenn er die Augen schließt, kann er in jedem Muskel jede einzelne Bewegung des Dreiband-Spiels vom Abend zuvor nachspüren.

Akira hat sich manchmal deswegen gefragt, ob er ein schlechter Mensch sei, ist aber zu dem Schluß gekommen, daß dies im großen und ganzen nicht der Fall ist. Er findet, er sei ein Durchschnittsmensch mit einer außergewöhnlichen Begabung – so wie andere das Datum eines jeden Dienstags der letzten tausend Jahre nennen können.

Hanae ist ihm durchaus nicht weniger wichtig, sagt er sich, nur ist er eben im Billardspiel außergewöhnlich talentiert.

Außerdem findet er, daß seine Begabung einem guten Zweck dient, denn er zwingt Mitglieder exklusiver Clubs zu dem Eingeständnis, daß auch Japaner ein herausragendes Talent besitzen können und er mehr ist als nur der dämliche Japse.

Doch ich habe noch eine andere Theorie. Zahnärzte brauchen ähnliche Fähigkeiten wie Billardspieler: ein flexibles Handgelenk und wissenschaftliche Präzision. Und beide müssen perfekt sein, wenn sie eine Tätigkeit ausüben, die mit Gewalt verbunden ist.

Denn auch wenn Billard ein vornehmes Spiel ist, geht es um Geld und Stolz.

Um beim Billardspiel oder als Zahnarzt gut zu sein, muß man Blut ertragen können.

4. Kapitel

April 1928

Kritiker haben beklagt, die Ich-Geschichte sei zu dürftig. Nicht nur, weil sich ihr Inhalt ausschließlich auf eine Handvoll eng miteinander verknüpfter Personen beziehe, sondern auch, weil sie dem gewundenen Fluß der Erinnerung folge. Schauplatz und Handlung ergäben keinen einleuchtenden Sinn.

Mit dem Problem des Schauplatzes komme ich wohl zurecht. Während Japan relativ homogen ist und man vom Leser erwartet, daß er die Besonderheiten einfach kennt, lebe ich in Amerika – einem merkwürdigen, improvisierten Land, in dem eine »Ladenfront« so ziemlich alles bedeuten kann – und genieße den Vorteil, reichhaltigeres Material zur Verfügung zu haben.

Ein Problem hingegen ist die Handlung. Meinem Leben fehlte es bisher an Klarheit. Komisch, wie sehr ich mir um diese Dinge Gedanken mache. Obwohl ich nicht davon ausgehe, daß überhaupt jemand meine Ich-Geschichte lesen wird, will ich meine Sache dennoch gut machen.

Aber zurück zum Schauplatz. Eigentlich lebe ich gar nicht in Amerika. Ich lebe in der Japantown von Seattle.

Wie ich den Schauplatz sehe

Achtzehn betriebsame Häuserblocks mit Wohnungen in der ersten Etage und Restaurants, Friseurgeschäften, Bädern, Fisch- und Fleischmärkten, Wäschereien, Schneidern, Übersetzern, Ärzten, Läden für Tabakwaren und Süßigkeiten im Parterre entstanden infolge von Diskriminierung am Arbeitsplatz und Immobilienverträgen – das ist Japantown, und ich weiß, daß die Einwohner sich glücklich schätzen.

Trotz gegenteiliger Beweise.

So kommt es, daß man ein Mißgeschick – sagen wir, ein Mann verliert bei einem Unfall im Sägewerk eine Hand – in einen Scherz verwandelt, der so gut ist, daß man ihn immer wieder vor gleichbleibendem Publikum zum besten geben kann.

Zum Glück war es nicht mein ihr-wißt-schon-was!

Beim Klang des vertrauten Lachens, beim Blick in die Augen der anderen, die sich offensichtlich freuen, daß der Betroffene wenigstens noch Humor hat, denkt dieser, gütiger Buddha, ich kann mich wirklich glücklich schätzen!

Wir können nichts dafür. Diese Denkweise ist uns in die Wiege gelegt. Wir stammen von Inseln, die von plötzlichen Erdbeben, Vulkanausbrüchen und Wirbelstürmen heimgesucht werden, die zweitausend Jahre feudaler Kriegsherren und unzähliger autokratischer Patriarchen hinter sich haben. Ein gängiges japanisches Sprichwort lautet zum Beispiel »Fürchte dich vor Feuer, Flut und *Vater*«, und ich glaube, daß Verluste dieser Art nur so zu ertragen sind.

Dennoch hatte Akira mit dieser angenehmen Gesellschaft seine Schwierigkeiten.

Zum Beispiel im Herbst, als Hanae drei war und die Buddhistische Gemeinde von Seattle aufbrach, um unten bei den Wasserfällen nach *matsutake* zu suchen.

Diese alljährliche Suche nach den seltenen Pilzen war ein aufwendiges Unternehmen. An einem klaren Herbstmorgen machte sich morgens um fünf Uhr rumpelnd eine Karawane offener Fords, Modell T, auf den Weg. In jedem Wagen saßen fünf oder sechs Personen jeder Altersstufe, vom Kleinkind bis weit in die Sechzig. Sie trugen ihre ältesten Baumwollmäntel zum Schutz vor Schmutz und Kies über dem letzten Modeschrei der zwanziger Jahre.

Die Wageninsassen hockten auf Decken – um das Holpern abzufedern, um sie zum Picknick auszubreiten und um im nicht unwahrscheinlichen Fall einer Panne darauf zu kampieren –, eingeklemmt zwischen mindestens zwei riesigen Ersatzreifen. Denn auf den Bergstraßen des Staates Washington – die entweder unbefestigt und voller Schlaglöcher oder schlammig und trügerisch glitschig waren – platzten Ballonreifen ebenso häufig wie Luftblasen im Champagnerglas.

Alle Beteiligten hatten einen großen Sammelkorb bei sich – bezeichnend für unsere übersteigerten Hoffnungen – und einen dreistöckigen, lackierten Picknickkasten, meist ein altes Familienerbstück, dessen einzelne Fächer man mit gerösteten Gurken, Reisbällchen, Fisch und gegrilltem Huhn gefüllt hatte. (Mein Picknickkasten zeugte stets von größerem Einfallsreichtum, so gab es zum Beispiel Sushi mit Cheddar und Mayonnaise.) Die Picknickkästen waren nach Gängen aufgestapelt, mit Schmuckbändern zusammengehalten und in große Seidentücher mit dem Wappen der jeweiligen Familie gewickelt. Da die Japaner aus einem Land stammen, das oft von Erdbeben heimgesucht wird und in dem Isolierung zugleich auch Schutz vor Bruchschaden ist, hat sich übertriebenes Verpacken zu einer Kunst entwickelt.

So fröhlich die Fahrt auch gewesen sein mochte, so plötzlich schlug die Stimmung um, sobald wir den Wald mit seinem alten Baumbestand erreichten. Während wir zu unserer Pilzsuche ausschwärmten, fielen dünne Sonnenstrahlen schräg durch das Laubdach. Es war so hoch und dicht, daß die Helligkeit kaum bis zum weichen Waldboden vordrang. Zwischen den uralten Bäumen herrschte eine heilige Stille, vor der wir alle andächtig schwiegen.

Genau das wollte Reverend Mitsui, unser geistliches Oberhaupt, wahrscheinlich auch mit dem Ausflug bezwecken. Denn die Buddhistische Gemeinde von Seattle kam zwar stets als klappernde Karawane an, doch sobald wir ausgestiegen waren, wurden wir von der herrlichen Größe der Natur aufgesogen: Jeder ging seiner Wege, unsere unbedeutenden Stimmen wurden gedämpft, unsere lächerliche Verkleidung verhüllt. (Für den Ausflug in dem Jahr, als Hanae drei war, hatte ich mir – siebenundzwanzig und unerfahren, wie ich war – einen Bubikopf schneiden lassen, trug ein modisches Kleid und ein Paar Riemchenschuhe mit hohen Absätzen!)

Wenn wir uns dann zum Mittagessen am späten Vormittag zusammenfanden, waren wir immer viel bescheidener und andächtiger.

An jenem Tag also, als wir uns nach dem Essen auf einer dikken Schicht duftender Kiefernnadeln ausstreckten, sprach Kenji Kubotas Sohn Billy – der intelligente Junge, der Jurist hatte werden wollen – Möglichkeiten an, wie man um eine enge Auslegung des Ausländerrechts des Staates Washington aus dem Jahre 1921 herumkam.

»Ach, Kenji-san«, gurrte Mrs. Ota, eine knochige Witwe, die ein Auge auf den Witwer Kenji geworfen hatte, »können wir uns nicht glücklich schätzen, daß wir Ihren Sohn Billy haben, der uns diese Dinge erläutert?«

Obwohl Akira sich den Bauch mit Reisbällchen vollgestopft hatte und sein Korb mit seltenen *matsutake*-Pilzen gefüllt war, die in einer Brühe oder gedämpft mit Huhn in Reis wunderbar aromatisch schmeckten, sprach er den Gedanken aus, den wir alle vermieden.

»Wir wären besser dran, wenn es gar keine Einschränkungen gäbe!«

Akira ist ein guter Buddhist, sieht aber unweigerlich auch die Realität.

Er sieht die Jackson Street: Yamadas öffentliches Bad Number One, Okis Café We Never Close, Uchidas Wäscherei Uncle Sam. Trotz der stolzen Namen sind es windschiefe Holzhäuser an einer schlecht gepflasterten Straße. Als Wissenschaftler muß er sie mit der Welt jenseits von Japantown vergleichen: den neoflorentinischen Bürogebäuden an der Second Avenue, den Wolkenkratzern im Jugendstil – mit Marmor ausgelegte Eingangshallen und getönte Aufzugtüren –, die so schnell in die Höhe schießen, daß die Leute schon sagen, Seattle werde ein zweites New York.

Selbst ich kann so viele Fakten nicht außer acht lassen.

In diesem Land ist das Spielen wie eine Kinderkrankheit beim Menschen. Ich war daher nicht weiter überrascht, als Akira sich dem Dreiband-Billard zuwandte. Wie eine Mutter, die wartet, bis der Fieberanfall ihres Kindes vorüber ist, habe ich in den letzten Jahren eine gewisse Entwicklung bei ihm beobachtet: Interesse – Verführung – Besessenheit. Und ich sitze zu Hause und gebe den einzelnen Phasen Namen.

Merkwürdige Symptome traten auf. Eine Zeitlang war Akira wild entschlossen, Kultur bei uns einkehren zu lassen. Mit einemmal schossen ein paar Chippendale-Stühle wie ungenießbare Pilze um unseren alten Eßtisch in die Höhe. Unsere hölzernen Eßstäbchen verschwanden, und ich sah mich gezwungen, mit Besteck Marke International Sterling zu hantieren.

»Meine Kleine«, pflegte Akira zu murmeln, »soll mit allen Vorzügen aufwachsen.«

An einem warmen Frühlingsabend – ich war durch lautes Knallen aus dem Schlaf aufgeschreckt worden, weil im Keller nebenan illegal Bier gebraut wurde – sah ich Akira im Mondlicht auf einem Chippendale-Stuhl sitzen und rauchen.

»Es ist schon spät, nicht?« Ich rieb mir die Augen. Ich sah nach Hanae, die immer neben mir auf einem schmalen Ruhebett im Wohnzimmer schlief. Mit sechs Jahren war sie ein einsames, aufgewecktes Mädchen mit schimmernden Zöpfen und dem hübschen Gesicht ihrer Mutter Naomi.

Schon bei ihrem Anblick ging mir das Herz über.

Als Hanae geboren wurde, hatte ich das Hotel verlassen und mich in *satori*, den Zustand der Erleuchtung, begeben. Ich verbrachte meine Tage in gefühlsduseligem Dämmer – weich, wabernd, kaum sichtbar, gleich einer schwebenden Insektenwolke an einem heißen Sommertag.

Hanaes Kopf in meiner Hand zu spüren – zerbrechlich, flaumig, leicht wie eine Aprikose. Der warme, durchdringende Geruch einer nassen Windel.

Mutterschaft durchdrang meinen Körper, überschwemmte meine Gedanken, bis ich, einer Seeanemone gleich, unbewußt und doch mit wachen Sinnen spürte, wie Liebe über meinen Kopf strömte. Es blieb mir nichts anderes übrig, als darin zu ertrinken.

Akira unterbrach meine Gedanken.

»Etsuko«, sagte er leise, während er die Zigarette ausdrückte. »Weißt du, wo ich war?«

Er trug einen Abendanzug, einen seidenen, maßgeschneiderten, zweireihigen Anzug mit breitem Revers, und sah aus, als gehöre er in jene florentinischen Bürogebäude, in eine viel feinere Welt als unsere.

»Du bist deinen Geschäften nachgegangen, nehme ich an.«

Akira und ich waren stillschweigend übereingekommen, daß wir seine Spielleidenschaft nie ausdrücklich erwähnten.

Ich zog mir einen Pullover über, schlüpfte in Hausschuhe und schlurfte quer durch den Raum an den Herd. Akira klang traurig; vielleicht sollte ich ihm etwas zu essen machen.

»Ich war in einem holzgetäfelten Raum auf einem persischen Teppich, über mir die Köpfe großer Raubtiere, die man auf einer Safari zur Strecke gebracht hatte.«

Akira hielt inne und betrachtete seine Hände.

»So desu?« Ich war mir nicht sicher, ob er eine Antwort von mir erwartete, und flüchtete mich in die sanften Laute einer Frau, die ihm signalisierten, daß ich zuhörte.

Akira trat zu Hanae. Er schob ihr dünnes Bein wieder unter die Decke.

»Sieh nur, wie lang sie wird!« rief er in ehrfürchtigem Staunen.

Hanae knirschte im Schlaf mit den Zähnen.

Akira, ständig besorgt um das Gebiß seiner Tochter, beugte sich über sie und massierte ihr vorsichtig den Kiefer. Als er sich wieder aufrichten wollte, zuckte er zusammen.

Das war nämlich der Preis für seinen Erfolg beim Spielen, die schmerzenden Rippen, die er zu verbergen suchte.

Ich goß grünen Tee in eine feine englische Porzellantasse, die ich auf den Tisch stellte.

»Alles in Ordnung?« fragte ich taktvoll mit einer Diskretion, die an Feigheit grenzte.

Akira kehrte wieder zu seinem Chippendale-Stuhl zurück. Ein Stuhl, den er gekauft hatte, als er versuchte, Weiße aus uns zu machen.

»Mir geht es gut.« Er lachte kurz auf. »Wer verliert schon gern gegen ein dressiertes Tier.« Er rieb sich die Hände. »Hmm, der Tee riecht gut.«

Ich holte Luft. Wo blieben die Kühnheit und der Mut, die ich immer entwickeln wollte? Vor mir saß Akira und war im Begriff, sich umzubringen. Und ich stand da, wagte nicht, mich einzumischen, und verhielt mich wie eine Gouvernante, die fürchtet, entlassen zu werden, weil sie ihre Kompetenzen überschritten hat.

»Akira …«, begann ich.

Doch Hanae rettete ihn.

»Papa!« lachte sie.

Wie durch plötzliches Gewehrfeuer aufgeschreckt, wirbelte Akira herum.

»Hast du das gehört?« flüsterte er. Er zeigte auf seine schlafende Tochter.

»W-was denn?« stammelte ich.

»Dieses Vertrauen!« Verärgert schüttelte er den Kopf. »Weißt du noch, was sie heute abend gesagt hat, als sie mich in diesen Sachen sah?«

In dumpfem Gehorsam versuchte ich mich zu erinnern, doch Akira unterbrach meinen Gedankengang.

»Viel Spaß bei deinem Zahnarzttreffen.« Er schnaubte beschämt. »Zahnärztetreffen«, wiederholte er mit leiser Stimme. »Sie hat mir meine Lügen abgenommen.«

»Mach dir keine Sorgen, Akira«, sagte ich beschwichtigend. »Sie liebt dich.«

Akira warf mir einen bohrenden Blick zu.

»Es ist so leicht, die Liebe eines Kindes zu gewinnen. Die Mühe lohnt sich allemal.«

September 1928

Das Obon-Fest

In jener Nacht damals muß Akira eine Entscheidung gefällt haben.

In nur drei Monaten gelangte er von anfänglicher Ernüchterung bis zu dem Punkt, an dem er loslassen konnte. Zum Obon-Fest schließlich, mit dem in Japantown die Mittsommernacht begangen wurde, hatte er sein Leben als Spieler aufgegeben.

Ich war erleichtert. Überglücklich dachte ich, daß Geduld sich letztlich doch auszahlt, und war froh, daß Akira sich ohne mein Dazutun selbst geheilt hatte.

Das Obon-Fest, bei dem die Toten öffentlich geehrt werden, war ein ganz besonderes Vergnügen. Denn an Obon, das eher im alten Wunder der Natur als im Buddhismus verwurzelt ist, wird nicht im privaten Kreis gefeiert. Es ist weniger ein religiöses als vielmehr ein liebgewordenes Fest der Gemeinschaft. Ohne dieses Fest hat die Jahresmitte etwas Melancholisches, wenn die kanadischen Gänse bereits schreiend über dem Pugetsund kreisen und man weiß, daß die Schatten, die zu dieser Zeit noch bis neun Uhr abends warten, schon bald um halb neun, dann um acht, dann um sieben fallen werden. Ein großes Picknick und ein Freudenfeuer, mit dem die Geister begrüßt werden, Jungen, die Baseball spielen, Mädchen in ihren Sommerkimonos und viel Limonade und Tanz waren immer genau das, was man brauchte.

Als ich meinen Beitrag – Makkaroni und Käse, in Sojasoße und Ingwer mariniert – zwischen die normalen Gerichte *tori teriyaki* und *sushi norimaki* zwängte, die sich auf den Tischen vor der buddhistischen Kirche von Seattle türmten, schien mir die ganze Welt offenzustehen.

Vielleicht, dachte ich wagemutig, deutet meine kulinarische Kühnheit ja auf ein gewisses inneres Potential hin, ein wahres Ich, das ich mir noch nicht vorzustellen vermochte.

Sogar Teddy Tanaka gab an jenem Nachmittag Anlaß zu Hoffnungen. Er war ein schlichter, schweigsamer Junge und in der siebten Klasse bei weitem der schlechteste Schüler in Englisch. Seine Eltern waren ständig in Sorge um ihn.

An einem Nachmittag vor drei Jahren hatte Teddys Mutter plötzlich vor unserer Tür gestanden, nachdem sie gehört hatte, daß wir eine ausgefallene europäische Einrichtung besäßen und Hanae sich ausgezeichnet zweisprachig ausdrücken könne. (Da Akira und mir daran gelegen war, Hanae auf die Zulassung an der Universität von Washington vorzubereiten, sprachen wir zu Hause meist Englisch.)

»Lassen Sie ihn einfach nur zuhören«, hatte sie uns gebeten und ihn an mir vorbei ins Wohnzimmer geschoben, sehnsüchtige Blicke auf Hanae werfend, die mit ihren dreieinhalb Jahren kurze Sätze aus der *Seattle Times* laut vorlesen konnte. »Lassen Sie ihn die Atmosphäre Ihres Hauses in sich aufnehmen. Er braucht nur den richtigen geistigen Rahmen!«

Teddys Mutter war der Ansicht, das Problem ihres Sohnes bestehe hauptsächlich darin, daß er nicht genug Englisch hörte. Um dem abzuhelfen, sollte Teddy nun jeden Tag nach der Schule zwei Stunden lang zu uns kommen und einfach nur zuhören (was er in der Vorstellung seiner Mutter auch eifrigst tun würde), während Hanae und ich unseren täglichen Beschäftigungen nachgingen.

Mir erschien dieser Plan nicht gerade vielversprechend; doch Frau Tanaka war ziemlich verzweifelt und Teddy offenbar so einsam, daß ich dachte, vielleicht würde es ihn anspornen, wenn er mit einem jüngeren Kind zusammen war.

Meine anfängliche Einschätzung war richtig gewesen. Nachdem wir diese osmotische Nachhilfe jahrelang praktiziert hatten – Hunderte, vielleicht Tausende von Stunden –, war Teddy noch immer nicht von der Klasse für Sprachanfänger in die hauptsächlich von Japanoamerikanern besuchte Grundschule auf der Main Street übergewechselt, geschweige denn in die sich daran anschließende, vor allem von Weißen besuchte Bailey-Gatzert-Schule.

Mich überraschte das nicht. Während unseres »Unterrichts« sagte Teddy kaum ein Wort. Ich hatte in den letzten anderthalb Jahren sogar aufgehört, Englisch zu sprechen, und war froh über jede Antwort, die von ihm kam, und sei es auf japanisch.

Vielleicht lag es an der Aufregung dieses Tages oder an der Unbefangenheit unter freiem Himmel, oder, was noch wahrscheinlicher ist, da ich mich meiner Pflicht enthoben fühlte, daran, daß er von meinem übertrieben gewissenhaften, belehrenden Geschwätz befreit war – jedenfalls ging mit Teddy beim Obon-Picknick eine Wandlung vor sich.

»Da ist ja Sayuri Sakimoto«, stellte er mit der Selbstverständlichkeit eines Jungen fest, der gewohnt ist, daß man ihm zuhört. »Sie war bei mir in der dritten Klasse. Schauderhaftes Englisch. Ihre Eltern haben sie dann schließlich nach Japan geschickt.«

»Stimmt, Teddy!« plapperte ich aufmunternd drauflos. »Ich habe gehört, daß sie wieder da ist. Und schau sie dir nur an in ihrem Kimono; was für eine selbstsichere junge Dame aus ihr geworden ist!«

»Ich habe auch eine Überraschung auf Lager«, sagte Teddy mit hintergründigem Lächeln.

Verschwörerisch senkte er seine dreizehnjährige Stimme. »Ich gehe nach Hollywood: Universal City vielleicht, oder RKO.«

»Wieso, Teddy«, fragte ich, »was meinst du damit?«

Teddys schmächtiger Brustkorb schwoll vor Stolz an.

»Ich werde Filmstar.«

Wenn das Spiel für Männer eine Möglichkeit war, aus Japantown herauszukommen, dann war es für Frauen und Kinder das *Nippon-Kan*-Theater. Es war 1909 mit öffentlichen Geldern erbaut worden und stand – gleich einer Burg oder Kathedrale in einer mittelalterlichen Stadt – am höchsten Punkt von Japantown, so daß seine mächtigen Ausmaße überall zu sehen waren. Ähnlich einer Burg oder Kathedrale stellte das *Nippon Kan* eine soziale Institution dar. Es hatte eine Bühne für öffentliche politische Diskussionen und Judo-Veranstaltungen, für Aufführungen von Schauspielern und Musikern aus Japan und bot somit uns Frauen den Schutz des Irrglaubens, wir könnten in Amerika leben, ohne den Bezug zu Japan zu verlieren.

Doch unsere Kinder wußten es besser. Bei japanischen Aufführungen und offiziellen Veranstaltungen rannten sie lärmend zwischen den Stuhlreihen auf und ab und ließen die Kulturlektionen an sich vorbeirauschen. Nur die Hollywoodstreifen des *Nippon Kan* interessierten sie: Dann saßen sie wie versteinert und mit offenem Mund auf ihren Sitzen. So kam es, daß kleine Kinder jeden Sonntag eine erschreckende Wandlung durchliefen, während ihre Mütter den neuesten Klatsch austauschten – die meisten sprachen kein Englisch und waren nicht in der Lage, den durchaus unterhaltsamen Filmen zu folgen – und ihren Erinnerungen an Japan nachhingen. Die japanischen Sprößlinge verwandelten sich in amerikanische Kinder.

Ich reagierte mit Bestürzung auf Teddys Pläne – nicht noch ein Schauplatz, auf dem er niederschmetternde Erfahrungen machen würde! – und konnte mich nicht zurückhalten.

»Aber Teddy, nur *Weiße* werden Filmstars!«

Teddy schaute mich beleidigt an.

»Nicht unbedingt«, sagte er von oben herab. »Guck dir nur Rin Tin Tin an.«

Mir fiel keine passende Antwort ein. Hilfesuchend schaute ich mich um und war dankbar, als ich Akira erblickte.

Lachend und nach allen Seiten nickend schob er sich in seinem hellen einreihigen Anzug mit Schlitztaschen durch die Menge. Er stand dem Broadwaystar Fred Astaire in nichts nach.

Als er zu uns trat, fragte er freundlich: »Wie geht's, Teddy?«

»Prima, Dr. Shinoda!«

Teddy strahlte ihn an. Für die Jungen aus Japantown war Akira aufgrund seines schneidigen Auftretens, seiner Einnahmen durch das Billardspiel und der kostenlosen zahnärztlichen Versorgung ein Idol wie Robin Hood.

»Störe ich?«

»O nein, Dr. Shinoda! Mrs. Sone und ich haben nur gerade über Hollywood gesprochen ... und Sayuri-Sakimoto.«

»Über Hollywood?«

»Ja.« Teddy zögerte nur kurz. »Ich werde Filmstar.«

»Wunderbar!« Akira schmunzelte. Er beugte sich zu ihm hinunter und flüsterte ihm vertraulich zu: »Putz dir nur jeden Tag die Zähne, damit du immer ein strahlendes Lächeln hast.«

»Übrigens«, fuhr Akira fort und sah mich dabei an, »habe ich auch gerade über die kleine Sayuri gesprochen.«

Mir fiel auf, daß er bewußt behutsam sprach.

»Wer tut das nicht!« schwärmte Teddy. »Japan hat ihr bestimmt viel gebracht. Kam zurück und hatte ruck-zuck die Klasse für Sprachanfänger geschafft!« Er drehte den Kopf, als beobachte er jemanden, der schnell vorbeilief.

»Selbstvertrauen.« Akira nickte. »Das kommt davon, wenn man mit seinesgleichen groß wird.«

Angst nagte in mir.

Dachte er an Hanae?

Ich sah Akira an. »Vielleicht hat Sayuri Nachhilfe in Englisch bekommen«, warf ich vorsichtig ein.

»Nachhilfe!« stöhnte Teddy skeptisch. Meine Nachhilfe hatte ihm gewiß nicht weitergeholfen.

Ich wich Teddys ungläubigem Blick aus.

»Es wäre ja nicht für immer«, sagte Akira. »Nur ein paar kritische Jahre.«

»Sayuri wäre auch so selbstsicher geworden. Es lag nicht an Japan.«

»Aber vorher war sie ein Wurm«, klagte Teddy. »So schüchtern und verhuscht, und jetzt ist sie ein ...«

»Schmetterling«, ergänzte Akira.

Er und Teddy tauschten einen wohlwollenden Blick in gegenseitigem Einvernehmen, wie Frischverliebte.

Plötzlich wurde mir trotz der warmen Sonne kalt.

Er nimmt mir mein kleines Mädchen weg!

Akira schaute mich aus seinen dunklen Augen an.

»Sie lernen etwas über Tee, Blumenschmuck und Poesie«, bemerkte er freundlich. »Sie entwickeln Charakter.«

»Hanae hat Charakter!« Ich bemühte mich nicht einmal mehr, so zu tun, als sei dies eine belanglose Unterhaltung. »Sie ist intelligent, sie ist stark, und sie lebt unter ihresgleichen. Sieh doch nur, wie sie sich die *kendo*-Ausstellung da drüben mit den anderen Kindern anschaut!«

»Nicht *mit* ihnen«, sagte Teddy.

Ich sah sofort, daß er recht hatte.

Als ich mit Hanae zum Fest gegangen war, hatte ich sie aufgeregt zur Eile angetrieben und sie an die Spiele der Kinder erinnert. Aber jetzt sah ich, daß sie abseits stand.

»Sie ist ungebunden«, erklärte ich und fühlte, wie Hysterie in mir aufstieg. »Unabhängigkeit kann nur gut sein.«

»Nicht für *Kinder*«, korrigierte Teddy altklug und schüttelte sein weises Haupt. »Für Kinder ist es einfach nicht lustig.«

Lange standen wir schweigend beisammen.

Aus den Augenwinkeln sah ich Hanae, das Kinn gewollt gleichgültig vorgeschoben, einsam an ihrem Zopfende saugen.

»Natürlich wirst du mit ihr fahren«, schlug Akira vor.

Wie ein elektrischer Schlag durchzuckte mich ein Hoffnungsschimmer.

»Ich denke schon geraume Zeit darüber nach; du könntest Hanae zu ihrer Großmutter bringen.«

»Großmutter?« wunderte ich mich. »Aber deine Mutter ist doch gestorben.«

»Nicht zu meiner Mutter. Zu Naomis. Wir könnten sie zu Familie Fuji schicken. Zu Chie.«

Meine Hoffnung verwandelte sich in Nervosität.

»Chie hat Naomi verstoßen. Sie hat mit ihr gebrochen, als ihr geheiratet habt!«

»Ich habe Kontakt zu ihr aufgenommen. Sie ist bereit, Naomis Kind zu sich zu nehmen.«

»Und ich?«

Wie Naomi hatte man auch mich aus dem Hause Fuji geworfen. Nach meiner Geburt war ich zu den lieben Menschen gekommen, die für mich meine *wirklichen* Eltern waren.

Verzweifelt wechselte ich das Thema.

»Warum willst du sie so weit wegschicken? Sind denn Tee und Blumen so wichtig, daß du bereit bist, dein Kind zu verlieren?«

Akira rieb sich mit beiden Händen über die Wangen, als wolle er sich mit einem heißen *oshibori* erfrischen.

»Das, was sie über die Kultur lernt, ist sekundär. Etwas anderes treibt mich, ein Gefühl.«

Wenig überzeugt senkte ich den Blick.

Akira versuchte es noch einmal.

»Hanaes Sturheit macht mir keine Sorgen, aber sie hat so eine traurige Art, die mir Kummer bereitet.«

Er sprach langsam, um seinen Gedanken Ausdruck zu verleihen.

»Hanae ist ein einsames Kind in einem Land, das lauthals vor der ›Gelben Gefahr‹ warnt. In Japan könnte sie vielleicht ein Zugehörigkeitsgefühl entwickeln, eine Verbindung mit ihrer Mutter und Großmutter, so daß sie am Ende weiß, ›das bin ich‹. Und das kann sie überallhin mitnehmen.«

Ich seufzte. Der Duft unseres Obon-Picknicks lag in der Luft – geröstete Algen und Sesam –, nostalgische Gerüche, die mich an die Heimat erinnerten.

Ich hob den Blick. Mitten auf der South Main Street stellte man sich soeben in einem großen, sich schlängelnden Kreis auf. Der Tanz sollte beginnen.

»Meine Eltern haben auch davon gesprochen, mich zurückzuschicken«, gestand Teddy. »Man hat mich verprügelt, als ich in der Bailey-Gatzert-Schule anfing. Aber letzten Endes sind sie zu dem Schluß gelangt, daß ein Aufenthalt in Japan wohl eher was für Mädchen ist.«

»Wieso?« fragte ich ruhig.

Teddy hob die Schultern.

»Angeblich sind Jungen wie Lachse: Sie schwimmen gegen

den Strom und mögen die rauhe Tour. Deshalb haben sie uns Namen wie Teddy und Tommy gegeben; wir sollen in Amerika bleiben – sollen uns an diese Welt gewöhnen.«

Er hielt inne.

»Aber Mädchen heißen Haruko und Hanako, Frühling und Kleine Blüte. Wahrscheinlich will man nicht unbedingt, daß Mädchen verprügelt werden.«

Ich lauschte den elegischen Klängen des japanischen *shamisen*. Die Tänzer schritten voran und taten so, als schaufelten sie, um die mühselige Arbeit des Kohlebergbaus darzustellen. Zorn wallte in mir auf. Warum handelte unsere Musik meistens davon, ausgerechnet in einer Arbeitskolonne das Beste aus dem Leben zu machen?

»Vielleicht bringe ich dich in eine schwierige Lage«, sagte Akira höflich und diskret. »Du und Chie habt einander nie nahegestanden. Vielleicht sollte ich andere …«

»Nein! Wenn Hanae geht, dann gehe ich mit ihr.«

Akira gab rasch nach und verbeugte sich.

Auf der Haupttribüne begann der Musiker Minoru Hata den *kanko odori*, einen Tanz aus der Gegend von Ise. Die Musik war langsam, stilisiert; sie hatte sich seit Generationen nicht verändert.

Mit klammheimlicher Bewunderung dachte ich an Steptanz, Jazz, mündlichen Schlagabtausch. Wie die Menschen in Amerika erforderte auch die amerikanische Kunst Spontaneität, Despektierlichkeit, verblüffendes Improvisationstalent.

Ich schüttelte den Kopf. Kein Wunder, wenn Amerikaner Japaner hölzern fanden. Beredtes Schweigen, späte Einsicht in Form eines Gedichts, Konversation, die mit der maskierten Steifheit von Schauspielern des alten No-Theaters betrieben wird: All diese Eigenschaften, im überfüllten Japan durchaus sinnvoll (wo ein Schlagabtausch mit seinen Stichen und Paraden allzu stachelig werden könnte), wirkten hier lächerlich.

Eine ganze Generation von Japanern, zu denen auch ich gehörte, war in jugendlichem Leichtsinn und voller Hoffnungen nach Amerika gekommen, nur um festzustellen, daß wir keinen

Ton herausbekamen und einen watschelnden Gang hatten. Ein Ozean breitete sich zwischen uns und unseren Kindern aus, die den Wunschtraum äußerten, Rin Tin Tin sein zu wollen, Träume, die so unverständlich waren wie Vogelgezwitscher! Kein Wunder, daß wir unsere Familien spalteten, Söhne ins Zeitalter des Jazz vorausschickten, um sie mit einer ungewissen Zukunft ringen zu lassen, und Töchter zurück ins vertraute Japan beförderten.

Während die alte Musik spielte, hing ich diesen Gedanken nach und versuchte, mir die Situation neu zurechtzulegen.

Vielleicht würde es guttun, nach Hause zurückzukehren. Vielleicht war es mir ja sogar vorbestimmt, und ich *sollte* zurück gehen, als Vorspiel gewissermaßen, so daß ich am Ende in der Lage wäre, meine Zukunft für mich einzufordern.

Ich kniff die Augen zusammen und stellte mir das Leben als herrenlose Handtasche vor, die im Schließfach eines Bahnhofs in weiter Ferne auf mich wartete.

»Chie ist genauso meine wie Naomis Mutter«, gestand ich schließlich ein. »Als ich klein war, hatte ich Angst vor ihr. Aber jetzt, da ich erwachsen bin und, wenn ich so sagen darf, eine eigene Tochter habe, bin ich fast ein wenig neugierig. Wie ist sie wirklich?«

Akira verbeugte sich dankbar.

»Du bist eine gute Mutter«, sagte er leise und förmlich. »Ich schätze dich als Freundin.«

»Du bist ein guter Mann.« Auch ich verbeugte mich. »Ein verdienstvoller Vater.«

Es war unsere Art des Abschieds.

Akira setzte seine runde Schildpattbrille ab. Er zog die biegsamen goldenen Bügel hinter den Ohren hervor, hauchte auf die Gläser und polierte sie am Ärmel.

Jetzt würde Akiras Haus leer sein.

Er war ein gutaussehender Mann, erst dreißig Jahre alt, doch in diesem Augenblick sah er alt aus. Mit einem Ruck hob er verwirrt den Kopf.

»Vielleicht sollten wir noch darüber reden ...«

»Ja«, sagte ich.

Aber wir wußten beide, daß etwas unwiderruflich in Gang gesetzt worden war.

5. Kapitel

Oktober 1928

KOBE, JAPAN

Ich bin in ein Land zurückgekehrt, das genau zwischen zwei Epochen steht. Der Taisho-Kaiser, den man lange Zeit wegen angeblicher Geistesschwäche (ein Nachteil reiner Familiendynastien) außer Gefecht gesetzt hatte, ist erst kürzlich gestorben. Sein Nachfolger ist der junge Showa-Kaiser Hirohito. Japan, wie es in meiner frühen Kindheit existierte – wo man im Spätsommer den Mond durch das hohe Gras auf den Wiesen betrachtete und im Frühjahr zur Kirschblüte Picknicks veranstaltete –, hat sich gewandelt. Der September ist nicht viel mehr als der Beginn einer neuen Baseballsaison, und der April läßt einen nur noch an Aprilscherze denken.

Derartige Modernisierungen haben ihren Preis. Über ganz Japan hat sich ein dünner, öliger Rußfilm gelegt. Er fällt unsichtbar auf scharlachrote Ahornblätter, morgens in die Suppenschüsseln mit *miso*, und Hausfrauen halten plötzlich verwirrt inne, wenn sie die Kimonos der Kinder von Bambus-Wäschestangen abnehmen, und schauen besorgt in den klaren Himmel.

Außer den Hausfrauen und den Bauern, denen die Teesträucher und Maulbeerbäume eingehen, haben nur wenige den Ruß bemerkt. In Kobe sind jetzt, da der Sommer dem Herbst weicht, die Temperaturen endlich gefallen. Westliche Frauen stellen voreilig ihre Pelze zur Schau und bummeln über Boulevards, an denen internationale Großunternehmen – britische Banken, holländische Handelsgesellschaften, französische Hotels – Seite an Seite stehen und die beste Aussicht über den Hafen genießen.

Denn der Anblick ist wirklich beeindruckend. Verstreut liegen immergrüne Inselchen vor der Küste, ihre Felsenklippen sind übersät mit weißen Reihern, an den Ufern wogt Seegras, und in den strudelnden Fahrrinnen hausen Tausende verschiedener Salzwasserlebewesen.

Hier und da tauchen am Horizont Fischerboote auf. Ein Ozeanriese, der sich durch sie hindurchnavigiert, sieht unschön und doch irgendwie beeindruckend aus, gleich einer Witwe, die die Röcke ihrer Abendgarderobe durch einen Lilienteich zieht.

Weltweit blühen die Geschäfte. Über die Bürgersteige von Kobe wogen Massen dunkler Haarschöpfe, unter denen vereinzelt ein paar helle auftauchen. Die Betriebsamkeit wirkt elektrisierend wie Morgenkaffee. Japanische Frauen gefallen sich neuerdings darin, bleich und dünn herumzulaufen und einen gewissen Lebensüberdruß zur Schau zu stellen. Ihr Haar ist kurzgeschnitten, aber sie tragen Kimonos wie alle Japanerinnen. Es sind die *moga* – eine Abkürzung für *modan garus* oder »modern girls« –, die so gern ins Kino gehen, daß die Brillenmarke Roidos mit den runden Gläsern, wie Harold Lloyd sie trägt, ein Kassenschlager geworden ist. Vor den Kinos lungern »moderne junge Männer« in enganliegenden Valentino-Anzügen herum, haben sich die Haare streng nach hinten gekämmt und beobachten die Mädchen.

Auf dem Marktplatz mischen sich Studenten in ihren Universitätsuniformen unter Hausfrauen und Gewerkschafter. Sie feilschen an Ständen, die überladen sind mit getrocknetem Blaufisch und importierten Granatäpfeln, mit Pornographie, politischen Druckschriften (vor kurzem wurde das allgemeine Wahlrecht eingeführt, allerdings nur für Männer) und jeder Menge Bücher zur persönlichen Weiterbildung. Denn neben den traditionellen Schulen für Teezeremonie und Blumensteckkunst schießen im ganzen Land Fahrschulen, Kosmetikschulen, Schulen für Fremdenführer wie Pilze aus dem Boden und bieten jede Art von Ausbildung, die Selbstbereicherung und das Leben in der Stadt verkörpert.

In jede wohlgeordnete Hauptschlagader des kommerziellen Lebens von Kobe ergießen sich Tausende undisziplinierter Äderchen – ein munteres Gewirr von Gassen, an die sich winzige Parzellen unterschiedlichster Form drängen, die alle mit eigenen Verheißungen aufwarten. So steht zum Beispiel eine Bar mit vier Hockern dicht neben einem Fotogeschäft für Hochzeitsbilder, das wiederum zwischen einem Tempel, einer Schule für Maschineschreiben und einem Bordell eingezwängt ist.

Trotz dieser chaotischen Vitalität behaupten sich die traditionellen Grundfesten. Denn Japan ist ein Land, in dem Frömmigkeit lange Zeit mit Vergnügen einherging, ebenso wie Kontinuität und Veränderung zusammengehörten.

Selbst die Tatsache, daß ständig Gebäude und Geschäfte abgerissen werden – wo heute ein Futonladen ist, entsteht schon morgen eine Milchbar –, stellt Kontinuität dar. Darin wird die Einstellung der Gesellschaft deutlich: *kodomo no tame ni*, »zum Wohl unserer Kinder«. Ältere Unternehmen werden zugunsten neuerer geopfert, um jungen Architekten und Unternehmern eine Chance zu geben.

Dort, wo der Ruß entsteht, in Kobes schwefelfarbener Innenstadt, bringt der kühle September Erleichterung. In dem engen Gewirr von Heimwerkstätten, in denen Frauen sich über Nähmaschinen beugen oder Lötkolben schwingen und damit eine industrielle Revolution vorantreiben, brechen die Nachbarn zu ihrem abendlichen Bad auf.

»*Kore wa*!« rufen die Frauen und rücken ihre verschlafenen Kinder von einer Hüfte auf die andere. »Die Luft reinigt sich; der Himmel sieht tatsächlich heller aus!«

Ihre hohen *getas* klappern über das Pflaster der Gassen. Die kleinen Jungen reiten auf dem Rücken des Vaters, die Zehen auf den Hüftgurt gestützt, den der Mann um seinen *yukata* aus Baumwolle geschlungen hat, die Arme um Vaters Hals gelegt.

Die Nachbarn kommen vor dem Badehaus an, schieben blaue Vorhänge mit drei senkrecht verlaufenden Schlangenlinien zur Seite – ein Ideogramm für dampfendes, heißes Wasser. An zwei Türen im Innern trennen sie sich und betreten die beiden aneinandergrenzenden Badebereiche: einen für Männer und einen für Frauen.

In den Umkleideräumen wird der Nachwuchs bewundert, man ißt eine Kleinigkeit, stellt auf der Waage Übergewicht fest und klagt ganz offen drüber. Ein willkürliches Nebeneinander von Plakaten lädt die Kunden ein, das Militär zu unterstützen, Mahlzeiten bei einem Nudelladen um die Ecke zu bestellen, oder sich mit den Gesichtern von Verbrechern vertraut zu machen, nach denen noch gefahndet wird.

Bei den Männern wie bei den Frauen schließt sich ein Raum mit Oberlicht an den Umkleideraum an. Hier wäscht man sich zunächst gründlich an niedrigen Wasserhähnen. Dann tränkt man kleine Handtücher mit eiskaltem Wasser und legt sie sich auf den Kopf, um sich dann aufseufzend in ein riesengroßes, randvolles Becken mit heißem Wasser gleiten zu lassen. Dieses gemeinsame Bad gehört zum Wesen japanischen Nachbarschaftslebens – *hadaka no tsukiai*, offener Umgang miteinander.

Wenn die Nachbarn, ohne Ansehen von Stand und Beruf übrigens, anschließend mit feuchten Kleidern und nassem Haar nach Hause gehen, wedeln sie sich mit runden Papierfächern kühle Luft zu, bleiben stehen, um improvisierter Straßenmusik oder einer Dichterlesung zu lauschen oder eine Zaubervorstellung zu betrachten – denn wir sind ein Volk, das seine heimlich gepflegte Begabung gern der Öffentlichkeit vorführt –, schwadronieren eher fröhlich als wehleidig über bankrotte Landwirtschaftsbetriebe.

Denn schließlich ist der Herbst angebrochen, eine Zeit, in der man Verluste hinnimmt, und man ist froh, daß die Luftfeuchtigkeit wenigstens vorübergehend nachgelassen hat.

In der Tat hat die nachlassende Luftfeuchtigkeit – und ein auffrischender Herbstwind – den Ruß demokratisch verteilt. Er wurde über die Stadtgrenzen hinausgeweht und auf alle sozialen Schichten gestreut.

Ein Teil fliegt zu einem hohen Berg über einer kleinen Küstenstadt und fällt auf Hanae Shinoda nieder.

Gelangweilt vom traditionellen japanischen Spiel, bei dem Seidenstreifen um Zweige gewickelt werden – die Herstellung grober Puppen in unechten Kimonos –, läuft die sechsjährige Hanae Shinoda auf der breiten Veranda des 330 Jahre alten Hauses ihrer Großmutter auf und ab.

Sie betrachtet das Haus. Es wurde von den Architekten der kaiserlichen Katsura-Villa entworfen und ist ein Meisterwerk bewußter Schlichtheit: Elegant liegt es inmitten asketisch gestalteter Gärten zwischen Hügeln von Bambus und Kirschbäumen.

Stirnrunzelnd schaut sie in den saftiggrünen Moosgarten.

Dieser ganze erlesene Friede bringt sie noch um.

Es ging alles zu schnell. Zuerst die verwirrenden, fadenscheinigen Erklärungen.

»Du wirst bei deiner Samurai-Großmutter sehr viel lernen«, sagte Akira halbherzig. Seine Stimme klang wehleidig, auf dem Gesicht zeichnete sich innere Qual ab. Hanae fing an zu weinen. Sie klammerte sich an seine Arme, als wolle sie Schläge verhindern, die für sie erschreckend und unverständlich waren. »Was hab ich denn getan?« schluchzte sie. »Ich hab' es doch nicht so gemeint! Ich verspreche, ich tu's nie wieder!«

Dann die stümperhaften guten Wünsche zum Abschied.

»Wirf den Ball!« schrie ich Hanae zu, als die Schiffssirene aufheulte und die Kleine wie versteinert an der Reling stand, das symbolische Band fest in der Hand. Doch meine Anweisungen nutzten nichts; Hanae schleuderte das aufgewickelte Kreppapier von sich und vergaß, ihr Ende festzuhalten. Als Akira den Ball auffing, flatterte Hanaes Ende davon. »Schnell, nimm meinen, versuch es noch einmal!« rief ich, als das große Schiff erzitterte und Akira immer kleiner wurde. Ich stopfte ihr meinen Ball in die Hand und bedeutete ihr, ans Ufer zu zielen. Doch ich hätte es ebensogut lassen können. Hanae, die einerseits zu viel Verstand hatte, um sich von einem alten Abschiedsritual trösten zu lassen, war andererseits so abergläubisch, daß sie aus der Fassung geriet, als es mißlang. »Das bedeutet Unglück!« kreischte sie in aufsteigender Panik. »Ich werde Papa nie wiedersehen!«

Sosehr die Überfahrt uns zunächst auch zu schaffen machte, die zehn Tage an Bord waren doch eine Erleichterung. Wir fanden einen Freund. Hanae spielte Fangen mit der Gischt und lernte die Sternbilder kennen. Doch schon in dem Augenblick, wo wir anlegten, wurde sie mit der Gewißheit konfrontiert, daß es das, was ihr vertraut gewesen war, nicht mehr gab. »Wo sind denn die Möwen?« hatte Hanae ausgerufen, als sie in den Himmel über dem Kai starrte, an dem sich nichts regte. Verblüfft registrierte sie, daß Japan sehr weit vom Festland entfernt liegt und nur wenige Seevögel je den Weg hierhergefunden haben.

Doch Hanae ist gewitzt. Nach drei Wochen hat sie in Japan viel Interessantes gefunden, was allerdings nicht zu ihrem Leben als Samurai-Kind gehört.

Sie seufzt. Mit schmerzhafter Sehnsucht denkt sie an den Ort weit unter ihr, eine Oase des prallen Lebens. An die Reisernte: wogende Reisfelder – grün wie der Bauch eines Salamanders, schön wie ein Gebet zum Erntedank –, aus deren unbeschreiblichem Schleim der Reis hervorschießt, die nach Dung stinken und voller Blutegel sind. Sie stellt sich vor, sie wäre eine bäuerliche Kriegerin mit glitzernder Sense, deren Sandalen mit Zehenriemen durch Wasser voller Schlangen schlurfen.

Oder ein Hühnerhändler, der auf seinem Fahrrad von Haus zu Haus fährt, von Stadt zu Stadt. Er kauft so schnell wie möglich Hühner auf, steckt sie in große Flechtkörbe mit vier Fuß Durchmesser (wobei er wertvolle Zeit verliert, da er immer wieder Kinder herausziehen muß, die diese Körbe als Spielzeug betrachten). Er balanciert drei Körbe, sechzig Tiere und damit 250 Pfund auf seinem Schutzblech und den Schultern, und wenn er wie wild nach Kobe zurückstrampelt – damit er sein Geflügel rechtzeitig zum Markt am Nachmittag ausliefern kann –, sieht er aus wie der Muskelmann im Zirkus.

Oder sie wäre ein Tofuhersteller, der zwei Stunden nach

Mitternacht aufsteht, zerkleinert und kocht, zerdrückt und formt. Nur die Nacht und sein rhythmischer Atem leisten ihm Gesellschaft. Er frühstückt, zieht dann über Land (gut und gern zwanzig Meilen pro Tag, seine Kinder übernehmen die Lieferungen in der Nähe), um aus zwei hölzernen Trögen, die an einer Stange über seinen Schultern hängen, seine Ware zu verkaufen.

Hanae mag den Tofumann und kann sich vorstellen, daß er ein erfülltes Leben hat. Um die Stirn trägt er ein *hachimaki*, ein Schweißband, und die Jacke hat er stolz mit dem Namen des Ladens verziert.

Hanae geht noch ruheloser auf und ab. Verglichen mit diesen einfachen Betätigungen erscheint ihr das Leben einer *ojosan*, in dem Wert auf die Beschäftigung mit der Leere gelegt wird, unerträglich ruhig.

Dabei mangelt es ihr durchaus nicht an Aktivitäten oder Pflichten. Natürlich hat Hanae Pflichten.

Aber die sind alle so esoterisch.

Zum Beispiel das Fegen des Gartenwegs mit einem leichten Bambusbesen: Es geht dabei nicht einfach darum, den Schmutz zu beseitigen. Auch bei dieser Tätigkeit gilt es, Hingabe und spirituelle Tiefe zu entwickeln, und die eigentliche Aufgabe ist die Wiederholung – morgens und abends, immer wieder, jahrzehntelang –, bis man gelernt hat, leichte, blumige Abdrücke auf der weichen Erde zu hinterlassen. Bis man versteht, daß diese Linien eine flüchtige Kalligraphie sind, ein Ausdruck des Gleichgewichts zwischen Selbstdarstellung und Selbstbeherrschung. Und daß jeder kleine Besenstreich trotz der Vergänglichkeit dieser Aufgaben hoher Konzentration bedarf und ebensoviel Schönheit erzeugen kann wie das Verfassen eines Gedichts.

Doch Zen-Lektionen sind an Hanae verschwendet. Stille und die Transzendenz äußerster Bescheidenheit sind ein harter Brocken für ein amerikanisches Kind.

Hanae schreckt aus ihrer Träumerei auf und stampft mit dem Fuß auf die glatten Nachtigallenbretter der Veranda. Die Dielen wurden mit so viel Elastizität verlegt, daß jede Planke singen würde, falls Samurais aus feindlichen Lagern einzudringen versuchten, und sei es bei Nacht und Nebel und auf Zehenspitzen.

Hanae holt so weit aus, wie es ihr Matrosenkostüm erlaubt, und schleudert ihre Stockpuppen auf den preisgekrönten Karpfen ihrer Großmutter.

Hanae will den friedlichen Teich aufwühlen und die Farben Orange, Schwarz und Weiß aufblitzen sehen, als würde eine ertrunkene, gescheckte Katze an die Oberfläche treiben. Doch ihre Absicht, zu stören, ist sinnlos, das Ergebnis unbefriedigend. Die leichten Puppen aus Zweigen fallen seicht hernieder und schwimmen harmlos auf dem Wasser, in dem sich der Himmel spiegelt.

»Hanae!«

Das Spiegelbild ihrer Großmutter, Chie Fuji, erscheint auf der Teichoberfläche. Sie ist neunundfünfzig Jahre alt und hat schwarzes Haar – erst jetzt tauchen die ersten silbergrauen Strähnen auf –, das sie zu einem makellosen Knoten aufgesteckt hat. Sie ist eine stattliche Frau, anderthalb Meter groß, fünfundvierzig Kilo schwer, mit aufrechter, königlicher Haltung.

In Japan weist die Kleidung auf den Geschmack, die soziale Stellung und das Alter hin. Kinder tragen helle Grundfarben, junge, ledige Frauen reine, satte Pastellfarben. Junge Matronen kleiden sich in sattere Pastelltöne, pfirsichgelb und veilchenblau; während man *hana no chu nen*, »Blumen im mittleren Alter«, nur in Perlgrau, Maulwurfsgrau und Blautönen antrifft.

In dieser strengen Modehierarchie, in der die Farbtöne tiefer und voller werden, je älter die Trägerin ist, stellt Chie die Eleganz schlechthin dar. Heute hat sie einen Seidenkimono in der Farbe schwarzer Zuchtperlen gewählt, am Saum mit hellem Herbstgras bedruckt, und einen *obi* aus Silberbrokat.

Vielleicht erkennt Chie Trauer und Heimweh in Hanaes bokkiger Art, denn sie beugt sich zu ihr hinunter und zwickt sie in den Arm.

»Komm mit«, befiehlt sie.

Ihre arthritischen Finger packen mit der Erfahrung eines Tierbändigers zu. Fest und unwiderstehlich.

Chie zieht Hanae unter den großen, geschwungenen Dachvorsprung, durch sonnendurchflutete Vorhallen, in denen ihre weißen Socken über kostbare Holzfußböden gleiten. Mit einem heftigen Ruck schiebt sie einen zarten *shoji* aus Reispapier zur Seite und zerrt Hanae über duftende *tatamis.*

Bei jedem forschen Schritt raschelt ihr Kimono.

Abrupt bleibt sie vor einer großen *kiri tansu,* einer Kommode aus wohlriechendem Paulownienholz, stehen, so daß Hanae stolpert.

Chie bemerkt es nicht. Weiter hinten sieht sie, wie ich – kürzlich erst aus Amerika eingetroffen – in einem anderen Flur auf Händen und Knien glücklich Staub wische.

»Etsuko!« blafft Chie.

Ich lasse das Staubtuch fallen und eile in das Zimmer. Über meinem blauen Baumwollkimono trage ich eine *kappogi,* eine für Hausfrauen typische Schürze, die von einfachen Bauersfrauen aus der Mittelschicht, wie meine Mutter es war, getragen wird. Seit meiner Rückkehr nach Japan trage ich stolz verschiedene Variationen davon.

Chie läßt einen mißfallenden Blick über meinen Aufzug gleiten. Die Farbe ist zu alt für mich, Stoff und Stil sind zu gewöhnlich.

»Es ist an der Zeit, daß wir dem Mädchen sein *Erbe* zeigen«, verkündet sie, wobei sie das Wort verächtlich betont.

Hanae spürt den Druck von Chies Fingern im Nacken. Unfreiwillig sinkt sie auf den Boden.

Freudestrahlend stecke ich mir die halblangen Haare hinter die Ohren.

»Wir haben etwas Besonderes!« Ich schmunzle.

Chie und ich knien vor der Kommode nieder.

Chie beugt sich vor, zieht an einem Paar Eisengriffen, und eine schwere Schublade gleitet heraus. Sie setzt sich wieder auf die Fersen.

Mit spitzen Fingern falte ich die schützenden Schichten der Verpackung auseinander.

»Die hat deine Mutter genäht«, flüstere ich. »Sie sind für den Zeitpunkt gedacht, an dem du die Kinderstube verläßt.«

Hanae wartet.

Am sechzehnten November ist der »Sieben-Fünf-Drei-Tag«, ein Feiertag, an dem alle Dreijährigen ihren ersten Haarschnitt bekommen und fünfjährige Jungen – das Gesicht in eine glückbringende Richtung gewandt – auf ein Brett des traditionellen Go-Spiels gestellt werden.

Da Hanae bald sieben Jahre alt wird, erwartet sie ihren ersten echten *obi* und einen Kimono mit verheißungsvollem Muster. Tausend Kraniche, Vorboten für Gesundheit und Glück, oder Pflaumen- und Kiefernzweige für Jugend und ein langes Leben.

Hanae ist nicht sehr neugierig auf das, was da enthüllt wird. Für sie ist Kleidung nur Maskierung, das, was man eben haben muß.

Dennoch beobachtet sie die Enthüllung durchaus mit Interesse.

Sie ist stolz darauf, aufgrund ihres logischen Denkens Ereignisse voraussehen zu können. Sie mag es, wenn sich ihre Ahnungen bestätigen.

Endlich ist die Verpackung beseitigt.

Hanae reißt die Augen auf.

Und was sieht sie?

Dutzendweise Unterwäsche. Jeweils sieben Garnituren, für jeden Wochentag eine, in unterschiedlichen Größen.

Chie bemerkt den ungläubigen Blick.

»Es sind so viele, daß du von deinem siebten Geburtstag bis zum Abschluß der Oberschule keine anderen brauchen wirst.«

Sie mustert Hanae. Ihr Blick verrät nichts.

»Sind sie nicht *außergewöhnlich*?« bohrt sie.

Es sind Hemdhosen, alle nach demselben Muster geschnitten. Geraffte Pumphosen an spitzenbesetzten Miedern. Steifer Baumwollpikee für den Sommer, warme Wolle für den Winter.

Jedes Teil ist fein säuberlich mit kleinen rosa Blumen bestickt und wird im Rücken mit einer Reihe winziger Perlknöpfe geschlossen.

Ich drücke mir eins dieser bemerkenswerten Kleidungsstücke an die Wange.

»Ich habe sie aus Amerika mitgebracht. Deine Mutter hat sie während ihrer Schwangerschaft Stück für Stück genäht.«

Vor Entzücken werde ich lauter.

»So schön ist Mutterliebe!«

Chie fährt mit ihrem leicht arthritischen Finger an einem mit Spitzen besetzten Halsausschnitt entlang.

»So seltsam und unnütz«, lautet ihr erfahrener Kommentar. »So verrückt ist Liebe.«

6. Kapitel

Februar 1930

Die Hinterlassenschaft

Naomi muß gewußt haben, daß Hanae ein Mädchen werden würde und sie nicht da wäre, um sie großzuziehen. Naomi hat ein Erbe hinterlassen – ein Zeichen ihrer Liebe.

Es ist nicht leicht, mit Naomis Liebe zu leben. Tag für Tag zwängt sich Hanae in die dunkle Außentoilette der Schule, während die Minuten verstreichen und sie ganze Kleiderschichten ablegen muß. In den kalten Wintern von Kobe müht sie sich besonders ab; sie zieht zuerst die Matrosenjacke aus, dann den Pullover, die Matrosenbluse, den Matrosenrock und schließlich die vermaledeite Unterwäsche. Da sie aus einem Stück besteht und im Rücken geknöpft ist, muß sie sich dieser Mühe jedesmal von neuem unterziehen.

»Beeil dich, Hanae!« rufen die Klassenkameradinnen und hüpfen draußen vor der Toilette auf und ab. »Mach schon, oder wir sagen dem Sensei, daß wir wegen dir immer zu spät kommen!«

»Ich komm ja schon«, faucht Hanae zähneklappernd, die Stimme in Kleidern erstickt. Betäubt, tolpatschig und in der Gewißheit, bestimmt gleich ein wichtiges Kleidungsstück in das tiefe, stinkende Loch fallen zu lassen.

Hanaes Schulfreundinnen haben keine Ahnung von ihrem Dilemma. Sie tragen keine Unterwäsche. Japanische Kinder ziehen einfach nur mehrere Schichten gesteppter Kimonos übereinander an. Hanae aber ist ein japanoamerikanisches Kind, in einer Welt geboren, in der geklettert und gerangelt wird. Dann wurde sie in eine Welt verfrachtet, in der man kniet und wartet. Hanae trägt amerikanische Kleidung.

Die Oberbekleidung stammt von Akira. An den beiden Geburtstagen, die Hanae inzwischen in Japan gefeiert hat, habe ich ihr jeweils eine sorgfältig verpackte Schachtel überreicht, die genauso aussah wie jene, die Akira ihr auch in Seattle schon jedes Jahr geschenkt hat.

»Da bin ich aber mal gespannt!« habe ich jedesmal gerufen.

Hanae staunt über meine unerschütterliche Fähigkeit, Überraschung zu zeigen, denn die Schachtel enthielt beide Male das maßgeschneiderte Matrosenkostüm, das Akira ihr schenkt, solange sie denken kann, nur jeweils eine Nummer größer.

Zunächst ärgerte sich Hanae über die Vorhersehbarkeit des Vaters. Sie dachte, es sei ein Zeichen von Gefühlskälte. Doch in diesem Jahr redete ich ihr gut zu. »Du fehlst deinem Vater«, erklärte ich ihr. »Es ist nicht leicht, immer wieder das gleiche Kleidungsstück anfertigen zu lassen. Er mag zwar einsehen, daß du wachsen mußt, will dich aber eigentlich so bewahren, wie er dich gekannt hat.«

Hanae ist nur ein Kind, dessen Mutter bei der Geburt starb und das von seinem Vater getrennt worden ist. Sie weiß nichts von der Liebe in einer Ehe.

Doch jeden Morgen, wenn sie mit ihrer Kleidung die Fürsorge ihrer Eltern Schicht um Schicht überzieht, überlegt sie sich, welcher Zufall wohl eine Rolle gespielt hat, als sich zwei Menschen kennenlernten, die von der Einheitlichkeit der Kleidung ihres Kindes so besessen waren. Damit dürfte die Seelenverwandtschaft ihrer Eltern wohl erwiesen sein.

Und Tag für Tag entwickelt Hanae beim Ankleiden eine vage, aber fundierte Kenntnis über die Liebe: daß sie übertrieben und taub ist; daß sie unbequem und bedrohlich ist; daß sie sich über einen stülpt und zu einer zweiten Haut wird.

Nach der Trennung von ihrem Vater und nachdem sie nun über ein Jahr in einem neuen Land verbracht hat, frage ich mich, ob Hanae wohl glücklich ist.

Die Antwort ist nein. Sie ist so einsam und in sich gekehrt wie zuvor. Im übrigen kann eine Veränderung der äußeren Umstände das Wesen eines Menschen nicht verändern.

Vielleicht will ich, daß Hanae anders ist – entgegenkommend und vergnügt (so wie ich).

Es ist wie verhext. Ich kenne meine einseitige Ausrichtung, meine japanoamerikanische Vorliebe für pathologischen Frohsinn. Trotzdem ist Hanae, wenn sie nicht gerade ein fragwürdiges Talent für altklugen, unbarmherzigen Humor an den Tag legt, oft so ernst. Sie fühlt sich zu ungeheuer schwermütiger Lyrik über gebrochene Vogelschwingen und die trostlose Sinnlosigkeit des Lebens hingezogen.

Es gibt zwar solche Anlässe für inneres Großreinemachen. Man nennt sie Herbstzeit und Pubertät. Doch ich glaube auch, daß zur Kindheit Freude gehört.

Ich versuche, Hanae Antrieb zu geben. Im Frühling, wenn plötzliche Windböen aufkommen, wirbele ich auf Zehenspitzen unter blühenden Kirschbäumen umher.

»*Hanafubuki*! Blütenschneesturm!« rufe ich und breite meine Arme aus, um den weichen, herabfallenden Himmel einzufangen, das Gestöber aus rosafarbenen Blütenblättern.

»Hanae, komm doch auch her!«

Sie ist hin- und hergerissen. Hanae liebt ihre ausgelassene Tante. Und auch die Blüten lassen sie nicht kalt – so zart, und doch ist jede einzelne mit der Anpassungsfähigkeit und Großzügigkeit ausgestattet, mit der sie Ästen, Brisen und den sie vom Boden aufwirbelnden Windstößen Schönheit verleiht.

Es ist die Kindheit, der sie mißtraut.

Für Hanae ist Kindheit gefährlich und verführerisch zugleich. Hinter allen Liebkosungen und heimlichen Späßen verbirgt die

Kindheit ihr dunkles Antlitz. Mütter sterben ohne Einwilligung des Kindes. Väter schicken einen plötzlich fort.

Zu Anfang hat sie einen leichten Schlaf – den kleinen Lieblingsstein, den sie aus Seattle mitgebracht hat, hält sie fest in der Faust – und wartet auf das vertraute Klappern, das zu hören war, wenn der Rasierapparat des Vaters gegen das Emailbecken schlug. Sie erfährt, daß es Zeitzonen gibt, und sie lebt in beiden. Sie weiß immer, wann er ißt und wann er zur Arbeit geht.

Wochen vergehen, dann Monate, und das erste Jahr ist um. In einem Satintuch verbirgt Hanae eine sorgfältig zusammengelegte Bleistiftzeichnung von unserer Wohnung in Seattle, die mit genauen Anmerkungen versehen ist: »Wo Papa seine Zigaretten aufhebt und Pennies für mich versteckt.« »Wo ich gesessen habe, als ich krank war und Zitronentee mit Honig getrunken habe.« Die Ermahnung »NICHT VERGESSEN!« auf der Rückseite hat sie unterstrichen.

Und obgleich sich ihr Bild von Akira nicht verändert hat, haben sich in den letzten anderthalb Jahren Furchen auf Hanaes Stirn gebildet. Es hat sie Mühe gekostet, sich den Vater stets klar vor Augen zu halten.

Zu diesem Zweck trainiert sie ihr Gedächtnis: Sie prüft es, vervollkommnet es. Sie versucht, ihre Geisteskraft zu stärken, denn diese Kraft ist die einzige, die sie in der Kindheit erlangen kann, glaubt sie.

Doch auch diese Kraft ist nicht ohne Fehl.

Hanae erinnert sich an ein Spiel, das sie mit ihrem Papa zu spielen pflegte. Wenn am Nachmittag die Schatten länger wurden, versteckte sie sich unter dem Eßtisch. Sie lauschte auf seine Hand am Türknauf, auf seine Schritte, wenn er vom Wohnzimmer nach hinten ins Schlafzimmer ging, wenn er rief: »Wo ist denn mein Mädchen?«

Sie weiß noch, daß sie so starr auf die Stelle geschaut hat, an der sein Gesicht auftauchen mußte, daß in ihrem Hinterkopf Lichter aufblitzten und ihr das rote Tischtuch auf einmal grün vorkam.

Das verbindet Hanae mit Kindheit. Es ist eine Zeit des Wartens, so lang und so unkontrollierbar, daß selbst die eigenen Gedanken trügen. Hanae will die Kindheit so schnell wie möglich hinter sich lassen.

Ich will sie aufhalten.

7. Kapitel

Oktober 1932

Dank der Ersparnisse aus Akiras Spielerzeit konnten Hanae und ich auf dem Luxusdampfer von Seattle nach Yokohama und Kobe fahren. Zwar nur dritter Klasse, aber wir hatten eine Privatkabine, wenn auch getrennt von den Passagieren der ersten und zweiten Klasse.

An unserem ersten Abend auf See, während wir in unserer neuen, seltsamen Umgebung einen Rundgang machten, bei dem es auf und ab ging und wir gegen Wände taumelten, wurde Hanae auf einmal schlecht. Als ich nach einer Tabakdose griff, die zufällig vorbeirollte, tauchte aus dem Dunkel plötzlich ein großes Taschentuch auf.

Das Taschentuch gehörte einem gepflegten weißen, etwa vierzig Jahre alten Mann, der höflich zur Seite trat, während ich Hanae die Dose unter das Kinn hielt und ihr auf den Rücken klopfte. Dann trug er sie in unsere Kabine zurück. Obwohl er ebenso schnell verschwand, wie er gekommen war, wurden wir später natürlich Freunde.

Dieser Mann, Viktor, war Europäer, in München geboren und von Beruf Fotograf. Als ich meine Überraschung darüber zum Ausdruck brachte, daß er als Weißer dritter Klasse reiste, erzählte er mir, er sei Jude.

In den zehn Tagen unserer Überfahrt verbrachten wir viel Zeit miteinander. In Viktors Gegenwart fand Hanae die Verspieltheit, die sie bei ihrem Vater vermißte; und ich vermute, wir ersetzten Viktor in gewisser Weise die fehlende Familie.

Viktor erinnerte mich an Tadao. Wie mein Mann hatte Viktor die Gabe, aus Ungewißheit ein Abenteuer zu machen. Die Japaner haben dafür einen Namen. Wir nennen es *myo* oder die Kunst, »unbekannte Schönheit« zu erschaffen.

An einem klaren, frostigen Abend schlich Viktor mit Hanae und mir zum Deck erster Klasse hinauf, wo wir heimlich tanzende Paare in Abendkleidung beobachteten. Während wir draußen standen, ausgeschlossen von Wärme und Musik, schlug der Reiz des Neuen bald in Melancholie um. Mit meinem Pagenschnitt, dem schmal geschnittenen Kleid und dem Wollmantel war ich eindeutig nicht mehr die Japanerin, die damals den Pazifik in entgegengesetzter Richtung überquert hatte. Doch genausowenig würde ich jemals als Amerikanerin durchgehen.

Viktor spürte, was in mir vorging. Er führte uns an die Reling, die im Dunkeln lag. Unter uns rauschte das Meer, und er zeigte uns die Sternbilder. »Da ist die helle Andromeda, ausgesetzt durch die Torheit ihrer Mutter. Da ist Perseus im Exil, Andromedas treu ergebener Gemahl.« Er vermochte der kalten Nacht wieder Mystik und Zauber zu geben.

Anschließend tanzte er unter dem Sternenhimmel im Walzerschritt mit der verdatterten Hanae über das Deck und den ganzen Weg zurück zu unserer Kabine.

Viktor zeigte uns damals seine Fotos, die er chronologisch geordnet hatte. Dicke Bündel verblüffend persönlicher Bilder. Zuerst eine Serie aus München: Straßen, Gärten, eine Synagoge, Porträts von Familienfesten mit hintergründigem Humor. Dann veränderten sich die Bilder allmählich, wurden oberflächlich, desillusioniert, unzusammenhängend. Zigeuner am Rand von Paris, eine Frau, deren Alter ebensowenig zu bestimmen war wie ihre Gefühle (lachte sie? weinte sie?), aß ein Stück Brot im Regen.

Das brachte mich durcheinander. Was sollte ich mit solchen Bildern anfangen? Ein hochnäsiger Gepäckträger am Hauptbahnhof von New York, ein dürrer amerikanischer Junge bei der Versteigerung der elterlichen Farm – gebeugt wie ein alter Mann. Verlust, Hoffnung, Erwartung, Erschöpfung. Mit den

Fotos waren ungleiche Momente eingefangen worden – schöne, bewegende –, denen eine zusammenhängende Geschichte fehlte.

Später – nachdem ich Hanae in eine Decke gewickelt hatte und sie schlafend mit dem Kopf auf meinem Schoß lag – sprach Viktor über sein Exil. Über den Putschversuch 1923 in München, als ein Mann namens Adolf Hitler inhaftiert wurde, weil er versucht hatte, Bayerns republikanische Regierung zu stürzen; darüber, wie Hitler während seiner kurzen Gefangenschaft »Mein Kampf« schrieb, eine Abhandlung über den Haß, die erschreckend gute Resonanz gefunden hatte. Kurz darauf hatte Viktor eine Fotoserie gedruckt – Porträts von Hitlers Freund General Ludendorff –, auf der der Porträtierte rosa wie ein Schwein und dümmlich wirkte.

»Dann bin ich fortgegangen«, sagte Viktor leise. »Ich kann nicht mehr zurück.«

Als er einen Stapel seiner Fotos in die Hand nahm und noch einmal durchblätterte, kam mir eine Erkenntnis. Die Bilder waren Viktors Ich-Geschichte.

Die Bilder enthielten im Zeitrafferformat die Fäden seines Lebens. Zusammengenommen ergaben sie eine Geschichte über Loslassen und Engagement – wobei er zunächst seine Kamera *auf* enteignete Menschen richtete und anschließend *mit* den Augen ausgesuchter verwandter Seelen fotografierte.

Bis Viktor die Fotos schließlich nach und nach übereinanderlegte und erzählte, wie er sein Leben wiedergewonnen hatte.

Oktober 1932

Es gibt einen Grund für diesen Exkurs über Viktor; vier Jahre lang hatte ich die Arbeit an meiner Ich-Geschichte eingestellt.

Ursprünglich hatte ich mit meinem Leben und meiner Erzählung fortfahren und an meine Geschichte keinen zweiten Gedanken verschwenden wollen. Was ich in Amerika immer bewundert hatte, war die Ansicht – in Wirklichkeit eine raffinierte Phantasievorstellung –, Vergangenes verblasse allmählich, um schließlich ganz zu verschwinden, und erreiche eine erfreuliche Transparenz im Gegensatz zu dem, was die Zukunft brächte.

Doch ein Roman, selbst ein autobiographischer, muß mehr sein als die Aufzählung von Betrachtungen über die Gegenwart, muß mehr sein als nur fröhliche Spekulation über die Zukunft, die sich allenfalls beim Baden eines kleinen Kindes als nützlich erweist.

Deshalb komme ich nicht umhin, »Meine Geschichte mit Chie« zu erzählen. Jetzt bin ich an dem Punkt, an dem es mir gelingen sollte. In Wahrheit jedoch klingt das, was ich schreibe, plötzlich platt, sobald es um meine Beziehung zu Chie geht.

Seitdem ich in Chies Haus lebe, habe ich mir die größte Mühe gegeben. Ich habe unzählige neue Entwürfe geschrieben, die entweder karikierend, zusammenhanglos oder zu weinerlich waren, und in einer Schachtel aufgehoben. Dann habe ich mich gefragt, warum ich diese Ich-Geschichte überhaupt schreiben will. Warum habe ich mich Millimeter für Millimeter vorgearbeitet wie der Maler einer japanischen Schriftrolle (ein Vorläufer des Films, bei dem ein vorbeiziehendes horizontales Bild, das die Gegenwart darstellt, auf einer Seite aufgerollt und von einer Rolle auf der anderen Seite abgerollt wird); warum habe ich versucht, das Erlebte festzuhalten, noch während es sich entfaltete?

Vielleicht, um von mir selber Zeugnis abzulegen, um meinen Platz in der Welt zu beschreiben und sagen zu können: »Das hier bin ich.« Vielleicht auch, um in die Zukunft hineinzuwinken, und weil ich hoffte, daß ich dies alles später noch einmal lesen würde, wenn ich weiser geworden wäre. Doch es kann auch sein – und bei diesem Gedanken wurde mir mulmig –, daß ich nur die Zeit totschlug, daß ich versuchte, einer unbefriedigenden Gegenwart zu entfliehen.

Ich hörte auf zu schreiben.

In der vergangenen Woche fand ich in einem schicksalhaften

Augenblick, als ich meine alten Manuskripte forträumte, ein Foto, das Viktor mir einmal geschickt hatte. Es steckte in einem Umschlag, der in Yokohama abgestempelt und vor vier Jahren angekommen war, nachdem ich schon fast einen Monat bei Chie wohnte.

»Liebe Etsuko«, hatte Viktor auf die Rückseite geschrieben, »mögen alle Ihre Reisen Sie nach Hause führen.«

Als ich das Foto erhielt, versank ich zunächst in Selbstmitleid – ich lebte bei Chie und hatte trotzdem nicht das Gefühl, ihre Tochter zu sein –, doch als ich Viktors feste Handschrift sah und mir klarmachte, daß er niemals nach München zurückkehren könnte, war ich dankbar, wieder zu Hause zu sein.

Chie hat mich damals überrascht. Obwohl sie die männliche englische Schrift bemerkt hatte, die offensichtlich nicht Akiras war, hatte sie meine Privatsphäre respektiert. Sie hatte den Brief zwischen andere Post gesteckt, die sie mir gebracht hatte, und wir konnten so tun, als hätte sie ihn nie gesehen.

»Dein Leben gehört dir«, schien sie damit sagen zu wollen. »Du bist nicht verpflichtet, etwas erklären zu müssen.«

In den vier darauffolgenden Jahren habe ich diese vorschnelle anfängliche Interpretation revidiert. Der Tatsache, daß Chie sich nicht in meine Angelegenheiten mischt, scheint eher Desinteresse als Respekt zugrunde zu liegen.

Amerika indes, das ich meine Heimat nannte, hat sich in meiner Abwesenheit offenbar drastisch verändert. In dem Versuch, Hanae auf dem laufenden zu halten, hat Akira uns Ausgaben der *Seattle Times* zukommen lassen. Darin habe ich über die Wirtschaftskrise in Amerika gelesen. Neuntausend Banken sind geschlossen worden, sechsundachtzigtausend Unternehmen bankrott gegangen. Hunderte von Schuhputzern – einschließlich Frauen und Kinder – betteln in den Straßen von Seattle um nicht vorhandene Arbeit. Wenn ich mir das alles vor Augen führe, dazu noch das Schicksal des Lindbergh-Babys, mache ich mir Sorgen um Amerika. Als hätte ich gehört, daß eine alte Freundin, die im wesentlichen von edler Gesinnung war – obwohl sie dazu neigte, allen zu mißtrauen, die nicht ihrem sozialen Stand angehörten – an einer schweren Krankheit litt.

Das Gefühl, weder hierhin noch dorthin zu gehören, war entmutigend. Da erwies sich die Wiederentdeckung von Viktors Foto als Segen. Es zeigte mich auf einem windigen Deck – gerade richte ich mich lächelnd auf –, nachdem ich meinen ersten Schwarm fliegender Fische gesehen hatte.

Ich kann mich noch gut an den Tag erinnern: an den kalten Nebel, das eintönige Schlingern der grauen See. Dann die dünnen, silbernen Blitze. Zuerst zwei, dann vier, dann wieder nichts. Eine lange Pause, dann fünf oder sechs. Es kam jedesmal so überraschend, daß ich für den Rest der Reise – trotz des unfreundlichen Wetters und obwohl ich nie wieder fliegende Fische erblickte – glücklich war, wenn ich mich über die Reling beugen und nach ihnen Ausschau halten konnte.

Auf seinem Foto hatte Viktor genau jenen Moment des ersten Entdeckens festgehalten, den köstlichen Schreck, so herrlich, daß meinem Gesicht schon jetzt anzusehen war, wie sehr ich in Zukunft darauf warten würde.

Er hatte ihn perfekt eingefangen. Und jetzt, da ich ihn brauchte, hatte er mir diesen hoffnungsvollen Moment wieder in Erinnerung gebracht.

Wie sich dadurch alles verändert! dachte ich.

Ich saß in Chies kaltem Haus – umgeben von alten Briefen, vergessenen Fotos, verworfenen Manuskripten – und dachte über das Beispiel nach, das mir Viktors Leben gab.

Viktor hatte sich nicht in Wut oder Selbstmitleid gesuhlt; er hatte sich statt dessen für die Fotografie entschieden und seinen Weg aus dem Exil gefunden, indem er immer wieder bewußt mit den Augen anderer sah.

Vielleicht konnte ich das auch.

Oktober 1932

Eine Momentaufnahme von Chie Fuji

Chie gefällt es, wieder ein Kind im Haus zu haben, obwohl Hanae kein gewöhnliches Kind ist. Hanae ist fest und unnachgiebig. Eine Knospe im Frühling, verkümmert durch plötzlichen Frosteinbruch.

Sie ist nicht wie Naomi. Als Naomi klein war, hörte Chie sie in den hohen, lieblichen Tönen kleiner Mädchen vor sich hin summen, wenn sie spielte.

Hanae singt nie und spielt nur selten.

Hanae beobachtet. Sie betrachtet Erwachsene und sucht nach Strategien, als wären wir die großen Meister und das Leben eine grausige Variante des Go-Spiels.

Die Hausangestellten versetzt sie in Angst und Schrecken. In den letzten vier Jahren haben fünf gekündigt.

Somit ist ein großes Haus, in dem einst viele Dienergenerationen ihr ganzes Leben verbrachten, heute mit fünfzigjährigen, ständig wechselnden Köchinnen ausgestattet (die dann ins Haus ihrer Söhne und der künftig zu schikanierenden Schwiegertöchter zurückkehren) und siebzehnjährigen (bald wieder Reißaus nehmenden) Hausangestellten.

Natürlich kann diese Fluktuation der Dienerschaft nicht nur mit Hanaes Eigenheiten erklärt werden.

»Das Kind ist nicht normal«, soll die letzte Köchin angeblich vor sich hin gemurmelt haben. »Seine Gegenwart zieht Rachegeister an.«

Die Köchin verließ uns, nahm zwei von Chies besten Messern mit und hinterließ kleine Reinigungsaltäre – einen Berg Salz hier, eine Tasse Kartoffelwein dort – und den vorbeugenden Duft von Weihrauch.

Chie und ich wissen von den fehlenden Messern, weil Hanae es uns gesagt hat. Mit ihren elf Jahren schleicht sie klammheimlich von einem Raum zum anderen, um sich die Zeit zu vertreiben.

Zunächst versuchte Chie es auf die sanfte Tour.

»Komm«, forderte sie das Kind auf, »setz dich auf meinen Schoß. Ich will dir eine Geschichte erzählen.«

Aber die beiden waren sich zu ähnlich, zu dünn und kantig. Ihre Knochen drückten aufeinander, so daß es schnell unbequem wurde.

Außerdem liegt es Chie nicht, ihre Zuneigung zu zeigen. Da Chies Mutter eine offene, liebenswerte Frau war, ist Chies Zurückhaltung wohl eher auf ihr Samurai-Erbe zurückzuführen.

Denn nach alter Samurai-Tradition hieß es, offen gezeigte Zuneigung bringe den geliebten Menschen in Gefahr. Ein unfreiwilliger Blick, das plötzliche Anhalten der Luft konnte in Kriegszeiten die Erben offenbaren, auf die ein Attentat zu verüben sich lohnte. Die Frau eines Samurai diente ihren Kindern am besten, wenn sie sich unbeteiligt verhielt. Zuneigung machte es später um so schwerer, sich kaltherzig zu stellen, wenn es um Leben und Tod ging, wenn man gegenüber dem Schicksal der Kinder, die sich als unbekannte Bauernlümmel ausgaben, Gleichgültigkeit an den Tag legen mußte.

Trotzdem findet Chie Gefallen an ihrer Enkeltochter. Hanae hat eine rasche Auffassungsgabe, ein geradezu lästiges Gedächtnis.

Wenn Hanae ihre Klugheit auf die Spitze treibt, ist sie eine echte Fuji.

Ein Stück Fuji-Geschichte

Die Fujis sind Samurai: Krieger aus elitären *Shi*-Familien, zu denen auch Adlige am Hof des Kaisers und Priester gehörten. Die Samurai sind uralte, stolze Geschlechter und können ihren Stammbaum achthundert Jahre zurückverfolgen. Sie standen rangmäßig nur eine Stufe unter dem Adel und waren verpflichtet, der Ehre ihres Familiennamens und des ihres Lehnsherrn bis zum Tod zu dienen.

Um 1500 war Japan unter 250 regionalen Kriegsherren aufgeteilt, die ständig gegeneinander Krieg führten, da alle an die zentrale Macht zu gelangen hofften. Während dieser Zeit unablässiger Bürgerkriege war es bei einem Jungen, der in eine Samurai-Familie hineingeboren wurde, keine Seltenheit, daß er mit dreizehn Jahren schon in den Krieg ziehen mußte. Um ihn darauf vorzubereiten, flüsterte die Mutter ihrem Kind bereits im Mutterleib Kriegsstrategien ein. Kaum tat der Sohn seine ersten Schritte, lehrte man ihn, Ältere zu achten, Frauen Mitgefühl entgegenzubringen und mit anderen Jungen zusammenzuarbeiten. Mit sieben wurde er täglich zehn Stunden in geistiger Disziplin, moralischer Integrität, Bogenschießen, Lanzentechnik und Fechtkunst unterwiesen. Zur Vorbereitung auf das Töten schoß er Pfeile auf lebende Kaninchen. Zwischen dreizehn und fünfzehn Jahren nahm der Junge an einer *genbuku*-Zeremonie teil, bei der er den Namen eines Erwachsenen erhielt, ihm die Haare bis auf einem zum Knoten gebundenen Haarschopf abrasiert wurden und er eine Rüstung bekam. Ob er sein erstes Jahr im Krieg überlebte, hing im wesentlichen von zwei Faktoren ab: davon, wie gut er seine Lektionen gelernt hatte, und vom schieren Zufall.

Damals ließen sich auch viele Samurai-Töchter in der Kriegskunst ausbilden. Darüber hinaus studierten sie Philosophie, Geschichte und Literatur – wobei sie sich häufig als Dichterinnen, Romanautorinnen oder Gelehrte auszeichneten.

Die erste Pflicht einer Samurai-Tochter bestand darin, ihrem Vater durch eine Heirat militärische und politische Verbündete zu verschaffen und anschließend ihrem Mann einen männlichen Erben zu schenken. Trotzdem kämpfte bereits im Jahre 1180 Gozen Tomoe in der Schlacht bei Uji an der Seite ihres Mannes. Nachdem sie tapfer gegen feindliche Truppen angetreten war – um ihrem belagerten Mann Zeit für den Selbstmord zu gewähren, der ehrenhafter war als das Eingeständnis einer Niederlage –, verschonte man das Leben der Adligen. Sie zog sich in ein Kloster zurück, wo sie für ihr heiliges Leben gelobt und gepriesen wurde. Dann gab es noch die Samurai Jako Hosokawa, die berühmt wurde, weil sie auf das höchste Dach ihrer Burg kletterte, um das Lager des Feindes auszukundschaften, und mit Lippenrot eine genaue Karte anfertigte.

Trotz ihrer heldenhaften Vorfahren ist der Stand der Samurai heute veraltet. Der Niedergang begann im Jahre 1606, als Fürst Ieyasu Tokugawa ein an einem Sterbebett gegebenes Versprechen brach. Er hatte seinem alten Verbündeten Hideyoshi Toyotomi – der erfolgreich alle anderen Kriegsherren unterdrückt und Japan unter seine Kontrolle gebracht hatte – gelobt, dessen sechsjährigen Erben zu schützen. Doch er brachte den Jungen um. Damit begann das Tokugawa-Shogunat, das fünfzehn Generationen (1606–1869) anhalten sollte.

Fortan stellten die Tokugawa-Shogune ihre Politik unter das Motto »Friede im Land, Abschottung gegen äußere Einflüsse«. Um potentielle militärische Konkurrenten im eigenen Land von vornherein auszuschließen, entwickelten sie eine dreifache Strategie. Zunächst degradierten sie den Kaiser und seinen Hof zu Gallionsfiguren und verbannten sie nach Kyoto. Dann verlangten sie von regionalen Fürsten und ihren Samurai, Frauen und Kinder am Hof des Shogun in Edo (Tokio) zu lassen. Schließlich mußten diese kleineren Fürsten und Samurai abwechselnd zwei Jahre allein in ihren Heimatprovinzen verbringen und zwei Jahre bei ihren Familien in Edo.

Der Shogun verfolgte damit einen ausgeklügelten Plan. Zwei Wohnsitze zu unterhalten war so kostspielig, daß keine Mittel zur Finanzierung eines Aufstands übrigblieben. Noch wichtiger war, daß die Familienmitglieder, die am Hof ein prunkvolles, aber überwachtes Leben führten, durch diese Politik zu Geiseln wurden.

Infolgedessen veränderte sich das Leben der Samurai in den beiden Jahrhunderten der Tokugawa-Herrschaft. Getrennt von ihren Ländereien, konnten sie nichts anbauen. Sie waren in dem Glauben erzogen, daß in einer Gesellschaft »kein Mensch zu reich oder zu arm« sein durfte, und betrachteten daher den

Handel, der ihnen per Gesetz untersagt war, mit Argwohn, da er ihrer Meinung nach die einen zu Wohlstand führte und andere in Armut stürzte.

Daher gewöhnten sich die Samurai-Familien daran, von den Zuwendungen der Shogune zu leben – vornehm, aber arm – und ihrer relativen Untätigkeit einen Sinn abzugewinnen.

Die im Kriegshandwerk ausgebildeten Samurai – sie hielten sich stets kampfbereit für den Fall eines Angriffs von außen – arbeiteten zum größten Teil als Regierungsfunktionäre, für die Lesen, Schreiben und Rechnen die wichtigste Voraussetzung war.

Im Laufe der Zeit wurde die Kriegerkaste der Samurai zur Schicht der Intellektuellen. Samurai wurden von buddhistischen Priestern und Konfuzius-Gelehrten erzogen, studierten Philosophie, Poesie, Kalligraphie und die Kunst der Teezeremonie und verwandelten sich in Literaten, die den westlichen Naturwissenschaften ebenso zugetan waren wie der östlichen Kampfkunst.

Doch da sie so wenige wirklich wichtige Dinge zu tun hatten, wurden viele mit der Zeit arrogant und träge.

Trotzdem stürzte das Tokugawa-Shogunat schließlich über die eigenen ungeschickten Restriktionen, die Menschen aller Klassen gleichermaßen gegen seine Herrschaft aufbrachten. Hinzu kam, daß sich die Schwertkämpfer des Shoguns gegenüber dem Kanonenfeuer amerikanischer Kriegsschiffe als nutzlos erwiesen hatten. Nachdem im Jahre 1862 die Anwesenheitspflicht bei Hofe gelockert worden war und die Familien nach Hause zurückgekehrt waren, bewiesen viele Samurai aus dem Südwesten rasch ihre Kampfbereitschaft. Chies Vater schloß sich ihnen an.

Er unterstützte den Kaiser, und im Jahre 1869 gipfelten zwei Jahre politischer und militärischer Konfrontation darin, daß Samurai der kaiserlichen Armeen durch Tokugawa-Gebiete marschierten. Mit der Beendigung des Bürgerkriegs von Boshin gingen 263 Jahre Herrschaft durch das Tokugawa-Shogunat zu Ende.

Jubelnd zogen die siegreichen Samurai nach Hause. Im Herbst desselben Jahres kam Chie zur Welt.

Der Niedergang des Shogunats bedeutete jedoch auch das Aus für die Samurai-Krieger. Im neuen Egalitarismus einer Einklassengesellschaft unter dem Leitsatz »ein Herrscher, zehntausend Untertanen« war für eine elitäre Kriegerkaste kein Platz mehr.

Die Samurai, die zuerst das Erbrecht auf Einkommen, dann das Recht, ein Schwert tragen zu dürfen, und schließlich die Privilegien eines rechtlichen Status und einer standesgemäßen Anrede einbüßten, wurden systematisch entmachtet.

Doch tausend Jahre Tradition verschwinden nicht so leicht. Einige Samurai schickte man nach Korea, wo Japan gern auf ihr nach wie vor einschüchterndes Auftreten zurückgriff. Selbst im Heimatland, wo sie sich nahtlos in das Geflecht der Demokratie einfügen sollten, behielten sie ihre gesellschaftliche Stellung bei.

In Japan weiß man einfach, wer aus einer großen Samurai-Familie stammt und wer nicht.

Doch es ist ein Unterschied, ob man von der Gemeinschaft für vergangenen Ruhm mit Achtung behandelt wird oder ob man selbst ein Gefühl für den eigenen Wert aufrechterhalten kann. Ohne ihr Schwert verkümmerten viele Männer aus der Generation von Chies Vater.

Chies Vater war anders. Als Adoptivsohn war er daran gewöhnt, sich dem wechselhaften Schicksal anzupassen. Er wurde Bauer auf seinem eigenen Land und verkaufte oder verpachtete Landstücke aus dem riesigen Fuji-Besitz. Hätte er Söhne gehabt, dann wären sie zur Universität gegangen – so wie andere Samurai-Söhne auch –, um später einmal Kabinettsmitglieder der Regierung zu werden.

Aber er hatte keine Söhne.

Das Haus der Fuji ist weiblich. Aufgewachsen in einer Tradition, in der Frauen nur geboren werden, um Vätern, Brüdern und Ehemännern – den Lehnsherren für Samurai-Frauen – zu dienen, leben wir ohne Männer.

Töchter, nichts als Töchter. Der Fluch der Familie verwandelte den feinen Namen Fuji in ein gesellschaftliches Dilemma. Denn wer wollte in einer Schicht, in der Familienehre einen so hohen Stellenwert besitzt, eine Familie achten, die unfähig war, einen Sohn hervorzubringen?

Verkuppeln unter ihresgleichen war unmöglich. Andere große Häuser boten nur ihre minderwertigen Söhne an. Wohlhabende, nicht standesgemäße Familien, reiche Grundbesitzer, ließen entwürdigende finanzielle Nachforschungen anstellen und forderten ärztliche Atteste – eine Beleidigung für die Familie.

Dennoch blieb der Name Fuji ein Ehrenname. Die Männer der Fujis, die seit vier Generationen nur durch Adoption naher Verwandter oder durch Heirat in die Familie gekommen waren, hatten sich in mancher Hinsicht hervorgetan. Sie standen in dem Ruf, gerecht und großzügig zu sein und mit Würde aufzutreten, ohne großspurig zu wirken. Einige Samurai-Familien – bekannt für Zügellosigkeit, Faulheit und Unfreundlichkeit – hatten es, obwohl sie vor Söhnen nur so strotzten, mit der Heiratsvermittlung wesentlich schwerer.

Wie in besseren Familien üblich, die keinen männlichen Erben haben, nahm Chie einen *yoshi*. Als älteste Tochter heiratete sie einen zweitgeborenen Sohn, der – da er nicht der Verpflichtung unterlag, seinen Familiennamen weiterzuführen – bereit war, auf seinen Namen zu verzichten und ihren anzunehmen.

Dieser Mann war Kan.

Ein Treffen mit der Heiratsvermittlerin

An einem Nachmittag im April 1888 stiegen Chie und ihre Eltern vor einem der exklusivsten Teehäuser Kobes aus einer roten Rikscha.

Es war eine turbulente Zeit. In den dreißig Jahren, die vergangen waren, seit Admiral Perrys Kriegsschiffe sich mit Kanonen den Weg nach Japan freigeschossen und den Shogun mit ihrer

Überlegenheit erniedrigt hatten, war in Japan das Modernisierungsfieber ausgebrochen.

Inzwischen drängten sich Schiffe aller Nationen im Hafen von Kobe. Die aufstrebenden japanischen Händler, erpicht darauf, alles Westliche nachzuahmen, liefen in Zylindern und sorgsam gestutzten Kinnbärten umher. Sie verlangsamten den Schritt, sobald sie Chie erblickten, und blieben vor Bewunderung stehen, als sie aus der Rikscha stieg.

Mit neunzehn verkörperte Chie die Vornehmheit schlechthin. Obwohl ihre Eltern würdig in schwarze Seide gekleidet waren, auf der das geschätzte Fuji-Wappen prangte, hatte Chie ihren Kimono aus hellblauer Seide (mit einem Muster aus rosa Pfingstrosen und einem gelben, sich im Flug neigenden Kanarienvogel) etwas nach hinten gezogen, so daß ihr glatter Nacken sichtbar wurde.

Ein von Pferden gezogener Bus rumpelte vorüber. Die Passagiere – drei neureiche Frauen, eingezwängt in unendliche Schichten aufgebauschter Röcke – drehten sich um und starrten Chie mißmutig an.

Obwohl ihr der Reiz der Bescheidenheit fehlte – der scheue Schritt, der vorsichtige Blick – und ihre eleganten Wangenknochen etwas zu kantig waren, um als ausgesprochen schön zu gelten, zeugte Chies Gesicht von geradezu atemberaubender Intelligenz.

»Wo geht sie hin? Was hat sie vor?« hörte Chie die Frauen miteinander flüstern.

Die Neugier war verständlich. Damals tauchten Frauen aus Samurai-Familien, ähnlich der Feen in Volksmärchen, nur selten in der Öffentlichkeit auf, und wenn, dann nur gegen Abend, denn tagsüber hatten sie einen großen Haushalt zu führen und gingen der Pflege ihrer künstlerischen Fähigkeiten nach.

An jenem Spätnachmittag, als die Luft nach Frühlingserde und Industriekohle roch, war Chie unterwegs zu einem weiteren Heiratsvermittlungsgespräch, von denen zuvor schon etliche mißlungen waren.

Ihr Vater, ein liebevoller Mann mit grauen Schläfen und strenger, soldatischer Haltung, entließ die Rikscha. Sie näherten sich dem Tor des Teehauses.

»Elegant«, flüsterte Chies Mutter, die mit achtunddreißig Jahren das reizvolle ovale Gesicht (das später sowohl Naomi als auch Hanae erben sollten) und die Freundlichkeit besaß, die für uns Japaner zum klassischen Schönheitsideal gehören. »Es hat einen Kiesweg und einen außergewöhnlichen Moosgarten.«

Den Treffpunkt hatte die Familie des potentiellen Bräutigams ausgewählt; Chies Mutter hatte mit ihrer Einschätzung begonnen.

»Vielleicht ist es ja eine Familie mit Geschmack?«

Chies Vater war anderer Ansicht.

»Sieh doch nur«, sagte er leise, »was hier für Leute verkehren müssen.«

Neben den kunstvollen japanischen Tuschezeichen an der Tür des Restaurants stand in sauberen lateinischen Buchstaben »Mikado«.

Chie gefiel das Teehaus: der Sinn für das Wesentliche unter dem tief herabhängenden Dachvorsprung, das Geräusch plätschernden Wassers im Innenhof, der aromatische Duft nach Zypressenholz. Wie bei ihren Eltern beruhten ihre Beurteilungen auf zwei philosophischen und ästhetischen Prinzipien, die für das Leben eines Samurai von grundlegender Bedeutung sind: *wabi* (einfache, ruhige Kraft) und *sabi* (schlichte, zeitlose Eleganz).

Diese beiden anscheinend einfachen Prinzipien in Verbindung mit *giri* gegenüber der Welt (der Pflicht, seiner Nation, seinem Dienstherrn, seiner Familie und Freunden Ehre zu machen) und *giri* gegenüber dem eigenen Namen (persönliche Integrität) hatten jahrtausendelang das Verhalten eines Samurais in allen Einzelheiten geprägt. Es waren die Prinzipien Würde und Pflicht, die sämtliche Entscheidungen in kritischen Situationen bestimmten; zum Beispiel, wie man vor einfallenden

Armeen flieht: Man darf die eigene Dienerschaft nie in Gefahr bringen, muß im Falle einer Niederlage rituellen Selbstmord begehen und sich, ob Frau oder Mann, unbedingt an diese Regeln halten. Sie beeinflussen auch kleine alltägliche Entscheidungen und Verhaltensweisen, zum Beispiel die banale Frage, wie man sich legt, wenn man schläft: Männer strecken Arme und Beine kühn aus und formen so den Buchstaben *dai*, der auch »Größe« bedeutet; Frauen rollen sich vorsichtig in der bescheidenen, würdevollen Form des Buchstabens *kinoji* ein, der für »Selbstbeherrschung« steht.

Doch trotz ihrer eigenen strengen Maßstäbe fand Chie das Urteil des Vaters etwas hart. Schließlich hatte auch ihre Familie Gewohnheiten angenommen, die als westlich galten. Chie würde nach zwei Generationen von Mädchen die erste im Hause Fuji sein, von der man nach der Heirat nicht erwartete, daß sie sich die Zähne schwärzte.

Unter Samurai-Frauen waren geschwärzte Zähne – ursprünglich durch das Kauen kostspieliger Bethelnüsse aufgekommen – *keine* Tradition, denn sie waren ein Zeichen für eine mit dem Wesen der Frau eines Kriegers unvereinbare Frivolität. Tatsächlich begannen die Frauen der Fuji erst, sich die Zähne zu schwärzen, als westliche Eitelkeit weiße Zähne diktierte und sie sich dem widersetzen wollten. Nach kurzer Zeit hatten sie die Angewohnheit wieder aufgegeben. Chies Mutter schwärzte sich die Zähne schon nicht mehr. Obwohl Modekriege von den Samurai als probates Mittel geschätzt waren, wenn sie von vornherein sichtbar imponieren wollten, wurden sie bei zu langer Dauer albern und unnütz.

Man führte die Familie Fuji in einen separaten Raum.

An der niedrigen Festtafel saßen ein schlanker junger Mann und seine Familie. In der feinen traditionellen Kleidung, die Chies Familie wie selbstverständlich trug, wirkten sie ein wenig unbeholfen.

Mit bescheiden abgewandtem Blick schlüpfte Chie an ihren Platz.

Die Heiratsvermittlerin – eine wichtige, diskrete Person, die dafür zu sorgen hatte, daß beide Parteien sowohl die freie Wahl hatten als auch das Gesicht wahrten – eilte geschäftig hin und her und verwickelte die Älteren in ein harmloses Gespräch.

Ein Gang nach dem anderen wurde hereingetragen: kleine, erlesene Köstlichkeiten, in denen sich Farben, Formen und Besonderheiten der Jahreszeit widerspiegelten. Sie waren jeweils auf unterschiedlich lackierten, erhöhten Tabletts, dreißig Zentimeter im Quadrat und dreißig Zentimeter hoch, sehr ästhetisch angerichtet. In Japan geht es bei einem guten Essen eher um die Kunst des Sehens, Berührens und der Darbietung als um Geschmack und Sättigung.

Während der letzte Gang aufgetragen wurde und die Älteren höflich in Begeisterungsrufe ausbrachen, warf Chie absichtlich einen kühnen Blick quer über den Tisch und sah dem jungen Mann direkt in die Augen. Ihre Eltern waren entsetzt, denn dieses ungehörige Verhalten, so vermuteten sie – der wahre Grund war nie genannt worden –, hatte Chie bei allen anderen Vermittlungsgesprächen durchfallen lassen.

Der junge Mann schlug die Augen nieder und wurde rot.

Respekt!

Das gefiel Chie. Als Älteste in einer mächtigen Familie war sie gewohnt, ihren Willen durchzusetzen.

»Na, Kan, was hältst du denn davon?« frotzelte Kans Onkel.

Die unerhörte Bemerkung brachte alle in Verlegenheit.

»Sie müssen unbedingt diese zarten, eingerollten Frühlingsfarnwedel probieren«, zwitscherte die Vermittlerin. »Das Restaurant ist bekannt dafür.«

»Du wirst zwar einen guten Familiennamen tragen«, hakte der Onkel nach, »aber kannst du mit dieser Frau leben? Sie kommt mir etwas hochnäsig vor.«

Kans Mutter schoß ihrem Mann einen Blick zu, aus dem blankes Entsetzen sprach. Dieser Kommentar hatte Kans Familie als gewöhnlich bloßgestellt. Die Direktheit des Onkels, erst recht sein respektloser Ton, war höchst unangebracht.

Kans Vater versuchte, den Onkel in seine Schranken zu weisen.

»Du hast dich zwar als Kenner dieses Restaurants hervorgetan, aber ein guter Menschenkenner bist du nicht gerade«, sagte er mit mattem Lächeln.

Chies Vater nickte seiner Frau mit schmalen Lippen zu. Sie begann, ihre Sachen zusammenzusuchen.

»Es wäre mir eine Ehre, wenn diese Frau mich zum Mann nehmen würde.«

Chie warf einen verwunderten Blick über den Tisch.

Kans Gesicht brannte, doch er schaute sie direkt an, und seine Stimme war fest.

»Ich bin nur ein bescheidener Bauer. Vielleicht mangelt es mir an Kultiviertheit. Aber ich würde Ihnen treu dienen.«

»Kan-san, Sie sind aber ein ganz Kühner«, gluckste die Vermittlerin. Sie hatte unbewußt nach einer Serviette gegriffen, mit der sie sich jetzt hektisch Luft zufächelte.

»Und nun wollen wir uns entspannen und das Mahl genießen. Später werde ich die beteiligten Parteien aufsuchen und mit ihnen die entsprechenden Vereinbarungen treffen.« Die Vermittlerin schaute sich ratlos um. Wie soll ich diese unschicklichen Erklärungen nur zurechtbiegen? – schien sie zu denken.

Auch Chie wunderte sich. Da sich das Renommee einer Vermittlerin darauf gründete, eine Begegnung taktvoll und unaufdringlich zu gestalten, würde der Ruf dieser Frau gewiß ruiniert sein.

Chies Vater war wie vor den Kopf gestoßen. Doch bei solchen Gelegenheiten äußerte man inneres Aufgewühltsein allenfalls in milden Klagen über das Wetter.

Chies Mutter legte die zarten Hände um die kleine, zylindrische Teetasse. Wie beiläufig tippte sie dreimal daran.

In ihren Mann kam Bewegung. Das war ihr vereinbartes Zeichen.

»Es sind Bauerntölpel!« signalisierte Chies Mutter damit. »Laß uns gehen!«

»Ich wäre glücklich, Ihre Frau zu werden.«

Chie vernahm ihre eigenen Worte und hätte beinahe um sich geschaut, um nachzusehen, wer sie ausgesprochen hatte.

Kans Eltern tauschten erschreckte Blicke aus.

Sie hatten Angst, nun eine geistesgestörte Schwiegertochter am Hals zu haben. Welches geistig gesunde Mädchen würde schon eine Heirat akzeptieren, die in einem solchen Wirrwarr abgeschlossen wurde?

Chies Mutter trommelte wie wild mit den Fingern.

Auf der anderen Seite des Tisches sah Chie das breite Lächeln, das sie bald so gut kennen sollte.

Oktober 1932

Ich will hier unterbrechen. Obwohl mir das Schreiben ganz gut von der Hand geht, mache ich nicht das, was ursprünglich meine Absicht war. Ich betrachte Chie von außen und sehe nicht mit ihren Augen. Das wäre sicher kniffliger. Es fällt leichter, über jemanden zu schreiben, als ihn mit eigener Stimme erzählen zu lassen, und in einer Ich-Geschichte, die per definitionem egozentrisch ist, stellt es den schwierigsten Part überhaupt dar.

Obwohl ich wahrscheinlich damit anfangen mußte, Chie zu betrachten. So wie Kan, der sie quer über den Tisch hinweg anstarrte. Man muß einen Menschen vermutlich zunächst von außen betrachten, ehe man in seine Rolle schlüpfen kann.

Doch im Gegensatz zu Kan – der tapfer und gradlinig war und jedes Risiko gern in Kauf nahm – bin ich behutsam und verstohlen vorgegangen. Ich habe mich Chie, die seit Jahren meine am wenigsten kooperative Romanfigur ist, wie ein Richter angenähert, der sich einem widerspenstigen Zeugen zuwendet, habe sie strategisch einzukreisen versucht und kleine Punkte des gegenseitigen Interesses erkundet, das sich allmählich ausweitet.

An dieser Stelle gerät mein Schreibfluß ins Stocken. Immerhin geht es um Chies Gefühle mir gegenüber, obwohl die Geschichte inzwischen zum alten Dorfklatsch gehört. Dennoch bin ich durch mein kontinuierliches Schreiben gewissermaßen übermütig geworden. Ich will mich dieser Figur Chie noch weiter annähern, um ihr noch mehr von der Geschichte zu entlocken. Es ist beinahe eine Herausforderung. Wie der Versuch, einem unfreundlichen Vetter dritten Grades, an dessen Seite ich mich plötzlich während eines langen, förmlichen Essens wiederfinde, Vertrauliches zu entlocken.

Oktober 1932

Chies Kinder

Chie hat Kan geheiratet; sie waren neunundzwanzig Jahre zusammen.

Chie wünschte, Kan hätte noch gelebt, als Naomi sich einen Mann nahm. Vielleicht hätte er sie daran erinnert, daß unschickliche Verbindungen funktionieren können. Aber er lebte nicht mehr, und genau die Sturheit, mit der sie selbst sich durchgesetzt hatte, um ihren Mann zu bekommen, hat Chie auch ihre kleine Naomi gekostet.

Naomi war Chies jüngstes Kind. Sie war schon bei der Geburt so schön, daß Chie ihre Erschöpfung vergaß.

»Sie wird sämtliche Herzen brechen«, prophezeite die Hebamme, als sie versuchte, ein Band in Naomis dichtes schwarzes Haar zu binden. Chie erkannte nicht, daß Naomi auch ihr das Herz brechen würde.

Naomi war nicht das erste Kind, das Chie das Herz brach. Ihr erstes Kind war ein Sohn. Dieses Ereignis, das die Familienehre auf wunderbare Weise wiederherzustellen schien, wurde allgemein bejubelt. Doch für Chie spielte das Geschlecht des Kindes keine Rolle.

Wie in ihrer wohlhabenden Familie üblich, nahm sie ihren Sohn, nachdem er ein paar Tage lang gebührend bewundert worden war und sobald ihre Brüste Milch gaben, einen Monat lang mit in ihr Bett.

Vier Wochen lebten sie in einem milchigen Dämmerzustand, konnten kaum Tag und Nacht voneinander unterscheiden. Die Diener gingen auf Zehenspitzen ein und aus, brachten frische Windeln und klebrige Reiskuchen, die mit geröstetem Sojazukker bestreut waren. Chie und ihr Kind empfingen keine Besucher. Sie waren zu sehr damit beschäftigt, sich ineinander zu verlieben.

Am Ende des ersten Monats durfte Kan ihn wieder sehen.

»Was für ein fettes kleines Schweinchen«, stellte er stolz fest. »Er hat vier Falten in den Oberschenkeln!«

Bald lächelte das Kind sie an. Es wedelte mit den Armen und stieß erste Laute aus. Es lag auf dem Rücken, die zur Faust geballten Hände ergeben über dem Kopf, den es hin- und herdrehte. »Nein, nein, nein«, schien es zu sagen, während sich am Hinterkopf eine kahle Stelle bildete.

Im zweiten Monat spürte Chie borstige, kleine Stoppeln am Hinterkopf des Kindes. Eines Abends weinte sie (dabei kannten die stoischen Augen einer Samurai-Frau angeblich keine Tränen) und brachte Kan zur Verzweiflung, bis sie ihm schließlich den Grund ihrer Sorge nannte: Die Haare des Kindes wuchsen nach. Es wurde größer. Eines Tages würde es sie nicht mehr brauchen.

Gegen Ende des zweiten Monats kehrte Normalität in ihr Leben ein. Kan schlief wieder in Chies Bett.

Das Kind bekam an jedem Gelenk kleine Vertiefungen. Es kicherte, wenn man es kitzelte. Jeden Nachmittag – obwohl man von Samurai-Frauen erwartete, daß sie im Haus blieben und ihre Kinder nur von Dienern ausführen ließen – band sich Chie ihr Kind auf den Rücken und erfand jede nur denkbare Ausrede, um durch den Ort zu gehen. Sie war eine schamlose Mutter. Sie mußte einfach angeben.

Mitten im dritten Monat wachte Chie aus einem Nickerchen auf.

Es war früh am Abend. Der Himmel hatte die Farbe von Veilchen.

Die *shoji* aus Reispapier waren geöffnet, und neben der Veranda vor dem Hauptflügel, in dem ihre Eltern lebten, sah Chie den knorrigen Stamm und die winzigen, sternenförmigen Blätter des japanischen Ahorns, des Lieblingsbaums ihres Vaters.

Das Kind lag bäuchlings neben ihr auf dem weichen Futon.

Chie drehte sich zu ihm um und schnupperte an ihm. Sie beugte sich vor, um an einem rundlichen Fuß zu knabbern, und fing statt dessen an zu schreien.

Drei Tage lang schrie sie ununterbrochen: tränenlos, die Atemzüge heiser vor Entsetzen.

Ihr kleiner Junge war tot.

Am dritten Tag hörte Chie auf zu schreien. Ihre Kehle war ohne Gefühl. Monate vergingen. Abgestumpft und emotionslos registrierte Chie, daß ihre Brüste jedesmal beim Anblick von *omochi* – den süßen, klebrigen Reiskuchen, so weiß und weich und nachgiebig – zu schmerzen begannen.

Acht Monate nach dem Tod des Kindes, als ihr die Hebamme das zweite Kind in den Arm legte, schenkte Chie mir den nichtssagenden Blick einer Fremden.

Als ich geboren wurde, drehte Chie sich mit dem Gesicht zur Wand.

»Das ist nicht mein Kind«, sagte sie.

Die Berührung meiner Lippen an ihrer Brust ließ sie erschaudern, als saugten Blutegel an ihr.

Ihr Mann Kan machte sich Sorgen.

»So war sie beim ersten Kind nicht«, sagte er zur Hebamme.

»Es war eine schwierige Geburt«, beruhigte sie ihn. »Sie braucht nur Ruhe. Dann erwachen ihre natürlichen Instinkte bald wieder.«

Chie ruhte sich aus. Tagelang dämmerte sie im Halbschlaf vor sich hin, aß nichts, redete nicht. Muttergefühle stellten sich nicht ein.

Eines Morgens drang Kans Stimme wie das ärgerliche Summen einer Mücke in ihren trägen Verstand.

»Wir können das Kind nicht länger so füttern!«

Chie schlug die Augen auf und sah, wie er im verdunkelten Raum auf und ab schritt.

Ihre Mutter, die Sehr Ehrenwerte Frau Fuji (deren Mann jetzt der Sehr Ehrenwerte Herr Fuji war, da Kan und Chie die Ehrenwerten Herr und Frau Fuji geworden waren), kniete in einer Ecke und wiegte mich – das verhaßte Kind.

Chie sah zu, wie ihre Mutter die eleganten weißen Finger in einen Topf mit Honigwasser tauchte und einen nach dem anderen auf meine Zunge legte.

»Nein«, seufzte Chies Mutter, »das können wir nicht.«

So kam ich am vierten Tag zu einer Bauernfamilie, deren eigenes Kind tot zur Welt gekommen war.

Chie ruhte sich weiter aus.

Alpträume plagten sie. Oft sah sie ihren kleinen Jungen vor sich, doch wenn sie ihn streicheln wollte, sank er in sich zusammen und verschrumpelte. Heimtückisch verwandelte er sich in mich. Mein Kopf pendelte wie der einer Betrunkenen hin und her. Einer Schnecke gleich trat meine dicke Zunge obszön zwischen den Lippen hervor.

Chie vergaß die Zeit. Sie lag auf ihrem Futon, die langen Haare auf der duftenden Strohmatte so wirr wie die Gedanken, die ihr durch den Kopf schwirrten.

Einmal spürte sie, wie ihr Vater ihr eine Strähne aus der Stirn strich. Für einen Samurai, der als Generalleutnant im Boshin-Bürgerkrieg gedient hatte, war dies eine außergewöhnlich zärtliche Geste. Chie jedoch war seine Berührung unangenehm, als wolle er sie damit verführen.

»Spinnen«, hauchte sie und fuhr sich über die Stelle, an der sie seine Finger gespürt hatte.

Ihrem Vater blieb der Mund offenstehen. Ein hohler, erstickter Laut drang über seine Lippen. Er kam nie wieder.

Kan aber hielt Chie Nacht für Nacht in den Armen. Er hob ihr den Kopf, futterte sie mit einer dünnen Brühe aus Tee und Reis, sang ihr das Schlaflied, das sie ihrem Sohn gesungen hatte.

»*Nenkoro, nen, nen, nen, nen.* Schlafe, mein Kindchen, schlaf ein.«

Jeden Morgen öffnete Kan die Schiebefenster zur Veranda. Er berichtete ihr, wie der Tag aussah.

»Sieh nur, Chie. Ein Maulwurf hat unter dem Moosgarten gebuddelt. Siehst du den kleinen Hügel? Der Boden wird weich. Der Frühling ist da.«

»Horch, Chie. Die Kraniche schreien. Siehst du, wie sie über den Himmel ziehen? Der Herbst kommt.«

Ein vornehmer Mann hätte das nie getan. Das Krankenzimmer ist nichts für einen feinen Mann. Ein vornehmer Mann hätte sie den Frauen und Dienern überlassen.

Kan blieb. Wort für Wort tröpfelte er bäuerliche Lyrik in ihren benebelten Verstand.

Bis sie eines Tages plötzlich mit ihm sang »*Nenkoro, nen, nen, nen, nen.* Ruhe jetzt, ruhe sanft.« Ihre Stimme und ihre Wangen schwammen in Tränen.

In dieser Nacht träumte Chie von ihrem dicken, rundlichen Sohn, wie er in seinem nächsten Leben kicherte, ein glücklicher Bodhisattva. Und als die Sonne aufging, erhob sich auch Chie. Sie faltete ihren Futon – als hätte sie nicht ein Jahr, sondern nur eine Nacht darauf gelegen – und räumte ihn fort, als wäre nichts gewesen.

8. Kapitel

November 1932

So etwas kommt vor. Die Menschen tun ihr Bestes. Chie und ich sind auseinandergegangen, das ist alles. Und ich habe kein einziges Mal bedauert, daß mein Leben so und nicht anders verlaufen ist.

Dennoch lebe ich jetzt hier unter ihrem Dach.

Wer auch nur die leiseste literarische Neigung hat, wäre versucht, dies als einen neuen Anfang zu sehen. Vor allem Tagebuchschreiber. Man sieht sogleich die vielen Jahre vor sich, die auf diesen triumphalen Eintrag hinauslaufen. *Liebes Tagebuch! Wer hätte vor Jahren, als ich diesen Bericht begann, geglaubt, daß ich eines Tages als rechtmäßige, geliebte Erbin in Empfang genommen würde …*

Versöhnung ist ein erfreulicher Gedanke für Künstler.

Wenn es da nicht das seltsame, nicht zu behebende Problem gäbe, daß zwischen der Phantasie und der Realität des Lebens eine Lücke klafft. Diese Tatsache bleibt bestehen. Trotz Nähe, Gelegenheit und durchaus vorhandenem Wunsch springt der Funke in manchen Fällen nie über.

Dezember 1932

Wieder ist meine Ich-Geschichte ins Stocken geraten. Nachdem ich zwei Wochen lang versucht habe, die jetzige Beziehung zwischen Chie und mir zu beschreiben, stelle ich fest, daß es mir einfach nicht möglich ist. Schreibe ich aus meiner Perspektive, trieft die Geschichte vor Selbstmitleid und Jammer. Versuche ich, aus Chies Warte zu schreiben, fällt mir auf, daß ich ihre

Sichtweise einfach nicht kenne. Ich lese das, was ich geschrieben habe, noch einmal durch, um dann zu erkennen, daß ich eine willkürliche, verwirrende Figur geschaffen habe – ich habe Chie so manipuliert, daß sie meinen Standpunkt einnimmt, und ihr keinen eigenen verliehen.

Das kann man kaum ehrlich nennen. Und es ist doppelt enttäuschend, nachdem ich das Gefühl hatte, einen kleinen Einblick in Chies Vergangenheit gewonnen zu haben.

Vielleicht ist es jetzt an der Zeit, daß ich mich daran erinnere, was ich von Viktor gelernt habe: Gehe deine Ambivalenz *schrittweise* an – erst nach Hunderten von Fotos konnte Viktor seine Gegenwart akzeptieren. Außerdem wähle dir, ehe du versuchst, die Perspektive eines anderen Menschen darzustellen, einen Moment oder eine Person, die du verstehst.

Januar 1933

Nachdem es mir nicht gelungen ist, meine Beziehung zu Chie sowohl aus ihrer als auch aus meiner Sicht zu schildern, bleibt mir nur noch eine Lösung übrig: die Situation mit Hanaes Augen zu betrachten. Das geht vielleicht. Kinder sehen die Welt einfach, aber gerecht. Aus Kindersicht sind alle Erwachsenen bis zu einem gewissen Grad Dummköpfe. Wenn ich Hanae nun eine eigene Stimme verleihe, wird es mir vielleicht möglich sein, nicht nur meine Situation, sondern auch, was noch wichtiger ist, die meines elfjährigen Kindes besser zu verstehen.

Hanaes Perspektive (so wie ich sie mir vorstelle)

Obaa-san, meine Großmutter, kann Tante Etsuko nicht ausstehen. Das scheint mit dem Essen zu tun zu haben.

Meine Tante kocht nämlich gern. Vor ein paar Monaten hat die Köchin uns verlassen – und heimlich in ihrem Kimonoärmel zwei Messer und drei Persimonen mitgehen lassen. Seitdem kocht meine Tante.

Aber Obaa-san denkt, Kochen sei gewöhnlich, eine Aufgabe, die man am besten Hausangestellten oder Schwiegertöchtern überläßt. Deshalb liegen die japanischen Küchen auch unter dem Haus; der Fußboden ist aus festgestampfter Erde. Wer in der Küche arbeitet, steht unterhalb des Schwellenniveaus und trägt Straßenschuhe.

Es ist klar, daß so jemand nicht zur Familie gehört.

So kniet meine Obaa-san in einem schiefergrauen Seidenkimono hoch über meiner Tante auf einem handbestickten Kissen und sieht sie unten in der Küche schwitzen.

Vielleicht beobachtet sie ja auch mich. Obaa-san wacht genau darüber, was ich tue und wo ich mich aufhalte. Ich bin bei meiner Tante in der Küche, wo sich nur niedriges Volk aufhält. Obaa-san gefällt das nicht.

»Was summst du da?« will sie von meiner Tante wissen.

Nach dem Verhaltenskodex für Samurai, in dem ich mich inzwischen viel zu gut auskenne, ist Summen fast genauso verpönt wie Spucken.

Meine Tante schaut vom zischenden Gasherd auf. Daneben steht ein großer, tönerner *hibachi*, den man nur zum Reiskochen verwendet und ausschließlich mit reinem Brennmaterial befeuert – das heißt, zum Anzünden des Feuers darf man nur Stroh benutzen und Holzkohle, um es zu unterhalten; einen Reis-*hibachi* mit Reisig oder Papier zu beheizen wäre nicht richtig.

Meine Tante reißt verwundert die Augen auf. Sie hat nicht einmal gemerkt, daß sie gesummt hat.

»Es ist eine eintönige Melodie.« Obaa-san macht eine Pause, dann schlägt sie zu. »Eines von diesen wehmütigen *enka*, die ich von Hausierern gehört habe, wenn sie von Haustür zu Haustür schlurfen.«

Meine Tante merkt es nicht.

Sie ist nicht wie ich. Ich merke alles.

Meine Tante greift nach einer Pfanne auf dem Kohlenfeuer

und kippt eine bräunliche Masse verquirlter Eier über einen Berg aus schneeweißem Reis.

Die Kombination sieht erschreckend respektlos aus – man behandelt weißen Reis nicht so nachlässig –, als hätte man im Kabuki-Theater einer wunderschönen Braut die Perücke für einen Donnerdämon aufgesetzt.

Wegen dieser Eier bin ich in der Küche.

Ich wollte eigentlich nicht hierherkommen, doch als ich auf dem Weg ins Haus durch die Küche kam, wurde ich von der Kochkunst meiner Tante aufgehalten.

Sie hatte aus der großen, nach Kampfer riechenden und mit Eis vollgestopften Kiste (das Eis wird jeden Tag von einem Mann gebracht, der es in einem Strohgeschirr auf dem Rücken trägt) zwei Eier geholt. Diese Kiste klemmt unter den Bodendielen einer breiten Stufe, die zum Haus hinaufführt. Sie schlug die Eier gerade in dunkler Sojasoße auf.

»Was machst du da?« hörte ich mich fragen.

Ich konnte meine Neugier nicht zügeln. Ich bin immer wieder beeindruckt, wie weit Anspruch und wirkliches Können bei meiner Tante auseinanderklaffen.

Jetzt betrachtet meine Tante die unansehnliche Masse von Reis und Eiern mit sorgenvoller Miene.

»Das ist nicht die Wirkung, die ich erzielen wollte.«

Sie schüttelt den Kopf und lacht.

»Was wolltest du denn machen?«

Meine Tante lehnt sich an das Spülbecken, einen riesigen Holzzuber auf Rohren, der wie ein Tisch auf der festgestampften Erde steht. Ich kann mich an diese japanischen Küchen nicht gewöhnen. In Japan ist Kochen eine Kunst, bei der bestimmte Gerichte nur zu bestimmten Gelegenheiten gegessen werden, nachdem man sie immer auf die gleiche Art gewaschen, zerteilt und gekocht hat und dann auf besonderen kleinen Tellern mit bedeutsamen Mustern serviert.

In diesem Land ißt man nicht einfach so. Jeder Schritt der Zubereitung und Darreichung von Essen wird entsetzlich in die

Länge gezogen, so daß wir uns freuen können, wenn uns endlich das Wunder eines kleinen Bissens im Mund zuteil wird.

Meine Tante scheint diese Rituale jedoch in jedem Fall zu genießen, ob sie sie befolgt oder nicht.

»Weißt du noch, wie ich in Amerika immer Rühreier mit Ketchup und goldgelb gebratenen Röstis gemacht habe?«

Ich nicke und unterdrücke ein Schaudern.

»Ich dachte, ich improvisiere und mache Rührei mit Sojasoße auf einem Reisberg.«

Tante Etsuko schaut mich übertrieben zerknirscht an und kaspert mir zuliebe herum. »Ich hatte sogar gehofft, meinem Meisterwerk einen Namen geben zu können«, flüstert sie mir ins Ohr.

Sie legt eine künstlerische Pause ein, will mich auf die Folter spannen. Als ich noch klein war, haben wir immer ein Spiel daraus gemacht, uns Namen für Gerichte auszudenken.

»Welchen denn?«

Ich lasse mich darauf ein, obwohl ich inzwischen zu alt für solche Späße bin.

»Schneeschmelze im Frühling auf dem Berg Fuji.«

Unwillkürlich muß ich lachen.

Obaa-san runzelt die Stirn. Ihr gefällt unsere Vertrautheit nicht. Oder vielleicht mag sie auch nicht, wie leichtfertig meine Tante den Namen Fuji in den Mund nimmt.

»Hanae, komm her«, fordert sie mich auf. »Sofort, sonst riechst du noch wie verbranntes Öl.«

Januar 1933

Ich bin aus Liebe ins Haus Fuji gezogen. Aus Liebe, um Hanae, Naomi und Akira einen Gefallen zu tun, und aus Liebe zu meinem Traum, etwas Besonderes zu werden.

Zu Chie indes bin ich aus Neugier gekommen. Nicht aus Liebe. Bis ich zehn wurde, wußte ich nicht einmal, daß sie meine Mutter war.

An dem Tag im Jahre 1907, als ich zehn wurde, kniete die Frau, die ich Mama nannte, auf einer zerschlissenen *tatami* hinter mir. Im Gegensatz zu wohlhabenden Familien, die ihre Matten auswechselten, sobald der frische Duft nachließ – beinahe so wie einen verwelkten Blumenstrauß –, ließen die meisten Menschen ihre Matten nur im Dezember frisch anfertigen und legten sie mit Beginn des Neuen Jahres ins Haus.

An jenem Geburtstagsmorgen zog Mama mir einen neuen Reyon-Kimono in den Farben Rosa, Grün und Blau an, der mit einem Muster aus Blüten und einem Flußlauf bedruckt war.

»Etsuko! Halt still!« fuhr sie mich ungewöhnlich heftig an. »Du willst doch für deine große Chance gut aussehen.«

Mit ihren schwieligen Händen fuhr sie über die glatte Oberfläche meines breiten, hellgrünen *obi* und zupfte an der kunstvoll geknoteten Schleife im Rücken herum.

Ich verrenkte mich, um über meine Schulter die Schleife zu sehen, ähnlich einer kleinen Katze, die versucht, ihren Schwanz zu fangen.

Wie alle Kinder vom Lande, selbst die relativ wohlhabenden, war ich gewohnt, geflickte, abgenutzte und gewendete Sachen zu tragen. Für gewöhnlich bekam ich nur zum Neuen Jahr oder zum Obon-Fest im Sommer neue Kleider.

»Chance? Was? Wo?«

Mama ging nicht auf meine Fragen ein. Sie griff nach einem feinen Holzkamm und versuchte mit finsterer Miene, meine Tolle zu glätten.

»Wieso machst du das so fest? Du tust mir weh!«

Ich entzog mich ihrem Griff und schaute fragend zu ihr auf.

Mama wandte sich ab. Sie verbarg ihr Gesicht.

»Böses Kind, widerspenstige Göre, wir sind froh, wenn wir dich los sind!«

Ich kämpfte mit den Tränen. Mama hatte mir mit ihrer

schlechten Laune die Freude über meine neuen Kleider verdorben.

Warum ist sie so barsch? überlegte ich. Hat sie denn vergessen, daß ich heute Geburtstag habe?

»*Ikimasho*. Komm, wir gehen.«

Mama packte mich am Handgelenk. Sie zog mich zur Tür.

Wie immer blieb ich auf der Schwelle stehen, um noch einmal den Duft einzuatmen, der aus unserem tief herabgezogenen Reetdach drang. Bündel von Kräutern hingen darunter: grüner Enzian (der angeblich am besten wirkt, wenn man ihn am Tag des Ochsen in den letzten achtzehn Tagen des Sommers pflückt) für den Magen, Storchenschnabel gegen Durchfall, Eidechsenschwanz gegen Schwellungen und Verbrennungen. Ich liebte den Duft der trocknenden Pflanzen. Sie erinnerten mich an glückliche Zeiten. In Vollmondnächten im Sommer, wenn die Arbeit getan war, führten mich Mama und Papa – Strohkörbe auf dem Rücken – gewundene Bergpfade hinauf, um im Schatten der Zedernwälder Kräuter zu sammeln.

»Transuse«, brummte Mama unfreundlich, als sie mir bei meinem Inhalationsritual zusah. Doch ihre Stimme klang schon wesentlich freundlicher.

Draußen hatte der Tag gerade erst begonnen. Katze Nekko, die gemeine Mäusefängerin unseres Nachbarn, schlich nach Hause und blieb alle paar Schritte geziert stehen, um sich voll Abscheu Tautropfen von den Pfoten zu schütteln.

Als wir uns begegneten, hielt Nekko an, um mich zu betrachten.

Auch ich hatte in meinen neuen *zori* mit den Zehenriemen auf unserem Kiesweg einen merkwürdigen Gang.

»Beeil dich, Etsuko.«

Ich ging schneller und wandte mich unserem hohen Bambuszaun zu. Am Tor bot sich mir ein erstaunlicher Anblick.

Ein Rikschafahrer wartete. Er trug eine kurze Hose, ein Stirnband, eine blaue Jacke mit dem Wappen seiner Firma auf dem Rücken und stand stramm.

Die Rikscha hatte ein Faltdach, wie ich es später bei amerikanischen Kinderwagen sehen sollte. Zu beiden Seiten war jeweils eine lange Stange angebracht. Wenn es dämmerte, hängten Rikschafahrer Laternen an diese Stangen, wo sie im Laufschritt der Fahrer wie Glühwürmchen hin und her tanzten.

»Steig ein«, sagte meine Mutter. Sie deutete auf meine Socken mit der Naht zwischen den Zehen. »Wir wollen doch, daß deine *tabi* schneeweiß bleiben.«

»O Mama, eine Rikschafahrt! Ist das die Chance, von der du gesprochen hast? Was für eine tolle Geburtstagsüberraschung!«

Mama fuhr mir mechanisch über das Haar. Die Berührung war zart.

»Ob das die Chance ist?« fragte sie bedrückt. »Nein, aber vielleicht der Anfang von vielen Chancen.«

Wir stiegen ein. Ich war aufgeregt. In meinem Heimatort wurden Rikschas meist nur von Ärzten zu Hausbesuchen oder von reichen Frauen benutzt. Während wir dahinrumpelten, beugte ich mich weit vor und schaute um die Kante des Faltdachs, in der Hoffnung, meine Freunde würden mich sehen.

Die Fahrt war aufregend und eintönig zugleich: der gleichmäßige Atem des Fahrers, der gedämpfte Rhythmus seiner Füße auf der unbefestigten Straße. Wir fuhren an großen, reetgedeckten Bauernhäusern vorbei mit ihren kleinen Reisfeldern, an runden Wäldchen aus Maulbeerbäumen und Teesträuchern. So früh am Morgen sah die Landschaft von meiner hohen, dahineilenden Warte größer aus, vertraute Straßen wirkten auf einmal fremd.

Die Natur ihrerseits fand uns offenbar auch exotisch. Unsichtbare Vögel in den Baumkronen hörten auf zu singen, als sie uns kommen hörten. Dann, als wir ihr Revier verlassen hatten, fingen sie wieder an zu zwitschern. Zufrieden lehnte ich mich zurück; ich stellte mir vor, die Vögel unterhielten sich über meine hübschen Kleider.

Als wir in das Dorf kamen, wurden die Häuser kleiner und standen enger zusammen. Die taufeuchten Schieferdächer glänzten. Der Ort mit seinen ungefähr dreitausend Einwohnern war auf einem Stück Land entstanden, das früher einmal den Fujis gehört hatte. Bis vor etwa hundert Jahren hatten die Bauern einen Teil ihrer Reisernte als Pacht an das Haus Fuji gezahlt; das Haus Fuji hatte dem regionalen Fürsten Reis abgegeben, der wiederum Reis als Tribut an den Shogun lieferte. Doch in den zweihundert Jahren Tokugawa-Herrschaft waren die Fujis gezwungen gewesen, nach und nach ihr Land zu verkaufen, und als Kaiser Meiji die Zuwendungen an die Samurai einstellte, verkaufte Chies Vater das Land, auf dem jetzt zwei benachbarte Dörfer stehen.

An meinem zehnten Geburtstag bestand unser Dorf, wie auch heute noch, aus drei Lehmstraßen, die parallel zu einem kleinen Fluß verliefen, und einem Gewirr unzähliger Gassen. Der Rikschafahrer fuhr mit uns durch die Hauptstraße. Zu beiden Seiten standen zweistöckige Läden aus dunklem, altem Holz. Ich zählte im Geist die Geschäfte auf, an denen unser Fahrer vorbeifuhr: Faßbinder, Gemischtwarenhandlung, öffentliche Bäder, Tofuhersteller, Polizeiwache, Reishändler, Arzt. Jetzt, bei Tagesanbruch, entfernten die Ladenbesitzer die Holzverkleidungen, die nachts vor den Eingängen hingen. Dahinter befanden sich Schiebetüren aus Gitterwerk. In einer Stunde, das wußte ich, würden auch diese Gittertüren geöffnet, und man könnte von Geschäft zu Geschäft bummeln.

Am Stadtrand fuhren wir an der Grundschule vorbei, die von Kindern aus vier Dörfern besucht wurde, und an dem Markt, auf dem Bauern und Fischer ihre Waren feilboten. Ich sah Körbe mit silbrig glänzenden Fischen, von denen manche noch mit dem Schwanz schlugen, und gebündelte Frühkarotten, die wie drohende Finger in die Luft ragten. Die Fischer waren zu beschäftigt, um einer Rikscha Beachtung zu schenken, doch die Bauersfrauen nickten mir lächelnd zu.

Wir fuhren weiter, vorbei an der Fabrik, in der Chrysanthemen zerkleinert und zu einem ekelhaft stinkenden Mittel gegen Mücken verarbeitet wurden. Um sieben Uhr morgens waren noch keine Arbeiter da, doch hinter der Hecke sah ich die goldgelb leuchtenden Pollen liegen.

Der Fahrer wurde langsamer. Er begann den langen Aufstieg in die Berge, die den Fujis gehörten.

Es war Pflanzzeit. Auf terrassenförmig angelegten Reisfeldern beugten sich Frauen – in kegelförmigen Hüten, den Arbeitskimono bis zu den Oberschenkeln hochgebunden, die Ärmel mit bunten Bändern zurückgeschoben – zum Klang einer Trommel. Während der Trommler seine mit Troddeln versehenen Stöcke gen Himmel warf und ein Shinto-Priester singend um Sonne und Regen betete, tauchten die Frauen ihre Arme in Wasser und Schlamm, um jedes Reispflänzchen einzeln einzusetzen.

Wir fuhren um eine Wegbiegung am Berg und gelangten in einen Bambushain, in dem es schattig und kühl wie in einem Tunnel war.

Der Wind säuselte in den Blättern.

»Wir sind gleich da«, rief der Rikschafahrer.

»Wohin wollen wir?« fragte ich meine Mama. »Besuchen wir die Sehr Ehrenwerte Frau Fuji?«

Die Sehr Ehrenwerte Frau Fuji kam uns oft besuchen, doch aufgrund des Klassenunterschieds waren wir noch nie bei ihr gewesen.

»Besuchen?« fragte Mama zerstreut, als hätte ich sie aus einem Zauberbann geweckt. »Ja, und vielleicht kannst du eine Weile dort bleiben.«

»Dort bleiben? Soll das heißen, ich kann jeden Tag herkommen? Ist das die Chance? Werde ich als Dienstmädchen ausgebildet?«

Mama öffnete den Mund. Sie versuchte, etwas zu sagen, doch ihr fehlten die Worte. Sie machte den Mund wieder zu und seufzte.

Die Pfosten des hohen, mit Ziegeln gedeckten Tors zum Fuji-Anwesen waren aus altem Holz. Hoch oben an den hölzernen Doppeltüren prangte das Familienwappen. An das Tor schloß sich eine dicke Lehmmauer rings um den Familienbesitz an.

An meinem Geburtstag stand das Tor offen. Eine Dienstmagd nahm uns in Empfang und führte uns schweigend über ein endloses Grundstück.

Wir kamen an Azaleen, an Moos- und Felsengärten vorbei. Wir schlängelten uns durch einen Garten im Tsukiyama-Stil (Natur im Kleinformat mit Bergen, Seen, Wäldern und Flüssen), in dem Männer mit chirurgischer Präzision kleine Unvollkommenheiten – unsichtbar für das ungeübte Auge – an akkurat beschnittenen chinesischen Schwarzkiefern stutzten.

Wir kamen zum Haupthaus.

Die Dienerin bat uns auf die breite Veranda. Die feinen Bodendielen waren glatt wie die in einem der großen Tempel von Kyoto. Ich konnte mich darin spiegeln.

Im Gänsemarsch folgten wir der Dienerin über die um die Hausecke führende Veranda. Wir durchquerten einen Innenhof, in dem cremefarbener Sand in fächerartige Wellenmuster geharkt war.

Wäre ich strenger erzogen worden, hätte ich von den Gärten oder dem Haus nichts wahrgenommen. Mama war reifer, konnte sich besser beherrschen und hielt den Blick fest auf die weißen *tabi* der Dienerin gerichtet; aber da ich die letzte in der Reihe war und mich niemand sehen und schelten konnte, drehte ich den Kopf hin und her und gaffte.

Man führte uns in einen hellen großen Raum. Im Hausschrein war ein Quittenzweig zusammen mit einer Narzisse kunstvoll angeordnet.

Die Fahrt zum Haus und der Gang durch das Haus hatten etwas Beruhigendes und leicht Hypnotisierendes. Meine Mutter und ich durften frei reden wie Gäste bei einer Teezeremonie. Doch wie bei dem präzise inszenierten, unveränderlichen Ritual einer Teezeremonie fühlten wir uns in dieser vornehmen Umgebung freier, wenn wir nicht redeten.

Die Dienerin kniete vor uns nieder. Zum Zeichen, daß wir die seidenen Bodenkissen benutzen durften, legte sie die Fingerspitzen beider Hände auf die duftende Strohmatte und berührte den Boden mit der Stirn. Um uns nicht einfach grob den Rücken zuzukehren, schob sie sich danach rückwärts aus dem Raum, die Stirn noch immer am Boden.

Mutter erwachte aus ihrer Trance.

»Setz dich hierhin«, flüsterte sie. »Nein, nicht so. So, auf die Fersen.«

Sie zog und zerrte, bis meine Haltung ihre Zufriedenheit fand.

»Wird die Sehr Ehrenwerte Frau Fuji mich befragen, damit ich als Hausangestellte anfangen kann?«

»Du bist keine Dienerin, Etsuko. Du bist die Enkelin der Fuji, die älteste lebende Erbin dieses großen Hauses. Als du geboren wurdest, war deine Mutter zu krank, um sich um dich zu kümmern. Heute darfst du vielleicht deinen rechtmäßigen Platz wieder einnehmen.«

Schweigen legte sich über den Raum. Ich starrte meine Mutter ungläubig an. Hatte ich richtig gehört?

»Mama, sei doch nicht albern, soll das ein Geburtstagsspaß sein?«

»Ich bin nicht deine Mutter, Etsuko.«

Sie war so weit weg, daß ich Angst bekam.

»Mach dich nicht lustig über mich«, sagte ich, und mein Kinn und meine Stimme begannen zu zittern. »Natürlich bist du meine Mutter!«

Doch Mama wich meinem Blick aus.

Eine Schiebetür aus Reispapier glitt zur Seite. Die Sehr Ehrenwerte Frau Fuji und ihre Tochter Chie traten ein.

Süßer Puderduft stieg mir in die Nase, als sie niederknieten.

»Guten Morgen, Etsuko-chan.« Die Stimme der Sehr Ehrenwerten Frau Fuji war warm; sie kannte mich. »Wir möchten, daß du nach Hause kommst.«

Von Panik erfaßt, drehte ich mich zu Mama um. Sie saß teilnahmslos wie ein Felsblock auf ihren winzigen Fersen.

Ich fuhr wieder herum und gaffte die Sehr Ehrenwerte Frau Fuji an. Sie schenkte mir ein natürliches Lächeln.

»Ich denke, es ist ein Schock für dich, mein Kind, aber du wirst viele Vorteile genießen. Du wirst eine gute Ausbildung erhalten. Wenn die Zeit reif ist, wirst du einen *yoshi* heiraten und den Familiennamen weiterführen.«

»Mama!« Ich kämpfte mit den Tränen. »Mama, nimm mich mit nach Hause!«

»Natürlich wirst du uns noch besuchen kommen, Etsuko-chan. Die Fujis sind sehr großzügige Leute. Du solltest stolz darauf sein, zu deinesgleichen zurückzukehren«, stieß meine Mutter mühsam hervor.

Ich wirbelte herum und suchte wie wild nach einer Verbündeten. Mein Blick fiel auf Chie.

Sie gähnte und wandte den Blick ab.

Das Blut gefror mir in den Adern.

Chies Gesichtsausdruck zeugte nicht von Zärtlichkeit. Sie gähnte gelangweilt angesichts meines Schmerzes und meiner Panik, aber ihre Haltung war nicht lässig. Chie glich einer Katze, die sich an ein Eichhörnchen heranschleicht: Sie war starr vor Wachsamkeit.

»Nein!« schrie ich und war zum ersten Mal in meinem Leben bewußt ungehorsam.

Ich drehte mich zu meiner geliebten Mama um, legte mich unterwürfig flach auf den Boden und barg mein Gesicht in den Falten ihres besten, nach Mottenkugeln riechenden Kimonos.

»Laß mich als Dienerin ausbilden«, bettelte ich, »aber bitte laß mich hier nicht allein.«

Aus den Augenwinkeln sah ich, daß Chie mich beobachtete, wie der Metzger ein Kalb mustert.

Mama wandte sich an die anderen.

»Entschuldigen Sie bitte vielmals meine Unzulänglichkeit bei der Erziehung Ihres Kindes. Es ist meine Schuld. Ich hänge so an ihr, daß es mir nicht gelungen ist, Etsuko auf diesen Tag vorzubereiten. Lassen Sie sie wieder mit mir gehen. Wir werden darüber reden.«

»Ich will nicht darüber reden! Wenn du mich zwingst, wieder hierherzukommen, sterbe ich!«

»Dummes Kind«, schimpfte Mama. »Du übertreibst. Sei nicht so ungezogen.«

»Laß sie gehen.« Chies Stimme war kalt und ohne Regung. »Es geht ihr besser, wenn sie nicht in meiner Reichweite ist.«

Wir gingen zu Fuß nach Hause, und unsere Socken wurden auf der Straße schmutzig. Es war niemand da, den wir beeindrucken wollten.

»Widerspenstiges Kind, du hast eine seltene Chance vertan.« Den ganzen Heimweg über schimpfte Mama.

Doch ihre Worte taten nicht weh. Ihre erleichterte Stimme tropfte wie warmer Regen in mein offenes Ohr.

An jenem Abend kochte Mama Meerbrassen – einen Fisch, der nur an Hochzeiten oder anderen feierlichen Anlässen gegessen wurde. Papa gab mir das größte Stück.

Doch als ich einschlief, wohlbehütet zwischen den warmen Körpern meiner Eltern, spürte ich einen kleinen schmerzhaften Stich.

Diese Frau, die wahrscheinlich meine Mutter war, hatte nur einen kurzen Blick auf mich werfen müssen, um zu dem Schluß zu gelangen, ich sei es nicht wert, behalten zu werden.

9. Kapitel

Januar 1933

Meine Ich-Geschichte wird mir zunehmend langweilig. Nur Erinnerungen, keine Handlung. Genau das, behaupten Kritiker, sei bei Ich-Geschichten das Problem – es passiert anscheinend nie etwas.

Doch das war nicht immer ein Problem. Lange Zeit (über neunhundert Jahre, wenn man *Das Kopfkissenbuch* – geschrieben von einer Kurtisane – als die erste Ich-Geschichte betrachtet) galt es als gut, wenn es keine Handlung gab. Ich-Geschichten waren weniger Erzählungen, die einen bestimmten Zweck verfolgten, als vielmehr Sammelalben: Tagebucheinträge, Listen, Fragmente von Gedichten und Stücken. Diese Romane steckten voll geistreicher Meditationen und Aufzeichnungen von literarischer und erotischer Qualität (*Das Kopfkissenbuch* war eine Satire und hatte die Absicht, sowohl »die Freuden der Literatur als auch des Fleisches« zu schildern). Sie waren in etwa mit Porträts in der Malerei vergleichbar: Beschreibungen von Momenten und Stimmungen.

In diesen frühen Ich-Geschichten – die alle sehr persönlich und lesenswert waren – gab es nur selten eine Handlung. Handlung war eher das, was der Leser im Kopf als köstlichen ästhetischen und sinnlichen Reiz erlebte.

Dann kamen die Amerikaner: Kriegsschiffe, der Wilde Westen und jetzt auch noch *Buster Keaton: Dampfer-Willis Sohn*. Was für ein schneller, verwirrender Fortschritt! Den Film mit Buster Keaton kenne ich, weil ich einmal im Monat mit dem Bus nach Kobe fahre und vor dem Einkaufen ins Kino gehe. Es ist anders als in Seattle. Hier steht ein *benshi* – ein bescheiden auftretender, aber laut sprechender Mann – unter der Leinwand und übersetzt den amerikanischen Dialog in japanische rhythmische Strophen, wobei er sowohl männliche als auch weibliche Rollen übernimmt.

Ach ja, die Amerikaner. Ein Volk, das Gelegenheiten beim Schopf packt, Rinder absticht und eine große Comic-Maus erfindet, die sprechen kann.

Die Feststellung, daß die Ich-Geschichte angesichts dessen allmählich etwas langweilig klingt, erübrigt sich wohl.

Vielleicht aber ist es nicht einmal der Klang einer Ich-Geschichte, der langweilig ist, sondern ihr Äußeres. Hat man erst einmal ein paar Filme gesehen, stellt man sich jede Erzählung, auf die man trifft, bildlich vor. Dann beginnt das, was man zunächst als spannend empfand – der Tumult der Seele –, Gestalt anzunehmen, und sieht aus wie Figuren, die isoliert auf einer Strohmatte knien und über ihr Leben nachdenken.

Da dies meine Ich-Geschichte ist, sind mir die Hände gebunden. Ich kann nicht plötzlich eine geschäftige, wild agierende Person werden. Das geht den meisten Japanern so. Unsere Stärken sind Empfänglichkeit und die Wertschätzung der menschlichen und körperlichen Natur. Dabei kommt mir gerade ein Gedanke. Natur. Naomi liebte die Natur. Da habe ich etwas, das ich gern festhalten würde.

Meine Schwester Naomi

Naomi war das genaue Gegenteil von mir. Sie war kompliziert und sah gut aus, ich war einfach und schlicht. Dennoch konkurrierten wir nicht miteinander. Wir wußten, Schlichtheit kann auch schön sein, und mit Kompliziertheit kann sich auch Schmerz verbinden.

Wir wußten, daß wir Schwestern waren – seit unserer ersten flüchtigen Begegnung, seitdem sich unsere Blicke an Naomis erstem Schultag über den überfüllten Schulhof hinweg getroffen und nicht wieder voneinander gelöst hatten.

»Onee-san!« rief Naomi mir zu. Sie benutzte die respektvolle Anrede für ein Mitglied des Haushalts.

»Onee-san, Ältere Schwester«, rief sie noch einmal, als sie an meine Seite eilte. »Ist das nicht witzig? Du hast das Gesicht meines Vaters!«

Ich war elf. Ich betrachtete sie und ahnte beim Anblick dieses hübschen, sechsjährigen Kindes bereits, wie schön sie einmal sein würde. Ich sah in ihr unsere Obaa-san, die Sehr Ehrenwerte Frau Fuji.

»Jüngere Schwester«, entgegnete ich.

Meine Eltern förderten unsere Freundschaft.

»Es ist Buddhas Wunsch«, seufzte meine Mutter.

In den darauffolgenden fünf Jahren huschten Naomi und ich unzählige Male zwischen ihrem Garten und meinem Haus hin und her; die Ärmel unserer Kimonos blähten sich wie Schmetterlinge, die auf einer Wiese Fangen spielen.

Dennoch achtete ich stets darauf, daß ich nie weiter als in ihren Garten vordrang, nie ihr Haus betrat.

Dann tat ich es eines Tages durch Zufall doch. Es war an einem heißen Sommernachmittag, und die Baumwollkimonos klebten uns am Rücken. Naomi rannte in die Küche, um uns erfrischenden kalten Gerstentee zu holen, und da ich mich an ihre Fersen geheftet hatte, um sie zu fangen, schoß ich hinter ihr in den Raum.

Chie war da – in den erdfarbenen Schatten verborgen wie eine Fledermaus in der Höhle. Sie fuhr zusammen, als wir in die Küche stürmten. Aber ich merkte, daß sie uns beobachtet hatte. Ich sah ihr hungriges Gesicht, ihren verkniffenen Mund. Als hätte man sie dabei erwischt, wie sie etwas Dunkles, Bitteres aß.

Mit siebzehn ließ ich Naomi zurück. Ich schloß die Mädchenoberschule ab und wurde Aufzugführerin in einem Kaufhaus in Kobe. Das Geschäft, Daimaru, war die Zweigstelle einer modernen Ladendynastie aus Osaka. Es war ein vierstöckiges Warenhaus, das wohlhabenden ausländischen Kunden und den Japanern, die gern so sein wollten wie sie, gefallen sollte. Es gab keine Ladenjungen mehr, die ständig nach oben in die Lagerräume liefen und Waren holten, um sie vor Kunden, die ihre Schuhe ausgezogen hatten, auf Strohmatten auszubreiten. Im Daimaru behielten die Kunden ihre Schuhe an, schlenderten frei durch verlockend ausgestellte Artikel und ließen sich von attraktiven (wenn möglich zweisprachigen) Ladenmädchen bedienen.

Die Einstellungsprozedur bei Daimaru war nicht einfach. Neben Abschriften der Schulzeugnisse und Empfehlungen von Lehrern verlangte das Geschäft von der Behörde des Heimatorts der jeweiligen Bewerberin eine Liste, in der alle Geburten, Sterbefälle und Eheschließungen (sowie Informationen über die Begleitumstände dieser Ereignisse) in der Familie der Bewerberin aufgeführt waren. Nur Mädchen, die seit Generationen eine untadelige Familiengeschichte aufwiesen, konnten sich bewerben.

Darüber hinaus fanden mehrere Einzelgespräche statt, in denen unser Auftreten begutachtet wurde. Später, wenn neue Angestellte eingearbeitet wurden, ließ Daimaru durchblicken, man stelle nur die besten zehn Prozent der Bewerberinnen ein. Diese Schmeicheleien wiederum förderten Dankbarkeit und Loyalität.

Da ich die Mädchenoberschule abgeschlossen hatte, konnte ich Kenntnisse in höheren Geisteswissenschaften und Englisch vorweisen. Deshalb hielt man mich für weltlich gesinnt. Obwohl ich nicht so schlank und elegant wie Naomi war, strahlte ich mit meinem runden Gesicht die Liebenswürdigkeit aus, die man gemeinhin für anziehend hielt. Damals dachte ich in meiner Eitelkeit noch, man hätte mich aufgrund persönlicher Verdienste eingestellt. Doch aus der Sicht einer Erwachsenen weiß ich heute, daß mich meine Verbindung mit dem Namen Fuji ohne Zweifel aus der Menge der anderen herausgehoben hätte, selbst wenn meine akademische Bildung oder mein Auftreten mit Mängeln behaftet gewesen wäre – und geradezu anmaßend wäre es, mich zu den zehn Prozent der Bestaussehenden zu zählen.

1915 fing ich an zu arbeiten; zwei Jahre zuvor hatte die später so genannte Große Taisho-Demokratie begonnen. Es war eine interessante Zeit. Für den Südwesten der Insel Honshu, auf der Kobe liegt, war es eine Zeit des Aufschwungs. Jahrhundertelang vor allem für seine ruhmreiche Vergangenheit, für seine Kaiserhöfe in Nara und Kyoto bekannt, war dieser Teil von Honshu neuerdings wegen seiner Gegenwart berühmt. Und wegen Osaka – der großen, expandierenden »Megatropolis«, aufgebaut auf Handel und Produktion –, das vor Geld und Macht überquoll.

Plötzlich lag das Schwergewicht des Einflusses genau in entgegengesetzter Richtung. Tokio, der Sitz des neuen Kaiserhofs, vertrat die Tradition, und Osaka (und in geringerem Maße auch Kobe) waren tonangebend – vielleicht nicht in puncto Kultur und Geschmack, doch ganz bestimmt, was Handel und Vergnügen betraf.

Auch meine Beziehung zu Naomi kehrte sich um. Plötzlich war ich die Komplizierte. Ich strotzte nur so vor packenden – wenn auch nicht unbedingt praktikablen – Ideen Voltaires und Rousseaus. Ich führte wie selbstverständlich ein Berufsleben in der Stadt. Selbst zu Hause auf dem Land veränderte ich mich. Neue Empfindungen regten sich in mir; in den schwülen Sommernächten wurde ich zunehmend unruhiger.

Mit ihren zwölf Jahren war Naomi eben einfach noch ein Kind.

Ich fehlte ihr.

Eines Abends stieg ich in einem Vorort von Kobe aus der Straßenbahn und war im Begriff, meinen Fußmarsch aufs Land anzutreten, wo wir wohnten. Ich trug den schicken, schwarzen Seidenkimono einer Aufzugführerin bei Daimaru mit der geschmackvollen und doch modernen Anstecknadel des Kaufhauses: ein kleiner, cremefarbener Kreis aus Email mit dem kühnen schwarzen Schriftzeichen *dai*, »Größe«.

Naomi wartete auf mich.

»Guten Abend, Onee-san«, sagte sie ungewohnt förmlich.

Sie zögerte.

»Du siehst in deiner Uniform so erwachsen aus: so wichtig, so ... beschäftigt.«

Schüchtern verstummte sie.

Da stand sie in der Dämmerung vor mir, der Sommerkimono aus Leinen war ihr zu kurz geworden, an Saum und *tabi* hingen Tautropfen.

Ich hatte das Gefühl, sie beschützen zu müssen.

In unserem Dorf waren wir gleichrangig, denn die Tatsache, daß ich älter war als sie, glich den Standesunterschied aus. Hier am Stadtrand zwischen all den Straßenbahnen und Autos indes zeigte sich, daß ich hierher gehörte. Naomi war eine verletzliche Außenseiterin.

»Kleine Schwester«, sagte ich liebevoll, »du holst mich ab!«

Naomi nickte. Sie schaute auf ihre feuchten, staubigen Schuhe.

»Vielleicht hätte ich das lieber nicht tun sollen.«

»Du hast dein Schmetterlingsnetz und einen Grillenkäfig mitgebracht.«

Naomi nickte wieder. »Verzeih, es war keine gute Idee.«

Sie schaute über die Wiesen zum Dorf zurück, als wünschte sie sich heim.

Im Geiste sah ich, wie sie noch wenige Minuten zuvor diese blühenden Felder durchquert hatte, voller Zutrauen und Liebreiz, den ganzen Firlefanz zum Fang von Insekten bei sich.

Ich schaute zum Himmel.

»Heute haben wir eine klare Nacht, es ist warm und fast Vollmond.«

Naomi sagte nichts.

»Eine gute Nacht für Leuchtkäfer.«

Hoffnungsvoll schaute sie auf.

»Ich dachte, ich könnte dich nach Hause begleiten. Vielleicht können wir gemeinsam welche sammeln?«

Das taten wir auch. Einen Abend lang lockte sie mich in den Zauber der Kindheit zurück. In der Erinnerung an sie versuche ich heute, Hanae ebenso zu locken.

Frösche quakten im Sumpf, füllten ihren Hals mit den lehmigen Düften des Juli. Wir liefen querfeldein in die Dunkelheit und jagten kleine grüne, phosphoreszierende Punkte. Meine weißen *tabi* wurden grasgrün.

Es machte mir nichts aus.

Das einzige, was zählte, war der samtene Himmel, der weiche Boden unter den Füßen, das Flackern der Leuchtkäfer und Naomis Lachen.

Als kleines Mädchen dachte ich nur selten an Chie. Im Gegenteil, wenn sich Neugier in mir regte, verdrängte ich sie rasch wieder. Alles andere wäre mir illoyal vorgekommen – und auch ein bißchen gefährlich.

Für mich war Chie eine seltsame, gespenstische Gestalt: eine Frau, die ein Jahr lang dem Wahnsinn verfallen war, die mich nach meiner Geburt und an meinem zehnten Geburtstag zurückgestoßen hatte, die mir – eine Woche nach meinem zehnten Geburtstag – einen dicht beschriebenen, verworrenen Brief geschickt hatte, der die Hände meines Vaters vor Angst zittern ließ.

Als ich heranwuchs, heiratete und nach Amerika zog, war ich mit dem Leben einer Erwachsenen beschäftigt. Da dachte ich überhaupt nicht mehr an Chie.

Dann kam Naomi. Sie traf in Seattle ein – verstoßen, seekrank und abgemagert –, die Heiratspapiere fest in der Hand. An dem Nachmittag, an dem sie in der Buddhistischen Kirche von Seattle offiziell getraut wurden, stand ich neben Akiras Freund Harry Hasegawa hinter Naomi.

Naomi schrieb Chie jeden Tag einen langen Brief voller Entschuldigungen und Erklärungen. Oder kurze, beiläufige, geschwätzige Notizen. Doch Chie reagierte nicht ein einziges Mal darauf.

»Wozu der Aufwand?« fragte ich eines Tages, als ich sah, wie Naomi einen Moment lang müde und enttäuscht den Kopf hängen ließ.

Schlapp vor Hitze und Feuchtigkeit, die von Uchidas Wäscherei Uncle Sam nebenan herüberwehte, standen wir in der scheinbar bescheidenen, doch bald schon bankrotten Okamura Company, einer Dienstleistungsfirma für Post- und Bankwesen, und schauten unsere Post durch.

»Hör auf zu schreiben. Laß sie deine Abwesenheit spüren. Warum willst du sie für ihr Schweigen auch noch jeden Tag belohnen?«

Naomi lächelte sanft und schüttelte den Kopf. »Das wäre grausam. Du verstehst unsere Mutter nicht.«

Das Wort »unsere« verblüffte mich. Für mich war Chie nicht meine Mutter.

»Was gibt es da zu verstehen? Sie kann nicht lieben; sie hat mit dir gebrochen.«

Ich vernahm die Feindseligkeit in meinen Worten und fragte mich, ob ich mich nur über Naomis Schmerz ärgerte oder ob es mir etwas ausmachte, daß Chie mich zweimal abgelehnt hatte.

Dann kam eines Tages der Hochzeitsspiegel an: lang und elegant, montiert auf einer niedrigen Frisierkommode aus handpolierter japanischer Kastanie.

Die glatte Oberfläche war nahezu makellos, bereichert durch eine knorrige Stelle hier, ein Astloch da, als Beweis dafür, daß der Baum gelitten und sich durchgesetzt hatte. Er war das perfekte Geschenk für eine junge Braut und übermittelte die Lektion, daß Schönheit mit der Zeit größer wird.

Bewundernd schaute ich zu, wie Naomi ihn auspackte.

Duftende Kiefernzweige und leicht verschimmeltes Zeitungspapier zum Ausstopfen – die Düfte Japans – lagen auf Naomis weißgetünchtem amerikanischem Boden verstreut.

Weißgetüncht, dachte ich plötzlich wütend. Vielleicht hatte es etwas mit ihrer Geschichte zu tun – ein Volk, das hierhergekommen war, um seine Vergangenheit neu zu gestalten –, doch anscheinend konnten Amerikaner die Natur nicht in Ruhe lassen.

Plötzlich, nachdem ich jahrelang in den Mustern und Farben

amerikanischer Inneneinrichtung gelebt hatte, stellte ich fest, daß ich meine japanische Heimat vermißte.

»Von den amerikanischen Missionarinnen, die dich gelehrt haben, einen Teil deiner alten Welt in die neue mitzunehmen«, las Naomi den mit Schreibmaschine getippten Text auf der Geschenkkarte vor. »Bitte schreibe uns nicht, um den Empfang zu bestätigen.«

Sie zog die Stirn kraus. »Wie komisch.«

Dann lachte sie. »Aber schau dir nur die Qualität an. Ich hatte keine Ahnung, daß diese alten Jungfern etwas über japanische Hochzeitsrituale wissen, geschweige denn, daß sie einen so erlesenen Geschmack haben!«

Sie hielt inne. »Du guckst so merkwürdig. Stimmt was nicht?«

»Nein, nein. Ich bin nur, hm, überrascht.«

»Ich auch! Diese zugeknöpften alten Frauen. Wie aufmerksam. Und das nach ihrem ganzen Gerede über Protestantismus und Selbstverleugnung! Ich frage mich nur, woher sie meine Adresse haben. Und dann soll ich mich nicht mal bei ihnen bedanken; da sieht man wieder, daß man die Leute nie wirklich kennt!«

Ich ließ Naomi schwätzen. So hatte ich Gelegenheit nachzudenken.

Ich hatte zu meiner Hochzeit nämlich einen ähnlichen Spiegel geschenkt bekommen.

»Von den Kolleginnen im Warenhaus«, hatte es auf der Karte geheißen. »Etwas, das du mit in dein neues Leben nehmen kannst, von allen, die sich in der Vergangenheit um dich gekümmert haben. Von unnötigen, belastenden Dankesbezeigungen bitten wir Abstand zu nehmen.«

»Unsinn«, hatte meine Mama gesagt, als sie die Karte las. »Sieh dir nur die handwerklich hervorragende Arbeit an, die Feinheiten. Dafür haben nicht ein paar Ladenmädchen zusammengelegt.«

Sie hatte die Augen zusammengekniffen und überlegt. Dann hatte sie sie weit aufgerissen.

»Ich weiß! Es ist von deiner Obaa-san, der Sehr Ehrenwerten Frau Fuji. Schließlich kommt der Hochzeitsspiegel für gewöhnlich von der Familie der Braut.«

Doch dann traf ein offizielles Geschenk von der Sehr Ehrenwerten Frau Fuji ein: ein halbes Dutzend Seidenkimonos.

Jahre später, nachdem mein Mann gestorben war, trug ich diese Kimonos immer dann, wenn ich Aufmunterung brauchte. Ich stand in der dampfenden Küche des Hotels Samurai Garden, kippte fettige Hackfleischbällchen auf schlecht gespülte Teller und trug tiefrot schimmernde Seide. Jeder ungläubige Blick, der mich traf, erinnerte mich an die Zuneigung meiner Großmutter.

Als ich damals heiratete, war meine Mutter schließlich zu der Überzeugung gelangt, daß der Spiegel vielleicht doch von meinen Kolleginnen im Warenhaus stammte. Vielleicht hatte eine von ihnen Beziehungen zu einem Kunsttischler. Es war wohl die Art von Geschenk, die eine Gruppe junger Frauen kaufen würde: unangemessen, romantisch, schön, aber vollkommen unpraktisch.

Ich machte mir darüber keine großen Gedanken, und als ich nach Amerika fuhr, ließ ich den Spiegel zurück.

Naomi gegenüber habe ich die Sache nie erwähnt. Da die Sehr Ehrenwerte Frau Fuji gestorben war (wie meine Eltern waren sie und ihr Mann der Grippewelle von 1918 zum Opfer gefallen), konnten die Spiegel nicht von ihr sein. Im übrigen sah Naomis Spiegel etwas anders aus als meiner. Vielleicht stammten sie nicht von demselben Tischler.

Das waren meine Überlegungen. Es kostete mich viel Mühe, mir einzureden, die Spiegel seien nicht von Chie, das Ganze sei ein Zufall. Dann erfuhr Naomi, daß sie schwanger war, und in der Aufregung der nächsten Monate vergaß ich die Spiegel restlos.

Auf Akiras Telegramm, in dem er Naomis Tod mitteilte, reagierte Chie nicht. Sie erkundigte sich nicht einmal nach der Gesundheit ihres einzigen Enkelkindes Hanae.

In mir brodelte Wut. Als Naomis Tod sich zum erstenmal jährte, kochte sie über.

An diesem Tag betrat ich das gemeinsame Schlafzimmer von Naomi und Akira, das Zimmer, in dem sie gestorben war.

Vernachlässigt stand der Hochzeitsspiegel auf einer großen Kommode. Irgendwann im letzten Jahr mußte Akira daran gestoßen sein, denn der Spiegel hing schief in den Scharnieren. Die Glasoberfläche, die einst Naomis schönes Gesicht gezeigt hatte, spiegelte jetzt eine rissige Stelle in der Decke wider.

»Es geschieht dir gerade recht, du alter Heuchler«, murmelte ich, während ich eine japanische Lacktruhe an die amerikanische Kommode heranzog.

»Es geschieht dir gerade recht, dafür, daß du wie ein trojanisches Pferd dahergekommen bist und die besten Wünsche überbracht hast. Jetzt stehst du da, und keiner kümmert sich um dich. Wie ist das? Einmal im Leben machst du so großzügige, hübsche Geschenke, aber deine tägliche Anwesenheit versagst du!«

Ich kletterte auf die Truhe und kämpfte mit dem schweren Spiegel. Ich hatte die Absicht, ihn von seinem hohen Roß zu holen und aus dem Haus zu werfen.

»Bin ich froh, daß du den Spiegel rettest.«

Akira schreckte mich mit seiner fröhlichen Stimme auf.

Ich drehte mich abrupt um. Das Herz schlug mir bis zum Hals.

Es fiel ihm nicht auf.

»Komm, ich helfe dir.«

Akira nahm den Spiegel in beide Arme und stellte ihn vorsichtig auf den Boden.

»Er ist ein wahres Schmuckstück, nicht wahr? Naomi hat ihn sehr gemocht.«

Er schüttelte den Kopf. »Hausarbeit gefiel ihr nicht, aber den hier hat sie mit einer merkwürdigen, zärtlichen Sorgfalt poliert, als würde sie ein Kind säubern.«

»Wußte sie, wer ihn geschickt hat?«

Akira war überrascht. »Die Missionarinnen, die ihr Englisch beibrachten. Ich dachte, du wüßtest es.«

Er kniete sich neben den Spiegel und richtete die Schräge des Glases.

»Naomi konnte es gar nicht fassen«, sagte er. »Sie hat es immer wieder erwähnt.«

Meine Kehle war wie zugeschnürt.

»Was hat sie gesagt?«

»Oh, du weißt schon, Bemerkungen eben.«

»Was für Bemerkungen?«

Akira vernahm die Schärfe in meiner Stimme. Er war verwirrt.

»Ich weiß nicht, irgendwelche Kommentare.«

Er sah mir ins Gesicht und gab sich noch mehr Mühe.

»›Wie nett die Frauen doch waren‹. ›Kaum zu glauben, daß sie mir so etwas geschickt haben‹, lauter solche Sachen eben.«

Akira sah mich fast verletzt und aufmerksam an, wie ein kleiner Hund, den man zu Unrecht gescholten hatte.

Er tat mir leid.

Ich kletterte von der Truhe, meine Wut war verraucht. Vielleicht hatte Naomi es gewußt, vielleicht auch nicht. Was machte es schon?

Akira spürte meine Erschöpfung.

»Es ist eine wunderbare Geburtstagsidee!« sagte er und wechselte das Thema mit einer Herzlichkeit, die er anscheinend für ansteckend hielt. »Den Spiegel Hanae zu schenken.«

Hanaes Geburtstag! Einen Moment lang hatte ich vergessen, daß es sowohl ein schmerzlicher als auch ein freudiger Jahrestag war. Melodramatische Großmut überkam mich. Heute war ein Tag der Vergebung, nicht des Vorwurfs.

»Ja!« rief ich und verblüffte Akira mit meiner plötzlichen Kapitulation vor seiner beharrlich guten Laune. »Ja, es soll ein Geschenk für Hanae sein. Aber nicht heute. Später, so daß ich es erklären kann.«

Ich kehrte nach Japan zurück. Bei dem Gedanken, daß ich nun bald das Haus Fuji betreten würde, war ich nervös, aber auch voller Hoffnung. Ich brachte Hanae mit. Ich hatte meine Glücksbringer dabei: gerahmte Fotos von Mama, Papa, Tadao und Naomi; die sechs Hochzeitskimonos von der Sehr Ehrenwerten Frau Fuji; einen alten Pullover, den Tadao immer getragen hatte. Ich brachte die ganze seltsame Unterwäsche mit, die Naomi genäht hatte, und noch etwas – ich brachte Naomis Spiegel mit.

Ich hatte ihn nicht verpackt. Er wurde nicht im Gepäckraum in einem Karton transportiert, eingeschlagen in alte Zeitungen. Ich trug ihn auf den Armen – groß und zerbrechlich wie einen hübschen Invaliden – die Gangway hinauf in unsere Spezialkabine in der dritten Klasse. So legte er den ganzen Weg über den Pazifik zurück. Ich trug ihn vom Schiff an die Pier und stellte ihn Chie vor die Füße.

Sie war in einen perlgrauen Kimono gekleidet, schlicht wie eine perfekte Romanzeile.

Schiffssirenen heulten, Schauermänner riefen durcheinander, Fremde fielen sich in die Arme.

Im Laufe der Jahre war ich in bezug auf die Spiegel recht sentimental geworden. Traditionell ist ein Spiegel ein Geschenk des Loslassens, das die Familie der Braut zum Abschied macht.

Doch als Geschenk von Chie an ihre ausgesetzten und verstoßenen Töchter waren die Spiegel ein Zeichen dafür, daß sie uns als ihr Eigentum zurückforderte.

»Jetzt ist deine Familie endlich wieder zusammen!« rief ich unsicher, als ich den Spiegel abstellte, überwältigt vom glitzernden Wasser und von dem Gefühl, daß der Pier unter meinen Füßen schwankte.

Ich war ganz auf Versöhnung eingestellt.

Wenn sie mir nur ein kleines Zeichen gibt, sagte ich mir, dann können wir wieder von vorn beginnen.

Aber es war der falsche Zeitpunkt.

Angewidert sog Chie die Seeluft ein.

Sie bedachte den Spiegel mit einer abweisenden Geste.

»Stell das zu dem andern Gepäck«, sagte sie zu ihrem wartenden Diener.

Noch schlimmer war, daß sie mir kaum Beachtung schenkte.

Chie verschlang Hanae mit ihren Blicken, stellte fest, wie sehr sie Naomi glich, und einen schrecklichen Augenblick lang überkamen mich Eifersucht und Haß.

Da stand ich nun – erstickt vor Enttäuschung und Scham – in Leinenkleid und Topfhut, in dem ich mir in Amerika schick vorgekommen war. Den Blicken nach zu urteilen, die ich auf mich zog (damals trugen nicht einmal die anrüchigen Mädchen westliche Kleidung), hätte ich ebensogut im Badetuch und mit einer Schüssel auf dem Kopf herumlaufen können.

Der Spiegel blieb zwischen mir und Chie stehen. Schimmerndes Glas erhob sich aus seidigem Holz.

Elegant und formvollendet, wie er war, gehörte er in das Haus der Fujis.

Im Gegensatz zu mir.

10. Kapitel

Februar 1933

Als ich noch in Seattle lebte, habe ich mich manchmal gefragt, was so fremdartig an uns Japanern sein mochte. Es waren nicht nur Äußerlichkeiten – Haut, Augen, Ernährung –, die uns von den Amerikanern unterschieden. (Obwohl es genau das war, was sie abstieß.) Es war etwas weniger Auffälliges, etwas Grundsätzliches. Ich habe es nie ganz herausgefunden.

Doch jetzt, da ich wieder in Japan bin – was mir nach längerer Abwesenheit ebenfalls fremd geworden ist –, glaube ich zu wissen, was Amerikaner so gestört hat. Es gibt ein Wort dafür: *kata*. Es bedeutet »die Art und Weise, wie man etwas macht«, oder »Ablauf«, und wird grob übersetzt mit »Form«.

In Japan gibt es für jedes Verhalten ein *kata*: *kangae kata*, »wie man denkt«, *yomi kata*, »wie man liest«, *kaki kata*, »wie man schreibt«, *tabe kata*, »wie man ißt«. Darüber hinaus gibt es Unterkategorien des *kata*: jeweils eigene Denkweisen über Familie, Arbeit und so weiter; verschiedene Arten des Lesens von Romanen, Gedichten, Zeitungen und ähnlichem.

Große, flache Gegenstände werden anders gezählt als kleine, runde; die richtige Art, wie man einen Kimono zusammenlegt, hängt davon ab, ob er einem Erwachsenen oder einem Kind gehört. Dasselbe gilt für Hunderte von Situationen: eine überall verwendete, ritualisierte Form.

Es liegt vermutlich an *kata*, daß die Amerikaner (ein Volk, das von Individualität ebenso besessen ist wie wir von Uniformität) alle Japaner als unerträglich, ja geradezu unmenschlich gleich empfinden.

Für Japaner indes ist *kata* eher ein erhellendes philosophisches Prinzip als ein starrer Verhaltenskodex.

Im traditionellen Zen-Buddhismus war *kata* das Mittel, *wa* – universelle Harmonie – auszudrücken und aufrechtzuerhalten. Mit *kata* wurde sichergestellt, daß Demut die Arroganz besiegte: Es verlangte, daß der Stolz den kleinen, bescheidenen Schritten untergeordnet wird, die notwendig sind, um sich eine Haltung oder Fähigkeit bis zur Perfektion anzueignen.

Kata muß man ein Leben lang üben. Ziel ist das bewußte Erleben des Universums in jedem Moment, die Hingabe an Schönheit und Güte bei jeder Anstrengung und das Ablegen persönlicher Eitelkeit, damit der Schüler eins mit seinen Übungen wird.

So wird der Maler zum Werkzeug seines Pinsels; der Töpfer spürt die Seele seines Tons.

Im Laufe der Jahrtausende hat der Zen-Buddhismus die Prinzipien des *kata* allmählich verringert – so wie ein französischer Koch eine Soße auf die wesentlichen Zutaten beschränkt –, so daß am Ende alles, was zum Leben in einer Gemeinschaft beiträgt, auf die grundlegenden Elemente reduziert worden war.

Kein Lebensbereich war davon ausgenommen. Selbst die bescheidenste Tätigkeit (wie zum Beispiel das Fegen des Gartenwegs mit einem Bambusbesen) wurde zu einer Reihe ritualisierter Bewegungen – jede durchdrungen von der Freude, dem Universum zu dienen.

Natürlich wird keine Philosophie – vor allem eine, die so zeitaufwendig ist wie Zen – auf breiter Basis angenommen, wenn sie im Alltag nicht nützlich ist.

Die Betonung des Zen auf Bescheidenheit und Zurückhaltung (vor allem bei Kriegern) wurde von der Bevölkerung im allgemeinen sehr begrüßt, hauptsächlich in den Jahrhunderten, als man von einem Samurai erwartete, jeden zu enthaupten, den er bei einer Tat erwischte, die der Ordnung nicht entsprach. Die Häufigkeit solcher Tötungen wurde jedoch dadurch eingeschränkt, daß der Samurai nach einer solchen Enthauptung wiederum verpflichtet war, sich selbst umzubringen.

Warum verbreite ich mich so über didaktische Fragen? Die Antwort darauf macht mich verlegen.

Ich habe Angst vor Chie.

Es gibt einfach kein *kata* dafür, wie man sich im Haus einer entfremdeten Samurai-Mutter verhalten soll. Vor allem, wenn man aus der Bauernschicht kommt. Und obwohl ich in meiner Rolle als Köchin und Mutter stolz darauf bin, nicht an sinnlose Formen gebunden zu sein, bin ich wie gelähmt, wenn sie nicht vorhanden sind.

Zu Anfang war ich noch optimistisch, auch wenn Chie meine Begrüßungsworte über den Hochzeitsspiegel als Symbol für die Zusammenführung der Familie ignoriert hatte.

Während ich in Chies Worten nach Hinweisen suchte, welches *kata* von mir erwartet wurde – sie war schließlich die Gastgeberin, und ich war Gast oder vielleicht auch nur das Kindermädchen –, fiel mir auf, daß sie mir gegenüber weder die Anrede einer Höhergestellten an eine Untergebene noch die an eine Fremde benutzte.

Ich dachte, damit gehörte ich zur Familie.

Andererseits benutzte Chie auch nicht die Form der Anrede – beiläufig, spontan, liebevoll –, die unter Familienmitgliedern üblich war.

Es war verwirrend und belebend zugleich. Chie sprach ungeachtet der Nähe oder Klasse alle gleich an.

Für mich war sie von Grund auf demokratisch, da sie alle gleich behandelte und zu niemandem besonders höflich war. Zwar fehlte es ihr an Redseligkeit (Amerikaner holen gern weit aus!), doch Chies Umgangsstil erinnerte mich an westliche Direktheit.

Wie seltsam, dachte ich, eine Oase des Amerikanismus, ausgerechnet in einem Samurai-Haushalt!

Wenn ich allerdings Chies schroffe Art zunächst für Amerikanismus hielt – ein Omen, daß ich mich bald zu Hause fühlen würde –, konnte es nur mein eigener Amerikanismus sein, ein fehlgeleiteter Yankee-Optimismus, der eine so grobe Fehleinschätzung auslöste.

Fehlgeleiteter Optimismus war es auch, der mich dazu verführte, jene frühen Kapitel aus Chies Sicht zu schreiben; die verzweifelte Hoffnung, ich könnte, wenn ich mir ihren Standpunkt zu eigen machte, ein paar Gemeinsamkeiten entdecken, auf denen wir aufbauen könnten.

Doch meine schriftlichen Versuche, mich Chie zu nähern, haben nur zu der Selbsttäuschung geführt, ich würde sie kennen. Ich habe eine Chie geschaffen, die mir im wesentlichen zugänglich ist, ungeduldig und selbstsicher zwar, doch ohne besondere Bosheit und mit spontanem, trockenem Humor, und warte noch immer darauf, dieser Frau zu begegnen.

Es hilft nicht, daß Chie in mancher Hinsicht recht nah an diese Gestalt herankommt. Bei dem kleinsten humorvollen Wort, bei jeder vertraulichen (und unangenehm exakten) Bemerkung sehe ich meine Intuitionen bestätigt. Daher bin ich immer wieder verblüfft, wenn ich feststellen muß, daß ich sie nicht kenne. Und daß sie (wie undankbar, nachdem ich mir so viel Mühe gegeben habe, sie sympathisch darzustellen!) offenbar nicht daran interessiert ist, mich kennenzulernen.

Mag sein, daß ich ungerecht bin. Ich habe durchaus bemerkt, daß wir oft, wenn wir zu wissen glauben, was für ein Mensch vor uns steht, nicht bereit sind, zusätzliche Informationen über ihn aufzunehmen.

Wie bei meinem Mann und mir zum Beispiel. Sobald Tadao davon überzeugt war, ich sei klug, fand er ständig Beweise dafür. Selbst beim Thema Luftfahrt, von der ich nun überhaupt nichts verstand, führte Tadao meine offen zutage tretende Begriffsstutzigkeit auf feinsinnige, gewollte Ironie zurück.

Dabei stellte sich ein merkwürdiger Begleiteffekt ein. War ich mit Tadao zusammen, dann neigte ich wirklich dazu, klug zu sein. Erstaunlich Geistreiches kam mir leicht über die Lippen.

Pikante Beobachtungen tauchten wie aus dem Nichts auf. Deshalb war sich Tadao natürlich nie bewußt, daß ich in Gesellschaft anderer meistens nicht weiter auffiel.

Das kann bedeuten, daß ich Chie, selbst wenn ich sie menschlicher beschreibe, im wirklichen Leben alle Charaktereigenschaften mißgönne, die über ironisch, unverblümt, undurchsichtig und abweisend hinausgehen.

Vielleicht ist Chie tatsächlich eine ganz andere! Ich halte inne und stelle sie mir vor. Zögerlich? Verletzlich? Braucht sie Anerkennung?

Aber ironisch, unverblümt, undurchsichtig und abweisend scheinen mir richtig.

Ein Ausflug zum Markt

Zwei Wochen nach meiner Ankunft in Japan kam Chie zu mir in den Moosgarten.

Ich hatte zwei aufregende Wochen hinter mir. Zunächst einmal war ich erleichtert, daß Chie mich als Hanaes Mutter zu akzeptieren schien. Ich lebte mit Hanae in einem gemeinsamen Raum. Ich plante Hanaes Tagesablauf. Selbst in Chies Gegenwart setzten wir unsere Unterhaltungen in unserer Mischung aus Japanisch und Englisch fort.

Außerdem stand es mir frei, mir die Zeit nach eigenem Gutdünken einzuteilen. Chie versuchte nicht, mich zu einer Samurai zu erziehen.

Vielleicht wußte Chie, daß dies unmöglich war. Soweit mir bekannt ist, gibt es keine offizielle Lehrmethode, mit der die Zugehörigkeit zu einer gesellschaftlichen Schicht gelehrt wird. Man nimmt sie durch den Alltag der Familie in sich auf. Im Meiji-Zeitalter, als die Einklassengesellschaft besonders hervorgehoben wurde, begannen viele Familien der Mittelschicht, Unterricht in Samurai-*kata* zu nehmen – *kendo*, die Schwertkunst; *ikebana*, die Blumensteckkunst; *cha no yu*, die Teekunst (auch ich erhielt Unterricht in Teekunst und Lyrik) –, doch würde man uns nie aus Versehen für Samurai halten.

Als wir in Japan eintrafen, zeigte ich Hanae zunächst all die Dinge, die mir in meiner Kindheit gefallen hatten. Jeden Tag gingen wir gemeinsam durch das Dorf, wo ich Bekanntschaften mit Bauern, Ladenbesitzern und Handwerkern wiederaufleben ließ. In Japan werden viele traditionelle Berufe vererbt, und mit Belustigung stellte ich fest, daß die Spaßmacher aus meiner Grundschulklasse jetzt ihre Familienunternehmen führten. Während ich Hanae diesen Leuten vorstellte und sie sich höflich verbeugte, wie ich es ihr beigebracht hatte, sah ich diese stattlichen Bürger im Geiste noch immer als ohrenwackelnde, mit den Augen schielende Viertklässler vor mir.

Ein paarmal unternahm ich mit Hanae einen Ausflug nach Kobe, einmal auch ins nahe gelegene Osaka. In diesen glitzernden Städten von internationalem Rang wurde uns eine Art Service erster Klasse zuteil, den Hanae als Ausländerin in Amerika nie erlebt hatte. Doch von allen Sehenswürdigkeiten, die wir uns ansahen, gefielen Hanae am besten der Fluß, an dem Naomi und ich Kaulquappen gefangen hatten, und das Café, in dem Naomi Akira kennengelernt hatte. Dinge, die sie mit ihren Eltern in Verbindung bringen konnte.

Chie begleitete uns niemals. Beim Abendessen stellte sie keine Fragen, wo wir gewesen waren oder was wir gemacht hatten. Ich fühlte mich frei, wenn Chie nicht anwesend war, doch meine eigene Mutter fehlte mir. Wenn sie noch gelebt hätte, wäre sie bei jedem unserer Schritte dabeigewesen. Sie hätte uns stolz ihren Freundinnen präsentiert, hätte mich über Hanaes Kopf hinweg zustimmend angelächelt, wenn unser kleines Mädchen wieder einen klugen Kommentar abgegeben hätte. Obwohl ich Hanae erklärte, die Zurückhaltung der Großmutter gehöre zum *kata* einer Samurai – als Chie noch ein Kind war, durften Frauen aus Samurai-Familien kaum das Anwesen verlassen –, glaubte ich in Wirklichkeit nicht daran. Hätte Chies Mutter, die Sehr Ehrenwerte Frau Fuji, noch gelebt – sie war der

Inbegriff einer ehrwürdigen Samurai –, wäre sie mitgekommen, das wußte ich.

Bereits in der zweiten Woche begannen mir die Dinge, die wir unternehmen konnten, auszugehen. Ich war gewohnt, schwer zu arbeiten, eine Rolle auszuüben – als Schülerin, Tochter, Arbeiterin, Ehefrau. Hanae würde bald zur Schule gehen; wie würde ich dann die Tage verbringen?

Was machte Chie, fragte ich mich, außer sich hübsch anzuziehen, zu lesen und kleine Schalen mit Wasser und Leckerbissen auf den Familienschrein zu stellen?

Traditionell schrieben Samurai-Frauen Romane (Adlige schrieben Romane und hatten Liebesaffären). Daher war meine Ich-Geschichte eigentlich perfekt geeignet, mich in mein neues Leben zu integrieren.

Außerdem wollte ich die Funktion einer Hausfrau übernehmen. Es ist ein ehrenvoller Beruf, zu putzen, zu kochen und einzukaufen. Doch Chie hatte Hausangestellte, und damals hatte sie noch eine Köchin. Das einzige, was mir blieb, war einkaufen.

Nachdem sich Chie nun so gleichgültig gezeigt hatte, war ich deshalb überrascht, als sie im Moosgarten zu mir trat.

»Wann gehst du auf den Markt?«

Es klang eher nach einer Forderung als nach einer Frage.

»Eh – übermorgen, glaube ich.«

Chie machte auf dem Absatz kehrt.

»Ich komme auch mit«, verfügte sie.

In der Zeit, die zwischen ihrer Ankündigung und dem Aufbruch zum Markt lag, grübelte ich darüber nach, was Chie dazu bewogen haben mochte. Ich war zwischen Realitätssinn und Hoffnung hin und her gerissen.

Wenn Chie eine Beziehung hätte aufbauen wollen, hätte sie dann nicht Hanae und mich auf unseren Besichtigungstouren begleitet? Vielleicht wollte Chie auch nur prüfen, ob ich mich überhaupt fürs Einkaufen eignete.

Der Markttag begann heiß und unruhig. Ein auf uns zurasender Taifun war angesagt. Während Ladenbesitzer die Festigkeit ihrer Schlagläden in Augenschein nahmen und Hausfrauen die Vorräte in ihrer Speisekammer inspizierten, rief Chie das Taxi.

Ishigawa, der fröhliche, kahlköpfige Fahrer – ein Mann aus dem Dorf, der stets genau über alles informiert war –, strahlte, als er uns zusammen sah.

»Mutter und Tochter gehen zusammen zum Markt. Was für ein schöner Brauch!« seufzte er.

Als wir den Markt schließlich erreichten, war Herrn Ishigawa das Lächeln vergangen. Sorgenfalten zogen sich über sein breites, liebenswürdiges Gesicht. Im Rückspiegel wanderte sein Blick zwischen mir in einem Baumwollkimono und Chie in herrlicher Seide hin und her. Unser unterkühltes Schweigen während der Fahrt hatte seine frohen Erwartungen auf eine Versöhnung zunichte gemacht.

Trotz des rapide fallenden Barometers und Herrn Ishigawas sinkender Laune hegte ich noch Hoffnung. Chie als Aristokratin war höchstwahrscheinlich noch nie auf dem öffentlichen Markt gewesen. Vielleicht hatte sie die Absicht, sich zu versöhnen.

Der Markt war für Mütter und ihre verheirateten Töchter geradezu prädestiniert. Unter den provisorischen Markisen fand man sie überall, wo wir nur auftauchten. Sie schlenderten Arm in Arm über den Markt, lachten und flüsterten, berieten sich über die Frische einer Aubergine oder die Süßigkeit von Karotten.

Ich betrachtete diese Mütter und Töchter. Wie mühelos sie doch miteinander plauderten! Ich folgte ihnen auf ihrem Weg an den Ständen entlang, vom Gemüse zum Obst, vom Obst zu den Blumen. Ich lauschte, in der Hoffnung, Gesprächsfetzen aufzufangen, spielte mit Ware, die ich nicht kaufen wollte.

Die Mütter gaben wie beiläufig ihre Weisheiten weiter.

»Die Haut der Mandarine sollte sich dünn anfühlen und feine Poren haben wie eine schöne Frau.«

»Mohn ist für die Brautlaube besser als Kamelien. Mohn verliert seine Blütenblätter nach und nach auf eine suggestive Art, während die Kamelienblüten alle auf einmal abfallen und unangenehme Erinnerungen an eine Enthauptung wachrufen.«

Die Töchter lachten und teilten ihre kleinen Geheimnisse mit.

»Siehst du diese Pastinaken? Wie dick und formlos sie sind! Die Geliebte meines Mannes sieht auch nicht besser aus.«

Ihre Unterhaltungen gaben mir Mut. Es war nichts Außergewöhnliches daran. Die Verbindung zwischen diesen Müttern und Töchtern war handfest, alltäglich, genau umrissen.

Vielleicht kann ich das auch, dachte ich.

Nervös blieb ich vor einem Fischstand stehen. Ich atmete tief ein und wünschte im selben Augenblick, ich hätte es nicht getan.

Schwer hing der Geruch nach überreifem Obst in der Luft. Zu süß, zu nah, wie der Atem eines Trinkers.

Einer der Fische war offenbar schlecht geworden.

»Schau dir nur an, wie hübsch alles ausgelegt ist!« sagte ich mit erstickter Stimme, zu atemlos, zu heftig.

Mit weit aushohlender Geste deutete ich auf die Reihen glitzernder und schillernder Fische und streifte dabei zufällig Chies Hand.

Würgend schnappte sie nach Luft. Sie zog sich zurück, als wäre sie von einer Leprakranken berührt worden.

»Das ist doch lächerlich«, knurrte sie und wischte sich die Hand an ihrem Brokat*obi* ab. »Komm, wir suchen Ishigawa und fahren nach Hause!«

Februar 1933

Es ist ungefähr eine Woche her, seitdem ich diesen letzten Teil geschrieben habe. Beim Durchlesen frage ich mich, ob das größte Problem der Ich-Geschichte vielleicht darin besteht, daß sie nur um sich selbst kreist. Nehmen wir meine, zum Beispiel.

Habe ich überhaupt erwähnt, daß sich in China ein Krieg zusammenbraut?

Krieg bereitet mir natürlich Sorge. Ebenso wie Überflutungen, Hungersnöte, Krankheiten. Im Vergleich dazu ist der Kummer über eine emotional distanzierte Mutter ganz gewiß belanglos.

Doch die großen Themen sind anscheinend zu gewaltig und entziehen sich zudem unserer Kontrolle. Selbst wenn ich alle historischen, ökonomischen und psychologischen Hintergründe für einen Krieg verstünde, wem könnte es schon helfen?

Also steht hier das, worüber ich nachdenke. Meine Familie, meine Geschichte.

Ich.

Meine Kindheit war glücklich. Im Gegensatz zu Chie stammten Mama und Papa nicht aus einem alten Samuraigeschlecht, waren aber trotzdem wohlhabend. Sie waren Seidenbauern und begünstigt durch Japans Einstieg in den internationalen Handel, durch das Nahen des Jazz-Zeitalters, durch die Tatsache, daß damals weltweit eine neue Schicht reicher Kaufleute nach Kummerbund und Krawatte schrie, nach Morgenmänteln und Abendkleidern, nach Hüten und Strumpfwaren – nach allem, was aus Seide war.

Die Seidenwürmer lebten auf unserem Speicher, unter den Vorsprüngen des dichten Strohdaches. Jahrein, jahraus. Tausende und Abertausende gab es, ein Meer aus hellgrünen Raupen, die den Kopf wie kleine Seepferdchen zurückwarfen und die sich mit kleinen, scharfen Bissen durch ganze Tabletts voll gehackter Maulbeerblätter fraßen.

Naomi fand sie niedlich. Ehrfürchtig streichelte sie ihre schneeweißen Kokons mit den Fingerspitzen. Verzaubert beobachtete sie, wie sie ihre Eier in perfekt symmetrischen Reihen ablegten.

Natürlich fand sie die Würmer süß. Naomi mußte ja auch nicht unter ihnen schlafen. Aber ich. Ihr eigentümliches, unmenschliches Freßgeräusch war mir unheimlich. Als Kind hatte ich keinen Namen dafür.

Heute weiß ich es. Heute, da ich Shanghai sehe, tranchiert und dem Westen serviert; wenn ich die Mandschurei sehe, von Japan verschlungen und ungeniert in Mandschukuo umbenannt. Es war Gier, die ich in den mahlenden Kiefern der Würmer vernahm, jene Gier, die viele Bürgerwehren zu den Waffen greifen läßt.

Jetzt, da ich erwachsen bin und die grausame Befriedigung einander besiegender Armeen sehe, denke ich, vielleicht hatte Naomi recht, wenn sie die Würmer bewunderte. Sie hielten sich wenigstens zurück.

Ich habe nie erlebt, daß sie sich gegenseitig auffraßen.

11. Kapitel

März 1933

In der Zeitung habe ich gelesen, Wissenschaftler hätten eine Glaswand in den Bauch einer Kuh eingebaut. Die Überschrift lautete: *Neu! Durchsichtige Kuh!*

Auf dem Foto zu dem Artikel mampfte eine Kuh glücklich vor sich hin, während eine Schar Männer aufgeregt durch ein Bullauge in ihre Innereien lugte.

Ich mußte lachen. Unser Wissensdrang war so absurd. Wenn eine Kuh verdaut, ist das ihre Sache, wir müssen nicht dabeistehen und zusehen.

Doch ich kann den Gedankengang nachvollziehen. Es gab eine Zeit zwischen Hanaes erstem und drittem Lebensjahr, als ich direkten Zugang zu allem hatte, was in ihrem Kopf vor sich ging. Die Sprache war die Pforte; mit ihren neuen Wörtern tat sie jeden Gedanken kund. Das fehlt mir heute. Mir fehlen jene Tage, als ich in Hanaes Verstand blicken konnte, als es noch leicht war, das zu sein, was sie brauchte.

März 1933

In Hanaes Kopf schauen? Was für ein verrückter, voyeuristischer Wunsch! Noch ein Problem der Ich-Geschichten. Die Verfasser verbringen viel zuviel Zeit allein zu Hause. Mir scheint eher, Schriftsteller brauchten etwas, das sie in die Welt hinausführt. Eine richtige Beschäftigung.

Dabei fällt mir eine Geschichte ein. Als ich neun Jahre alt war, verbrachte ich eine Woche mit meiner Familie in einem Ferienort mit heißen Quellen am Meer. Unser kleines Hotel, an einem Berghang gelegen, bestand natürlich aus Papier und Holz.

In unserer letzten Nacht, die wir dort verbringen sollten, fiel kurz nach Mitternacht durch einen leichten Erdstoß eine Kerze um, die bei einem verwitweten Vater stand. Er war Besitzer einer Fahrradwerkstatt in Itami und hatte für den Familienurlaub hart arbeiten müssen. Deshalb war er über seiner Buchhaltung eingeschlafen.

Ich werde nie vergessen, wie dieser Mann schrie, als man versuchte, ihn aus dem Rauch und dem Feuer zu ziehen.

Er war so hysterisch, daß es eine Zeitlang dauerte, bis wir verstanden.

Dann begriffen wir mit einem Schlag.

»MEIN DREIJÄHRIGER SOHN IST DA DRINNEN!«

Und plötzlich stoben, einem prachtvollen Phönix gleich, fünfzehn unterschiedliche Erwachsene auf, vereint durch einen gemeinsamen Willen.

Frauen – die weder ein Wort miteinander wechselten noch einen falschen Gedanken an Bescheidenheit verschwendeten – liefen zum Fluß hinunter und rissen sich auf dem Rückweg die nassen Sachen vom Rücken. Männer – mit zischenden Kimonos ausgerüstete Helden – verhüllten sich Gesicht und Kopf mit den nassen *obis* der Frauen und kämpften sich durch die Flammen.

Die Zeit blieb stehen. Die Männer verschwanden.

Dann ertönte der Schrei.

»HIER IST ER!«

Später, als halbnackte Frauen die leichten Verbrennungen der Männer versorgten, schlief der kleine Kerl – der vor Ausbruch des Feuers mit dem verschlafenen Gehorsam eines gerade an den Topf gewöhnten Kindes auf der Suche nach einer Außentoilette aus dem Haus gegangen war – in den Armen des Vaters ein. Als ich mich umsah, lachten alle.

Natürlich kann das Leben nicht nur aus solchen Momenten bestehen. Wir wären dumm, wenn wir es uns wünschten. Diese seltenen Augenblicke – wenn die Uhren stehenbleiben, wenn alle gesellschaftlichen Schranken fallen – muß man unbedingt festhalten. Wie die Leidenschaft am Ende einer langen, glücklichen Ehe, sollen sie vom Leben und vom Tod singen.

Es gibt aber tagtäglich auch andere Momente, die ebenso schön sind.

Obwohl man mitten im Leben stehen muß, um sie einzufangen.

Bauern entdecken sie im Rhythmus der Jahreszeiten, in ihrer Verbundenheit mit der Erde und dem Regen. Tadao spürte sie im Wind und im Himmel.

Und Eltern? Ach, wir sind die glücklichsten. Alle Schmerzen der Kindheit, die Langeweile und der Zauber. Wir leben die ganze Zeit damit.

Einblick in eine Kuh: Ein kurzer Blick in Hanaes Leben

Eines Tages, als sie sich den Kindern anschließt, die in den Schulhof strömen – das einzige maßgeschneiderte Matrosenkostüm in einer Flut von hausbackenen Kimonos –, fällt der Blick der sehnigen, mageren, doch sehr hübschen elfjährigen Hanae auf eine weiße Kittelschürze aus Organdy.

Aus niederen Beweggründen, mit dem Wunsch, als Sündenbock der Schule durch ein Mädchen ersetzt zu werden, das noch lächerlicher daherkommt, schleicht Hanae sich nach vorn, um besser sehen zu können.

»Shinoda, Hanae!« keift Rektor Kido, und sie hört seine Kreppsohlen auf dem Kies knirschen.

Sofort richtet sie sich kerzengerade auf.

»Verzeihung, Herr Kido! Ich habe nicht daran gedacht!«

Hanae trottet zurück ans Schultor. Neben dem Tor befindet sich ein kleiner Schrein mit dem Bild des Wassergrabens um den kaiserlichen Palast. Sie verbeugt sich kurz.

Hanae bedeutet es nichts, sich vor einem Wassergraben zu verbeugen. Das sollen die Schülerinnen jedesmal tun, wenn sie an dem Schrein vorübergehen, und in dieser Zeit schleichender Militarisierung (so etwas gab es zu meiner Schulzeit nicht) macht Hanae es, ohne darüber nachzudenken. Für sie ist es eine höfliche, aber nichtssagende Geste, so wie man eben ein Lächeln hinter vorgehaltener Hand verbirgt.

Einmal jedoch war Hanae verblüfft. Beim Versuch, einen Federball wiederzuholen, fiel eine Viertklässlerin kopfüber vom Baum. Als die Lehrerinnen das bewußtlose Mädchen zu Ishigawas eilig herbeigerufenem Taxi trugen, vergaßen sie nicht, am Schrein anzuhalten. Wie angewurzelt blieben sie stehen und drückten den baumelnden Kopf des Mädchens auf seine Brust, um eine Verbeugung anzudeuten.

Jetzt besteigt Rektor Kido ein kleines Podium vor der Schule. Dort steht er, etwas fett und vorzeitig kahl geworden.

»Kinder, Dekorum!«

Der Rektor gehört zu einer neuen Spezies; er ist einer der ersten Bauernjungen, die den Vorteil der Schulbildung nutzten und einen Platz in einem bekannten, mit öffentlichen Geldern geförderten College bekamen.

Für einen jungen Mann, der so viel erreicht hat, ist der Rektor erstaunlich griesgrämig. Vielleicht ist er enttäuscht darüber, daß er es so weit gebracht hat, aber dann doch nur in einer Grundschule in der Provinz gelandet ist.

»Dekorum!« wiederholt er.

Hanae und ihre achtundsiebzig Schulkameradinnen fangen an zu kichern. Hinter seinem Rücken heißt der Rektor »der alte Dekorum«.

Er räuspert sich.

»Untertanen, wisset! Unsere kaiserlichen Vorfahren haben dieses Reich auf breiter, beständiger Basis gegründet, auf tief verwurzelten Tugenden ...«

Hanae hört dieser Rezitation des Kaiserlichen Reskripts über die Bildung nur mit halbem Ohr zu.

»Verhaltet euch loyal gegenüber den Eltern, seid liebenswürdig zu Freunden und freundlich zu den Bedürftigen.«

Unverwandt schaut sie auf die Schuhe des Rektors.

Irgend etwas stört sie daran. Weiches, schwarzes Leder mit dicken Kreppsohlen. Seine Schuhe sehen zu gut aus – angefertigt für die Eitelkeit eines gutaussehenden Mannes.

Die Ansprache ist zu Ende. Hanae betritt das Holzgebäude, tauscht ihre Straßenschuhe gegen Pantoffeln aus und geht in das Klassenzimmer für die fünfte Klasse. Es ist wie eine westliche Schule eingerichtet: Bankreihen vor einer Tafel, über der eine in Großbritannien hergestellte, mit dem Glockenspiel aus Westminster ausgestattete Wanduhr hängt.

Doch die Schule selbst ist alles andere als westlich. Die Fensterscheiben glänzen, die Bodendielen sind poliert, die Küche ist blitzblank – alles ein Werk der Kinder. In Japans Schulen gibt es keine Hausmeister. Nach jeder der zahlreichen Pausen – Japans Grundschulen haben längere Stunden und kürzere Ferien als die in Amerika, dafür aber mehr Spielzeiten – laufen kreischende Schüler in Form eines umgekehrten V durch die Flure und schieben Putzlappen vor sich her.

Das geschieht nicht etwa aus Gründen der Sparsamkeit, sondern die Kinder sollen auf diese Weise Zusammenarbeit, Selbstdisziplin und eine gewisse, dem Zen entlehnte Durchlässigkeit unterschiedlicher Gesellschaftsschichten lernen. Denn wenn man in der Kindheit mit Frohsinn untergeordnete Arbeit ausgeführt hat, wird man als Erwachsener nur schwerlich Menschen verachten, die diese Aufgaben erledigen.

An Hanae jedoch sind solche Hoffnungen auf glückliche Sozialisation verschwendet. Hanae haßt ihre japanische Schule.

Ich hätte es kommen sehen sollen. Hanae, die an die direkte, nüchterne Art amerikanischer Schulen gewöhnt war – in denen aus sechsundzwanzig Buchstaben klare, genaue Worttypen gebildet werden, in denen Sätze in aufeinanderfolgenden Zeilen stehen –, hatte hier mit einer Schrifttradition zu kämpfen, die außerordentlich reichhaltig und verteufelt kompliziert ist.

Nehmen wir nur das Alphabet. Bis zur sechsten Klasse mußte Hanae über sechstausend Buchstaben lesen und schreiben lernen (und in den höheren Klassenstufen noch weitere tausend). Einige davon waren chinesische Ideogramme, andere wiederum japanische phonetische Laute. Außerdem sind unzählige Schreibstile zu bewältigen: die infernalischen Regeln des *kata* oder der Form. Die Sprache der Männer, die der Frauen, die Sprache unter Gleichrangigen, die Sprache Untergebener gegenüber Höhergestellten und umgekehrt, die Zeitungssprache, die Sprache der Lyrik, die Sprache der traditionellen und der modernen Prosa.

In Amerika hatte Hanae nur das einfache Japanisch gehört, das in ihrem Umfeld gesprochen wurde. Mach deine Hausaufgaben. Sei leise. Geh noch zur Toilette, bevor wir aufbrechen. Sie hatte keine Ahnung, wie kompliziert die Sprache in Wirklichkeit war.

Doch es ist nicht die Komplexität, die sie in die Knie zwingt. Es ist die Indirektheit, das, was die Japaner *yugen* nennen. Jeder Form von Kommunikation (eigentlich allem, was man im Leben tut) sollte eine tiefere Bedeutung zugrunde liegen. Somit kann eine Erklärung, ein Absatz, eine Ich-Geschichte in Japan nie direkt verlaufen (wie ein Fußweg in Amerika, der gerade auf eine Haustür zuführt). Ein Gespräch muß innehalten und ausschweifen (vergleichbar mit einem Fußweg in einem japanischen Garten), muß unerwartete, anscheinend nicht mit dem Thema in Verbindung stehende, universelle Perspektiven bieten. Worte sollen in Japan Zeichen geben, nicht informieren.

Jetzt nimmt Hanae in ihrem Klassenzimmer Platz.

Die weiße Organdyschürze kommt herein, schaut sich um und setzt sich – zu Hanaes Entsetzen – mit voller Absicht neben sie.

»Hier kannst du nicht sitzen«, zischt Hanae. »Ich habe Eiterflechte. Das ist ansteckend.«

Es ist kein Zufall, daß Hanae in ihrer Hast, der anderen Angst einzujagen, zuerst an eine ansteckende Krankheit denkt. Hanae hält Auffälligkeit für ansteckend. Ihre Klassenkameradinnen haben sich mit ihrer ausgefallenen Kleidung gerade erst abgefunden, und sie will nicht erneut angesteckt werden.

Die Kittelschürze raschelt und lächelt Hanae unter Ponyfransen aufmunternd an. »Ich bin Mari Miyata. Du mußt Hanae Shinoda sein.«

Hanae versucht, das zu überhören. Krampfhaft sucht sie nach einer kurzen, auf Distanz gehenden Bemerkung.

»Ich habe dich sofort erkannt«, fährt Mari kumpelhaft grinsend fort. »An deinen Kleidern. Du bist berühmt in diesem Ort.«

Hanae schweigt.

»Du bist Amerikanerin«, sagt Mari und zeigt sich gut informiert. »Dein Vater hat dich hierhergeschickt.«

Maris Hartnäckigkeit ärgert Hanae, doch sie hört ihr unwillkürlich zu. Nach Maris Schilderung ist sie jemand Interessantes, den kennenzulernen sich lohnt. Sie spricht mit Begeisterung und ist sich nicht bewußt, wie ausgeliefert und beschämt sich Hanae in ihrer Situation fühlt.

»Ich bin auch Amerikanerin«, gesteht Mari. »Ich bin in San Pedro in Kalifornien geboren. Mein Vater ist gestorben, als ich noch klein war. Mama führt Miß Langley, einer Amerikanerin, den Haushalt und übersetzt für sie; wir sind gerade erst nach Japan gekommen. Miß Langley unterrichtet an der Ausländerschule in Kobe und will eine Nachmittags-*juku* für japanische Schüler hier in der Stadt einrichten.«

Sie holt Luft und schaut mit froher Erwartung zu Hanae auf.

Gegen ihren Willen findet Hanae Maris Langatmigkeit entwaffnend. In fünf Jahren hat niemand so viele zusammenhängende Sätze zu ihr gesagt.

Während sie sich fragt, wie sie sich verhalten soll, bemerkt sie ihre Klassenkameradinnen.

Sie begaffen die Kittelschürze. Kimiko Takahashi, Tochter eines aufstrebenden Mannes im Import- und Exportgeschäft, zeigt auf Mari und kichert.

Kimiko ist Hanaes Kreuz. Zwei Jahre zuvor hat Hanae sie einmal nach der Schule zu sich nach Hause eingeladen.

Ich klatschte in die Hände, als Hanae Kimikos Besuch ankündigte – eine Geste, die Hanae erschaudern ließ. Meine Begeisterung schmerzte sie. Ich wollte zu gern, daß sie Freundinnen hatte.

Hanae erinnert sich daran, daß ich am Vortag von Kimikos Besuch Dutzende bunter Papiertiere in allen Formen faltete. Gegen Abend hingen rosa Kraniche an allen hohen Dachsparren; rote Frösche hüpften über die glatten Fußböden. In der Küche hatte ich für die beiden jeweils ein kleines Naschtablett gerichtet, und auf jedem stand ein steifer Origami-Pinguin in freudiger Erwartung.

Hanae wußte, daß meine Hoffnungen übertrieben waren. Als wir zu Bett gingen, versuchte sie mich vorzuwarnen.

»Kimiko ist nicht so verspielt.«

Ich war zu aufgeregt und hörte nicht zu.

»Vielleicht machen wir eine Schatzsuche, wenn Kimiko kommt«, überlegte ich.

Hanae lag auf ihrem Futon. Ich saß neben ihr und knetete liebevoll und zerstreut ihren Unterarm.

»So eine Schatzsuche wird dir gefallen, Ha-chan«, sagte ich und nannte sie wie früher, als sie noch klein war. »Deine Mama und ich haben das immer gespielt.«

Ich redete und redete – über Schatzsuchen und Teepartys und Naomi – bis Hanae nicht mehr den Mut hatte, etwas einzuwenden. Bis sie einschlief und träumte, sie spiele mit ihrer Mutter: ein junges Mädchen, das so aussah wie sie.

Am nächsten Tag ging Hanae auf Kimiko zu.

»Kommst du nun mit?«

Kimiko, die ein hübsches, ovales Gesicht hatte, schaute sich im Schulhof um und vergewisserte sich, daß niemand sah, wie sie mit Hanae sprach.

»Gut, aber du gehst vor. Wir treffen uns unterwegs.«

Hanae ging allein nach Hause – sie fragte sich, welcher Wahnsinn sie geritten hatte, ein solches Mädchen einzuladen – und wartete unter den massiven Ziegeln der hohen Samurai-Pforte.

Als Kimiko kam, führte Hanae sie an Moos-, Stein- und Wassergärten vorbei.

Schillernde Libellen schwebten über rosa und weißen Lotusblüten; Glyzinien hingen an ihren Ranken.

»Das Gelände ist so groß«, seufzte Kimiko. »Genau so, wie alle sagen.«

Sie fuhr sich mit der Zunge über die Lippen, als habe sie eine Köstlichkeit vor sich.

Hanae erschrak. Sie dachte an mich, die sicher schon ungeduldig mit irgendeiner kulinarischen Mißgeburt auf sie wartete.

Sie zuckte zurück. Vielleicht sollte sie das Unglück abwehren.

»Meine Tante hat etwas zu essen vorbereitet, aber wenn dir das Grundstück gefällt, kann ich dir lieber das zeigen.«

Kimiko war mit den Gedanken woanders gewesen.

»Das Stück Land ist so wertvoll – vom regionalen Feudalherrn einem seiner Lieblingsvasallen geschenkt. Das könnte sich heute keiner leisten!«

Hanae vernahm die Ehrfurcht; es hörte sich an, als spräche Kimiko einen heiligen Text. Sie sah Kimikos Gesicht in ungehörigem Entzücken aufleuchten.

Als sie das vornehme, alte Haus betraten, führte Hanae ihre Klassenkameradin sogleich zu Chie, wie es sich für eine Samurai gehörte.

Chie saß an einem niedrigen Tisch im Empfangsraum mit dem Rücken zu dem Kunstwerk im Hausschrein, das Gesicht zur Tür gewandt. Diese Haltung war historisch bedingt. Ein Samurai begrüßte seine Gäste in defensiver Haltung: Er bot ihnen die Möglichkeit, sich an einem großartigen Kunstwerk zu erfreuen, während er als Gastgeber den Eingang im Auge behielt.

Auf diese Weise konnten die Soldaten des Gastes nicht unbemerkt durch die Tür schleichen und angreifen.

Hanae beobachtete, wie ihre Großmutter die neunjährige Kimiko musterte, die nach richtigem *kata* die Schriftrolle in der Nische hätte bewundern sollen. Statt dessen gab Kimiko einen Kommentar zu Chies Kimono ab.

»Nishijin-Seide«, flüsterte sie, als sie das feine Muster aus Muscheln und Wellen auf dem taubengrauen Kimono in Augenschein nahm, »weicher als die Haut eines Babys.«

Dann betrat ich geschäftig und mit freudig geröteten Wangen den Raum. Unbeholfen versuchte ich, meine mit Sojasoße bespritzte Schürze abzustreifen.

Kimikos Hochmut kehrte zurück.

»Das muß Etsuko sein«, sagte Kimiko, »die nicht im Hause Fuji aufgewachsen ist.«

Hanae zuckte zusammen. Kimiko redete wie eine Archäologin, die ein Königsgrab ausgräbt, Skelette begutachtet, ihren Rang feststellt und einige als irrelevant verwirft.

Das konnte mich nicht erschüttern. »Wollen wir nicht Stein, Schere, Papier spielen?« Ich lächelte. »Ich bin in der Küche und mache was Schönes.«

»In der Küche?« fragte Kimiko mit unmerklichen Mundbewegungen entgeistert. »Deine Tante arbeitet in der Küche?«

Hanae wollte etwas sagen. Ihr war ein Gedanke gekommen. *Ich sollte Kimiko mit der bloßen Autorität meiner Stimme fertigmachen. Wenn jemand in Gegenwart von Mama ihre Schwester beleidigt hätte, dann hätte sie es denen schon gezeigt. Nicht hinterhältig, sondern wütend und wirkungsvoll.*

Doch Hanae sagte nichts. Aus diesem Grund verabscheute sie sich.

Heute haßt Hanae die Erinnerung an ihre Enttäuschung. Wie sie sich gleich einem Fels in ihr hob, ihr die Kehle zuschnürte, ihr die wütenden, wirkungsvollen Worte abschnitt. Sie haßt die Erinnerung an ihre Verletzlichkeit und ihre Sehnsucht.

So entsetzlich Kimiko auch war, denkt Hanae, *ich wollte trotzdem, daß sie mich mochte.*

»Hanae, geht's dir gut?«

Zwei Jahre nach diesem Besuch stellt Hanae verwirrt fest, daß Mari Miyata ihr ängstlich ins Gesicht starrt.

»Du siehst ein bißchen abwesend aus.«

Hanae blinzelt ein paarmal, um die Gedanken abzuschütteln.

Mari beugt sich zu ihr. »Vielleicht solltest du um ein Glas Wasser bitten.«

»Mari ...« Hanae ist wild entschlossen, diesmal ihre Verbundenheit mit der Verhöhnten kundzutun, und spricht so laut, daß Mari zusammenzuckt.

Auf der anderen Seite des Klassenzimmers dreht Kimiko Takahashi sich zu ihnen um.

»SIEHT GANZ SO AUS, ALS WÜRDEN WIR FREUNDINNEN WERDEN.«

Süsse schwarze Bohnen

Als Mari zu Besuch kommt, lege ich mich kräftig ins Zeug. Ich schlage zwei Eier in eine dicke Suppe aus süßen schwarzen Bohnen.

»Kommt und holt es euch!« rufe ich fröhlich und schreite langsam aus, als handle es sich um eine Krönungsprozession. Hoch über dem Kopf balanciere ich ein Lacktablett mit zwei schimmernden Schüsseln, aus denen jeweils wie ein riesiges verschlossenes Auge ein mit einem Film überzogenes Eigelb starrt.

Bei jedem Schritt blubbern die aufgedunsenen Eidotter.

»*Itadakimasu.* Danke für das Essen, das ich bekomme.« Mari spricht die übliche Höflichkeitsfloskel mit normaler Stimme aus. Sie weiß noch nicht, was in den Schüsseln ist.

Dann reißt sie beide Augen weit auf.

»Oh ... was für eine ... Überraschung!«

Hanae hält den Atem an, und ich strahle vor Freude.

»Es ist nicht ganz so geworden, wie ich es haben wollte«, gestehe ich, »aber ich habe dem Gericht trotzdem einen Namen gegeben.«

»Welchen denn, Tante?« fragt Hanae aus Loyalität, nicht, weil sie neugierig ist. Sie lehnt sich an mich, bereit, mich vor jeder herzlosen Reaktion zu beschützen, und schließt die Augen.

»Strahlende Sonne, die durch dunkle Wolken des Unheils bricht.«

Hanae hört Maris entzücktes Lachen und schlägt die Augen auf.

»Oh, Hanae«, keucht Mari, »du kannst von Glück sagen, daß du so eine Tante hast!«

12. Kapitel

März 1933

Ich habe über Schriftstellerinnen nachgedacht: Shikibu Murasaki, die Verfasserin von »Prinz Genji«, Mary Shelley mit ihrem »Frankenstein«. Ich frage mich, ob sie das Leben einer Frau, so wie sie es führten, langweilig fanden. Privilegierte Frauen haben sich häufig eingesperrt gefühlt.

Wen wundert es, daß ihre Phantasie so oft in Schauerromanen ihren Ausdruck fand.

Ebenso frage ich mich, ob die Tatsache, daß ich eine Frau bin, meiner Geschichte abträglich war. Sicher ist dadurch die Art der von mir gewählten Erzählung beeinflußt worden. Da ich eine Mutter bin – die von einem anderen Wesen abhängt und deren Reaktionen unerbittlich an diesen Menschen gebunden sind; deren Universum von verwirrender Fülle, aber klein ist –, kann ich mich kaum in ein Heldenepos oder ähnliches stürzen.

In der modernen Literatur jedoch läuft die Hauptfigur Gefahr, geistlos auszusehen, wenn sie kein Held ist. Es gibt für eine Ich-Geschichte wenig her, wenn man einer Figur durch eine als klein empfundene Welt folgen soll.

Dieser Gedanke wirft eine Frage auf, die mir Kopfzerbrechen bereitet. Muß ich mich aus meiner Handlung herausschreiben? In der Hoffnung, es möge in meinem Leben genug geben, womit man das kritische Interesse der Leser aufrechterhalten kann, stelle ich eine Liste der Tätigkeiten zusammen, die ich an einem normalen Tag ausübe:

1. vorhersehen, was Hanae, Chie, die Nachbarn und Hausangestellten brauchen
2. Launen der Obengenannten ablesen

3. kochen und leichte Hausarbeit verrichten
4. einkaufen, spazierengehen, denken, schreiben.

Bestürzt halte ich inne.

Ich rede ja kaum!

Das Ganze, so stelle ich fest, liefert nur wenig Stoff für Dialoge. Und noch weniger für ein »lebendiges« Schauspiel.

Damit will ich nun nicht sagen, dem Dasein einer Mutter fehle es an Bedeutung. In der kleinen Welt einer Mutter liegt eine große Würde; wir sind in unserer Abhängigkeit wichtig. Obwohl wir vielleicht nicht dem westlichen Modell eines Helden entsprechen, können wir Mütter doch eine Metapher für unser Leben finden.

Die Metapher ist der *kuroko*, der Bühnenassistent des Kabuki-Theaters. Sie haben von Kabuki gehört – mit seinen wilden, theatralischen Schauspielern und den spektakulären Ausmaßen. Die *kuroko* sind Assistenten, die den Schauspielern durch ihre komplizierten Dramen helfen. Sie sollen unauffällig mit Stützen und Kostümen Beistand leisten. Sie hocken in den Kulissen und tragen schwarze Tüten über Kopf und Körper, damit Schauspieler und Zuschauer sie kaum bewußt wahrnehmen.

Ein *kuroko* soll zum Beispiel den schleppenden Saum schwerer Brokatkimonos richten – ähnlich einer amerikanischen Mutter, die immer wieder den Hochzeitsschleier ihrer Tochter geradezieht. Seine Rolle besteht darin, die *wahren* Spieler des Lebensdramas zu unterstützen.

Mein Leben als Kuroko: ein belauschtes Gespräch zwischen Hanae und Mari

Es ist kurz vor Mittag.

Durch ein halbmondförmiges Fenster scheint Märzlicht in den Raum, den Hanae und ich als Schlafzimmer benutzen. Auf einem niedrigen Tisch zieht Tee in einem Satsuma-Topf aus dem sechzehnten Jahrhundert. Eine Spinne krabbelt über die Wand.

Hanae und Mari haben sich auf die Strohmatte gelegt. In Würdigung des Austritts Japans aus dem Völkerbund sind die Nachmittagsstunden der Mädchen ausgefallen.

»Räumst du denn nie dein Bettzeug weg?« Mari zeigt auf ein Durcheinander aus Baumwollfuton und üppiger Seidendecke mit Blumenmuster, passend zu Hanaes Namen.

Entsprechend den Erwartungen einer Samurai in puncto Bettausstattung besitzt Hanae viele Steppdecken. Im Sommer benutzt sie eine leichte, blau-weiße Batikdecke mit beigefarbenen Punkten und Irismuster, Ozeanwellen und Fischernetzen. Im September tauscht sie diese gegen eine Herbstdecke ein: eine Seidendecke mit Ahornblättern und Astern. Im Winter kuschelt sich Hanae unter weißrote Muster aus Schneeflocken und frühen Pflaumen. Und im Frühling legt sie sich unter die Steppdecke, die Mari gerade betrachtet: mit Schablonen gebatikte Seide, die bunte Blüten vor cremefarbenem und rosa Hintergrund zeigt.

Hanaes Steppdecken sind kein überflüssiger Luxus. Im Gegenteil – leicht und duftig, glatt und raschelnd, soll ihr erstaunlicher Liebreiz Hanae etwas lehren. Wenn sie unter den Decken in einem kunstvollen Raum liegt, der im Winter zugig und eiskalt und im Sommer schwül und heiß ist, soll sie lernen, daß das Leben Schönheit und Erholung bietet – selbst wenn es verlangt, daß man sich schwierigen Bedingungen anpaßt.

Die luxuriösen Steppdecken und der asketische Raum gehören zu Hanaes Samurai-Erbe. Ein paradoxes Vermächtnis infolge konkurrierender Philosophien am Hof. Denn in der Heian-Zeit, die im Jahre 794 begann und dem Geist des alten Athen nahestand, gab es eine Tradition der Schönheit, der Lyrik, der Spiritualität – eine außergewöhnliche Feinheit im Alltag; während der Kamakura-Zeit, die 1185 begann und dem spartanischen Geist nahestand, wurden persönliche Opfer und emotionale Zurückhaltung verlangt. Am Hof von Kamakura wurde der Ehrenkodex entwickelt, der das Blutvergießen unter ungleichen Gegnern untersagte und gleichzeitig die Bereitschaft verlangte, »Pfeile in der Stirn, aber niemals im Rücken zu empfangen«.

Die Samurai vermischten diese beiden historischen Perioden: Schönheit ist auch in der Entbehrung zu finden; in Stolz kann Verrat verborgen sein. Denn wie in dem Leitsatz der Samurai »Stelle dich der Natur und dir selbst – und lerne« angedeutet, soll ein Samurai sich vor Selbsttäuschung hüten. Er soll – in der Fülle und Grausamkeit, die in der Natur draußen existieren – Lektionen über das Gute und das Böse in sich entdecken.

Heutzutage indes fällt es schwer, aus dem zarten Wispern wunderschöner Bettdecken Weisheit in sich aufzunehmen. Trotz der wortgewandten indirekten Lektionen, die in jedem Bereich des vornehmen, spartanischen Haushalts ihrer Großmutter zu finden sind, empfindet Hanae wenig Gefallen an einer Tradition, die Wachsamkeit, Selbstkritik und – als Pfad zu allem, was wertvoll ist – *Geduld* in den Vordergrund stellt.

Hanae wirft also einen gleichgültigen Blick auf ihre verstreuten Decken. »Tante Etsuko oder Makiko, unsere neue Hausangestellte, machen das schon.«

Mari schüttelt den Kopf. »Es ist nicht gut«, sagt sie milde, »anderen die Arbeit zu überlassen.«

Hanae zuckt mit den Schultern und legt eine Haltung an den Tag, die sie keiner unserer Angestellten ans Herz wachsen ließ. Makiko – eine verträumte Siebzehnjährige, hoffnungslos verliebt in den gleichgültigen Sohn des Tofuherstellers – ist die letzte in einer langen Reihe.

»Komm, ich helf dir«, sagt Mari.

Sie steht auf und müht sich mit Hanaes dickem Futon ab, den sie zu falten versucht. Dabei fällt ihr etwas ein, und sie lächelt.

»Denk daran«, zitiert sie im Spaß aus dem Kaiserlichen Reskript über Erziehung, »übe dich in Bescheidenheit und Mäßigung, bedenke alle mit deiner Güte, bringe öffentliches Gut voran, fördere gemeinschaftliche Interessen ...«

Hanae sieht zu, wie Mari sich plagt, steht aber nicht auf.

»Wie fandest du die Versammlung heute morgen?« fragt sie.

Mari läßt die Arme sinken. »Ich weiß nicht«, überlegt sie. »Es heißt zwar, unser Austritt aus dem Völkerbund sei der geeignete Protest dagegen, daß die Japaner dafür verurteilt werden, Frieden und Wohlstand in Mandschukuo zu fördern, aber ...«

»Mußt du immer so tiefschürfend sein?« fragt Hanae verärgert. »Ich habe dich doch nur gefragt, was du von der Enthüllung hältst, die der alte Dekorum veranstaltet hat. Die weißen Handschuhe, die gestreifte Hose und der Frack. Ich weiß, es wird in ganz Japan so gemacht, aber ist das nicht ein bißchen übertrieben?«

Hanae zieht die Schultern zurück und streckt die Brust raus, um den Rektor nachzuahmen.

»Kinder, Dekorum«, äfft sie ihn nach. »Verbeugt euch bis auf den Boden, während ich an dieser goldenen Kordel ziehe und langsam ein Porträt unserer Kaiserlichen Hoheit enthülle. Bitte, Kinder, schaut nicht auf seine göttliche Gestalt. Hebt den Kopf erst, wenn ihr hört, daß der Vorhang wieder geschlossen wird.«

Hanae hält inne, um dann gewitzt fortzufahren: »In Wahrheit habe ich mir seine göttliche Gestalt aber ganz genau angeschaut. Er sieht bei weitem nicht so gut aus wie sein Großvater, der Meiji-Kaiser.«

»Hanae! Sag nicht solche Sachen! Wenn das jemand hört!«

Mari schweigt einen Augenblick.

»Na ja, wahrscheinlich kannst du immer noch sagen, daß er direkt da vorn an der Wand vor dir hing und daß du nur eine Sekunde zu früh aufgeschaut hast.«

Hanae schiebt trotzig das Kinn vor.

»Es ist kein Zufall. Ich habe ihn genau studiert. Minutenlang.

Jedesmal, wenn wir diese Versammlungen haben.« Sie setzt eine listige Miene auf. »Und weißt du was, irgendwann habe ich alle mal blinzeln sehen.«

Mari fängt an zu kichern.

»Auch dich, Miyata-san, Mari!«

Mari lacht laut auf. Hanae ist zufrieden.

Sie steht auf und legt mit Mari gemeinsam den Futon und die Steppdecke zusammen. Sie versuchen, alles in dem *oshi-ire* zu verstauen – einem Schrank hinter Schiebetüren aus Papier, verziert mit einer Federzeichnung von grasenden Rehen.

Sobald sie jedoch die Hände wegnehmen, fällt die glatte Seidendecke auseinander, als wäre sie lebendig.

»Schnell, schieb die Tür zu«, sagt Mari. »Sie ist zu luxuriös und will nicht flach liegen.«

Sie kämpfen mit der Tür und mit der widerspenstigen, hervorquellenden Seide. Als sie schließlich Erfolg haben, sinken sie erschöpft zu Boden.

»Ist das deine Mutter?« fragt Mari kurz darauf und deutet auf ein Foto, das ich wie einen provisorischen Schrein zwischen dem Bild meiner Eltern und dem von Tadao auf Naomis Hochzeitsspiegel aufgebaut habe.

»Ja.«

Hanae schaut das Foto an. Naomi Shinoda sitzt im Alter von achtzehn Jahren auf einem Brokatstuhl im Studio eines amerikanischen Fotografen. Sie trägt ein locker gegürtetes Kleid mit rechteckigem »Waffenstillstands«-Ausschnitt.

»Sie ist hübsch«, sagt Mari. »Weißt du auch, daß du ihr gleichst?«

Hanae stellt sich vor den Spiegel und betrachtet ihre Mutter, den Winkel des Kinns, die Stellung des Mundes.

Sie setzt die gleiche Miene auf und zieht die Stirn kraus, denn sie ist mit dem Ergebnis nicht zufrieden.

»Hier, so«, sagt Mari, die neben Hanae getreten ist.

Sie zieht Hanaes geflochtenes Haar zurück und hält es hoch, um einen lockeren Knoten anzudeuten. »Ja, genau so.«

Hanae macht etwas Ungewohntes. Sie lächelt.

Sie geht ein Stück näher an den Spiegel heran.

»Warte, halt still!« ruft Mari, als die glänzenden Zöpfe ihren Händen entgleiten. »Ich kann es so nicht halten. Hast du Haarnadeln?«

Hanae öffnet eine Schublade unter dem Spiegel und kramt nach einer Haarnadel. Sie findet einen Stapel Briefe.

Die Briefe

September 1919

Liebste Ältere Schwester Etsuko,

wie glücklich kannst Du Dich doch schätzen, im Land der unbegrenzten Möglichkeiten zu leben! In meinem Literaturzirkel »Übersetzungen westlicher Weltliteratur« haben wir die amerikanische Verfassung durchgenommen. Was für ein interessantes Dokument!

Der Literaturzirkel über westliche Meisterwerke gefällt mir. Anfangs war ich skeptisch. Schließlich hatten wir die Themen Weltliteratur und westliche Philosophien in der Oberstufe durchgenommen.

»Warum soll ich da hin?« wollte ich von Mutter wissen.

»Um deinen Geist anzuregen.«

»Nicht, um meiner Heiratsakte noch eine Leistung hinzuzufügen?«

Mutter hätte beinahe gelächelt.

»Vielleicht auch deshalb.«

Mein Leben war herrlich nutzlos. Meine Privatlehrer – in Lyrik, Teekunst und Blumensteckkunst – kamen und gingen in verzierter *haori* und raschelnder *hakama* wie vornehme Hofärzte. Für mich war der Literaturzirkel hauptsächlich ein Vorwand, aus dem Haus zu kommen.

Doch es ist richtig spannend, Etsuko-san! Wir sitzen in den europäischen Cafés von Kobe und berauschen uns an Kaffee und Ideen. Angespornt durch diesen Zirkel habe ich begonnen, bei einer Missionsfrau Englisch zu lernen. Ich habe es Mutter nicht gesagt, aber ich hoffe, daß ich Dich eines Tages in Seattle besuchen kann.

Liebe Grüße, Deine Schwester Naomi.

November 1919

Liebste Ältere Schwester,

ich habe einen Mann kennengelernt.

An einem Nachmittag im Literaturzirkel machte sich Toshiro Tanaka wichtig.

»Emma Bovary, Anna Karenina, diese Heldinnen sind als Lehrbeispiel gedacht. Eine Frau darf Leidenschaft empfinden, aber am Ende sollte sie dem entsprechen, was die Gesellschaft von ihr erwartet.«

Selbstgefällig wie ein Polizist, der eine Präsentation in einer Grundschule veranstaltet, saß er in seiner schwarzen Universitätsuniform vor uns.

»Unsinn!« rief ich melodramatisch. »Die Tragödie besteht nicht darin, daß die Träume einer Frau überschwenglich sind, sondern daß die Seele der Gesellschaft beschränkt ist!«

Toshiro ärgerte sich.

»Mein liebes Fräulein Fuji«, sagte er, »ich kann mir vorstellen, daß Sie als Frau sich vielleicht mit diesen albernen, unglücklichen Romanfiguren identifizieren. Doch ich studiere Literatur als Hauptfach an der Universität von Osaka; und wenn ich mich nicht irre, studieren Sie nicht, oder? Unter diesen Voraussetzungen bin ich wohl eher in der Lage, die Absichten eines Autors zu erkennen.«

Selbstbewußt schaute er sich in der Gruppe um.

»Diese Lehrmeinung nennt man Determinismus. Wie sehr wir uns auch bemühen, die Umwelt bestimmt unser Geschick. Und in dieser Welt ...«

Er schaute mich direkt an.

»... ist eine aufsässige Frau eine tote Frau.«

»Hardy war ein Determinist, Flaubert nicht!« entgegnete ich. Ich gebe zu, ich wollte angeben. »Und seit wann ersetzt Ihr Universitätsstudium alle anderen Meinungen? Ich dachte immer, Ziel der Bildung sei es, den Geist zu öffnen, nicht, Vorurteile zu besiegeln!«

So ging es hin und her.

Er argumentierte aus sportlichem Ehrgeiz, ich aus unbestimmten, aber mir überaus wichtigen Gründen.

Obwohl noch ein paar andere Frauen zu der Gruppe gehörten, unterstützte mich keine, und als wir uns schließlich trennten, war ich ungeduldig und wütend.

»Verzeihen Sie, Fräulein Fuji.«

So eine Nervensäge! Es war der Mann, den ich für den Stillen hielt.

»Ich bin ganz Ihrer Meinung, Fräulein Fuji.«

Er trat von einem Fuß auf den anderen. Er atmete tief ein und begann zu reden, als würde er vom Blatt ablesen.

»In den letzten Wochen habe ich mich tatsächlich dauernd gefragt, warum wir das Leben von Frauen immer mit den Augen der Männer betrachten. Und ich habe zwei Autorinnen ausfindig gemacht.«

Er sprach hastig und hielt mir zwei Übersetzungen hin.

»Virginia Woolf und Colette?«

»Es wäre mir eine Ehre, wenn Sie die lesen würden.«

Seine Stimme war jetzt ruhiger, ernst und engagiert.

»Es sind zwei ganz unterschiedliche Frauen mit unterschiedlichem Hintergrund, aber meiner Meinung nach sagen sie uns sehr deutlich, daß eine Frau ihr Leben selbst bestimmen muß.«

Ich sah ihn amüsiert an. »Na denn, Herr ...«

»Shinoda. Akira Shinoda.«

Er schien mit seinen Schuhen zu reden.

»Sie können sich offenbar sehr klar ausdrücken, Herr Shinoda. Warum haben Sie mir da drinnen nicht geholfen und Herrn Tanaka ein paar passende Worte gesagt?«

Akira Shinoda blickte überrascht auf. Er schaute mir direkt in die Augen – was mich völlig in Verwirrung stürzte, denn mir fiel auf, wie gut er aussah – und lächelte.

»Sie brauchen keine Hilfe, Fräulein Fuji.«

Liebe Grüße, Naomi

Februar 1920

Liebste Etsuko-san,

Akira und ich wollen heiraten. Mutter ist dagegen.

Gestern abend kam Akira und hielt um meine Hand an. Sie, die mir bereitwillig zugehört hatte, als ich ihr meine Gedanken über das Leid von Frauen dargelegt hatte, war entsetzt, daß ich mir meinen Mann selbst ausgesucht hatte.

Ich versuchte, vernünftig zu argumentieren.

»Selbstbestimmung, unveräußerliche Rechte«, polterte sie los. »Wer hat dir diese Gedanken nur in den Kopf gesetzt?«

»Du! Du hast doch meine Erziehung gefördert.«

Aber Mutter war stur.

»Dummes Ding. Auch wenn du etwas über Amerika liest, lebst du doch in Japan. Westliche Ideen kann man gut zitieren, aber du mußt dich an japanische Regeln halten.«

»Und was sagen diese Regeln?«

»Pflicht ist wichtiger als Freiheit.«

»Das ist falsch!« schrie ich. »Lieber bin ich tot als unfrei!«

Mutter schaute mich amüsiert an, als wäre ich ein ungezogenes Kind. »Vielleicht ist es meine Schuld«, sagte sie, was mich wieder hoffen ließ. Aber sie bereitete sich nur auf eine geistreiche Entgegnung vor.

»Lehre deine Kinder, nicht zu sprechen«, zitierte sie, »wenn du nicht bereit bist, sie argumentieren zu hören.«

Wild entschlossen, Deine Schwester Naomi

Hanae ist derart bei der Sache, daß ihr beinahe die Augen aus dem Kopf fallen.

»Dürfen wir das lesen?« flüstert Mari.

»Natürlich. Sie sind von meiner Mutter. Ich habe ein Recht, davon zu wissen.«

Aufgeregt und mit roten Wangen, mutig und doch schuldbewußt lesen Hanae und Mari die Briefe zu Ende.

»Deine Mutter war eine tapfere Kämpferin, so schön und so stark.« Neid klingt aus Maris Stimme. »Du kannst von Glück sagen, Ha-chan. Ich wünschte, ich hätte so eine Mutter.«

»Sei doch nicht blöd, Mari. Wenigstens lebt deine Mutter noch. Und sie hat dich selbst großgezogen, dich quer über Kontinente mitgenommen, dir Englisch beigebracht.«

Mari strahlt.

»Du hast recht«, sagt sie stolz. »Mama ist wie deine Tante Etsuko. Freundlich, aber stark.«

Hanae ist überrascht und verärgert. Für stark hat sie mich nie gehalten.

»Aber zurück zu diesen Briefen«, sagt Mari. Aufgeregt deutet sie auf den Stapel. »Sie sind ja so romantisch!«

»Nein!« sagt Hanae laut.

Maris plötzliche Seichtheit macht Hanae wütend.

Hanae redet sich gern ein, daß Mari sie braucht, daß ihr mißtrauischer Zug die Schwerkraft ist, die Mari auf dem Boden hält. Aber in Wirklichkeit ist Hanae die Abhängige. Mari hat die Gabe, sich selbst und die Welt so zu akzeptieren, wie sie sie wahrnimmt. Sie braucht weder Ambitionen noch Mythen. Obwohl Hanae stets die Bessere sein will und nicht gern zugibt, wenn sie im Nachteil ist, mag sie Maris Scharfblick. Das macht Maris Freundschaft, die Tatsache, daß sie Hanae liebenswert findet, noch wertvoller und verblüffender.

Sie streiten sich kaum. Ein zufälliger Beobachter würde sagen, daß Hanae die Stärkere in der Beziehung ist. Sie ist die Schwierige. Doch Mari ist nicht fügsam. Sie ist freundlich, aber bestimmt und verweist damit Hanae in ihre Schranken – eine Beschränkung, die Hanae einerseits beruhigend, andererseits unerträglich findet.

»Meine Eltern waren niemals in so was Dämliches wie eine Romanze verwickelt!« schnaubt Hanae verächtlich.

Mari wartet geduldig.

»Meine Eltern standen fest zu ihren Überzeugungen.« Hanae betont jedes einzelne Wort. »Meine Mutter war eine Gelehrte. Du hast doch gesehen, daß sie immer diese Meisterwerke gelesen hat. Bevor ich auf die Welt kam, hat sie mir jeden Abend vorgelesen.«

Entsetzt registriert Hanae, daß ihre Stimme zittert und bricht. Um das zu überspielen, spricht sie schneller. »Meine Mutter war nicht nur so ein hübsches, albernes Ding. Sie war klug. Sie konnte alles behalten. Sie wußte Dinge, die sonst keiner wußte, womit sie ihrer Zeit weit voraus war, zum Beispiel die Bedeutung der amerikanischen Verfassung und die Vorteile westlicher Unterwäsche.«

Mari schaut sie mit aufreizendem Mitgefühl an, aber Hanae kann nicht aufhören.

»Meine Mutter war eine echte Samurai. Sie hätte für das, was sie liebte, ihr Leben aufs Spiel gesetzt. Ohne zu zögern. Und sie hat mich geliebt, vielleicht sogar noch mehr als meinen Vater. Weil sie mich ihm vorzog. Sie ist gestorben, damit ich auf die Welt kommen konnte.«

Atemlos hält sie inne, geschüttelt von trockenen Schluchzern.

»Du darfst ruhig weinen, Ha-chan.«

»Ich weine ja gar nicht!«

Hanae holt einmal tief Luft und atmet würdevoll aus. »Ich bin einfach nur überreizt. Das ist alles.«

Mari wendet sich taktvoll ab und öffnet andere Schubladen in dem Frisiertisch unter dem Spiegel.

»Hanae, sieh mal!« ruft sie. »Hier ist noch ein Brief!«

August 1920

Meine liebste Ältere Schwester,

Akira ist nach Amerika gefahren. Unsere Vorbereitungen sind geheim, aber ich plane, später nachzukommen.

Je näher der Zeitpunkt rückt, um so klarer wird mir, daß Mutter mir fehlen wird. Manchmal weine ich, und wenn sie meine verquollenen Augen sieht, denkt sie, daß ich Akira nachweine, denn sie glaubt, ich hätte ihn aufgegeben.

»*Shi kata ga nai*, da kann man nichts machen.« Sie ist kurz angebunden, aber angesichts meines Liebeskummers freundlicher als je zuvor.

»Komm«, versucht sie mich abzulenken, »übe ein bißchen Englisch.«

Ich freue mich über ihre Versuche, Frieden zu schließen, und füge mich.

»*How good it is to see you again*«, sage ich und will ihr die Hand schütteln.

Zaghaft streckt sie mir die Hand entgegen.

Bei der Vorstellung, daß ich Dich und Akira in Seattle begrüßen werde, bin ich ganz aufgeregt.

»*How kind of you to come to meet me. How glad I am to be here!*«

Ich schüttle ihr die Hand. Ich umarme sie und drücke ihr einen dicken Kuß auf die Wange.

»Naomi!«

Mutter ist außer sich. Für eine Frau in ihrem Alter ist Küssen eine unbegreifliche westliche Barbarei, so, als würde man sich das Gesicht von einem Hund abschlecken lassen.

»So macht man es in Amerika, Mama!«

Als ich anfange zu lachen, macht sich mütterliche Erleichterung auf Mamas Gesicht breit; mir wird ganz übel bei dieser Täuschung.

Wenn ich fort bin, wird sie sich betrogen fühlen.

Etwas Komisches ist passiert. Je näher ich meiner amerikanischen Zukunft rücke, um so höher schätze ich meine japanische Vergangenheit. Ich habe meine Opernschallplatten fortgeräumt; ich höre japanische Flöte und *okoto*. Ich gehe nicht mehr in Cafés; ich zelebriere statt dessen Teezeremonien.

Letzte Nacht habe ich geträumt, ich hätte alte höfische Lyrik gedichtet. Als ich wach wurde, habe ich mein Gedicht aufgeschrieben:

Verhärtet im Streit über Heirat hören die alten Eltern:
Ein Kind wird ankommen!
Pflaumenblüten regnen auf den tauenden Teich.

Liebe Grüße voller Hoffnung, Naomi

März 1933

Ich kenne diese Geschichte besser als Hanae. Naomi hat sie mir drüben in Seattle auf unseren täglichen Spaziergängen zum Postamt erzählt.

Warum, frage ich mich. Etwa um mir zu helfen, »unsere« Mutter zu verstehen? Wahrscheinlich nicht. Ich habe festgestellt, daß Menschen, die ihre eigene Geschichte erzählen, oft weniger einen Gedanken vermitteln, als vielmehr sich selbst über ein Gefühl klarwerden wollen. Oder sie lassen eine geliebte Person, um die es in der Geschichte geht und die sie vermissen, damit präsent werden.

Ich glaube, das war Naomis Beweggrund. So glücklich sie auch mit Akira und der Möglichkeit war, in Amerika leben zu können, die Mutter fehlte ihr doch. Mit einem Gespräch über Chie bezog Naomi sie in ihren Alltag ein.

Ich konnte das verstehen. Auch ich vermißte meine Mutter. Ich hatte aus Japan Rezepte für Gerichte mitgebracht, die es bei uns jeden Abend gegeben und die ich als Kind todlangweilig gefunden hatte. Mama hatte sie mir eigenhändig aufgeschrieben. Ich habe diese Rezepte immer wieder zur Hand genommen, auch wenn ich sie inzwischen längst auswendig kannte. Nachdem das Telegramm gekommen war, in dem es hieß, daß Mama und Papa an Grippe gestorben waren – Grippe, eine kleine Erkältung, die normalerweise so harmlos ist in einem Land, in dem das Baden heilig ist und man sich nur selten die Hand gibt! –, benutzte ich die Rezeptkarten jeden Abend. Aus dem einfachen Grund, weil ich beim Lesen Mamas freundliche Anweisungen im Ohr hatte. Und wenn ich das Gericht aß, war es, als säße sie noch mit am Tisch.

Mag sein, daß ich deshalb versuche, Chie kennenzulernen. Als ich meine Eltern – und auch Tadao – verlor, als ich sie in einem unbewachten Moment aus meinem Leben scheiden ließ, habe ich vielleicht gelernt, wie kurz die Zeit sein kann. Möglicherweise habe ich aber auch Einfühlungsvermögen gelernt und eingesehen, wie leicht man ohne Vorsatz oder Bosheit alle seine Lieben verlieren kann.

Der Heiratsantrag

Chie hat Naomi verstoßen. Warum? Sehr wahrscheinlich könnte nicht einmal Chie selbst es sagen. Aus heutiger Sicht ist es das Dümmste, was sie tun konnte.

Akira kam persönlich ins Haus, jegliche Tradition mißachtend. Lag es daran? Wenn er die Form gewahrt hätte – wenn er seine Mutter gebeten hätte, mit seinem Vater zu sprechen und eine Vermittlerin aufzusuchen –, wäre Chie dann empfänglicher gewesen?

Er kam an einem Abend im Winter. Er klopfte an die Tür, während ein kalter Regen gegen die Fensterläden der Veranda schlug, so daß Chie zunächst dachte, es sei der Wind. Doch das Hausmädchen hatte das Klopfen gehört. Chie hörte, wie sie leise über den Boden huschte. Die Tür quietschte. Dann brachte das Mädchen Chie eine Visitenkarte ins Wohnzimmer.

Chie wollte ihren Gast nicht empfangen; sie hatte es sich gerade mit Naomi an einem niedrigen Tisch über einem Kohlebecken bequem gemacht, um zu lesen. Eine dicke Steppdecke hing über die Tischkanten, so daß ihre Beine in der Wärme darunter steckten.

»Wer ist denn das um diese Zeit und bei so einem Wetter?« fragte Chie, als sie die Visitenkarte vom Lacktablett nahm.

»Shinoda, Akira. Zahnlabor Kobe«, las sie vor.

Naomi hörte den Namen. Chie bemerkte, wie sie tief Luft holte.

»Ich glaube, das ist wichtig«, sagte Naomi.

Akira wartete am Eingang. Er war Anfang Zwanzig, schlank und ernst, und trug die schwarze, militärisch wirkende Uniform eines Studenten. Als er sich verbeugte – die Arme hingen gerade herab, er hatte eine schwarze Mütze in der einen, einen gelben Schirm aus Ölpapier in der anderen Hand –, schaute Chie hinter ihn. Auf der glitzernden Oberfläche der regennassen Pflastersteine im Hof sah sie sein Spiegelbild als dunklen Doppelgänger.

»Gnädige Frau«, sagte Akira, »verzeihen Sie die Störung, aber ich komme in einer dringenden Angelegenheit.«

Er sprach leise, in gewählten Worten. Er richtete sich auf und warf ihr verstohlen einen ehrfürchtigen Blick zu.

Im schwachen Licht leuchteten seine Augen aufrichtig. Chie brachte ihm Sympathie entgegen.

»Kommen Sie herein, draußen ist es so garstig. Ihre Angelegenheit kann gewiß noch ein wenig warten.«

»Ich möchte Ihnen keine Umstände machen. Normalerweise wäre ich in angemessener Weise mit Ihnen in Verbindung getreten, aber ich habe eine Stelle angeboten bekommen. Ich habe die Möglichkeit, als Zahnarzt für die japanische Gemeinde in Seattle nach Amerika zu gehen.«

»Gratuliere«, sagte Chie amüsiert. »Das ist gewiß eine große Chance. Aber was habe ich damit zu tun?«

Obwohl ihr Naomis Reaktion auf die Visitenkarte nicht entgangen war, hatte Chie keine Ahnung. Akiras Mitteilung, die er wie eine offizielle Rede vorbrachte, erfüllte sie mit mütterlicher

Belustigung. Er war für sie wie ein Kind, das so ernsthaft, so hastig und liebenswert über Dinge sprach, die einem Erwachsenen überhaupt nicht wichtig sind.

Auch Naomi war für sie ein Kind; obwohl sie achtzehn war und sich unentwegt in den Künsten ausbildete, die sie brauchte, um eine gute Partie zu machen, hatte Chie sich bisher nicht darum bemüht, ihr einen Mann zu suchen.

Akira errötete.

»Ob ich in Japan bleibe, hängt von Ihrer Antwort ab. Ich möchte Sie um Naomis Hand bitten.«

Plötzlich spürte Chie die nächtliche Feuchtigkeit.

»Weiß Naomi von Ihren ... Ambitionen?«

»Wir haben uns verständigt. Bitte beurteilen Sie meinen Antrag nicht nach der Unschicklichkeit, mit der er vorgebracht wird. Ich frage Sie direkt, weil das Einschalten einer Vermittlerin viel Zeit in Anspruch nehmen würde. Beide Methoden laufen auf dasselbe hinaus: die elterliche Zustimmung. Wenn Sie einverstanden sind, werde ich Naomis *yoshi*. Wir werden im Hause Fuji leben. Wenn Sie nicht einverstanden sind, muß ich nach Amerika gehen, um ein neues Zuhause für meine Braut zu schaffen.«

Im Eifer, ihr seinen Standpunkt darzulegen, hatte er sie direkt angeschaut. Plötzlich wurde seine Stimme sanft. »Ich sehe, ich habe Sie verwirrt. Verzeihen Sie mir. Ich werde Ihre Zeit nicht länger in Anspruch nehmen. Meine Adresse steht auf der Karte. Wenn Sie keinen Kontakt mit mir aufnehmen wollen, werde ich Sie in zwei Wochen noch einmal aufsuchen. Bis dahin, gute Nacht.«

Er verbeugte sich, ging hinaus und nahm ihre Seelenruhe mit, wie eine Katze, die sich mit einem Fisch davonschleicht.

»Mutter?« Chie vernahm Naomis leise Stimme und wandte sich von der Tür ab. »Hat er dich gefragt?«

Ein Blick in Naomis klare Augen und die dunklen Augenbrauen verlieh Chie Kraft. Vielleicht waren seine Hoffnungen abwegig.

»Wo hast du den denn kennengelernt? Stell dir vor, der glaubt doch wirklich, wenn er mit dem Finger schnippt, kann er die Fuji-Erbin heiraten und sie nach Amerika mitnehmen.«

Chie wartete auf Naomis Gelächter.

Naomi schwieg. Sie stand vor Chie und schaute ihr geradewegs in die Augen. Schließlich sagte sie: »Ich habe ihn im Literaturzirkel kennengelernt.«

Naomi drehte sich um und wollte wieder ins Haus gehen, blieb dann aber stehen.

»Mutter.«

»Ja?«

»Ich will ihn haben.«

Nach ein paar Tagen lenkte Chie ein. Sie versuchte flexibel zu sein. Sie stellte einen Privatdetektiv ein.

»Wenn der Bericht über Akira gut ausfällt«, sagte sie zu Naomi, »dann werde ich ihn als deinen *yoshi* akzeptieren.«

Naomi war begeistert. Sie reagierte bewußt förmlich, denn sie wußte, daß es der Mutter gefallen würde. »Danke«, sagte sie und verbeugte sich, »daß du die Ernsthaftigkeit meiner Absichten anerkennst.«

Als die Hausangestellte den Bericht brachte, sah Naomi das rote Siegel des Detektivs.

»Darf ich dabeisein, wenn du es liest?«

Sie saßen im Licht der schwachen Wintersonne an einer Stelle oberhalb des Azaleen-Sand-Gartens.

Chie zögerte. Sie warf einen Blick in den Garten. Weißer Sand war in wirbelnde Wellen geharkt worden. Die für den Winter heruntergeschnittenen Azaleen standen dicht nebeneinander in einer wogenden Reihe und hatten die weiche, runde Form einer Seeschlange.

Chie schaute in die Augen ihrer Tochter, die so voll Erregung und Zuversicht waren, und wollte ihr entgegenkommen.

»Ja«, erwiderte sie leichtsinnig.

Während sie den Bericht durchlas, hatte Chie Hoffnung.

Gute Schulabschlüsse, solide Referenzen. In einer Sportart namens Dreibandbillard hatte er es zu Wettbewerbsfähigkeit gebracht. Der zweite Sohn einer angesehenen Familie in Osaka.

Aber was war das? Wäre er nur acht Minuten früher geboren, dann wäre er der erste Sohn gewesen?

Chie legte die Stirn in Falten. Sie schaute überrascht auf. »Akira ist ein Zwilling?«

Naomi wurde rot. Sie schob trotzig das Kinn vor.

»So eine Bagatelle kann wohl kaum ein Hindernis sein.«

Chie blickte verwirrt zu Boden. Sie konnte Naomi nicht schutzlos einer vom Unglück bedrohten Ehe ausliefern.

Sie las weiter. »Ein eineiiger Zwilling.«

»Du vertrittst doch nicht etwa den alten Aberglauben?«

»Wir müssen alles in Betracht ziehen.«

»Daß eineiige Zwillinge eine öffentliche Schande sind? Daß sie der Beweis für die lüsterne Natur ihrer Eltern sind? Wie kannst du so einen Unsinn nur glauben!«

»Auch wenn nur andere an den Unsinn glauben, kann daraus schwerer gesellschaftlicher Schaden entstehen.« Chie hob die Stimme.

Naomi bekam es mit der Angst zu tun. Sie riß die Augen weit auf. »Akira ist ein feiner Mann. Wenn die Tatsache, ein Zwilling zu sein, ein Hindernis für diese Ehe ist, dann wird keiner jemals deine Billigung finden.«

Zum ersten Mal in ihrem Leben schrie Naomi.

»Gib mir deine Antwort! Sag ja, Mutter, sag ja!«

Plötzlich hatte Chie Angst. Die Kehle war ihr wie zugeschnürt. Sie bekam keine Luft mehr.

Heirat ist eine gewichtige Sache. Wie hätte Chie zustimmen sollen, wenn sie nicht absolut sicher war, daß sie Naomis Eheleben von Anfang an ohne Schatten vor sich ausgebreitet sah?

»Mutter, nun sag schon ja!«

»Nein!« schrie Chie. »Ich will nicht!«

Hätte Chie einen oder zwei Tage darüber nachgedacht, wäre ihre Antwort dann eine andere gewesen?

Wahrscheinlich nicht. Obwohl sie den Aberglauben in bezug auf Zwillinge nicht teilte, hatte sie ein ungutes Gefühl.

Die meisten alten Familien behandelten eineiige Zwillinge ungleich: das erstgeborene war das anerkannte Kind, das zweitgeborene ein wertloser Betrüger.

Chie wußte aus Erfahrung, daß zweitgeborene Zwillinge zu verantwortungsbewußten und rechtschaffenen Menschen heranwuchsen, allerdings stets mit dem Bestreben, gut zu sein, das beinahe zwanghaft werden konnte. Manchmal fand sie etwas Ungesundes an ihren Leistungen, als wären sie von einem inneren Hunger geleitet.

Außerdem enthüllte der Bericht des Detektivs ein dunkles Geheimnis.

Das Haus Shinoda war verschuldet. Akiras älterer Bruder führte ein ausschweifendes Leben mit erschreckend hohen Rechnungen in Teehäusern und Spielhöllen. Er sah ebenso gut aus wie Akira, aber er war verhätschelt worden. Es hieß, eine Geisha-Schülerin im Weidenviertel von Osaka habe vor kurzem ein Kind von ihm abgetrieben.

»Nein!« hatte Chie gerufen, als Naomi sie drängte. »Keine Heirat! Akira ist ein Zwilling und verpflichtet, die Schulden seines älteren Bruders zu zahlen. Das Haus Shinoda bemüht sich nach Kräften, mancherlei Schande zu verdecken. Du sollst nicht geopfert werden, um ihre Ehre wiederherzustellen!«

»Statt dessen soll ich geopfert werden, um deine zu erhalten?« Auch Naomi war laut geworden.

Vielleicht hätte Chie Naomi nachgegeben. Sie hatte Naomi immer erlaubt, ihre Meinung zu äußern. Vielleicht hätte Chie – beim Anblick so vieler Mädchen in ihren goldenen Käfigen aus Äußerlichkeiten und Tradition – sich an Naomis Flügelspanne erfreut, an ihren weitgesteckten Ambitionen.

Naomi hatte oft diskutiert, hatte Chie über Freiheit und persönliche Rechte aufgeklärt und sie mit Gedanken herausgefordert, die sie den Übersetzungen westlicher Meisterwerke entnommen hatte. Chie hatte das Gedankenspiel gefallen. Sie hatte manchmal so getan, als sei sie nicht überzeugt, nur um zu sehen, wie klug und wendig der Geist ihrer Tochter war. Sie hatte sich an Naomis Eifer immer erfreut, an ihrer lebhaften Stimme, ihren geröteten Wangen.

Doch jetzt stand Naomi zitternd und mit aschfahlem Gesicht vor Chie.

Der Unterschied flößte Chie Furcht ein, und in ihrer Angst vergaß sie ihre Strategie.

»Er ist ein Mann mit Schulden, du bist ein Mädchen mit Geld«, sagte Chie kalt. »Bilde dir nur nicht ein, daß er dich liebt.«

Naomi fuhr zurück, als hätte man sie geschlagen. Mit frostiger Stimme sagte sie ruhig: »Laß uns vernünftig darüber reden. Grausamkeit tut nicht gut.«

»Schweig! Ich bin deine Mutter!«

»Ich muß reden. Ich werde Akira heiraten. Du kannst mich nicht davon abhalten.«

»Schweig!«

»Willst du, daß Schweigen zwischen uns herrscht?«

»Ich will kein ungehorsames Kind haben!«

»Ich weiß, es fällt dir schwer, eine Erwachsene in mir zu sehen.« Naomis Stimme wurde weich, wehmütig, beinahe traurig. »Seit Vaters Tod hast du dich an meine Kindheit geklammert. Ich werde immer dein Kind sein, doch du mußt mir erlauben, auch etwas anderes zu sein. Ich habe nicht die Absicht, dich im Stich zu lassen. Wenn du dein Einverständnis gibst, kann Akira mein *yoshi* sein. Wir wären wie du und Vater und würden hier auf dem Grund und Boden der Fujis leben.«

Als Naomi ihren Vater Kan erwähnte, spürte Chie einen Schmerz, als hätte man eine alte Wunde aufgerissen. Sie war erst seit drei Jahren Witwe.

Sie bekämpfte ihre Trauer mit Wut.

»Akira als *yoshi*? Daß ich nicht lache. Akira ist nur der Ableger einer zügellosen Familie. Wie kannst du es wagen, ihn mit deinem Vater zu vergleichen!«

»Paß auf, was du sagst«, warnte Naomi jetzt eiskalt. »Ich kann nicht zulassen, daß du deine Frustrationen an Akira ausläßt.«

Chie hatte das Gefühl, als lege sich ein Eisenring um ihre Brust. Wer kann schon den herablassenden Ton eines Kindes ertragen? Ihr Herz schrumpfte zusammen und verhärtete sich, wurde undurchsichtig und undurchdringlich wie Eis um eine blaue Flamme des Zorns.

»Ich kann nicht zulassen, daß du deine Frustrationen an ihm ausläßt«, äffte Chie ihre Tochter in zickigem Ton nach. Dann wurde ihre Stimme bedrohlich leise. »Wie überheblich du doch geworden bist.« Sie schnaubte. »Bist du jetzt Herr Sigmund Freud? Ich soll aufpassen, was ich sage? Hör mir gut zu, Miß Übersetzung westlicher Meisterwerke, paß auf, was du sagst. Du brauchst diese Angelegenheit nie mehr zu erwähnen!«

»Warum müssen wir so sein?« Naomi begann zu weinen. »Warum kannst du dich nicht einfach mit mir freuen?«

Naomis Tränen gaben Chie Überlegenheit.

»Du hast es in der Hand«, sagte sie übertrieben sentimental.

Chie hörte die Grausamkeit in ihrer Stimme, die dunkle Spitze des Sadismus. Sie ließ es ungehindert zu. Jetzt war der Augenblick gekommen, Naomis Willen zu brechen.

»Bitte, Mutter, wir wollen nicht so miteinander umgehen.«

»Sag noch ein Wort, und ich werde dich verstoßen!«

Die Sonne war ein Stück weiter gezogen. Die nackten Äste der angrenzenden Bäume warfen Schatten über Naomis Hals, und es sah aus wie Striemen von Fingernägeln.

Naomi hörte auf zu weinen. Ergeben und erschöpft ließ sie den Kopf sinken.

»Wie du willst«, sagte sie schließlich.

13. Kapitel

Oktober 1933

Mir ist aufgefallen, daß es in dieser Ich-Geschichte immer weniger um mich geht. Ich bin kaum noch vorhanden. »Wo sind Sie?« könnten die Leser fragen, denn sie haben gewiß mein Gerede über den *kuroko* im Kabuki-Theater und meine Bemerkung, daß Mütter untätig sein sollen, als leeres Geschwätz aus reinem Selbstschutz entlarvt.

Die Antwort macht mich verlegen, wenn man bedenkt, wie sehr ich davon geträumt habe, aufgeschlossen und kühn zu werden. Ich habe mich hinter der Hausarbeit versteckt.

Die Frage hätte auch Chie stellen können. Ständig scheint sie mich zu umkreisen, auf mich herabzusehen, mich stirnrunzelnd abzuschätzen.

Zum Beispiel heute morgen.

Ich war gerade dabei, sorgfältig – wenn auch gedankenlos – Stanniolpapier von den Lebensmittelverpackungen zu kratzen, als Chie sich an die Schwelle zur Küche stellte.

Da stand sie nun sechzig Zentimeter über mir, vierundsechzig Jahre alt in tadellosem Kimono aus mitternachtsblauer Seide und orangefarbenem *obi*, reserviert und kritisch. »Was machst du da?« wollte sie wissen. Ihre vornehmen Wangenknochen und ihre klassisch geformte Fuji-Nase glänzten im Licht.

»Ich trenne Stanniol von Papier!« Meine Stimme klang krächzend und munter.

Innerlich jedoch zuckte ich zusammen. In Chies Gegenwart neige ich dazu, mich wie ein fröhlicher Dummkopf zu benehmen. Wie eine ängstliche Bewerberin beim Einstellungsgespräch, das einen schlechten Verlauf nimmt.

»Und was hast du damit vor?«

Vielleicht um mich zu beruhigen, strich ich meinen schlichten blauen Baumwollkimono über meinen immer noch schlanken Hüften glatt – mit sechsunddreißig bildete ich mir etwas darauf ein, nicht mehr zu wiegen als damals, als ich Tadao kennenlernte.

»Ich, eh, ich weiß nicht. Ein Bürgerkomitee kam hier vorbei und sagte, man solle Stanniol aufheben.«

»Ach so«, fuhr Chie fort. »Du willst es also monatelang sammeln, mit Stanniol aus der Gosse ergänzen und an die Behörden weitergeben, wenn dein Klumpen so groß wie ein Wachtelei ist?«

»So ungefähr.« Ich zwang mich zu einem Lächeln.

Chie schnaubte höhnisch. »Wozu? Damit dein Name in der Abendzeitung steht als Hausfrau, die mitgeholfen hat, die japanische Armee aufzubauen?«

»Es ist für Hanae«, erklärte ich und haßte meinen flehenden Unterton.

»Stanniol?«

»Das Sammeln.« Ich zwang mich, würdevoll zu klingen. »Alle Mütter tun es. Hanae steht dumm da, wenn unser Haus sich als einziges nicht beteiligt.«

»Da weitet sich ein illegaler Krieg aus, und du machst dir Sorgen, daß wir dumm dastehen könnten?«

Chies Stimme, ganz überlegene ethische Vernunft, kam wie ein Gottesurteil auf mich herab.

»Sie ist noch ein kleines Mädchen«, gab ich schmollend zu bedenken. »Ist es denn so falsch, sich zu wünschen, daß sie Freundinnen gewinnt?«

Chie warf mir einen verächtlichen Blick zu.

»Hast du keinen Verstand im Kopf? Sie hat Mari. Die anderen Freundinnen, die du mit Stanniol zu kaufen versuchst, sind ihr Geld nicht wert.«

»Ich glaube nicht, daß es dumm ist, eine gute Mutter sein zu wollen«, entgegnete ich eingeschnappt.

Chie sah mich entgeistert an.

»Was soll das mit der guten Mutter?« fragte sie verärgert. »Habe ich etwas davon gesagt, daß du aufhören sollst, eine gute Mutter zu sein?«

Erschrocken sah ich, wie sie auf den blanken Bodendielen auf die Knie sank. Sie beugte sich vor und schaute mir direkt in die Augen.

»Sag mal«, begann sie mit einladender Stimme, die keinerlei Härte enthielt, »was meinst du denn, was Hanae von deinem Beispiel lernen soll?«

Ihre Freundlichkeit traf mich völlig unerwartet. Ich konnte mich nicht daran erinnern, daß Chie mich jemals nach meiner Meinung gefragt hätte.

»Ich weiß nicht«, stammelte ich. »Geduld vermutlich, Hingabe, Freundlichkeit ...«

Chie hörte allem Anschein nach zu.

Ich wurde mutiger. »Ein Auge für Schönheit, Sinn für Humor ...«

Mit wachsender Begeisterung leierte ich alle mütterlichen Ambitionen herunter, die mir gerade einfielen.

»Integrität?« fragte Chie aufmunternd. »Engagement? Tapferkeit?«

»O ja!« Ich war kaum noch zu halten.

»Dann hör auf, Stanniol zu sammeln.«

Chie stand mit einem Ruck auf.

»Du hast große Träume, Etsuko«, sagte sie von oben herab. »Warum bist du so entgegenkommend und dienstwillig?«

Oktober 1933

Es ist spät abends, und ich denke immer noch über das Stanniol nach.

Sobald ich in Chies Nähe bin, habe ich das Gefühl, zu schwinden. Sie steht da – das Haus Fuji, die Hüterin der Moral, unser aller Mutter –, und meine Sorgen erscheinen mir albern und klein.

Doch je länger ich mit Chie zusammenlebe, um so stärker ist mein Wunsch, ihr ähnlich zu sein. Ich neige dazu, meine Ansichten zu korrigieren, und gehe Konfrontationen stets aus dem Weg. Chie hingegen packt an.

Und so redet sie auch: abfällig und doch anspruchsvoll. Als sähe sie in mir mehr, ebenso wie mein Mann Tadao.

Es ist sehr verwirrend.

Ich bin mir nie sicher, ob ich nun unter- oder überschätzt werde.

Oktober 1933

Chie Fuji: Tochter eines Samurai-Geschlechts

Chie war nicht immer gegen die Armee. Die Familie Fuji ist eine alte Samurai-Familie. Zweiundzwanzig Generationen lang lebte sie in militärischer Tradition. Dann, als Chie zehn Jahre alt war, verschwanden die Samurai. Es bedurfte eines einzigen kaiserlichen Edikts, und eine tausend Jahre alte Tradition war beendet.

An dem Abend, als sie das von einem berittenen Boten überbrachte Edikt lasen, sprangen Chies Eltern vom Tisch auf und liefen in den Bonsai-Garten. Sie wirkten weder verärgert noch ängstlich, doch ihr abrupter Aufbruch war ungewöhnlich genug. Chie war beunruhigt. Ihre kleine Schwester Kazuko, ein dickes, fröhliches, vierzehn Monate altes Kind, begann zu wimmern. Dann schrie sie.

»Sch«, machte Machi, Chies siebenjährige Schwester.

Sie hob das Kind von der Strohmatte und setzte es sich auf den Schoß. »Wo ist deine Nase?«

»Nase«, kam es als Echo von der kleinen Kazuko. Sie fuhr sich mit ihrer Patschhand an die eigene Nase und gluckste.

»Was hat das alles zu bedeuten?« flüsterte Machi Chie zu.

Jetzt, da die Eltern den Raum verlassen hatten, nahm Machi

eine bequemere Position ein und setzte sich auf den Boden statt auf die Fersen.

Einen Moment lang aus dem Gleichgewicht geraten, griff die Kleine nach einem von Machis Zöpfen, um sie festzuhalten. Sie begann daran zu knabbern.

»Sie bekommt einen neuen Zahn!« rief Machi und vergaß in ihrer Freude über den Fortschritt der kleinen Schwester die Unsicherheit über die Zukunft der Familie.

»Still«, zischte Chie.

Chie tauchte den Zeigefinger in heißen Tee, stand vom Tisch auf und ging auf Zehenspitzen zum Wandschirm aus Reispapier.

»Was tust du da?« fragte Machi.

Chie drückte den angefeuchteten Finger ins Papier des Wandschirms. Es schmolz wie Zuckerwatte dahin.

»Ich mache ein Guckloch.«

Chie lugte hindurch. Keine fünf Meter von ihr entfernt schnitt ihre hübsche neunundzwanzigjährige Mutter Glyzinienblüten von der Laube ab; der fünfunddreißigjährige Vater wand Kupferdraht um die Zweige einer winzigen Zypresse.

Ihre Bewegungen waren ruhig und maßvoll. Nur die Unvereinbarkeit von Tätigkeit und Zeitpunkt – die heraufziehende Dunkelheit, das Surren der Mücken – deutete darauf hin, daß etwas nicht stimmte.

»Was ist los?« flüsterte Machi.

»Mutter sammelt Material für Ikebana. Vater beschneidet Bonsai.«

»Beruhige den Körper, dann folgt der Geist«, zitierte Machi einen der zahlreichen Leitsprüche ihrer Mutter.

Machis Einsicht in die Motivation für das Verhalten der Eltern ärgerte Chie. Machi war die jüngere Schwester. Es gehörte sich nicht, daß sie klüger war als Chie.

Ihr Vater sprach.

»Man hat mir eine Pauschalregelung vorgeschlagen. Vierhundert Jahre Familienehre für einen Pauschalvergleich.«

Chies Vater war Krieger gewesen: Im Alter von vierundzwanzig Jahren hatte er als Generalleutnant gedient. Mit zwei Schwertern – einem langen für den Kampf, einem kurzen für rituellen Selbstmord, im Falle einer Niederlage – nahm er am Feldzug gegen das Shogunat teil, um den Kaiser wieder als Herrscher einzusetzen. Während einer Schlacht ganz in der Nähe hatte er Chies Mutter die Nachricht zukommen lassen – sie war damals achtzehn und schwanger, hatte jedoch später eine Fehlgeburt –, sie solle im Falle seiner Gefangennahme die Dienerschaft in anderen Haushalten unterbringen. Dann solle sie, bevor sie sich in einer Bauernfamilie verberge, eigenhändig ihren dreihundert Jahre alten Familiensitz in Brand stecken.

Jetzt sagte Chies Mutter nichts, nur das Geräusch ihrer Gartenschere war zu hören. Ihre Rolle bestand darin, im Dunkeln zuzuhören.

»Es mußte so kommen«, sagte Chies Vater. »Ich kann nicht einmal so tun, als wäre ich überrascht. Samurai waren immer ein Hemmnis und haben die kaiserliche Macht beschnitten. Wen wundert es da, daß Kaiser Meiji uns jetzt, nachdem wir ihm wieder an die Macht verholfen haben, loswerden und statt dessen Bauernjungen einziehen will. Sie sind als Soldaten formbarer.«

Ihr Vater lachte freudlos.

»Und dann die Ausbildung, die sie geplant haben! Keine Philosophie, keine Geschichte, nur Taktik und Drill. Wie sollen sie da den Mut zur Zurückhaltung lernen? Was wird aus Vernunft und Ehre?«

Er seufzte. »Andere wollen das Geld nehmen und einen Laden aufmachen. Ladenbesitzer! Die Schicht, die wir immer verachtet haben, weil sie nichts herstellt, weil sie Gewinn aus der Arbeit anderer schlägt.«

Chies Mutter sprach das Thema auf anmutigen Umwegen an. »Wie schön es heute abend im Garten ist. Wie besänftigend der Duft der Erde wirkt.«

Ihr Mann kicherte. »Du meinst also, wir sollten freie Bauern werden?« Er hielt kurz inne. »Ja, daran habe ich auch schon gedacht. Landwirtschaft ist eine ehrenvolle Tätigkeit.«

Seite an Seite fuhren sie mit ihrer Tätigkeit fort.

»Ich bin nicht mehr der Jüngste.«

In der Stimme ihres Vaters lag eine Vertraulichkeit, die Chie nie zuvor vernommen hatte.

»Als *yoshi* hatte ich die Pflicht, für dich und die Weiterführung der Linie zu sorgen. Du bist immer die beste Ehefrau gewesen, die ich mir denken kann. Aber jetzt mußt auch du von vorn anfangen.«

Er sank auf die Knie, und Chie fuhr überrascht zurück – ein Mann verbeugte sich nie tiefer als eine Frau. Er drückte das Gesicht vor ihr in den Staub.

»Vergib mir.«

»Halt!« Ungeachtet ihres Seidenkimonos warf sich Chies Mutter zu Boden, packte ihren Mann an den Schultern und riß ihn in die Höhe. »Du darfst dich niemals für unser gemeinsames Leben entschuldigen!«

Ihre hitzige Leidenschaft war erschreckend. Chie taumelte vom Wandschirm zurück, denn sie verstand ganz plötzlich, daß sie Zeugin von etwas war, das sie selbst haben wollte, etwas, das nur Erwachsene wissen können.

Da begann sie den Dorfklatsch zu begreifen. Die Liebe ihrer Eltern sei erotisch. Der eigentliche Skandal hatte weniger damit zu tun, daß ihre Eltern nur Mädchen hatten, als vielmehr damit, daß Chies Vater – selbst von der Familie eines Vetters adoptiert, um den Namen Fuji weiterzutragen – keine Geliebte haben wollte. Er schätzte seine Frau mehr als die Pflicht, einen männlichen Erben zu zeugen.

Vielleicht findet Chie meine Passivität deshalb so unausstehlich. Was sie damals an dem Abend sah, hat sie etwas gelehrt. Es ist ein Vermächtnis, das ich mit ihr teilen soll.

Bezahle den Preis.

Aber entscheide dich immer für die Leidenschaft.

14. Kapitel

November 1933

Warum, so habe ich mich immer wieder gefragt, hat die Ich-Geschichte Bestand? Trotz ihrer Probleme mit Handlung und Verlauf, trotz der begrenzten Anzahl von Schauplätzen und Gestalten – warum will alle Welt in Japan eine schreiben?

Ich glaube, ich habe eine Antwort gefunden. Die Ich-Geschichte ist das Leben.

Natürlich meine ich damit nicht, sie sei das wirkliche Leben. Die Menschen in Japan sind beileibe nicht allwissend oder reden in verschiedenen Zungen – doch wir leben unser Leben in der Tat durch unsere Romane.

Von einem Amerikaner habe ich einmal gehört: »Poker ist wie das Leben.« Ich fragte meinen Mann, wie das wohl gemeint sei. Tadaos Deutung war, in Amerika sei es nützlich, bestimmte Fähigkeiten zu besitzen, Konkurrenten einschätzen, Chancen beim Schopf packen, sich in gewissem Maße an strategischen Spielen zu beteiligen. In dem Kartenspiel würden diese Fähigkeiten gefördert.

Poker, so erklärte mir mein Mann, sei eine Art der Amerikaner, sich auf das Leben vorzubereiten, durchs Leben zu gehen und aus dem Leben zu scheiden.

Vielleicht ist für viele Japaner das Verfassen eines autobiographischen Romans das Leben. Von unserem Volk erwartet man Vervollkommnung, Harmonie, Einfühlungsvermögen in die Bedürfnisse des anderen. Auch ohne ein einziges Wort.

Hier ist ein Beispiel dafür. Zwei Sechsjährige – ich will sie Hiro und Toshi nennen – lernen sich in der Schule kennen. Sie werden Freunde und besuchen sich gegenseitig zu Hause. Ihre Mütter reichen ihnen immer eine Kleinigkeit zu essen. Eines

Tages kommt Toshi bei Hiro vorbei. Hiros Mutter begrüßt ihn, und die beiden Jungen spielen. Nach einiger Zeit bringt Hiros Mutter wie üblich ein Tablett herein. Darauf steht ein Teller mit wunderschön angerichteten Pfirsichstücken. Die Mutter lächelt, als sie das Tablett abstellt. Aber Toshi, dem Gast, wird unbehaglich zumute. Ist Juni nicht ein wenig zu früh für Pfirsiche? Er beißt ein Stück ab, entschuldigt sich höflich und eilt davon.

Der Grund dafür ist, daß er sich bereits jetzt in seiner Ausbildung zum Schriftsteller befindet: Einzelheiten beachten, Ironie verstehen, Beweggründe interpretieren. Toshi weiß, daß Handlungen symbolisch sind. Die harten, sauren Früchte, die für die Jahreszeit zu früh angeboten wurden, enthielten eine Botschaft. Er hat sich im Zeitpunkt seines Besuchs geirrt. Er hat der Familie Unannehmlichkeiten bereitet.

So sind wir Japaner. Wir denken über die tiefere Bedeutung nach, offenbaren uns selbst und nehmen andere über sorgfältige Inszenierungen wahr.

Und schreiben unsere endlosen Ich-Geschichten.

November 1933

Ich war nicht immer so vorsichtig, stand nicht immer einen Schritt neben dem Leben. Immerhin habe ich ja Tadao geheiratet. Ich habe einen Mann kennengelernt, der den Wind liebte, und wir sind übers Meer gefahren.

Es gibt einen Witz über Seattle. Das Leben dort sei wie die Liebe zu einer schönen Frau, die dauernd an einer Erkältung leidet. Man weiß, sie hat etwas Besonderes, man erhascht hin und wieder einen Blick auf ihre verblüffende Lebendigkeit, doch meistens ist ihr Gesundheitszustand angegriffen, ist dieser ständige, verflixte Nieselregen da.

Tadao und ich trafen an einem der gesünderen Tage in Seattle ein; an einem klaren, blauen Julimorgen wurden wir auf dem Schiff wach und stellten fest, daß wir auf einmal von der Straße von Juan de Fuca nach Süden abdrehten. Über Nacht war die platte graue See, die uns die ganze Zeit über begleitet hatte, wie weggefegt – als hätte sie ein zorniger Programmdirektor unpassend für das Thema Ankunft in der Neuen Welt gefunden. Unser Blick fiel auf runde, immergrüne kleine Inseln, die aus fischreichen, klaren Gewässern ragten.

Amerika, so fand ich, sah zu meiner Beruhigung genauso aus wie Japan überall an der Binnenmeerküste. Mit einem reizvollen Unterschied: Als wollten sie unsere hochfliegenden Immigrantenträume darstellen, erhoben sich hinter den weichen Bergkonturen am Horizont nach Osten und Westen hin herrliche, schneebedeckte Gipfel.

Tadao und ich sahen uns an und lachten. Dann nahm er mich vor aller Öffentlichkeit in den Arm. Als wir uns wieder voneinander lösten, sprang ein wunderschöner, schwarzweißer Wal spielerisch aus dem Wasser.

Tadao und ich erfuhren sehr bald, daß das Land, das wir zuerst gesehen hatten, in Wirklichkeit Kanada war. Doch diese Kleinigkeiten störten uns nicht. Die Euphorie half uns über den abstoßenden Anblick und den Gestank von Konservenfabriken an der Elliott Bay hinweg, über die verwirrende Feindseligkeit der Einwanderungsbehörde mit ihren rauhen Durchsuchungen und berechnenden Fragen, über die Tatsache, daß ich mir in meinem neu gekauften amerikanischen Kleid und den Pumps fremd vorkam; und als wir schließlich und endlich auf die Straße stolperten, wunderte es uns nicht, daß uns ein junger buddhistischer Priester über den Weg lief.

Wer wäre besser geeignet gewesen, uns in einem neuen, verheißungsvollen Staat willkommen zu heißen?

Dieser junge Priester namens Mitsui, den man hier als Reverend bezeichnete, war selbst erst kürzlich eingewandert und Hirte der Buddhistischen Kirche von Seattle. Er überreichte uns eine Broschüre, die er mühevoll erarbeitet hatte. Sie war sowohl in Japanisch als auch in Englisch geschrieben (vielleicht um uns den Prozeß der Eingliederung zu erleichtern) und trug den Titel

DAS IST AMERIKA! Es war eine Art Klassifikation. Japanische Erziehung, geprägt von der Lehre des Darwinismus, bringt vorwiegend Absolventen hervor, die in Klassifikationssysteme vernarrt sind. Ich kann mich noch an einen Teil seiner Prämissen erinnern.

Japanische Kultur	***Amerikanische Kultur***
Blick auf die Gruppe	*Blick auf das Individuum*
Betonung von Pflichten und Verbindlichkeiten	*Betonung von Rechten und Freiheit*
Zusammenarbeit, Harmonie, Zurückhaltung	*Konkurrenz, Antrieb, Spontaneität*
Geduld und Aufnahmefähigkeit geschätzt	*Aktives Handeln geschätzt*
Erfolg resultiert aus Selbstdisziplin	*Erfolg resultiert aus genutzten Chancen*

Er hatte noch mehr geschrieben. Ratschläge für Postgebühren und Geldwechsel. Daten von Ereignissen und Ausflügen, die von der Kirche veranstaltet wurden: ein Picknick am vierten Juli, ein Obon-Fest Ende Juli, ein Ausflug an den Oregon im August, um den Mond zu betrachten und Haikus zu verfassen.

Ich sah, wieviel Mühe sich unser junger geistlicher Führer bei der Herstellung seiner Broschüre gegeben hatte, und nahm sie als Aufklärungshilfe an. Der zehnfache Pfad zur Amerikanisierung.

Die Tatsache, daß der Titel mit Großbuchstaben in Englisch geschrieben war, sollte wohl die Wichtigkeit hervorheben – ein einfühlsamer Vermerk von oben: Wenn ich mehr an mich denken würde; wenn ich aktiver, konkurrenzfreudiger und antriebsstärker sein könnte; wenn ich in den Strom des Lebens springen und Chancen ergreifen könnte (an dieser Stelle sah ich mich als eine Art Samurai-Anglerin), dann besäße ich alle Fähigkeiten, um die Prüfung in Amerikanismus bestehen zu können.

Dann starb Tadao.

Mir war, als wäre ich mit ihm ertrunken. Ich begann zu träumen und löste mich vom wirklichen Leben.

Ich begann, nach Vorzeichen und Omen Ausschau zu halten. Ich las mir die Broschüre noch einmal durch, und plötzlich kamen mir die Großbuchstaben eher wie eine Warnung vor – so wie VORSICHT, GIFTIGE PILZE! –, nicht wie ein begeisterter Ausruf.

In dieser Zeit begann ich Kataloge von Sears Roebuck und Montgomery Ward durchzublättern. Das erforderte weniger Energie, als richtig zu lesen. Ebenso wie die Klassifikation des Priesters, die er, so schien es mir inzwischen, eher als Reaktion auf eine persönliche Krise geschrieben hatte, zwangen mir die Kataloge eine beruhigende Ordnung auf. Sie lieferten mir eine korrekte Darstellung dessen, wie man im Leben Bedeutung erwerben konnte.

Erwerb war das Schlüsselwort. Von Unterwäsche über Oberbekleidung zu Haushaltswaren. Von Häusern zu Geräten für Landwirtschaft und Garten. Alles – vom Dessous bis zum Grundstückszaun – konnte praktisch und vertraulich per Post bestellt werden.

Das gefiel mir. Es war wie eine Bestätigung meines isolierten, nach innen gekehrten Lebens.

So zu leben war aber auch riskant. Man lief Gefahr, daß sich Vorsicht zu Zynismus verhärtete und Enttäuschung in Verzweiflung ausartete. Meiner Meinung nach muß man sehr behutsam vorgehen, wenn man sich zurückzieht. Es kann nämlich eine Art der Gewalt gegen sich selbst sein.

Die Not hat mich gerettet. Die belebende Aussicht auf Armut trieb mich ins Hotel Samurai Gardens, zurück in die Welt der Menschen und der Arbeit.

Damit will ich nicht behaupten, Verträumtheit sei eine schlechte Eigenschaft.

Tatsächlich ist sie ein beliebter nationaler Charakterzug. Ein

Funke Verträumtheit und ein Spritzer Wahrnehmung sind das Rezept für ein Haiku, heißt es.

Doch ein Haiku – und darin besteht die Schönheit dieser Gedichtform – zwingt dazu, strukturiert vorzugehen und sich kurz zu fassen. Zwei Zeilen Verträumtheit vor dem Ruck des Erwachens, das wiederum in Rätsel und Überraschung gehüllt ist.

Mein Problem ist, daß ich zu weit aushole und mich darin verliere und daß ich es mit Absicht mache. Ich verstecke mich hinter Vieldeutigkeit, wate durch viele Schichten, verliere mich im Nebel der Bewunderung.

Das hat nichts mit einem Haiku zu tun, das ist Schlafwandeln.

Der Zweck menschlicher Beziehungen liegt jedoch darin, daß sie einen aufrütteln.

Sie zwingen dazu, sich dem Leben zuzuwenden.

Deshalb bin ich froh, daß Hanae Mari gefunden hat. Wir alle müssen manchmal aus den Nischen unseres allzu klugen Verstandes geholt werden.

Und Maris Mentorin, Miß Langley, hat etwas, das mir gefällt.

Fehl am Platz, unkonventionell, unverzagt: Sie erinnert mich an Tadao. Jemand, der Hanae direkt ins unsichere Leben zieht.

15. Kapitel

Dezember 1933

Hanaes Urteil über Miss Langley

Hanaes erster Eindruck von Miß Evelyn Langley – der Arbeitgeberin von Maris Mutter – war ein langes Gesicht, das sich nah an ihr Ohr schob.

»HA-NAH-AY! SO-NICE-TO-MEET-YOU!« kreischte es in entsetzlich präzise artikuliertem Englisch. »WOULD YOU LIKE TO COME TO MY AFTER-SCHOOL-JUKU?«

Zu Anfang redete Miß Langley mit allen so. Als meinte sie, japanisch zu sprechen.

Hanae fand sie blöd.

»Was ist das denn für eine Sprachlehrerin«, stellte sie in ihrem frühreifen, bissigen Ton fest. »Sie denkt wohl, die Lautstärke ersetzt den Wortschatz?«

Und welche Schüler würden sich wohl bei ihr anmelden?

Hanae zum Beispiel. Doch wie sie selbst glaubte, nur aus Loyalität und Empörung.

Zuerst war Mari die einzige Schülerin; und da sie die Tochter der Angestellten von Miß Langley war, wurde auf Maris Unterrichtsgebühren verzichtet. Wie bezahlte diese Frau eigentlich ihre Angestellte? fragte sich Hanae.

Doch es stellte sich heraus, daß Miß Langley nicht nur in Englisch kreischte. Sie nahm Unterricht bei Maris Mutter und radebrechte lauthals auch in japanischer Sprache.

Das führte zu einem Phänomen, das Hanae erstaunlich findet.

Fast das ganze Dorf findet Miß Langley sympathisch. Ihre Bereitschaft, Schülerin zu sein – sich mit guter Miene auf die Demütigung einzulassen, vor aller Öffentlichkeit die eigene Unbeholfenheit zur Schau zu stellen – kommt gut an.

Es ist ein altes japanisches Prinzip: Ehre gebührt dem, der den Mut hat zu lernen.

Ein Ergebnis dieser merkwürdigen Bewunderung sind fünf zappelige Jungen, die jeden Wochentag um fünf Uhr mit Mari und Hanae in Goros Laden sitzen.

Es ist ein wenig beeindruckendes Schulgebäude, ein Gemischtwarenladen, der täglich zur Abendessenzeit gemietet wird. Wie alle schmalen, zweistöckigen Gebäude aus dunklem Holz in diesem Ort sah der Laden schon Ende des neunzehnten Jahrhunderts genauso aus wie heute. Vorn sind Fensterläden, die nur über Nacht geschlossen werden, dahinter Schiebetüren aus Gitterwerk.

Innen ist der Laden so eingerichtet wie alle Gemischtwarenläden in ganz Japan und wird ebenso geführt. Ein etwa drei Meter breiter Lehmpfad in der Mitte führt nach hinten zu den Wohnräumen der Familie. Auf der rechten Seite befindet sich ein oberer Laden: ein breites, etwa einen Meter hohes Podest, auf dem nur eine Strohmatte liegt. Im oberen Laden werden dem Käufer Stoffe, Seitentische, Blumenvasen und wertvolle Haushaltsgegenstände vorgelegt, damit er sie sich anschauen kann. Auf der anderen Seite des Lehmgangs ist der untere Laden: ein ebenso leeres Podest mit einer Strohmatte, auf der hölzerne Waschzuber, Wäschestangen aus Bambus und ähnlich profane Gegenstände verkauft werden. Aufgrund der Minderwertigkeit der Waren ist dieses Podest dreißig Zentimeter tiefer als der obere Laden.

Nach den Gepflogenheiten eines Gemischtwarenladens knien die Kunden auf der Strohmatte nieder und bringen ihre Wünsche vor, während der Ladenbesitzer ständig zu einem Lagerraum im ersten Stock eilt, der von den hinteren Wohnräumen der Familie aus zugänglich ist (wobei er stets versucht, sich so tief zu verbeugen, daß sein Kopf tiefer als der des Kunden ist).

Doch an jedem Wochentag verwandelt sich der Gemischtwarenladen bei Beginn der Dämmerung in Miß Langleys Klassenzimmer. Miß Langley steht hinten im Mittelgang und schreibt an eine tragbare Tafel, während ihre sieben Schüler dichtgedrängt auf einer Strohmatte des oberen Ladens sitzen. Da Miß Langley eine demokratisch eingestellte Frau ist, pfercht sie ihre Schüler lieber eng zusammen, als einige von ihnen im unteren Laden sitzen zu lassen.

Außerdem ist es im Winter in dem ungeheizten Laden gemütlicher, wenn man eng zusammen sitzt. Als Amerikanerin kann Miß Langley dem Gedanken, man müsse bereit sein, körperliches Ungemach zu überwinden, um besser lernen zu können, nur wenig abgewinnen. Ihre Haltung widerspricht alter Samurai-Tradition, die verlangte, daß der Unterricht für ein Kind – mit geradem Rücken, auf hartem Boden in ungeheizten Räumen – am kältesten Tag des Winters am längsten dauern sollte. Diese traditionelle Haltung macht sich neuerdings wieder breit, je mehr Gelder für militärische Zwecke in China abgezweigt werden. Die gemütlichen, fröhlichen Klassenzimmer meiner Jugend sind heute kälter; zerbrochene Geräte auf Spielplätzen werden nicht mehr repariert.

Hanae, die in Goros Laden sitzt und die wollene Unterwäsche ihrer Mutter und Vaters Matrosenkostüm trägt, spürt die Kälte nicht. Obwohl ihr Atem zu sehen ist und ihre Klassenkameraden eng zusammenrücken, ist es vor allem die Undefinierbarkeit des Raums, die sie stört und ihre Aufmerksamkeit auf sich zieht.

Hanae kann die architektonischen Grundzüge Japans nicht leiden. Sie, die an die amerikanische Bauweise gewöhnt ist, in der die Funktion eines jeden Zimmers schon durch den Namen klar umrissen ist – Schlafzimmer, Waschküche, Musikzimmer –, findet die traditionelle japanische Architektur fürchterlich passiv. Man breite einen Futon aus, und schon wird aus dem Empfangszimmer ein Schlafzimmer. Ein Zimmer ist entweder ein Arbeitszimmer oder ein Eßzimmer, je nachdem, ob der Tisch als Unterlage für ein Buch oder für Speisen und Getränke dient.

Japanische Räume sollen flexibel bleiben sowie der Wahrnehmungsfähigkeit dienen und sind vergleichbar mit der japanischen Sprache, in der Subjekt und Prädikat oft am Ende einer langen Kette beschreibender Sätze stehen. Auf diese Weise kann eine Person, ein Schauplatz oder ein Gegenstand und sein Tun je nach Fortführung des Satzes oder Reaktion der Zuhörer verändert werden. Zum Beispiel kann der Satz »An diesem heißen Sommerabend sind schöne Leuchtkäfer in der Luft ...« so verändert werden, daß er lautet »An diesem heißen Sommerabend sind lästige Mücken in der Luft«, falls der Sprecher merkt, daß sein Zuhörer nicht in der Stimmung ist, die Natur so hinzunehmen, wie sie ist, und lieber mit einer Fliegenklatsche zuschlagen würde.

Für die in Amerika zur Welt gekommene Hanae ist das alles unerträgliches Wischiwaschi.

Ich kann ihre Verachtung verstehen. Ebenso wie eine Katze einen Buckel macht und faucht, steigt auch in uns oft Zynismus hoch, wenn wir das Gefühl vermittelt bekommen, klein zu sein. Gerade die Dinge, die zunächst unsere Aufmerksamkeit erregen, stoßen uns später ab. Ebenso finden Amerikaner – zunächst angezogen durch die Betonung von Schönheit und Harmonie, durch die Wertschätzung des Paradoxen im alltäglichen Leben Japans – das Land schon bald weniger zauberhaft und verlokkend, sondern haben eher den Eindruck, daß dort die Dinge absichtlich vernebelt werden.

Ich kenne dieses Gefühl. Einerseits hatte es mich nach Amerika gezogen, weil es hieß, dort werde Selbstbestimmtheit gefördert, andererseits schüchterte mich sein enormes Selbstbewußtsein ein, sobald ich dort war.

Sogar die Gegenstände waren selbstbewußter als ich.

In Amerika leuchteten die Lampen, pfiffen die Teekessel, und Bestecke klapperten nicht nur, sondern diktierten mir, was ich zu tun hatte. »Benutze mich für den Salat«, verlangte eine Gabelart; »benutze mich für das Dessert«, bestimmte eine andere, die praktisch gleich aussah.

Für mich war es eine Perversion der Natur. In Japan hatten Räume, Gegenstände und Sprache immer so lange gewartet – flexibel und mehrdeutig –, bis ich ihnen eine Funktion gab.

Ganz ähnlich ergeht es Amerikanern, die sich mit Freiheit und Wahlmöglichkeiten in der Regel so leicht tun. Sie spüren zu ihrer Verärgerung die eigene Unzulänglichkeit, wenn sie sich japanischen Dingen und Räumen gegenübersehen. Jeder Versuch, Gegenstände einer einzigen Funktion zuzuführen, vermittelt Amerikanern plötzlich das Gefühl, sie fielen durch einen tückischen Kreativitätstest.

An diesem speziellen Tag, als Hanae in Goros Laden sitzt, langweilt sie sich. Miß Langleys Unterricht ist eher eintönig als lebhaft. Hinzu kommt, daß Hanae nur wenig zu tun hat, da sie bereits fließend Englisch spricht.

Außer, Miß Langley auf die Probe zu stellen. Hanae findet die hoch aufgeschossene, etwa dreißigjährige Frau tolpatschig. Ständig tappt sie irgendwo hinein, wo sie nicht hingehört, und scheint das Pech geradezu magnetisch anzuziehen.

Doch in Maris Gegenwart muß Hanae vorsichtig sein.

Einmal hat Hanae Miß Langley »Miß Länglich« genannt, und Mari hat sie angesehen wie einen kleinen, schlecht erzogenen Hund.

Doch das hat Hanae nicht weiter gestört, da sie in der Freundschaft ihre Aufgabe ohnehin darin sieht, Mari vor allzu liebenswertem Verhalten zu bewahren.

Dabei hat Hanae durchaus nichts gegen Bescheidenheit oder Liebenswürdigkeit. Bei anderen findet Hanae es durchaus angemessen und sympathisch, wenn sie liebenswert auftreten. Nur Ängstlichkeit ärgert sie; und Miß Langley scheint ängstlich darauf bedacht zu gefallen.

In diesem Augenblick zum Beispiel. Mit spitzen Fingern

verteilt Miß Langley Plätzchen, als habe sie Angst, gebissen zu werden.

»FIG-NEW-TONS«, erklärt sie dabei.

Hanae verdreht die Augen.

»Wie gönnerhaft«, zischt sie Mari zu.

«Sie weiß, daß die Jungen Hunger haben«, flüstert Mari. »Sie versucht, nett zu sein.«

Hanae ist skeptisch. Wenn Miß Langley wüßte, was Hunger ist, denkt sie bei sich, gäbe sie den Jungen nahrhaftere Sachen zu essen. Hanae schüttelt den Kopf. Miß Langley ist bestenfalls als schrecklich ungeschickt zu bezeichnen.

Während Hanae sie beobachtet, bekommt Miß Langley hektische rote Flecken im Gesicht. »Mein Bruder hat sie geschickt«, platzt es aus ihr heraus.

Die Kinder schauen sie verständnislos an.

»Die Plätzchen«, erklärt sie umständlich. »Unsere Familie ist aus Newton, Massachusetts; und es sollte zuerst ein Witz von ihm sein. Um mir über das Heimweh hinwegzuhelfen.«

Die fünf Jungen, die in ihren gut gefütterten, mehrschichtigen Winterkimonos merkwürdig ausgestopft aussehen, blinzeln sie an, ohne ihre Offenbarung zu verstehen.

»NEW-TONE«, sprechen sie höflich nach.

Hanae aber versteht, was Heimweh ist; sie erschrickt wie ein zufälliger Voyeur.

Plötzlich hat sie ein Bild von Miß Langley vor sich: Geduckt wie ein Flüchtling im Dunkeln beschäftigt sie sich ausgiebig mit einem Plätzchen und braucht sehr lange für jeden Biß. Sie versucht, einem winzigen süßen Korn Trost zu entlocken, den sie nie finden wird.

Plötzlich schrillt die Sirene der Polizeistation im Ort.

Hanae schreckt aus ihren Träumereien auf.

»Omedeto!« rufen die Jungen, springen auf, rennen sich gegenseitig über den Haufen, nur um so schnell wie möglich aus dem oberen Laden direkt in ihre *getas* zu springen und sich zur Tür hinauszuzwängen.

»Omedeto!« Herzlichen Glückwunsch!

Auf der anderen Seite der schmalen Straße lugen Kunden des öffentlichen Bades – halbnackt, rosa und dampfend – aus der Tür.

»Welches Geschlecht?« rufen die Badenden.

»Ein Junge!« schreit der drahtige, strahlende Goro, ein Mann in mittleren Jahren, und aus den Wohnräumen der Familie im hinteren Teil des Ladens plärrt gleichzeitig ein Radio: »Ein Kronprinz ist geboren!«

Die Kinderparade

Plötzlich fällt Schnee. Dicke Flocken wirbeln schräg vom dunkler werdenden Himmel, bedecken Strohdächer, Dachziegel auf Tempeln, Berge, die dicht mit Bambus und Kiefern bewachsen sind.

Kurz darauf kommen die Sänger. In jeder japanischen Stadt strömen sie aus den Vergnügungsvierteln und breiten sich mit ihren Sirenen und Glöckchen über das verschneite Land aus. In der Kleidung alter Hofmusikanten senden sie die Klänge ihrer *shamisen* und *shakuhachi* gen Himmel.

Nach neun Jahren Ehe und vier enttäuschenden Töchtern ist die kaiserliche Linie in der 125. Generation gerettet.

Miß Langleys Schüler hören sie. In der herabfallenden Dunkelheit sehen sie die Kinder des Ortes aus den Haustüren stolpern und den Lauten und Bambusflöten folgen. Sie bilden eine lange Schlange und lassen die schlafenden Kleinkinder und das bockige Vieh, das sie eigentlich versorgen sollten, zu Hause zurück.

Auch Miß Langley nimmt lebhaften Anteil. Sie lacht laut.

»Die Musikanten spielen auf Zauberflöten; die Kinder sind verzauberte Mäuse!«

Ihre Schüler sind überrascht.

»Kommt, wir ziehen mit!«

Wir. Die Schüler schauen einander verblüfft an. Ihre schüchterne Lehrerin will sich einer Parade anschließen?

Miß Langley zieht sich Gummigaloschen über ihre festen Schuhe. Die lustige Prozession hat sie verwandelt.

»Kommt!« ruft sie ihrer gaffenden Klasse zu. »Kommt, oder muß ich euch prügeln?«

Dann sind sie draußen, folgen den anderen und singen »Ein Baby! Ein Baby!« Immer und immer wieder. Ihr Wunder erwärmt die Winternacht.

Hanae läßt sich Zeit. Trotz der wollenen Unterwäsche ihrer Mutter ist ihr kalt. Sie schaut Miß Langley an, deren Gesicht vor Unternehmungslust gerötet ist. Sie ist die einzige Erwachsene ohne Instrument in dieser Kinderprozession. Hanae spürt eine Art Haß.

»Was macht sie nur?« raunt Hanae Mari zu. »Sie sieht blöd aus; die Leute werden sie auslachen. Merkt sie denn nicht, daß sie nicht dazugehört?«

»Das mußt du nicht so eng sehen«, sagt Mari milde. »Du kannst sie nur nicht leiden, weil sie dich an uns erinnert.«

Die Kinder ziehen kreuz und quer durch das Dorf, vorbei an kargen Reisfeldern, deren Ernte schon längst zu Nahrung, Wein, Seilen, Süßigkeiten, Papier, Kleister, Wänden, Fußböden und sogar – wenn der Reis verbrannt wird – zu schwarzer Tonglasur verarbeitet worden ist.

Die Prozession schwenkt ab und windet sich den Waldweg bergauf.

An einer Stelle hält sie an. Kerzen werden verteilt und angezündet. Das Licht wandert vom einen zum anderen gleich einer Kette, die sich durch die Nacht zieht.

Auf dem Berg bleiben sie an einem einfachen Holzschrein stehen. Still flackern die Kerzen.

Unter ihnen erstreckt sich das Meer: ein dunkles Halbrund, an dessen Rändern die Lichter einer Stadt aufleuchten.

Schnee rutscht von den hängenden Ästen einer Kiefer und klatscht dumpf auf dem Boden auf.

Miß Langley wendet sich an ihre Schüler. »Danke«, flüstert sie. »Danke, daß ihr mich an etwas so Schönem habt teilnehmen lassen.«

Schneeflocken fallen ihr auf die Wimpern.

Mari lächelt Miß Langley an. »Jetzt sind Sie ein Teil von Japan.«

Ihre Worte steigen in dunstigen Schwaden auf.

Hanae steht neben ihrer Lehrerin und starrt sie an. Miß Langley sieht ja eigentlich hübsch aus.

Hanae überläuft es kalt. Sie fühlt sich einsam. Vielleicht ist sie es ja, die nicht hierhergehört.

Die Musikanten fangen an zu singen.

Möge der neugeborene Prinz seine Herrschaft in einer Zeit der Erleuchtung und des Friedens antreten.

Ihre Stimmen werden als Echo zurückgeworfen und dann von der Stille der verschneiten Landschaft aufgesogen.

Miß Langley ergreift Hanaes Hand.

Dezember 1933

Vor kurzem habe ich mein erstes graues Haar entdeckt. Im Alter von sechsunddreißig Jahren war ich darauf nicht vorbereitet; plötzlich fielen mir alle meine Jugendträume wieder ein. Ich wollte die große Liebe und mein Ich finden. Ob ich mich wohl damit abfinden mußte, daß ich nie mehr einen Liebhaber finden würde? Daß ich mich nie besonders hervortäte?

Hinzu kam, daß ich nicht in der Lage war, Hanae, die mit zwölf zwischen Trotz und Unsicherheit schwankte, eine Verbündete zu sein, obwohl ich wußte, daß sie eine brauchte.

Wenn die Aufgabe der frühen Pubertät darin besteht, die Bindungen zur Mutter zu lösen, welchen Trost kann das Objekt zwiespältiger Gefühle einer Mutter noch bieten?

Jedesmal, wenn ich versuchte, Hanae einen liebevollen oder mitfühlenden Blick zu schenken (denn sie war offensichtlich unglücklich, aber auch anstrengend in ihrer Isolation), jedesmal, wenn ich versuchte, auch nur einen kurzen Blick auf ihr geliebtes Gesicht zu erhaschen, wand sie sich in höchstem Unbehagen.

»Was guckst du so?« fragte sie dann immer argwöhnisch.

Hanae gewinnt eine Verbündete

Nach der Geburt des Kronprinzen begann Hanae, Miß Langley zu mögen.

Plötzlich war sie weniger eine Lehrerin als vielmehr eine großzügige Spielgefährtin, die ihre Schüler auf Exkursionen zum ausländischen Markt mitnahm und ihnen winzige, mit farbigem Zuckerwasser gefüllte Limonadenflaschen aus Wachs spendierte. Flaschen, die sich Hiro Saba, wenn sie leer waren, wie Reißzähne unter die Oberlippe schob und in die Ohren steckte.

An einem Sonntag nahm Miß Langley die Klasse mit an den Hafen, wo ein Frachter aus San Francisco angelegt hatte. Nachdem sie sich kurz, doch für die Kinder beschämend undamenhaft, lautstark vom Kai zum Deck hinauf verständigt hatte, handelte Miß Langley einen Besuch an Bord und eine Führung aus.

Zwei gutmütige Seeleute mittleren Alters zeigten ihnen das Schiff. Einer von ihnen sprach so unverständlich und nuschelnd Englisch, daß der ernste Kenji Moritomi Miß Langley zuflüsterte, ob es sein könne, daß er einmal einen Schlaganfall gehabt habe?

Miß Langley lachte, als sie Kenjis Frage hörte. »Mr. Reynolds«, rief sie, »meine Schüler wundern sich über Ihren Dialekt!«

Der große Rothaarige mit Halbglatze grinste und gurgelte ein Wort, das eindeutig mit G anfing, aber dann in eine rasche Folge kleiner, sich überlappender Laute zerfiel. Ein Wort, das Miß Langley später übersetzte, als sie ihren Schülern in einem großen Atlas zeigte, wo der Ort lag: Galveston.

Obwohl Hanae noch immer der Meinung war, Miß Langley trage unvorteilhafte Kleider, fand sie das bemerkenswert laute, kreischende Lachen ihrer Lehrerin nach diesen neuerlichen Abenteuern bewundernswert.

Allem Anschein nach hatte die Klasse so etwas wie Korpsgeist entwickelt.

Dann – kurz vor dem Jahreswechsel, wenn Frauen das Haus schrubben und Männer ihre geschäftlichen Verpflichtungen erledigen, wenn selbst das jüngste Kind entscheidet, was es ins kommende Jahr mitnehmen oder was es zurücklassen will – saß Hanae eines Tages in Goros Laden und wartete mit den anderen auf Kenji Moritomi. Es war fünfzehn Minuten über die Zeit.

»Das ist merkwürdig«, sorgte sich Miß Langley. »Kenji kommt immer pünktlich.«

Hanae unterdrückte ein Kichern.

Kenji war nicht nur pünktlich. Er war ein Vorbild an Verantwortungsbewußtsein und somit ein Liebling aller Lehrer.

Miß Langley öffnete die Tür. Sie schaute nach rechts und links und lehnte sich so weit hinaus, daß ihr Kleid hochrutschte und ihre Unterhose in Wadenhöhe freilegte.

»Da kommt er ja!«

Ihre laute Stimme hallte über die ganze Straße.

»Lauf nicht, Kenji, sonst fällst du noch hin!«

Doch Kenji rannte weiter.

Er stürmte in das Gebäude und drängte Miß Langley ganz nach hinten in den Laden.

»Kenji, was soll das?«

Kenjis Gesicht war puterrot. Wie ein sterbender Fisch schnappte er nach Luft.

Er schleuderte seine Bücher zu Boden.

»Was ist los?« wiederholte Miß Langley. Besorgt streckte sie eine Hand nach ihm aus.

Kenji wich vor ihr zurück. Tränen der Scham und Wut traten ihm in die Augen.

»Ausländerin!« schrie er. »Umstürzlerin!«

Er drehte sich um und rannte zur Tür hinaus.

Nach anfänglicher Verblüffung versuchten die Schüler, die Sache geradezubiegen.

»Kenji meint das nicht so«, sagten sie. »Auch seine Eltern nicht. Sein Vater ist Postmeister, ein Angestellter der Regierung. Vielleicht setzt man ihn an seiner Arbeitsstelle unter Druck.«

Doch zwei Tage darauf fehlte Tomo Yamaguchi.

Und wieder einen Tag später Hiro Saba.

Dezember 1933

Für mich ist das Erdbeben von 1923 in Tokio dafür verantwortlich, daß die Jungen Miß Langleys *juku* fernblieben. Natürlich nicht ausschließlich und direkt, doch ich halte es für einen entscheidenden Faktor.

Vielleicht sollte ich deshalb zunächst einmal meine Gedanken über mittelalterliche Städte darlegen.

Ich habe gelesen, daß mittelalterliche Städte sowohl im Westen als auch im Osten am Fuße eines aristokratischen Symbols angelegt wurden. Hoch oben über einem nicht besonders begüterten Flecken sorgte eine Burg oder Kathedrale (oder später eine Universität) für die Struktur und Durchsetzungskraft – für die Angst –, die erforderlich ist, um das gemeine Volk dazu anzuhalten, Nahrung und Vorräte zu beschaffen.

Man betrachte nur London oder Paris oder Tokio.

Moderne Städte hingegen sind anders. Um eine natürliche Gegebenheit angelegt – die Oase in der Wüste, den zugänglichen Hafen –, ist der Markt ihr heiliger Grund. Mit dieser Säkularisierung ging häufig eine Demokratisierung einher, da die Einwohner – mit jeweils eigener Geschichte, eigenen Begabungen und eigenem Glauben – von überallher zusammenströmten, handelten und kommunizierten, nicht vom Herrscher zum Untertanen, sondern von gleich zu gleich.

Diese modernen Städte erzeugten ein Gefühl der Vitalität

und beträchtliche soziale Veränderungen. Betrachten wir den Schmelztiegel New York oder Osaka mit seinen Handelskönigen und deren Familien, seinen Elite-Kurtisanen, Schauspielern und Gastwirten. In einem Land, in dem Kaufleute, historisch gesehen, zur untersten Schicht degradiert waren, und Schauspieler und Kurtisanen mit Hausierern, Schlachtern und Totengräbern als »Ausgestoßene« in einen Topf geworfen wurden – das heißt, sogar noch weniger galten –, stellte Osaka die Gesellschaftsordnung auf den Kopf.

Hinzu kommt, daß heutzutage sehr viele mittelalterliche Städte (wie zum Beispiel London, Paris und Tokio) modern geworden und aus ihrer feudalen Form ausgebrochen sind. Sie haben sich einer Flut gleich an Flußufern, Eisenbahnlinien und Telefonleitungen ausgebreitet und Handels- und Kommunikationssysteme geschaffen.

Das macht die Traditionalisten beklommen.

Als ein Erdbeben die Altstadt von Tokio dem Erdboden gleich machte, fragte man sich daher besorgt, was wohl an ihrer Stelle entstehen würde. Es dauerte sieben Jahre, in denen über Ästhetik gestritten wurde und Architekten einander zu übertrumpfen trachteten, bis der Kaiser im Jahre 1930 ein Fest zur endgültigen Wiederherstellung Tokios eröffnete.

Eine Wiederherstellung war es nicht gerade. Obwohl exakte Wiederherstellungen mit ihren merkwürdig gespenstischen Bauten – vertraut zwar, aber steril: zu sauber, zu viele strukturelle Verbesserungen und dennoch spirituell verwaist – nicht immer das sind, was man sich wünscht. Und bei Tokios Altstadt, bestehend aus Hunderten von Quadratmeilen Holz und Papier, wo Zehntausende von Gebäuden in wenigen Stunden durch Feuer hatten vernichtet werden können, wäre eine Wiederherstellung ohnehin nicht ratsam gewesen.

Trotzdem schockierte das neue Tokio traditionell denkende Menschen. Tokio – entschleiert, veredelt, fotografiert und der Nation gezeigt – sah nicht mehr so aus wie früher, zumindest nicht so, wie man das alte Tokio in sentimentaler Erinnerung hatte.

Das neue Tokio war ein Mischmasch aus architektonischen Stilrichtungen: edwardianisch, venezianisch, Beaux Arts, Bauhaus und auch Ansätze aus dem alten Tokio waren vorhanden. Alles in hellem Beton gehalten.

Mir gefielen die Wochenschauen über die neue Stadt.

Im Gegensatz zu Kyoto ist Tokio nie eine Stadt von architektonischer Besonderheit oder augenfälliger Schönheit gewesen. In den letzten fünfzig Jahren wurden die Modernisierungsbestrebungen durch Platzmangel vereitelt. Heute sind wenigstens die Straßen breiter, und es gibt mehr Brücken. Zur Zeit des großen Erdbebens führten nur fünf Brücken über den Sumida; alle mit Holzplanken, die vor den Augen der fliehenden Stadtbewohner verbrannten und dazu beitrugen, daß mehr Menschen ertranken, als durch das Erdbeben ums Leben kamen.

Unter der neuen Stadt dröhnt eine U-Bahn.

Vor diesem schimmernden, wenn auch nicht sonderlich beeindruckenden neuen Hintergrund treten heute alle bislang unmerklichen Veränderungen kraß hervor. In den Spielhallen, die sich in unmittelbarer Nähe der Behörden befinden, stehen immer mehr Automaten. »Stockmädchen« – Animiermädchen, die sich Männern wie ein Spazierstock an den Arm hängen – gehen schon in der Mittagszeit auf Beutefang über Tokios großen Boulevard, die Ginza.

Um diese Kränkung zu kompensieren, hat das hedonistische junge Osaka einen Pfeil ins Herz des alten Tokio geschickt und neben den westlichen Endbahnhöfen der Eisenbahnstrekke Osaka–Tokio riesige Kaufhäuser im eigenen Stil errichten lassen.

Diese Kaufhäuser sind für die Menschen in Kobe nichts Neues. Da wir nicht weit von Osaka entfernt wohnen und über eine stattliche Zahl ausländischer Einwohner verfügen, haben wir viele westliche Lebensarten von Osaka übernommen. Ich selbst habe als junge Frau in einem solchen Kaufhaus gearbeitet und fand das damals sehr aufregend: Kunden behielten die Schuhe an, und anstatt auf Strohmatten zu knien, während der

Ladenbesitzer immer wieder ins Lager lief, um die gewünschte Ware zu holen, schlenderten sie jetzt frei zwischen glitzernden Vitrinen herum. An jedem Ladentisch gab es bislang unbekannte, doch plötzlich heiß begehrte Ware.

Diese Kaufhäuser haben das Wesen des Menschen verstanden. Trotz der langen Tradition, in Textilgeschäften nur junge Männer zu beschäftigen, sind heute junge Verkäuferinnen die Regel. Ähnlich den neu eingeführten Schaffnerinnen und der weiblichen Bedienung an Zapfsäulen hat man Verkäuferinnen eingestellt, die den Männern gefallen und außerdem dafür sorgen, daß sich auch Frauen in öffentlichen Einrichtungen wohl fühlen.

Seit Ende des letzten Jahres wird diesen Verkäuferinnen von den Kaufhäusern westliche Kleidung vorgeschrieben (die Mädchen haben dafür extra Kleidergeld bekommen). Noch wichtiger ist, daß sie angehalten sind, westliche Unterwäsche zu tragen. Diese Anordnung hat einen guten Grund: In der Vorweihnachtszeit löste die Beleuchtung eines Weihnachtsbaums in einem achtstöckigen Kaufhaus einen Brand aus. Dreizehn Verkäuferinnen – die keine westliche Unterwäsche trugen – kamen ums Leben, weil sie ihren Kimono schamhaft mit einer Hand zusammenhielten und sich nur mit der anderen Hand an wackeligen Strickleitern festhalten konnten.

Der Brand hatte einen schwunghaften Verkauf von Wäsche zur Folge. Es war eine Frage der öffentlichen Sicherheit, der sich die Zeitungen in anzüglicher Weise widmeten. Mütter liefen scharenweise in die Kaufhäuser, um für sich und ihre Töchter Unterhosen zu kaufen. Einer Umfrage zufolge trug schon nach wenigen Monaten jedes Mädchen auf einer Rutschbahn in Tokios Ueno Park westliche Unterwäsche.

Außerdem wurde eine Mutter, sobald sie, auf der Suche nach Unterwäsche, einmal ein großes Kaufhaus betreten hatte – mit seinen Galerien, Gärten, Restaurants, Vortragssälen, ja in manchen Häusern gab es sogar einen Zoo auf dem Dach – unweigerlich Stammkundin.

Die Kaufhäuser sind in der Tat so verlockend, daß das traditionelle Wort für Frau, *okusan* (»ehrenhafte Person, die im Haus verweilt«), unzutreffend geworden ist.

Auf einmal finden es sogar Frauen aus vornehmen alten Familien wichtig, ihre Einkäufe persönlich zu erledigen. Wenn jedoch einige von ihnen zu zimperlich sind, sich unter das gemeine Volk zu mischen, sorgen kleine Dienstleistungen – Lieferung frei Haus, Busse von Tür zu Tür – für einen reibungslosen Ablauf.

Die Kaufhäuser haben in der Gesellschaft eine Revolution ausgelöst. Nachdem Frauen sich abends nach einem ermüdenden Einkaufstag im Restaurant eines Kaufhauses erfrischen konnten – nachdem sie einmal die traditionelle Regel überschritten hatten, die besagte, es zieme sich nicht für Damen, sich tagsüber in der Öffentlichkeit zu zeigen und außer Haus zu essen –, sah man Frauen überall.

Heute treffen sich Frauen zum Mittagessen in Restaurants, in denen man nicht nur die Schuhe anbehalten, sondern auch in Hut und Mantel essen darf.

Und diese kleinen Abweichungen von der Etikette haben zu wesentlich größeren Einbrüchen in der Gesellschaft geführt.

Eine nicht mehr junge, wohlhabende Dame der Gesellschaft, deren Mann eine bekannte Kurtisane von Tokio aushält, ist in Verruf geraten, weil sie sich öffentlich einen begabten jungen Kabuki-Schauspieler zum Liebhaber nahm (wobei nicht die Tatsache an sich, sondern die fehlende Geheimhaltung den Skandal verursachte).

All das wäre vielleicht ebenso munter weitergegangen wie in der Taisho-Demokratie, hätte das große Erdbeben in Tokio im Jahre 1923 nicht noch eine andere Folge gehabt: finanzielle Panik im ganzen Land.

Was als vernünftige nationale Reaktion auf eine nationale Katastrophe begonnen hatte – ein eingeschränktes Schuldenmoratorium –, wurde immer weiter ausgedehnt, bis der Finanzminister 1927 einen Akt der Dummheit und Habgier beging. Um die Stellung einer anderen Bank zu verbessern – an der er Anteile besaß –, verkündete er, die Watanabe Bank werde in wenigen Stunden bankrott gehen. Die daraufhin einsetzende phänomenale Panik ruinierte nicht nur Watanabe (*und* die Bank, die der Minister hatte stärken wollen), sondern nach und nach auch alle Banken im ganzen Land.

In den folgenden sechs Jahren begingen Tausende von Geschäftsleuten Selbstmord. Bauern, die infolge der amerikanischen Wirtschaftskrise bereits unter dem Verlust des Seidenmarkts litten und jetzt vom Reishandel abhängig waren, wurden nach zwei Jahren witterungsbedingter Mißernten und durch die Konkurrenz, die ihnen aus Japans kolonialen Raubzügen erwachsen war (Korea und Taiwan), vernichtet.

Die Auswirkungen waren verheerend. Infolge erdrückender Schuldenlasten ihrer Familie emigrierten loyale Bauernsöhne nach Brasilien und Peru, wo sie rasch an tropischem Fieber starben. Die Familien zu Hause blieben ohne Nachkommen, denn ihre Schwestern waren an Freudenhäuser verkauft worden.

Angesichts solcher Schicksalsschläge wurde Japan von rasender hedonistischer Verzweiflung erfaßt. Wo sich vor nicht allzu langer Zeit noch Menschen scharenweise in Cafés und Milchbars einfanden, um literarische Werke zu lesen und über Themen wie die Emanzipation der Frau zu diskutieren, richtet sich das Augenmerk in Cafés und Kabaretts jetzt auf etwas anderes: *Eroguro nansensu.* Vom englischen »erotic grotesque nonsense« abgeleitet – erotisch Absonderliches.

Deshalb springen einem jedesmal, wenn man in die Stadt kommt, Handzettel und Plakate ins Auge. Zum Beispiel *Die Frau, die durch ihren Nabel raucht* (halbnackt, wenn man der Darstellung auf dem Plakat Glauben schenken will)!

Natürlich werden Männer eher von der Erotik als vom Absonderlichen angezogen; die Städte sind voll von schmuddeligen Klubs, in denen spärlich bekleidete Hostessen für ein spendiertes Getränk am Tisch sitzen, sich anlehnen, wenn man ihnen die Zigarette anzündet, und an zweideutigen Unterhaltungen teilnehmen. Für weniger begüterte Männer gibt es Teehäuser, in denen konventionell gekleidete, hübsche junge Kellnerinnen sich, nachdem sie das Bestellte gebracht haben, still neben sie setzen und bescheiden und schamhaft erröten.

Wenn Menschen unfähig sind, die Zeichen der Zeit zu erkennen, und Angst davor haben, in die Zukunft zu schauen, breitet sich ein nihilistisches Fieber aus. Sogar die Kinder werden davon angesteckt. Vor nicht allzu langer Zeit hat ein Studentenpaar, dessen Eltern mit der Verbindung nicht einverstanden waren, an einem malerischen Ort in den Bergen Selbstmord begangen. Von ihrer Geschichte erzählt ein bekanntes Lied sowie ein Film mit dem Titel »Die Liebe, die im Himmel Vollendung fand«. Bald darauf stürzte sich ein junges Mädchen in einen Vulkan. Heute ist der dramatisch inszenierte Tod – insgesamt schon zwanzig junge Paare auf demselben Berg, fast *eintausend* junge Menschen (vier Fünftel davon Jungen) im selben Vulkan – zu einem Trend unter Heranwachsenden geworden.

Was ist nur aus den netten Beschäftigungen für junge Leute geworden, die noch vor ein paar Jahren modern waren, zum Beispiel aus dem von den Philippinen eingeführten Jo-Jo?

In einer solchen Atmosphäre, in der die Sensationspresse davon abgehalten wird, etwas Substantielles über das Friedensgesetz von 1925 zu schreiben, und den Anschein erweckt, selbst ein sehr liebevoll umsorgtes Kind erbe immer nur den Tod auf irgendeine schreckliche Weise, sind Teile der Gesellschaft offenbar durchgedreht.

Junge Offiziere der Armee, Söhne verarmter Bauern, führen in ihrer Erregung über die Ungerechtigkeiten des Kapitalismus (Stadtbewohner haben unter der Wirtschaftskrise entschieden weniger gelitten) einen Kreuzzug gegen Internationalismus und Demokratie. Sie ermorden die Männer, von denen sie sich im Stich gelassen fühlen: Tatsächlich hat die Armee im letzten Jahr, als Charlie Chaplin zu einem publikumswirksamen Besuch in Japan weilte, den Premierminister umgebracht. Seit 1919 war er der dritte Premierminister, der ermordet wurde. An dem Nachmittag, an dem der Mord geschehen war, sollte Charlie Chaplin laut Terminkalender gemeinsam mit dem Sohn des Premierministers die berühmten Quartiere der Sumo-Ringer besichtigen. Dieser sagte natürlich ab. Vielleicht war die Ermordung für Charlie Chaplin so alltäglich, daß sie keine größeren Umstände rechtfertigte. Jedenfalls ging Mr. Chaplin trotzdem hin.

Die japanische Öffentlichkeit spiegelte Mr. Chaplins Gleichgültigkeit wider. Immer mehr setzte sich die Meinung durch, dem Land nütze nur eine starke militärische Hand. Als das Publikum in den Wochenschauen die kaiserliche Armee im Triumph über das chinesische Hochland marschieren sah, als es Erklärungen vernahm, daß die Vergrößerung des Staatsterritoriums zu neuen Märkten führen würde, fragten sich immer mehr Jungen: *Warum soll ich mich nicht an einem glorreichen Krieg beteiligen?*

16. Kapitel

Februar 1934

Am Neujahrsmorgen

Am ersten Januar wachte ich früh auf und führte das erste Ritual für den ersten Tag in einem neuen Jahr durch. Ich ging in den Innenhof und trank einen großen Schluck eiskaltes Quellwasser.

Diese reine, schlichte Tradition gefiel mir sehr – eine Mahnung an das Wesentliche.

Als ich das Festessen für den Tag fertiggestellt hatte – *ozoni*-Suppe, süße Bohnen und besonders lange Nudeln als Symbol für ein besonders langes Leben –, war Hanae auch endlich aufgestanden und angezogen. Hoch aufgeschossen und schlank, wie sie mit ihren zwölf Jahren war, streifte sie durch die Küche und stibitzte hier und da laut schmatzend einen Happen.

»Nicht schlecht.«

Sie schaute hinaus. Dunkle Wolken zogen am Himmel auf. »Gefrierender Regen. Der fängt bestimmt an, wenn wir gerade am Schrein sind.« Sie führte ihre Inspektionsrunde durch die Küche fort. »Was ist *das* denn?«

Sie zeigte auf leicht angebrannte, gegrillte Fischstücke, die auf einem Spieß steckten.

»Glück für deine Aufnahmeprüfung in die Oberstufe«, sagte ich zufrieden. »Siehst du, wie ich den geraspelten Salat angeordnet habe? Wie wirbelnde Strudel. Sieht es nicht aus, als würde er gegen den Strom schwimmen?«

»Ach, Tante.« Hanae schüttelte mitleidig und herablassend den Kopf.

Plötzlich erschien Chie gleich einem großen Kabuki-Schauspieler in einem erstaunlichen Kostüm auf der Schwelle.

»Na?« fragte sie und drehte sich langsam um die eigene Achse, um ihren Kimono zu zeigen.

»Ist der schön«, sagte Hanae bewundernd.

Über einem violetten Saum aus schwerem Seidendamast waren kunstvoll Chrysanthemen und Winterpaulownien verteilt.

»Es soll den Sonnenuntergang darstellen, nicht wahr?« fragte Hanae. »Die schrägen goldenen Striche auf den Blüten.«

Ich warf Hanae einen überraschten Blick zu. Ihr ästhetischer Scharfsinn verblüffte mich ebenso wie Chies ästhetische Kühnheit.

Chrysanthemen und Paulownien sind die kaiserlichen Blumen.

Hanae sah sich den Stoff genau an.

»Ist das echtes Gold?«

»Stanniol ist es jedenfalls nicht.«

Chie warf mir einen vielsagenden Blick zu.

Es war ohnehin nicht zu übersehen: Der Kimono war ein Manifest gegen das Horten von Metall.

»Wie heißt er?« wollte Hanae wissen. »Ein so schöner Kimono sollte einen Namen haben.«

»Untergehende Sonne. Ich habe ihn anfertigen lassen.«

»Du meinst, passend zur aufgehenden Sonne?« flüsterte Hanae. »Dem Symbol für Japan?«

Sie lachte laut und klatschte in die Hände.

»Oh, Obaa-san, wie durch und durch boshaft!«

Eifersucht wallte in mir auf.

Vergessen waren *meine* künstlerischen Ausführungen.

Ich sah auf den Fisch.

Er war als Symbol des Triumphes gedacht, und jetzt war seine Haut verschrumpelt und verschwitzt. Wie ein alter Mann, der sich erkältet hat.

Von unserer Kleidung her gehörten wir drei nicht zusammen – Chie in ihrer aristokratischen Antikriegsaufmachung, ich in einem biederen, gewöhnlichen blauen Kimono, doch modern auf

Kinnlänge geschnittenem Haar (eigens für diesen Anlaß onduliert), und Hanae in ihrem im Ausland angefertigten Matrosenkostüm –, und doch schlossen wir uns gemeinsam den Nachbarn auf ihrem Weg bergauf zum Schrein an.

Neujahr ist eher ein Anlaß zum Feiern als zur Andacht. Nachdem man den Dezember dem Hausputz und dem Bezahlen offenstehender Rechnungen gewidmet hat, sind alle froh, von vorn anfangen zu können. Mein Vater pflegte lachend Geschichten zu erzählen, wie er sich, rot vor Verlegenheit über seine Unverblümtheit, mit der er die Zahlungen eintreiben mußte, den Häusern von Seidenwebern näherte, denen er Kredit eingeräumt hatte – nur um zu sehen, wie sie zur Hintertür hinausschlichen. So traf er den ganzen Dezember über – wenn jedermann im Ort hin und her eilte, entweder um Zahlungen entgegenzunehmen oder um ihnen aus dem Weg zu gehen – nur selten einen unserer Nachbarn an. Wenn schließlich das Neue Jahr und mit ihm der Erlaß aller Schulden kam, traten einige, die sich vor ihm versteckt hatten, gutgelaunt vor die Tür und riefen ihm zu: »Alles Gute zum Neuen Jahr!« Sie verbeugten sich beschämt und erleichtert zugleich. Papa war so froh, sie wiederzusehen, daß er unwillkürlich schmunzelte und ihnen seinerseits auch gute Wünsche zurief.

Wie damals, als ich noch klein war, säumten auch jetzt Verkäufer den Weg zum Schrein. An kleinen, tragbaren Ständen mit rot-weiß-gestreiften Markisen verkauften sie Dinge zum Essen, Spielzeug und Glücksbringer.

Junge Väter in Sonntagskleidung trugen stolz ihre im Herbst geborenen Kinder bei sich, und ihre besorgten Frauen gingen neben ihnen her, um hier an einer Decke zu zupfen, dort ein Kinn abzutupfen.

Chie kaufte Hanae ein paar leuchtend bunte Papierschlangen. »*Omedeto.* Alles Gute zum Neuen Jahr!«

Noch ein seltsames Trio kam auf uns zu: Miß Langley in eigenartigen Gummigaloschen und einem geflickten Mantel mit einem Wieselpelzkragen, Mari in einem tadellosen amerikanischen Mantel im Prinzeßstil, Maris Mutter im festlichen Kimono.

Wir teilten uns in Zweiergruppen auf. Während Chie und Maris Mutter stehenblieben, um sich gegenseitig die *obis* zu richten, gingen Miß Langley und ich langsam weiter.

Ich betrachtete Hanae und Mari, die vor uns herliefen, und hing Erinnerungen nach.

»Neujahr gehört zu meinen Lieblingsfesten.« Selbst in meinem gewählten Englisch waren meine Worte sehr gefühlsbetont. »Beziehungen festigen, sich erneut seinen Träumen verschreiben …«

Nach einem kurzen Seitenblick, aus dem Neugier und Überraschung sprachen, unterbrach mich Miß Langley.

»Ich finde es ziemlich traurig.«

Jetzt war es an mir, überrascht zu sein.

»Zu Beginn eines neuen Jahres, so hat man mir gesagt, sieht jeder etwas schäbiger aus als im Jahr zuvor.«

Schäbig? Miß Langley machte sich darüber Gedanken? Ich warf einen Blick auf ihre Kleidung. Die hatte schon bessere Tage gesehen.

Ich versuchte mir ihre Familie der oberen Mittelschicht vorzustellen. Bestimmt war sie verzweifelt über das Schicksal ihrer in Mount Holyoke erzogenen Tochter, der sie von einer christlichen Diaspora zur nächsten geschmackvolle Sachen schickte, ohne zu ahnen, daß ihre Gaben von der nachlässigen Empfängerin nur verschlissen und schlecht behandelt wurden.

»Stimmen Sie mir nicht zu?« hakte Miß Langley nach.

Mit einem Ruck kam ich wieder in die Gegenwart zurück und betrachtete die Neujahrsprozession.

Unsere Bauern aus dem Dorf, die Nahrungsmittel in die Stadt lieferten, standen finanziell besser da als manche andere. Trotzdem sah ich an den Verkaufsständen magere Kinder stehen, die sehnsüchtiger auf Eßbares als auf Spielzeug schauten.

»Es liegt an der Wirtschaftskrise«, sagte ich und schnalzte traurig mit der Zunge. »Die ganze Welt hungert.«

»Nicht nur daran.« Miß Langley betrachtete mich eingehend und begann, in ihrem Mantel zu kramen. »Japan gibt viel Geld für Kriegsvorbereitungen aus.«

Aus ihrer linken Tasche zog sie einen Papierfetzen.

»Zufällig bin ich auf diese Anzeige gestoßen. Ich wollte hingehen, doch so, wie es aussieht, werden sich meine Pläne ändern.«

Rasch steckte sie mir das Papier in den Kimonoärmel.

»Hier, gehen Sie für mich hin.«

»Was ist das?« Ich durchsuchte meinen Ärmel und kramte zwischen Taschentüchern und Geldbeutel nach dem Stück Papier.

»Ein Treffen für Frauen, die gegen die Armee sind.«

»Entschuldigen Sie« – ich suchte noch hastiger –, »aber ich bin wirklich nicht die geeignete …«

»Ein glückliches Neues Jahr, die Damen!«

Auf dem Rückweg vom Schrein kam Herr Kido, Hanaes Rektor, den Berg hinunter. Er war in Begleitung des Postmeisters Moritomi und dessen Frau. Ich sah, daß sie in plötzlicher Panik nach einem Fluchtweg suchten.

Wir blieben mitten auf dem Weg stehen.

»Miß Langley«, begann der Postmeister, wurde puterrot und verbeugte sich, als wolle er um Vergebung bitten, »unser Sohn, Ihre Schule …«

»Nicht nötig«, murmelte Miß Langley. Sie reichte ihnen die Hand und zog sie in die Höhe, um sie aus ihrer gebückten Haltung aufzurichten.

Die Moritomis ruhten sich nicht. Reumütig wippten sie nach vorn und murmelten Entschuldigungen vor sich hin. In ihrer Zerknirschtheit erweckten sie den Anschein, als wären sie von plötzlicher Osteoporose heimgesucht.

Miß Langley verbeugte sich ebenfalls, um mit ihnen auf eine Höhe zu kommen. »Machen Sie sich keine Sorgen«, flüsterte sie. »Ich verstehe schon. Sagen Sie dem kleinen Kenji liebe Grüße von mir.«

Der Frau des Postmeisters entfuhr ein erstickter Laut. Sie wippte immer stärker.

Miß Langley richtete sich auf. Peinlich berührt durch die Situation, die sie geschaffen hatte, schaute sie zum Himmel, an dem Wolken aufzogen.

»Ich muß jetzt wieder zu den anderen!«

Herr und Frau Moritomi richteten sich ein wenig auf. Zerknittert und klamm wie zwei zerknüllte Taschentücher drängten sie sich zusammen, während Miß Langley sich umdrehte und wie ein Vogel Strauß den Weg hinuntersprintete.

Wir schauten ihr nach, eine tolpatschige, aufrechte und reizende Frau.

»So hoffnungsvoll und vom Pech verfolgt«, murmelte Rektor Kido und schüttelte bedauernd den Kopf. »Wie ein Bauernjunge an der Universität.«

Als Miß Langley sich zu Chie und Maris Mutter gesellte, fuhr der Rektor zusammen und richtete sich auf. Er starrte Chies Kimono an.

Abrupt wandte er sich an mich.

»Frau Sone«, sagte er förmlich, »es freut uns sehr, daß *Sie* so gut aussehen.«

Wir wußten alle, was der Rektor damit sagen wollte. Im Gegensatz zur Kleidung von Chie und Miß Langley war mein Kimono ausgesprochen konventionell. *Vielleicht*, sollte der Kommentar bedeuten, *wollen Sie sich mit Ihrem Aufzug ja bewußt distanzieren.*

Ich wollte sein Kompliment zurückweisen. Es nicht zu tun wäre Betrug gewesen.

Doch Postmeister Moritomi und seine Frau – denen es nun illoyal vorkam, ihren Sohn von der *juku* ferngehalten zu haben – wirkten so gequält, daß sie den Tränen nahe zu sein schienen.

Stand es mir zu, mit einer besseren Moral zu protzen? Würde es nicht taktlos und egoistisch wirken? Wäre es außerdem nicht überkritisch? Der Rektor hatte ja teilweise recht. Als ich mich anzog, war ich mir meiner Einfachheit und des Unterschieds zu Chies großartigem Auftreten voll bewußt gewesen.

Die Leute zogen an uns vorüber zum Schrein. Ich stand wie angewurzelt da.

So kam es, daß ich, während ich meine innere Debatte an jenem ersten Tag des Neuen Jahres, wo jeder Handlung so viel Bedeutung zukommt, fortführte, den Augenblick, in dem ich etwas hätte sagen können, ungenutzt verstreichen ließ.

Rektor Kido legte mein Schweigen als Zustimmung aus, und seine Erregung legte sich.

»Ich weiß, es fällt schwer, sich ihnen zu widersetzen«, sagte er freundlich. »Miß Langley, Frau Fuji – jeder, der aus der Masse herausragt, hat etwas Zwingendes an sich.«

Er lächelte traurig und wissend.

»Als ich studierte, gab es an der Universität einen jungen Mann, der Stipendiat war wie ich. Seinen schlechten Haarschnitt und seinen ländlichen Dialekt trug er vor sich her, als wären sie die maßgeschneiderten Sachen eines Jungen aus reichem Hause. Daß er es nicht merkte, machte ihn zur Zielscheibe noch gröberen Spotts. Doch er blieb in seiner Außenseiterrolle und erlangte immer mehr akademische Ehren.«

Rektor Kido seufzte. Er schaute auf seine weichen Lederschuhe.

»Angesichts seiner Würde kam ich mir in meinem Bestreben, mich anzupassen, und meiner Sorge, dazuzugehören, unbedeutend vor. Dann hat er sich kurz vor dem Abschluß das Leben genommen. Ich hatte ihm noch heimlich die Daumen gedrückt, er möge es schaffen und es uns allen zeigen. Erhängt. Einfach so. Kein Abschiedsbrief. Allein in seinem Zimmer.«

Der Rektor sah uns forschend an.

»Ich habe mir geschworen, etwas daraus zu lernen; kein Leben kann ganz umsonst gewesen sein.«

Er lachte freudlos.

»Erinnern Sie sich an den Spruch aus der Kindheit? Ein herausstehender Nagel wird flachgeklopft. Lassen Sie es sich von mir gesagt sein, ich habe die Erfahrung gemacht, daß es stimmt.«

»Der arme, bedauernswerte Junge«, murmelte Frau Moritomi.

»Der arme, *gefährliche* Junge«, fuhr der Rektor uns an, so daß wir erschraken. »Die Kinder halten mich für streng, aber es ist meine Aufgabe, sie zu schützen. Ich lasse nicht zu, daß so ein Einzelgänger, und sei er noch so gewinnend, sie zur Selbstzerstörung verführt.«

»Dann haben wir es also richtig gemacht, als wir Kenji aus der *juku* nahmen?« fragte Frau Moritomi leise.

»Absolut.«

Rektor Kido drehte sich um und sah mich an.

»Und die kleine Mari, die mit Hanae spielt? Das halte ich für keine gute Idee.«

Ich machte den Mund auf, um Mari zu verteidigen, doch die Geschichte des Rektors hatte mich so bewegt, daß ich keinen Ton hervorbrachte.

»Sie ist zu fremdartig: die Schürze, die ihre Mutter geschneidert hat, ihre Verbindung zu der Ausländerin Langley.«

»Verzeihen Sie, wir müssen gehen«, unterbrach Postmeister Moritomi.

Er und seine Frau waren nicht bereit, sich an der Verleumdung eines Kindes zu beteiligen, und traten taktvoll ab.

Ich versuchte, es ihnen gleichzutun.

»Ich müßte auch ...«

Rektor Kido hob eine Hand und fuhr fort.

»Wenn sie weiterhin mit Mari zusammen ist, wird Hanae als Sympathisantin abgestempelt werden, als sonderbare Internationalistin.«

Endlich fand ich meine Stimme wieder.

»Wir *sind* international – Hanae ist Amerikanerin, ihr Vater lebt dort –, und es ist ein *Privileg*, kein Probl...«

Meine Passivität hatte mich jedoch bereits in die Ecke des stillschweigenden Einvernehmens gerückt.

»Ja, natürlich«, unterbrach mich der Rektor, ohne mir zuzuhören. »Hanae hat es nicht leicht. Ihr Vater ein Ausgewanderter; ihre Großmutter – na ja, wir alle kennen Chie Fuji ja. Trotzdem stammt Hanae aus einer der ältesten und vornehmsten Familien. Die Leute erwarten da natürlich ein gewisses Maß an Exzentrizität.«

Er wurde noch eindringlicher.

»Helfen Sie mir bei Hanae; sie ist empfänglich für alberne Ideen. Sie sind doch eine vernünftige, verantwortungsbewußte Frau. Mari steht auf verlorenem Posten, ist eine Außenseiterin …«

»VERRÄTERIN!«

Ich erkannte die Stimme und warf entsetzt den Kopf hoch. Hanae und Mari waren auf dem Pfad vorangelaufen, doch Hanae mußte irgendwo kehrtgemacht haben. Jetzt drängte sie auf ihrer Flucht vor dem Schrein an mir vorbei.

War sie Zeugin meiner feigen Vorstellung geworden?

»Hanae!«

Ich stolperte hinter ihr her, doch mein Kimono behinderte mich.

»Ich kann es dir erklären!«

Die Wolken hingen tief, Schneeregen setzte ein. Meine Worte verklangen ungehört.

Wie hätte ich wissen sollen, daß mich ein paar Momente des Zögerns so vollständig bloßstellen würden?

Am selben Nachmittag

Hanae lief durch den gefrierenden Regen, vorbei an Haustüren, die zum Neuen Jahr mit Ranken aus Reisstroh geschmückt waren, über Gräben, die nach fauligem Laub stanken, den langen Weg zu Fuß nach Hause. Das Herz schlug ihr bis zum Hals. Ihre festlichen Papierschlangen wurden naß. Bald begannen sie sich aufzulösen.

Als sie an unseren Eingang kam, hantierte sie mit klammen Fingern an den schweren Holztüren herum.

»Tadaima!« schrie sie. »*Tadaima,* ich bin wieder zu Hause!«

Makiko, unser Hausmädchen, öffnete die Tür. Seitdem sie ihre Liebesgedichte durchwühlt gefunden und sofort Hanae verdächtigt hatte, war sie bedeutend feindseliger geworden.

»Hör auf, so gegen die Tür zu schlagen«, brummte sie. »Es ist nicht meine Schuld, daß die Tür verriegelt ist, man hat euch noch nicht zurück erwartet ...«

Ihre Stimme veränderte sich. »Ihhh! So naß?«

Hanae schob sich an ihr vorbei. Sie kämpfte mit ihren Schuhen. Auf dem Weg zu unserem Zimmer schnappte sie sich ein Buch mit kriegerischen Liedern und begann, sie in hartem Singsang zu rezitieren.

Sie war noch immer dabei, als Chie und ich später in dem einzigen Taxi der Stadt eintrafen.

Chie zeigte sich taktvoll und suchte ihre Schlafgemächer auf, um den Geistern in ihrem Familienschrein Wasser zu reichen. Besorgt, schamrot und nervös, wie ich war, blieb es mir überlassen, mich dem Zimmer, das ich mit Hanae teilte, zu nähern.

»Hanae?« rief ich durch die geschlossene Schiebetür. Da ich nicht wußte, wie ich begründen sollte, warum ich Mari und alles, woran ich glaubte, nicht verteidigt hatte, fürchtete ich mich davor, hineinzugehen.

Hanaes Stimme wurde noch lauter.

»IN GESTRECKTEM GALOPP WIE DAS WEISSE PFERD DES KAISERS MÖGEN UNSERE NATIONALEN BESTREBUNGEN FORTSCHREITEN.«

»Hanae, es tut mir leid! Laß es dir doch erklären!«

»Was gibt es da zu erklären?« Hanaes Stimme klang verbittert. »Ich bin betrogen worden; sie gehen weg!«

»Wer geht weg?« Ich schob die Tür einen Spalt breit auf.

»Mari! Ihre Mutter!«

Ich schlüpfte hinein.

Hanae saß zusammengesunken auf dem Boden.

»Noch etwas?« fragte ich vorsichtig.

Ich setzte mich auf den Boden und versuchte, Hanae in die Augen zu schauen.

»Miß Langley«, sagte Hanae. Sie wich meinem Blick aus und schaute starr zu Boden.

»Was ist mit Miß Langley?«

»Sie geht auch.«

»Oh.«

Hanae warf mir einen kurzen, unmutigen Blick zu. Ihr Ärger war größer als ihr Kummer. Wo blieb die warmherzige Umarmung, das beschwichtigende Murmeln? Sie erwartete angemesseneren Trost.

»Hanae«, begann ich von neuem, »hast du am Schrein etwas gehört, das dich erregt hat? Als ich mit deinem Rektor gesprochen habe?«

»Das habe ich dir doch gerade gesagt!«

Hanae hatte mich noch nie so ungeheuer begriffsstutzig erlebt.

»Mari hat gesagt, sie verläßt Japan!«

In diesem Augenblick hielt Chie im hinteren Teil des Hauses beim Anzünden des Weihrauchs inne.

»Hanae ist jetzt ruhiger«, teilte sie Kan mit.

Sie schnaubte hoheitsvoll.

»Zu stolz, das Mädchen. Hast du diesen albernen Singsang gehört?«

Sie goß einen Fingerhut voll Wasser in eine dünne Porzellantasse und wischte mit ihrem Kimonoärmel einen Tropfen von dem *butsudan*-Schrein aus schwarzem Lack.

Ihre Stimme wurde weicher.

»Weißt du noch, Kan, als Naomi klein war? Wie sie manchmal – um etwas Unangenehmes nicht sofort anhören zu müssen – die Finger in die Ohren steckte und behauptete ›Ich kann nichts hören‹?«

Neben die eingerahmte Haarsträhne eines Kindes legte Chie ein eßbares Spielzeug: eine süße Kartoffel in Form eines Pferdes, dessen Rettichbeine mit Zahnstochern befestigt waren.

»Hier, mein Kleiner«, murmelte sie.

Sie wandte sich noch einmal dem Bild ihres Mannes zu.

»Es müssen schlechte Nachrichten sein«, seufzte Chie. »Hanae hört sich ganz so an.«

Makiko führte Mari in den Empfangsbereich, dann klopfte sie von außen an den Raum, in dem Hanae noch immer wütend schmollte und ich – wie ein Schwerverbrecher, der gerade erfahren hat, daß man sein Verbrechen nicht entdeckt hat – zwischen Schuldgefühlen und Erleichterung schwankte.

»Mari ist da.«

»Pech für sie. Ich bin nicht da.«

»Hanae!« Ich schreckte aus meiner Benommenheit auf.

Hanae zuckte frech mit den Schultern und hätte sich selbst dafür ohrfeigen können.

Ich zerrte sie mit neuer, verblüffender Durchsetzungskraft und einem Griff, der ähnlich schmerzhaft war wie der von Chie, in die Höhe.

»Du gehst jetzt da raus und empfängst deine Freundin!«

»Was willst *du* denn noch hier?« fragte Hanae, als sie den Empfangsraum betrat.

Mari, die in der Haltung eines Gastes an einem niedrigen Tisch saß – mit dem Gesicht zum Hausschrein –, drehte sich um und stand halb auf.

»Ach, Hanae, sei doch nicht so.«

»Wie bin ich denn?«

Hanae überquerte die knotige Strohmatte mit der ganzen Würde, die sie mit ihren herausragenden Genen und ihrer strengen Ausbildung aufbringen konnte.

Sie setzte sich mit dem Rücken zum Hausschrein und wandte das Gesicht sowohl ihrem Gast als auch dem Eingang zu. Das war der traditionelle Platz der Macht. Von hier aus wurden Angriffsversuche vereitelt.

»Ich weiß, daß du wütend bist …«, begann Mari. Hanae schnitt ihr das Wort ab.

»Miß Langley flieht also nach Amerika«, sagte sie kurz angebunden. »Schön. Sie hat nie hierhergehört.«

Ihre Stimme war kalt und voller Sarkasmus.

»Aber daß du und deine Mutter sie begleiten müßt? Ist Miß Langley so schlecht beieinander, daß sie in ihrem eigenen Land eine Dolmetscherin braucht?«

Diesmal wurde Mari wirklich wütend.

»Hör auf! Was glaubst du eigentlich, wer du bist? Wie du dich hier in Szene setzt und die Verletzte spielst! Was hast du dir eigentlich dabei gedacht, einfach so wegzulaufen? Verstehst du denn nicht? Unsere Abreise hat nichts mit dir zu tun!«

»Verletzt?« zischte Hanae. »Ich bin empört, nicht verletzt!« Sie bemühte sich nach Kräften, etwas Empörendes in Maris Verhalten zu finden, worüber sie sich auslassen konnte.

Mari betrachtete Hanae genauer. Kurz darauf seufzte sie. »Oh, Ha-chan, ich weiß. Du wirst mir auch fehlen.«

Hanae funkelte Mari an. Ihre Augen begannen zu brennen.

Dreizehn Jahre, dachte sie verzweifelt, und noch immer diese lächerliche Schürze.

Chie und ich lauschten in einem Nebenraum. Wir saßen an einem niedrigen Tisch, auf dem ein Gesteck aus Kiefern- und Orangenbaumzweigen stand, spielten mit Tempura und Tofu und konnten nichts tun.

Schließlich ergriff Mari wieder das Wort.

»Du hast recht. Miß Langley gehört nicht hierher. Eine Weile ja, da hatte sie sich einen Platz geschaffen, aber jetzt haben die Leute Angst und lassen es nicht mehr zu.«

»Aber wieso mußt *du* gehen? Du bist Japanerin. Alle werden dich für fremd und komisch halten.«

»Ich bin Amerikanerin«, sagte Mari fest. »Genau wie du.« Sie schüttelte den Kopf.

»Tut mir leid, Hanae. Ich will nicht fortgehen. Aber in Amerika habe ich eine Zukunft. Hier passen wir nicht hin, und das weißt du auch. *Hier* sind wir nämlich fremd und komisch.«

Mutterliebe

Nachdem Mari gegangen und Hanae im Bett war, wurde Chie ganz ruhig und überlegte nüchtern.

»Vielleicht ist Maris Mutter klug.«

Sie sprach langsam, als wolle sie meine Reaktion testen.

»Vielleicht sollten wir Hanae zu ihrem Vater zurückschikken.«

Bei dem Gedanken stieg Panik in mir auf.

»Hanae soll von hier fort! Das ist zuviel!«

Ich wußte, wenn Hanae fortginge, würde ich sie nicht begleiten können. Sie war zu alt für ein Kindermädchen, und mir wäre es merkwürdig vorgekommen, zu einem Mann zurückzukehren, mit dem ich nicht blutsverwandt war.

»Zuviel? Was passiert denn in der *juku*? Wenn Kinder ihre Lehrerin verraten?«

Ich sagte nichts.

»Und ihre normale Schule. Weißt du, was für Hausaufgaben sie machen soll?« Chies Stimme klang übertrieben hart. »Überschwengliche Dankesbriefe, die sie in ihrer besten Pinseltechnik abschreiben und an völlig unbekannte Soldaten schicken soll. Fremde, martialische Marschmusik soll sie auf der Flöte üben.«

»In der Oberstufe werden sie in Dingen unterrichtet, die mehr Tiefgang haben«, stammelte ich. »Höfische chinesische Dichtung, die Gedankenwelt der italienischen Renaissance.«

»Ha!« schnaubte Chie. »Wie lange noch?«

»Vielleicht ist es ja nicht so schlimm«, sagte ich verzweifelt. »Hurrapatriotismus gibt es in jedem Land. Selbst in Amerika. Die Kinder sehen immer darüber hinweg.«

Chie sah mich prüfend an.

»Mir ist zu Ohren gekommen, daß du die Pamphlete verschiedener Friedensorganisationen gesammelt hast.«

Unfreiwillig zuckte ich zusammen. Daß Chie über das, was ich für meine wohlgehüteten Privatangelegenheiten hielt, Bescheid wußte, versetzte mir einen Schlag. Blitzartig schoß mir ein Gedanke durch den Kopf. Daher also hatte Hanae ihren äußerst unerquicklichen Forschungsdrang geerbt.

»Wie kommt es dann, daß du jetzt auf einmal den Hurrapatriotismus *verteidigst*?« Aus Chie sprach wissende Geduld, wie bei einer Lehrerin, die einem Schüler gut zuredet.

Flüsternd offenbarte ich mein Geheimnis. »Ich habe Angst, sie zu verlieren.«

»Aha«, lautete Chies trockener Kommentar. »Mutterliebe.«

Wir schwiegen lange. Dann lachte Chie zynisch auf.

»Keine Bange, wir werden sie bei uns behalten. Wir werden ihr eine internationale Erziehung angedeihen lassen. Ich habe ein paar Pläne geschmiedet.« Voller Vorfreude rieb sie sich die Hände. »Übrigens habe ich im Radio gehört, daß Mr. Babe Ruth durch Japan reist. Wo er auch hinkommt, wird er von Tausenden begrüßt!«

Ich schaute sie verständnislos an.

»Baseball, Filme, Mode«, zählte sie schadenfroh auf. »Das Verteidigungsministerium kann nicht *alle* westlichen Einflüsse verbannen!« Sie wurde wieder ernst. »Diese Dinge können uns vielleicht retten.«

»Baseball, Filme, Mode?«

Chie nickte heftig. »Natürlich gibt es Habgier und Ehrgeiz. Es gibt Leute, die uns in einen Krieg treiben wollen. Aber die Menschen leisten Widerstand. Im allgemeinen wollen die Menschen keinen Ruhm. Was sie wollen, sind kleine, nette Vergnügungen wie Baseball.«

»Baseball?«

Chie beugte sich zu mir.

»Hast du jemals ein Baseballspiel gesehen?« flüsterte sie in verschwörerischem Ton. »Es ist wie bei einer japanischen Teezeremonie.«

Mit einem Arm holte sie weit aus, als male sie ein üppiges Gemälde.

»Da sitzt du auf einer harten Unterlage in unbequemer Haltung und nimmst an einem Ritual teil, das nur langsam vorankommt.« Sie schaute mich prüfend an, um zu sehen, ob ich ihr folgen konnte. »Es passiert nur wenig. Deine Gedanken gehen auf Wanderschaft. Allmählich werden dir die kleinen Momente bewußt, die das Leben bereichern. Die Hitze der Sonne, die Flugbahn des Balls.«

»Die Schönheit des Himmels, wenn man ihn durch ein sichelförmiges Fenster betrachtet!« rief ich aus und erinnerte mich an meinen Unterricht in Teekunst in meiner Kindheit. Da hatte es einen Augenblick gegeben, in dem ich zum ersten Mal die Bedeutung des Zen erfaßte.

»Genau, und diese Liebe zu den kleinen Dingen, die von den meisten Menschen überall empfunden wird, könnte uns vor einem Krieg bewahren.«

Chie sah plötzlich müde aus. »Krieg ist groß und laut. Ihm ist es gleichgültig, wie Tee schmeckt.«

Es war spät. Vor uns auf einem Tablett stand eine kleine Zwischenmahlzeit, die ich aus der Küche geholt hatte: getrocknete Persimonen, geröstete Kastanien und ein Teller *omochi* – klebrige Reiskuchen, überzogen mit karamelisiertem Sojazucker.

Der Duft stieg uns in die Nase. Es waren Wintergerichte, die an Verlust und Reue erinnern.

Chie nahm einen dicken Reiskuchen in die Hand. Sie wog ihn auf der Handfläche, spürte seiner runden, nachgebenden Form nach, seiner weichen, bleichen Haut.

Sie hob ihn an die Nase und atmete den süßen, trockenen Duft ein. Dann legte sie ihn vorsichtig wie ein Neugeborenes wieder hin.

»Der Krieg ist eifersüchtig auf normale Schönheit«, sagte sie ruhig. »Er versucht, aus Boshaftigkeit zu zerstören. Trotz seiner enormen Größe und Wut hat der Krieg aber nicht die Kraft, lange anzudauern.«

Sie nickte gedankenverloren.

»Die mächtigsten Dinge sind klein: der Geschmack unserer Lieblingsgerichte, der uns seit der Kindheit auf der Zunge liegt, das Reiben von Haut an Haut.«

Sie hielt inne.

»Der flüchtige Moment«, murmelte sie vor sich hin, »zwischen Fremdheit und Inbesitznahme, wenn du den Geruch deines Neugeborenen einatmest.«

»Ah«, sagte ich sanft, da mir endlich klar wurde, worauf das Gespräch hinauslief, und ich zum ersten Mal einen menschlichen Zug an ihr erlebte. »Mutterliebe.«

Tanz mit mir

Am 7. Januar – wenn die Menschen in Vorfreude auf das Neue Mondjahr wieder einmal gute Vorsätze fassen – rief Chie bei Toshiro Ishigawa an.

Er besitzt das einzige Auto im Ort und ist Eigentümer der Firma »Einzigartiges Taxi«.

Als das Hausmädchen Herrn Ishigawa ankündigte, konnte Chie ihre Ungeduld nicht länger zügeln. Sobald der freundliche Fahrer im Eingang erschien, eilte sie auf ihn zu.

»Endlich! Schaffen wir es noch? Haben wir Zeit genug?«

Sie fuchtelte ihm mit einer Zeitung unter der Nase herum und zeigte mit dem Finger auf eine Anzeige.

Ich hing an Chies Arm und war ebenso ungeduldig wie sie, aber ich dachte noch daran, was sich an einem Festtag gehört.

»Dürfen wir Ihnen einen Tee anbieten, ein paar Erfrischungen?« fragte ich zerstreut.

»Nein, nein, nicht nötig«, lehnte der kleine, dicke Mann halbherzig ab.

Und ließ sich am Tisch nieder.

Viel später fuhr uns Herr Ishigawa, leise vor sich hin rülpsend, immerzu schwätzend und ohne die Fehlzündungen seines alten, holpernden Autos zu beachten, in das Vergnügungsviertel von Kobe.

Da er das Taxi-Monopol besaß, galten für ihn die Normen einer reibungslosen, schweigenden Dienstleistung nicht.

»Wir sind da!« strahlte er, als der Wagen schnaufend vor einem glitzernden maurischen Palast anhielt. »Le Cinéma Grand Oriental!«

Mir war das Vergnügungsviertel nicht fremd, doch Chie und Hanae waren zum ersten Mal hier. Ich schaute mich um und versuchte, es mit den Augen eines Neuankömmlings zu betrachten. Von verschiedenen glitzernden Filmpalästen – einer deutschen Burg, einem ägyptischen Tempel, einer Imitation des Eiffelturms – führte strahlenförmig ein Gewirr von Straßen mit Nudelbuden, Tätowierungssalons und Flipperhallen in alle Himmelsrichtungen. Obwohl die Gebäude alt waren, glänzten die mit neuen Ziegeln gedeckten Dächer, die eigentlich in traditionellem Grau gehalten sein sollten, in hellen, künstlich wirkenden Blau- und Rosatönen. Vielleicht wird aufgrund der Fleischfarbe alles, was zu den etwas zwielichtigeren Abendvergnügungen gehört, neuerdings mit »pinku« umschrieben.

Gegen Abend, das wußte ich, würde sich das Vergnügungsviertel mit den Besuchern der Nachtclubs, Kasinos und Bordelle füllen. Trotz seines etwas ordinären Angebots machte das Viertel in den Morgenstunden einen properen Eindruck.

Moderne junge Männer in enger Hose und nach hinten gekämmtem, pomadisiertem Haar warfen modernen jungen Mädchen in westlichen Kleidern und Dauerwellen – die sich aus Sicherheitsgründen zu Gruppen zusammengedrängt hatten – scheue Blicke zu. Während sie auf die Mittagsvorstellung eines beliebten Samurai-Films warteten, sammelten sich neunjährige Jungen vor einem Buchladen für Comics. Mütter und Väter stellten sich in die Schlange vor Theatern, in denen die neuesten Familiendramen gezeigt wurden – eine für Japan typische, rührselige Filmart mit Handlungen wie »Kind mit Kinderlähmung versöhnt seine dem Materialismus verfallenen, doch einander noch immer in Liebe zugetanen Eltern«. Um die tragische Atmosphäre solcher Familiendramen zu steigern, wird in den Theatern während der zahlreichen Beerdigungsszenen im Film echter Weihrauch verbrannt.

Neben dem Kartenhäuschen des Le Cinéma Grand Oriental protestierte ein Dutzend Mitglieder der Patriotischen Frauenliga – in abgetragenen braunen Bauernhosen, um die Bereitschaft zu signalisieren, zur Unterstützung von Japans höheren Bestrebungen auf Luxus zu verzichten – gegen ausländische Zerstreuungen.

Ich war gespannt, wie Hanae auf all das reagieren würde, doch sie war anscheinend völlig fasziniert von der Reklametafel. Hoch über dem Kino drehten sich zwei lachende, ein Stockwerk hohe Gestalten – ein zauberhafter Mann und eine Frau – im Tanz.

»Tanz mit mir«, las Herr Ishigawa. Er wandte sich auf seinem Fahrersitz um und warf uns einen prüfenden Blick zu, als suche er versteckte Bosheit oder unterschwellige Disharmonie. »Was für ein Film ist das denn?«

Hanae grinste auf einmal. Sie brauchte keine Antwort; sie sah es an der Reklametafel.

Es war ein Film über Spontaneität und Freude. Es würde weder ein schwebendes Herbstblatt noch wogende Kirschblüten geben. Dieses eine Mal würde man sie nicht über des Lebens vergängliche Bittersüße belehren!

Als wir das Theater betraten, wurde deutlich, daß die Patriotische Frauenliga noch viel Arbeit vor sich hatte.

Alle Plätze waren belegt.

Darüber hinaus waren etliche Zuschauer mit dem Inhalt höchst vertraut: Sie lasen die Untertitel laut mit, ermahnten und berieten den freundlichen Mr. Astaire in seiner Verfolgung der skeptischen Miß Rogers.

Mir gefiel das ungehobelte Verhalten der Menge. Es erinnerte mich an die Zeit vor Einführung der Untertitel bei ausländischen Filmen, als noch ein *benshi* unter der Leinwand stand und den ganzen Dialog mitsprach – nach altem Brauch abwechselnd in fünf- oder siebensilbigen Zeilen. Es war für gewöhnlich ein älterer Mann mit Brille gewesen, der diese Tätigkeit schon vor der Einführung des Tonfilms ausgeübt hatte. Er übertönte unermüdlich das Knacken der Sitze, das Quietschen der Ventilatoren und die Stimmen von Garbo und Cagney. Für mich war so ein *benshi* – der die Tradition japanischer Theatererzähler widerspiegelte – sowohl absolut vertrauenswürdig als auch erstaunlich erfinderisch: die Verkörperung des alten Wahlspruchs aus der Meiji-Zeit »japanischer Geist, verbunden mit westlicher Technologie«.

»Sie benehmen sich wie in einem Kabuki-Stück«, erklärte ich Hanae ins rechte Ohr. »Hör mal, sie machen ihm Komplimente für seinen phantasievollen Tanz.«

»Eine Geschiedene ist eine Frau, die ihren Ehemann verlassen hat«, lehrte Chie sie ins andere Ohr. »Eine Amerikanerin kann tun und lassen, was ihr gefällt: reisen, Heiratsanträge ohne Umwege annehmen, in Nachtklubs gehen. Sie muß sich nicht schämen.«

»Du verstehst den Sinn des Films nicht«, klagte Hanae. »Außerdem ist das eine Komödie, kein Kabuki-Theater.«

Hanae fand unsere Lektionen lästig. Sie war kaum in der Lage, der Handlung zu folgen. Doch ihr fiel eine merkwürdige Übereinstimmung in unserem Verhalten auf.

Im rechten Ohr japanische Kultur, im linken das freie Amerika. So bearbeiteten wir sie mal von der einen, mal von der anderen Seite wie ein Boxerteam aus entgegengesetzten Kulturen, das einen Gegner zermürben will.

17. Kapitel

März 1934

Japanische Romane haben mich immer etwas irritiert. In einem Mischmasch stehen oft Ansätze von Lyrik, Dialogfetzen und Beschreibungen von Ausflügen und Mahlzeiten ohne Bezug nebeneinander. Obwohl Kritiker diese Romane als »Momente unzusammenhängender Schönheit« bezeichnet haben, muß ich mich doch fragen: Ist das überhaupt Kunst? Ist das ein opportuner, subtiler Kunstgriff?

Ich glaube nicht. Für mich ist der japanische Roman zu sehr wie das Leben selbst. Man muß sich Weisheit *erarbeiten*, muß einen endlosen Strom von Banalitäten über sich ergehen lassen, um winzigste Körnchen Wahrheit zu erhaschen.

Vielleicht bevorzuge ich deshalb westliche Romane. Sie sind so ordentlich und gut durchdacht. Nach der Einleitung, in der die Figuren und die Situation vorgestellt werden, steigt die Geschichte wie ein gut geworfener Speer auf, trifft an ihrem Zenit eine Krise, die das Leben verändert, und steigt zur Lösung ab – häufig in perfekter Symmetrie.

Alles bewegt sich so elegant auf eine vorgefertigte Prämisse zu! Ganz im Gegensatz zu meiner Lebensform. Die Hoffnung, daß auch ich, ebenso wie westliche Romane, kunstvoll bearbeitet und in eine Form gegossen werden könnte, war es unter anderem, was mich nach Amerika zog.

Obwohl mein Leben im wesentlichen formlos geblieben ist – eine Reihe von Anpassungen an Zufälle –, habe ich aus der westlichen Kunst etwas gelernt.

Die *Figur* selbst treibt den Handlungsverlauf an.

Frauen gegen militärische Aggression. Schließen Sie sich einem Diskussionskreis an.

Fast zwei Monate lang erschien dieselbe private Anzeige immer wieder in der englischsprachigen Ausgabe der *Kobe News*. Merkwürdig, wie Themen, die in offiziellen japanischen Publikationen so streng zensiert werden, unbemerkt vorüberwehen, wenn sie ganz einfach in einer fremden Sprache verteilt oder veröffentlicht werden. Auf diese Weise kann ein verärgerter Bürger ganze Listen seiner politischen Anliegen verteilen und wird als Spinner ignoriert. Ausländische Zeitungen können vernichtende Analysen über japanische Regierungsarbeit veröffentlichen, doch man geht davon aus, daß ihre Leserschaft zu klein ist (und bereits auf solche ketzerischen Gedanken eingestimmt), als daß die Veröffentlichung ins Gewicht fiele. Ich finde diese Einstellung der Regierung arrogant und naiv zugleich, wenn auch äußerst praktisch für die Öffentlichkeit. Während des sehr kontrovers ausgetragenen Streits um die Veröffentlichung von *Lady Chatterley* konnte man diesen »verbotenen« Roman in jedem Eckbuchladen in Japan in fremdsprachigen Ausgaben erwerben.

Ich schnitt die Antikriegsanzeigen aus und sammelte sie. Am Ende hatte ich sieben Papierfetzen, die genauso aussahen wie der, den ich aus meinem Neujahrskimono gezogen hatte.

Schließlich schaute ich auf einen Straßenbahnfahrplan.

Einigermaßen selbstbewußt – in Opposition zu gehen, war etwas Neues für mich – suchte ich die genannte Adresse auf und traf ein wenig später als zu dem angegebenen Zeitpunkt ein. Ich hatte vor, mich unauffällig unter die Gruppe zu mischen, zuzuhören und dann zu entscheiden, ob ich teilnehmen wollte.

Als ich aus der Straßenbahn stieg, befand ich mich in einem ehemals europäischen Viertel.

Es war eine schöne Gegend mit Blick über die Meerengen und den Hafen. Auf dem Vogelmarkt an der Straßenbahnhaltestelle putzten sich zwitschernde Singvögel – Kanarienvögel und Finken – in gestuften Käfigen aus eng zusammengebogenen Bambusstäben. Ausgesuchte Suppenhühner nickten nervös in ihren Kisten und fingen unter den abschätzenden Blicken von Küchenmädchen an zu gackern.

Kobe hat viele solcher Viertel – städtische Gelände, die in Stufen am Fuß der Berge angelegt sind. Einst standen hier lauter zweistöckige Steinhäuser, die in die besseren Gegenden von Amsterdam oder London gepaßt hätten, aber auf dem sich verschiebenden Boden des erdbebengeschüttelten Landes nicht sicher waren. Doch in einer Zeit, in der die Weltmärkte wie Ziegelsteinbauten zusammenfallen, leben immer mehr Japaner in diesen Stadtteilen.

Ich ging die Straße entlang bis zu der in der Anzeige angegebenen Hausnummer, trat durch ein Bambustor und stand vor einer japanischen Villa aus der Jahrhundertwende. Vier Schornsteine auf dem traditionellen japanischen Ziegeldach zeugten davon, daß zumindest ein Teil des Hauses nach westlichem Vorbild gebaut war.

Als ich um ein Blumenbeet mit einem Muster aus früh blühenden Kamelien herumging, fiel mein Blick auf einen pflaumenfarbenen Packard. Auf der Tür prangte das Wappenzeichen eines japanischen Grafen.

Vor Schreck hielt ich die Luft an; mir war, als wäre ich gegen einen Elektrozaun gelaufen. Ich hatte ja keine Ahnung, daß ich mit so hochgestellten Frauen zu tun haben würde!

Ich versuchte, mich unbemerkt davonzustehlen, und huschte über den knirschenden Kies, ängstlich bemüht, den uniformierten Fahrer des Wagens nicht zu wecken.

Ich war schon fast am Tor, als mich eine Stimme vom Eingang der Villa anrief.

»Kommen Sie zu dem Treffen?«

Ich blieb stehen wie ein auf frischer Tat ertappter Wilderer.

»Bitte, verehrter Gast«, bat die Stimme.

Zögernd drehte ich mich um.

Die Sprecherin war eine *bi-jin*, eine gutaussehende, gepflegte Frau. Sie war hochgewachsen, schlank, um die Dreißig und hatte eine geradezu vollkommene Haltung. Sie bewegte sich mit dem lyrischen Hüftschwung jener Frauen, die in klassischem japanischen Tanz ausgebildet sind.

Ich war zwischen Neugier und Befangenheit hin- und hergerissen.

In unserer Gesellschaft wird geringeres Einkommen und zunehmendes Alter durch gewisse Freiheiten kompensiert. Deshalb kann eine Frau, wenn sie verarmt oder über Fünfzig ist, tun und lassen, was sie will, oder eine offene, ja sogar derbe Sprache benutzen.

Doch die Herrin eines großen Hauses muß unbedingt Zurückhaltung üben. Jedes selbstbewußte Auftreten, wie zum Beispiel das eigenmächtige Öffnen der Haustür, ohne ein Hausmädchen zu schicken, würde sie auf skandalöse Weise in den Vordergrund rücken.

Die Frau winkte.

»Hier entlang, *kochira, kochira.*«

Die Schaufelbewegung ihres Arms war entwaffnend ungezwungen, wie die einer Mutter, die ihre Kinder zu Tee und Keksen hereinruft.

Anerkennend schüttelte ich den Kopf. Da stand eine elegante Frau in Pumps und schräg geschnittenem Crêpe-Kleid, die an ihre offene Veranda trat und laut rief!

»Äh, danke.« Ich ging auf sie zu.

»Ich bin Kawai, Fumiko«, sagte meine Gastgeberin.

»Sone, Etsuko«, erwiderte ich.

Frau Kawai führte mich durch einen hübschen Salon, der mit japanischen und europäischen Antiquitäten geschmückt war. Ein aus sechs Teilen bestehendes Wandgemälde mit Szenen aus der Genji-Erzählung fiel mir auf sowie Stühle aus der Zeit Ludwigs XIV.

Ich kenne mich ein wenig in den Stilrichtungen westlicher

Möbel aus. Bevor wir nach Amerika gingen, wollten Tadao und ich unbedingt alles über den Westen lernen, was wir nur konnten: Etikette, Architektur, Sprache, Literatur. In der Absicht, uns auf unser neues Leben vorzubereiten, verbrachten wir viele schöne Stunden im Lesesaal der Universität Osaka.

Doch uns unterlief ein Fehler. Als wir den Katalog der Bibliothek durchsuchten, blieben wir an dem Oberbegriff *Zivilisation, westliche* hängen und beschäftigten uns so sehr mit diesem Begriff und den entsprechenden Querverweisen – *siehe auch Europa: Kunst, Geschichte und Gesellschaft* – daß wir eine völlig andere Kategorie übersahen: *Westen, amerikanisches Festland.*

Während Frau Kawai mich in ein kleines Arbeitszimmer neben dem Salon führte, fiel mir amüsiert wieder ein, wie schokkiert ich gewesen war, als ich im *Westen, amerikanisches Festland* eintraf, nachdem ich Kobe mit seinen französischen Cafés, deutschen Bäckereien und der italienischen Oper verlassen hatte.

Auf einem kleinen Sofa im französischen Empirestil saß lässig eine Japanerin, die Mitte Dreißig war. Sie trug eine Seidenhose mit Bügelfalten und hatte einen Pagenkopf mit schräg geschnittenem Pony. Leger, modern, ironisch und selbstbewußt, wirkte sie auf mich wie eine zweite Claudette Colbert.

»Hi«, sagte die Frau, ohne aufzustehen. »Ich bin Aya Ito.«

Sie hob ihre zarte Hand und deutete einen Gruß an.

Plötzlich fiel mir die Limousine mit dem Adelswappen ein. Gräfin Ito, dachte ich und verbeugte mich tief.

»Etsuko Sone«, krächzte ich.

Plötzlich wurde mir bewußt, daß ich eine Einkaufstüte aus Stoff umklammerte, aus der ein übergroßer *daikon* ragte, und war dankbar, daß ich kein gackerndes Huhn gekauft hatte, wie ich es mir auf dem Markt noch überlegt hatte. Rückwärts ging ich auf einen der beiden Stühle zu, die dem Sofa gegenüberstanden.

Frau Kawai ließ sich anmutig auf dem zweiten nieder.

»Also«, sagte sie. »Nun denn.«

Allem Anschein nach bestand die Antikriegsgruppe aus uns dreien.

Frau Kawai nahm ein Tablett von einem kleinen Beistelltisch.

»Petits fours?« fragte sie.

Aus lauter Höflichkeit und Nervosität nahm ich einen der kleinen glasierten Würfel und biß zerstreut hinein.

Kore wa!

Ich ließ mich ablenken und konzentrierte mich auf seine Beschaffenheit. Wenn ich gesüßte Bohnenpaste in Schichten übereinanderlegte, könnte ich vielleicht eine ähnliche Kreation für den Hausgebrauch hinbekommen.

»Lassen Sie uns zum Thema kommen«, unterbrach Gräfin Ito meine Gedanken. Sie beugte sich vor und schlug ihre langen Beine übereinander.

Sogleich wußte ich, daß sie im Ausland gelebt hatte.

»Also«, wiederholte Frau Kawai leicht stotternd. »Ich, äh, habe die Anzeige in verschiedene ausländische Zeitungen gesetzt, damit Frauen, die gegen die militärische Aggression sind, sich zusammenfinden.«

Ihr Gedankengang schlug plötzlich eine andere Richtung ein. »Tatsächlich kommt in dieser Woche überhaupt zum ersten Mal jemand!«

»Es waren ja auch Ferien.« Gräfin Ito hob die Schultern.

»Natürlich.« Frau Kawai wurde rot. »Nun, ich dachte, wir könnten über diese neue Armee reden und dann womöglich ...«

Sie verstummte, und ich spürte eine Welle der Zuneigung in mir aufsteigen.

Es konnte nicht leicht für eine Dame sein, die im strengen *kata* für jeden Bereich eines Lebens in der Oberschicht ausgebildet war – die sich in Teezeremonien, in der Kunst des Blumensteckens auskannte –, zu wissen, wie man eine Protestgruppe organisiert.

»Die Armee!« höhnte die Gräfin. »Sie berauscht sich an imperialer Macht!« Dramatisch senkte sie die Stimme. »Sie haben davon gekostet, wie Sie wissen. Am runden Tisch von Versailles, wo sie zugesehen haben, wie man Gebiete verteilt, als wären es Zigarren nach einem guten Essen.«

Sie langte in die Hosentasche und nahm eine Zigarette heraus.

»Die Gräfin raucht!«

Erschrocken hielt ich die Luft an, ohne zu merken, daß ich laut gesprochen hatte.

Zum ersten Mal traf ich sowohl eine Adlige als auch eine Raucherin. Ich hätte nie gedacht, daß ich sie in ein und derselben Person vor mir sehen würde.

»Die Gräfin zieht es vor, mit Frau Ito angeredet zu werden«, murmelte unsere Gastgeberin, und dann, als wolle sie damit das Rauchen erklären: »Frau Ito und ich haben uns gerade bekanntgemacht. Sie ist Marxistin und Schriftstellerin und hat in Paris gelebt.«

Eine Autorin, Pariserin, Marxistin, Raucherin und Gräfin!

Freudig erregt über soviel Neuheiten schüttelte ich den Kopf, als Frau Ito wieder das Wort ergriff.

»Die Armee!« wiederholte sie. »Vom Hausdienst in schwindelerregendem Tempo zum ›Dienst am Vaterland‹. Jetzt werden sie alles tun, um mit dem Westen Schritt zu halten!«

Sie nahm einen tiefen Zug aus der Zigarette und blies wütend den Rauch aus ihren wohlgeformten Nasenlöchern.

»Die Wirtschaftskrise ist das größte Problem«, sagte Frau Kawai nachdenklich.

»Genau!« bekräftigte Frau Ito. »Und wenn die wirtschaftliche Zukunft trübe aussieht, was gibt einer unwissenden Wählerschaft mehr Elan als ein grandioser Aufruf zum Krieg?«

Frau Itos Frage – ihr ganzer Redestil – war ebenso dramatisch wie endgültig, so daß mir keine Antwort einfiel.

»Die Leute sind durchaus nicht dumm«, überlegte Frau Kawai, »aber die Informationen werden zensiert, und Demokratie ist für Japan noch neu.«

Nachdenklich hielt sie inne.

»Was können wir also tun?« fragte sie.

Die Minuten verstrichen. Auf dem Kaminsims tickte eine Schweizer Uhr.

»Yaki-imo! Dampfende *yaki-imo!«*

Durch die offenen Fenster drang der Singsang eines Hausierers, der auf einem Handwagen ein *hibachi* vor sich herschob und seine frischen, süßen Kartoffeln feilbot.

Drinnen verharrten wir in Schweigen und starrten uns an. Frau Kawai wirkte gequält.

»Ich habe eine Idee.«

Ich erhob die Stimme, als wäre ich eine vorlaute Fremde. Beinahe hätte ich mir die Hand auf den Mund gelegt.

Frau Ito wandte sich mir interessiert zu, als wäre es nichts Ungewöhnliches, eine schlechtgekleidete siebenunddreißigjährige Hausfrau als Gleichgesinnte zu haben.

»Ja?« fragte sie.

18. Kapitel

Oktober 1934

Ich habe mir Gedanken darüber gemacht, warum die dritte Zeile in einem Haiku immer eine Überraschung enthalten muß – eine Veränderung der Sichtweise oder der Stimmung, etwas, das den Leser aus dem Gleichgewicht bringt, das ihn in Erstaunen versetzt, das eine Reaktion auslöst, die bei großem Kummer ebenso auftritt wie bei Freude.

Ich bin zu dem Schluß gekommen, daß Überraschung – Ungewißheit, Vorfreude oder wie auch immer man es nennen will – die Grundlage des Lebens ist. Mehr noch als der Zwang, bis zur dritten Zeile eines Gedichts lesen zu müssen, ist es die Hoffnung, überrascht zu werden, die uns dazu bringt, das Bett zu verlassen, uns zu verlieben, Witze anzuhören oder endlos über das Wetter zu philosophieren.

Kinder empfinden die Kindheit deshalb als so quälend, weil Überraschungen so selten vorkommen. Selbst ich, ein friedvolles, anspruchsloses Kind, erlebte immer wieder Momente, in denen ich zu Tode erschrak bei der Vorstellung, ich könnte erwachsen werden, und *nichts würde sich ändern*. Es war die Furcht, daß ich für eine Zeitspanne, die mir wie eine Ewigkeit vorkommen würde, Maulbeerblätter für Seidenraupen zerkleinern, Abend für Abend Tofu und Spinat essen und denselben Riß im Wandschirm vor Augen haben würde. Da ich das einzige Kind und dazu ein Mädchen war, würde ich sehr wahrscheinlich einen *yoshi* heiraten, und das wäre dann eben mein Schicksal – mit Ausnahme des Risses im Wandschirm, den ich auf jeden Fall reparieren wollte.

Kein Wunder, daß Kinder grübeln und Alpträume haben und sich darum streiten, wer was zuerst gesagt hat! Es ist ihre Art, um Aktivität und Veränderung zu bitten.

Vielleicht sind deshalb das Vorschreiben von Gedanken und Verhalten, die Forderung nach öffentlicher Solidarität, die Einschränkung von Wahlmöglichkeiten und Überraschungen die ersten besorgniserregenden Zeichen dafür, daß ein Land auf einen Krieg zusteuert. Der Abbau des Zaubers für seine Kinder. Das Redigieren eines Gedichtes.

Das leben nach Miss Langley

Bevor sie ihre Schiffsreise nach Amerika antrat, schaute Miß Langley noch bei uns vorbei. Sie klemmte ihre langen Beine unter sich und setzte sich zu Chie, Hanae und mich an den niedrigen Tisch im Empfangsraum.

»Unser bescheidenster Gruß, Miß Langley«, sagte ich. »Sie ehren uns mit diesem unerwarteten Besuch.« Obwohl ich englisch sprach, verwendete ich das richtige japanische *kata* einer Gastgeberin. Ich schob ein Paket über den Tisch. »Bitte nehmen Sie als Zeichen unseres Entzückens dieses minderwertige Geschenk an.«

An der Verpackung erkannte Hanae das Geschenk, das ich erst kürzlich von der Frau des Badehausbesitzers zum Neuen Jahr bekommen hatte. Darin befand sich ein hellrosa Dachshund, gehäkelt in Form einer Röhre, in die man einen Telefonhörer stecken konnte.

Miß Langley kannte das Ritual.

»Sie sind zu gütig. Entschuldigen Sie, daß ich Sie mit meinem Besuch belästige.«

Sie legte die Schachtel ungeöffnet hinter sich. Später würde sie nach Hause gehen, das Geschenk auspacken und wieder verpacken, sorgfältig den Inhalt notieren, bevor sie es zu den anderen legte, um es weiterzuverschenken.

Hanae schüttelte verwundert und mitfühlend den Kopf.

Für Frauen vom Lande ist das Sammeln und Neuverteilen von *omiyage*, »Geschenken von hier, um sie dorthin mitzunehmen«, ein quälender und zeitraubender Prozeß. Der gehäkelte Dachshund stellte mich zum Beispiel vor das doppelte Problem, daß man ihn sich einerseits gut merken konnte und daß er außerdem nur für Leute geeignet war, die wohlhabend genug waren, ein Telefon zu besitzen.

Doch ist dieses Verfahren für uns auch spannend, da immer die Gefahr besteht, daß man ein Geschenk aus Versehen an den ursprünglichen Spender zurückgibt.

»Entschuldigen Sie, wenn ich Ihre Zeit stehle«, sagte Miß Langley. »Ich bin nur vorbeigekommen, um mich zu verabschieden.«

Abschied.

Das war es also. Plötzlich schauderte Hanae.

Miß Langley schaute sie an, bedrückt von der Last des Abschiednehmens.

»Du bist ein kluges Mädchen, Hanae, sehr vielversprechend. Es war mir eine Ehre« – kurz tauchte ein spitzbübisches Lächeln auf ihren Lippen auf – »und eine Herausforderung, dich kennengelernt zu haben.«

Hanae zuckte mit den Schultern. Wenn es so eine Ehre war, sagte ihre Geste, warum ging Miß Langley dann fort?

»Ich weiß, daß du bei den Aufnahmeprüfungen die Beste sein wirst«, fuhr Miß Langley fort. Sie musterte Hanae und suchte so etwas wie Anerkennung.

Hanae betrachtete eingehend den Halbmond an ihrem rechten Daumennagel.

»Ich werde dich nicht vergessen, Hanae, und ich habe dir etwas mitgebracht, das dich an unsere *juku* erinnern wird.«

Sie hielt ihr einen Stapel Lehrbücher hin.

»Sieh mal«, sprudelte ich los und versuchte, Hanae ein wenig Begeisterung abzuringen. »Westliche Nachschlagewerke!«

Hanae warf einen skeptischen Blick darauf.

»Naomi hat aus solchen Büchern gelernt«, unterbrach Chie auf japanisch. »Sie erwarb sie bei einem Ramschverkauf, der in der Schule für Ausländer in Kobe stattfand. Ihre Leidenschaft war europäische Literatur: romantische Dichter, Shakespeare, Dickens, Flaubert.«

Miß Langley, deren Versuche, Japanisch zu lernen, kaum über die üblichen Höflichkeitsfloskeln hinausgegangen waren, hörte Chie mit strahlender, eifriger Miene zu.

Bei den Namen Shaku-spe-ru, Di-ke-nu und Fro-ber-u ließ sie ihr merkwürdiges, gutturales Lachen hören.

»Ich glaube, das habe ich verstanden!« rief sie entzückt. »Am Ende meistere ich die japanische Sprache doch noch!«

Als ihr die Ironie auffiel, verschwand Miß Langleys fröhliche Miene plötzlich.

Hanae geriet in Panik. Sie griff nach den Büchern.

Als sich ihre Finger berührten, schaute Miß Langley rasch zu Boden.

Hanae betrachtete ihre Lehrerin schweigend: Aufrecht und ungeschickt, mit einem unnachahmlichen verrückten Lachen.

Hanaes Nasenspitze begann zu jucken. Sie blinzelte und schaute zur Seite.

An diesem Nachmittag wurde Hanae gestört, als sie auf der Strohmatte ausgestreckt lag und in den Lehrbüchern las.

»Du sollst ins Lagerhaus kommen.«

Es war Makiko, deren Verlangen nach dem Sohn des Tofuherstellers – das Hanae entdeckt hatte – sie dazu verleitet hatte, einen Zauber auszuprobieren: Sie legte Liebesgedichte und Weihrauch neben die Eiskiste, in der er seine Lieferungen deponierte.

»Ins Lagerhaus? Warum?« In Japan sind Lagerhäuser nicht einfach nur Schuppen, sondern hübsche Gebäude mit dikkem weißen Putz zum Schutz vor Feuer und mit überhängenden Ziegeldächern. In ihnen leben Familienmythen und böse Geister.

»Wer weiß?« brummte Makiko. »Vielleicht, um dich einzusperren?«

Die Idee schien ihr zu gefallen. Sie grinste boshaft.

Als Hanae von der Veranda trat, schlug ihr der fruchtbare, feuchte Duft der Erde entgegen. Der Februar war warm gewesen. Vögel zupften an Chies tauendem Garten. Sie flogen zu den knospenden Bäumen auf, Moosstückchen wie kleine, braungrüne Toupets im Schnabel.

Als Hanae zum Lagerhaus kam, kehrte Chie ihr gerade den Rücken zu und lugte durch die dicken Doppeltüren. Über Chies Schulter hinweg sah Hanae das Sammelsurium von Erbstücken, die ihr von jährlichen Lüftungsritualen bekannt waren: Schriftrollen, Vasen, Schwerter, Schränke, sogar eine uralte, lakkierte Rüstung.

Neuerdings hatte sich die Zahl der Gegenstände – eine Menge, die Hanae und ich zu Anfang überwältigend fanden – anscheinend verringert.

»Hast du den letzten gefunden?« fragte Chie gerade.

Ich war unsichtbar, doch meine Stimme klang triumphierend.

»Nein. Nein. Ach, da ist er ja!«

Hanae hüstelte diskret.

»Ah, Hanae.« Chie drehte sich abrupt um.

Zu Hanaes Erstaunen trug Chie eine Schürze. Weniger verwunderlich war hingegen, daß sie makellos rein war.

»Schau mal, was wir gefunden haben!« flötete ich und kam hinter einer sechsfachen Tuschezeichnung hervor, auf der in den flüchtigen Pinselstrichen des Zen-Stils Berge gemalt waren.

Ich kämpfte mich nach vorn – Staub und Spinnweben hingen an meiner Schürze, der Saum meines Kimonos blieb an einem Schwertgriff hängen – und ließ einen Stapel Bücher zu Boden fallen.

»Entschuldigt.« Ich lachte und langte hinter mich, um meine Schürze abzubinden.

Hanae reckte sich mit plötzlich erwachtem Interesse vor.

Vielleicht sollte ich es erklären: Die Japaner halten es für ungebührlich, zu arbeiten, während man sich mit jemandem unterhält. Um einen guten Morgen zu wünschen, legt der Zimmermann seinen Hammer nieder, der Buchhalter setzt seine Brille ab.

Hanae gegenüber lasse ich diese Höflichkeitsregel für gewöhnlich außer acht. Die meisten unserer Unterhaltungen finden ohnehin in der Küche statt. Als ich nun meine Schürze ablegte, signalisierte ich, daß dies kein gewöhnlicher Anlaß war.

Chie deutete auf die verstreuten Bücher.

»Die haben deiner Mutter gehört.«

Chie dachte nie daran, die höflichen Rituale einzuhalten, die sie von anderen erwartete; sie griff in ihre Schürzentasche und setzte die Brille auf.

Dann beugte sie sich hinunter und versuchte, die Goldbuchstaben auf dem in rotes Leder gebundenen Buchrücken zu entziffern.

Hanae folgte ihrem Blick und las laut vor: »Übersetzungen westlicher Meisterwerke.«

Drei Wochen dauerte es, bis Hanae alle Fakten aus Miß Langleys Lehrbüchern in sich aufgenommen hatte. Sie waren nur die Vorspeise. Dann begann sie, die Meisterwerke zu lesen.

Zu Anfang versuchte sie nur, sich das Gelernte einzuprägen, überflog gedankenlos Seite für Seite, schluckte Dutzende von Kapiteln und Millionen von Pinselstrichen, wie ein Wal, der einen ganzen Ozean durch die Kiemen zieht.

Doch nach und nach ließ sie sich begeistern – hielt inne, um eine schön gereimte Zeile noch einmal zu memorieren oder über einen provokativen Gedanken nachzugrübeln.

Hanae vermißte Mari: ihren Humor, ihr Verständnis, das Auf und Ab einer Freundschaft. In gewisser Weise füllten die Bücher die Lücke, die durch Maris Abwesenheit entstanden war, und gewährten wenigstens einen kleinen Trost.

Die Bücher halfen Hanae auch bei ihrer Aufnahmeprüfung in die Oberstufe. Obwohl seit neuestem kriegerische Lyrik und andere nationalistische Themen die Prüfungen bestimmen, legt man noch immer großen Wert auf Allgemeinbildung.

Für viele Schüler und Schülerinnen sind die Aufnahmeprüfungen in die Oberstufe mit Angst verbunden. In der Grundschule konzentriert sich die Erziehung hauptsächlich darauf, Konkurrenzdenken abzubauen, damit die besseren Schüler nicht selbstgefällig und die Schwachen nicht entmutigt werden. Kinder sind in den ersten Klassen gewohnt, kleine, freundliche Schulen in unmittelbarer Nachbarschaft zu besuchen und gute Noten für kooperatives Verhalten und für akademische Fortschritte zu bekommen, ganz gleich, wie es tatsächlich um sie steht. Deshalb besteht bei einer landesweiten Prüfung, die Maßstäbe setzt und Rangfolgen festlegt, zum ersten Mal die Gefahr, daß ein Schüler sich öffentlich blamiert.

Hanae machte das nichts aus. Während ihre Zensuren immer die Tatsache widerspiegelten, daß sie nicht gerade besonders gefügig ist, unterläuft ihr bei akademischen Aufgaben nur selten ein Fehler. Mit ihrem hervorragenden Gedächtnis und dem noch stärkeren Willen ging Hanae fest davon aus, als Beste in Kobe und Umgebung abzuschneiden.

Zu Hanaes Verdruß wurde sie in unserer Region nur zweitbeste. Ihre alte Feindin, Kimiko Takahashi, wurde erste. Hanae hegte seit Kimikos verunglücktem Besuch bei uns vor drei Jahren einen Groll gegen sie. Obwohl Hanae behauptet, sie könne Kimiko nicht leiden, weil sie so eingebildet sei, glaube ich eher, es liegt daran, daß Kimiko in der Schule immer besser abgeschnitten hat als Hanae.

Doch als Hanae in die Oberstufe der Mädchenschule kam, spielte ihr Rang keine Rolle mehr. In der Schule diskutierten sie über die Philosophie des Existentialismus; sie behandelten ökonomische Themen und Kunst. Zum ersten Mal stellte Hanae fest, daß Information allein nicht genügte. Sie mußte *denken*, um mitzuhalten.

Es dauerte nicht lange, und sie dachte nur noch. Sie drang in die Mysterien des Periodensystems ein, beobachtete, wie Elemente sich verbanden und veränderten – wie sie hier ein gemeinsames Elektron teilten, dort ein Ion bildeten – und sich in eine komplizierte Schönheit verwandelten. In Mathematik nahm sie Muster wahr, die sie an Musik erinnerten.

Um nun ihr Glück abzurunden – ebenso wie Akiras, denn er hatte seine Tochter im Hinblick auf ihre Aufnahme in ein elitäres Gymnasium so eingekleidet –, waren in der Oberstufe für Mädchen Matrosenkostüme vorgeschrieben.

Natürlich blieb es nicht so.

Eines Morgens, als Hanae schon vier Monate in der Schule war, kam sie in den Schulhof und sah, daß die Flagge, die sonst eine normale Größe hatte, über Nacht riesengroß geworden war.

Aus dem öffentlichen Lautsprecher quakte eine vertraute Stimme.

»Meine Damen. Erlauben Sie mir, daß ich mich vorstelle; ich werde Ihr neuer Rektor sein. Meine Damen! Bitte, Dekorum!«

Rektor Kido war versetzt und befördert worden.

Kurz darauf verschwanden die Matrosenkostüme nach und nach bei den anderen Mädchen. Ihre großen, sperrigen Kragen durchliefen eine Metamorphose; sie wurden zuerst in kleine Schalkragen, dann in offene, runde Ausschnitte mit einer Andeutung von marineblauem Rand verwandelt. Aus Faltenröcken wurden ausgestellte Röcke, aus diesen schließlich praktische Hosenröcke.

Der alte Dekorum war ein frommer Patriot.

In dem Maße, wie sich der Krieg ausweitete, engte sich das Leben ein. Der Lehrplan wurde um die neuen Ideen gekürzt, ebenso wie die neu entworfenen Uniformen den Verbrauch von Stoff reduzierten. Bis schließlich der Zauber gänzlich verschwand und Tag für Tag nur noch die Themen allgemeine Hygiene, Hauswirtschaftslehre und militärischer Drill behandelt wurden.

19. Kapitel

Februar 1936

Sieht man von meinem letzten Eintrag über Hanaes Schulausbildung ab, so sind fast zwei Jahre vergangen, seitdem ich zuletzt an dieser Geschichte gearbeitet habe. Um ehrlich zu sein, kam ich mir zu rechtschaffen und beschäftigt vor. Ich dachte, ich hätte den Sinn meines Lebens gefunden.

In gewisser Weise war es wie zu der Zeit, als Hanae noch klein war und ich mich mit Feuereifer daran machte, Milch anzuwärmen, Windeln zu waschen, und mit Akira über meine Versuche lachte, Hanae mit Erbsen zu füttern. Auch damals hatte ich das Gefühl, wirklich zu leben.

Diesmal jedoch zog ich mich selber groß und rettete darüber hinaus auch noch die Welt.

Doch das klingt zu kokett. Und gleichzeitig zu verbittert. Ist es wirklich möglich, so frage ich mich, während ich das hier schreibe, zu verbittert und zu kokett zu sein? Kommt das in der Natur überhaupt vor? Oder werde ich eingebildet?

Merkwürdig, wie man alles anzuzweifeln beginnt, wenn man entdeckt, daß das eigene Leben bisher auf Selbsttäuschung beruhte. Vielleicht sollte ich einmal tief durchatmen und mit meiner Ich-Geschichte fortfahren.

Die Dissidentinnen

Seit zwei Jahren geben Frau Ito, Frau Kawai und ich ein Rundschreiben heraus und wirken als Dissidentinnengruppe.

»Nicht als Dissidentinnen!« protestiert die Gräfin. »Als antiimperialistische Revolutionärinnen!«

Doch ihr Etikett setzt sich anscheinend nicht durch.

Mir gefallen Frau Itos Widersprüche, sie schreibt Aufsätze gegen den Krieg (sie hatte ihre Arbeit in einer großen intellektuellen Zeitschrift veröffentlicht, bis man den Herausgeber nach dem Gesetz zur Friedenserhaltung inhaftierte) und romantische Kurzgeschichten. Allein die Vorstellung, die Marxistin Ito schreibe romantische Werke, hat mich tatsächlich so begeistert, daß ich eine Sammlung ihrer frühen Geschichten ausfindig gemacht habe. Viele handeln von den Reaktionen einer Frau auf eheliche Untreue: zunächst die berauschende und doch unbefriedigende Flucht in Liebesaffären, die in die Brüche gehen, und am Ende das Erreichen der Reife durch soziales Engagement.

Daß Frau Itos Geschichten (Ich-Geschichten, vermutete ich) bewußt schockierend waren, überraschte mich kaum; doch fragte ich mich, wie ihr Mann, der Graf, auf all das reagierte.

Eines Tages fragte ich sie danach.

Es war an einem Spätnachmittag, und ich saß in dem kleinen, ausgesprochen proletarischen Arbeitszimmer, das sie zum Schreiben benutzte. Es war spärlich möbliert: ein niedriger Holztisch, drei Bodenkissen, in einer Ecke ein zusammengelegter Futon. Sechs abgewetzte *tatamis* – das Stroh grau, die Ränder ausgefleddert – bedeckten den verzogenen Holzboden.

Als ich zum ersten Mal ihr Zimmer aufsuchte, das in einer bescheidenen Gegend lag, in der Metzger, *geta*-Schuster und *taiko*-Hersteller lebten – Ausgestoßene, in eine eigene Kaste verbannt, weil sie mit dem Schlachten und mit Tierhäuten zu tun hatten –, fand ich es für eine privilegierte und spröde Frau wie Frau Ito sehr merkwürdig.

Doch in jenen lärmenden Straßen, zwischen schrillen Fahrradklingeln und auf den Pflastersteinen klappernden Holzsandalen konnte Frau Ito sich entspannen. Sie verlangsamte oft den ruhelosen Schritt, blieb stehen und erkundigte sich, wie die Geschäfte liefen.

Die Anwohner waren ihr zugetan. Lächelnd hielten sie in ihrer Arbeit inne – ob sie Knochen hackten oder auf Sohlen hämmerten – und suchten nach einer Antwort im Rahmen immerwährender japanischer Bescheidenheit.

»Das Geschäft läuft miserabel.« – »Die Geschäfte gehen schlecht.« – »Es geht so.«

Je öfter ich jedoch Frau Ito in ihrer Schreibstube besuchte und miterlebte, wie sich ihr Lachen mit dem ihrer Nachbarn vermischte, um so stärker empfand ich, daß sich die Behausung und Frau Ito ergänzten – wie Yin und Yang.

Frau Ito lachte, als ich ihr meine Frage stellte.

»Was der Graf von meiner Schreiberei hält?«

Sie strich über den Ring an der linken Hand, den man nur in modernsten japanischen Ehen findet.

»Der gute Shigeo.« Ihre Stimme wurde zärtlich. »Wir sind zusammen aufgewachsen. Aber wie es im Leben so geht. Früher ergänzten wir uns: Ihn schützte die Ehe bei der Wahl seiner Vorlieben, mir bot der Titel Schutz für meine politischen Ambitionen.«

Sie schaute mich offen an.

»Jetzt habe ich ihn gebeten, sich von mir scheiden zu lassen.«

»Warum das denn?«

»Unser Verhältnis ist ungleich geworden. Mehrmals schon hat er sich in Gefahr gebracht, hat seine Verbindungen spielen lassen, nur um mich vor der Inhaftierung zu bewahren.«

»Und, ist er einverstanden?«

Frau Ito lächelte. »Deshalb leben wir eine Liebesgeschichte. Mein Mann will nicht.«

Sie lachte laut auf. »Aber Sie fragen doch sicher wegen meiner *ehebrecherischen* Geschichten!«

Ich wurde rot. »Nicht direkt, ich …«

»Es ist in Ordnung. Alle tun es.«

Frau Ito legte einen Stapel *»Worte von Frauen«*, Band II, 2. Jahrgang, zur Seite: die Rundbriefe, die wir zum Verteilen bündelten. Sie zündete sich eine Zigarette an und streckte mit der beiläufigen Selbstsicherheit eines Mannes die Beine unter dem Tisch aus.

»Ich stamme aus einer alten, aristokratischen Familie«, sagte sie, »deren Titel von Generation zu Generation weitergegeben wurde. Mein Mann entstammt der neuen Aristokratie, die von Kaiser Meiji geschaffen wurde, um Leistungen auf industriellem Gebiet zu belohnen. Heiraten zwischen solchen Familien – bei denen altes Blut mit neuer Macht vermischt wird – sind die Regel; und als mein Mann und ich uns verliebten, waren unsere Familien sehr glücklich.«

Sie lachte wieder.

»Weder mein Mann noch ich galten als gute Heiratskandidaten. Er ist Künstler; ich bin Schriftstellerin. Nicht gerade Menschen, die für Tradition und finanzielle Stabilität stehen. Nach unserer umstrittenen Hochzeit im westlichen Stil – bei der unsere Eltern vor Erleichterung geseufzt und gehofft hatten, die Ehe würde uns zur Ruhe bringen – flüchteten wir als erstes nach Paris.«

»Da wurden Sie Marxistin? Während des Studiums an der Sorbonne?«

»Zunächst nicht. Zuerst waren mein Mann und ich zu beschäftigt; wir arbeiteten viel, gingen aus, diskutierten über große Ideen.«

Sie lächelte über ihre Erinnerungen. »Das war in den zwanziger Jahren. Alle Welt war in Paris. Wir aßen spät mit Josephine Baker zu Abend. Wir fuhren mit Piet Mondrian nach Antibes, mit Fernand Léger in die Bäder von Evian.«

Sie nahm einen tiefen Zug aus ihrer Zigarette und blies den Rauch sehr langsam aus.

»Paris war das ideale Umfeld für meinen Mann. Er war brillant, sah gut aus, hatte einen Titel und war auf allen Abendgesellschaften gefragt. Was noch wichtiger ist, sein Malstil veränderte sich. In Japan hatte Shigeo Frauen und Gärten im Stil des Impressionismus gemalt, hatte Ideen, die Maler wie Monet aus japanischen Holzschnitten übernommen hatten, ins Japanische zurückübertragen. In Paris wurde alles anders. Shigeo begann, Ideen statt Gegenstände zu malen. Seine Pinselstriche – elegant, konventionell, ausgefeilt – schwollen plötzlich vor Inspiration und Leidenschaft an; die Konturen lösten sich vor meinen Augen auf.«

Frau Ito beugte sich so plötzlich vor, daß ich erschrak. Sie drückte ihre halb gerauchte Zigarette aus.

Ihre Stimme war ruhig. »Genauso wie unsere Ehe.«

»Wie bitte?«

»Sie löste sich auf.«

Sie warf einen Blick aus dem schmalen, rußgeschwärzten Fenster.

Vor einem *geta*-Laden versuchte eine kleine, gebeugte Frau, sich ein zappelndes Kleinkind mit einem langen Tuch auf den Rücken zu binden.

Frau Itos Laune veränderte sich. Sie begann zu lächeln. »Da ist die alte Frau Yamada mit ihrer Enkelin Aiko.«

Die Kleine schleppte eine große, gehäkelte Einkaufstasche heran, kroch über den Boden, schnappte das Tuch und begann es in die Tasche zu stopfen.

»Sehen Sie nur, die Großmutter gibt auf.« Frau Ito lachte. »Sie wird die kleine Aiko-chan laufen lassen.« Frau Ito schüttelte den Kopf. »Die alte Yamada wird sich hüten, die Unabhängigkeit einer Zweijährigen zu beschneiden!«

Kichernd nahmen wir unsere Arbeit wieder auf. Da ich eine gewisse Wundheit spürte, ließ ich das Thema ihrer Ehe diskret fallen.

Ziemlich lange arbeiteten wir schweigend nebeneinander.

»Kämpfen Sie nicht gegen die Natur an«, murmelte Frau Ito.

Ich dachte, sie spräche noch von kleinen Kindern.

Sie knotete ein Bündel zusammen, kniete sich auf den Boden und beugte sich vor, um einen Faden abzubeißen.

»In Japan schienen mein Mann und ich seelenverwandt zu sein«, sagte sie und schaute über den Tisch. Ihre Ernsthaftigkeit ließ mich aufhorchen. »Wir waren die einzigen Exemplare unserer Spezies. In Paris fand mein Mann seine Kunst und entdeckte, daß er mich nicht begehrte.«

»Sie müssen nicht darüber sprechen«, sagte ich rasch.

»Bin ich zu offen?«

»Nein, nein. Aber Sie müssen mir nichts über Ihre Ehe erzählen. Ich wollte Sie nicht zu unfreiwilligen Indiskretionen drängen.«

Frau Ito lachte warmherzig.

»Sie Unschuldslamm! Unfreiwillige Indiskretionen? Ich habe drei Jahre kaum etwas anderes publiziert als immer neue Versionen dieser Geschichte!«

Sie fuhr sich mit der Hand durch das seidige Haar und kam auf ihre Erzählung zurück.

»Als mein Mann sich verliebte, war ich am Boden zerstört. Ich war jung, und vielleicht lag es nicht so sehr an seiner Untreue als vielmehr an der Art und Weise, weshalb ich mich quälte. Wäre Shigeos Affäre belanglos gewesen, hätte ich mich vielleicht weniger betrogen gefühlt. Die Grundlage unserer Liebe war immer Loyalität gewesen, das Gefühl, daß wir einander ähnlich waren, und nicht feurige Leidenschaft. Was mich so einsam machte, war das Gefühl, daß mein bester Freund erwachsen geworden war und mich in der Kindheit zurückgelassen hatte, daß er eine Art Beziehung gefunden hatte, die ich mir nicht einmal vorstellen konnte. Denn mit Armand hatte Shigeo seinen wahren Partner gefunden.«

Frau Ito schüttelte den Kopf.

»Ich hielt mich für eine Freidenkerin, doch da machte ich mir etwas vor. Hätte mein Mann sich eine Geliebte oder auch eine zweite Frau genommen, wäre es zum Wohl unseres Hauses gewesen, und meine gesellschaftliche Stellung wäre noch gestärkt worden. Doch die Entscheidung meines Mannes, mich als die einzige Frau zu behalten, die er liebte, beschämte mich.«

Frau Ito betrachtete mich prüfend, um zu sehen, ob ich die Bedeutung ihrer Worte verstand, dann nickte sie vor sich hin.

Wahrscheinlich war sie zu dem Schluß gekommen, daß ich

offenbar weder verwirrt noch schockiert war. Eine Frau, die raucht, kann mich verblüffen, aber ich weiß, daß die Liebe eine verzwickte, quälende Sache ist; im Zusammenhang mit Liebe kann mich nichts überraschen.

Sie zuckte mit den Schultern und lächelte kleinlaut.

»Allmählich lichtete sich mein Eifersuchtsnebel. Shigeo und Armand überschütteten mich mit brüderlicher Zuneigung und sorgten dafür, daß ich mich nicht ausgeschlossen fühlte. Da meine Ehe von Anfang an eine eher asexuelle Sache war, hatten sie mir nichts Wesentliches genommen. Mit der Zeit merkte ich ebenso wie Shigeo, wie lebhaft, freundlich und klug Armand war. Und ich sah, wie glücklich die beiden miteinander waren.«

Frau Itos Miene wurde noch friedlicher, als sie den Ring an ihrer Hand betrachtete.

»Lieben, ehren, achten«, sagte sie leise. »In dem, was wirklich zählt, sind Shigeo und ich nie von unserem Ehegelöbnis abgewichen.«

Wir schwiegen eine Zeitlang.

»Haben Sie je die Liebe gefunden, die Sie sich nie vorstellen konnten?« fragte ich vorsichtig.

Frau Ito klopfte eine frische Zigarette auf den Tisch.

»Als Shigeo Armand kennenlernte, stand ich wie auf einem Abstellgleis und wartete darauf, daß die Affäre ein Ende nähme. Dann begann ich nach ein paar Monaten, mir ebenfalls Liebhaber zuzulegen.«

Sie schüttelte den Kopf. »Es war eine lächerliche, banale Raserei, nur um mir zu beweisen, daß ich weltlich war. Nach einiger Zeit verzichtete ich völlig auf Romanzen. Viel später erst, als Ruhe in unser häusliches Leben eingekehrt war und ich mich mit Shigeo und Armand angefreundet hatte, habe ich Henri kennengelernt.«

Frau Ito schaute gedankenverloren auf ihre Zigarette.

»Er ist gestorben«, sagte sie mit stiller Verwunderung. »Er war in der französischen Schweiz aufgewachsen und hat seine Liebe zu den Bergen nie verloren. Wann immer es ihm möglich war, hat er an Expeditionen teilgenommen, und eines Tages – als er einem anderen Bergsteiger an einer Gletscherspalte half – rutschte er einfach über den Rand in die Tiefe.«

Ihre Augen füllten sich mit Tränen, die sie jedoch mit ungeduldigem Kopfschütteln vertrieb. »Das habe ich zum Beispiel niemals in eine Geschichte fassen können.«

Ich antwortete nicht.

Frau Ito betrachtete ihre Hände. Dann schaute sie beinahe schüchtern auf und versuchte zu lächeln.

»Das mit Henri und mir fing merkwürdig an«, gestand sie. »Ich hatte es satt, ich selbst zu sein: ein Kind, noch unsicher und suchend. Ich schaute mich um und fragte: Wer will ich als nächstes sein?«

Verwundert schüttelte sie den Kopf.

»Als nächstes. So bewußt stellte ich mir diese Frage, wie eine Schauspielerin, die sich eine Rolle aussucht. Worte wie ›weise‹, ›robust‹ und ›fröhlich‹ kamen mir in den Sinn. Kurz darauf lernte ich einen marxistischen Schriftsteller kennen, der all das verkörperte.« Sie lachte laut. »Obwohl sich herausstellen sollte, daß es eben jener Henri war, fühlte ich mich zunächst nicht deswegen zu ihm hingezogen, weil ich seine Geliebte werden wollte, sondern eine Art *zweite Besetzung*.«

»Meine große Liebe war auch so«, sagte ich langsam, »allerdings eher am Ende als gleich zu Beginn.«

Ich hielt inne, um nachzudenken. »Als Tadao starb, nahm ich seine Beschäftigung an. Ich glaube, ich wollte so werden wie er, nur um ihn nicht vermissen zu müssen.«

Wir schwiegen.

»Und, sind Sie so geworden?« fragte Frau Ito.

»Wie bitte?«

»Sind Sie so wie Ihr Mann geworden?«

»O nein!«

Bei dem Gedanken an Tadao überkam mich die vertraute Zuneigung und Trauer.

»Warum nicht? Wie war er?«

»Oh, ganz anders als ich.« Ich hielt kurz inne. »Lustig. Er war lustig. Und freundlich. Und so tapfer, daß man es beinahe schon als tollkühn bezeichnen könnte.« Ich lachte verlegen. »Er hielt große Stücke auf mich.«

»Dann sind Sie wirklich wie er. Wahrscheinlich waren Sie immer schon so.«

Frau Ito versetzte mir unter dem Tisch einen kameradschaftlichen Tritt.

»Ein aufgeweckter, anständiger Mann? Der sich nicht scheute, nach seiner Überzeugung zu handeln?« Sie lächelte listig. »Klingt auch ein bißchen nach Chie.«

»O nein, Tadao war ganz anders als Chie.«

Frau Ito begann zu lächeln. »Nein, wirklich? Und Sie auch?«

Ich dachte nach. »Na ja, Tadao und Chie war das unbekümmerte Verhalten gemein. Eine Art Sei-wer-du-bist, komme was wolle.«

»Und Sie sind das nicht?«

»O nein, ich bin entsetzlich feige.«

Frau Ito war plötzlich verärgert. »Jetzt machen Sie aber einen Punkt, Etsuko-san! Stellen Sie Ihr Licht nicht unter den Scheffel!«

Ich wand mich unter ihrer plötzlichen Mißbilligung.

»Sie fahren nach Amerika, ziehen ein Kind groß, kehren zurück, um sich einer herrischen Mutter zu stellen.« Sie drohte mit dem Finger. »*Sie* haben schließlich vorgeschlagen, wir sollten eine antiimperialistische Zelle gründen!«

»Einen Rundbrief von Dissidentinnen herausgeben.«

Meine Korrektur kam automatisch. Ich war voreingenommen. An dieser langen, munteren Litanei störte mich etwas.

Frau Ito lachte. Sie dachte, ich wollte scherzen.

»Na schön, wie Sie wollen, dann eben Dissidentinnen, aber – *taihen da*!«

Sie schüttelte den Kopf.

»Sind das etwa die Taten einer feigen Frau?«

Blitzartig kam alles zusammen, und ich wurde von meinem eigentlichen Problem überwältigt.

In dieser Lobeshymne war nichts, was ursprünglich zu mir gehört hatte. Wie sollte ich meine eigene, ganz spezielle Zukunft einfordern, wenn mein ganzes Leben sich auf der Idee eines anderen gründete?

»Nein«, sagte ich. »Sie haben unrecht. Amerika war Tadaos Traum. Hanae ist Naomis Kind. Die Rückkehr nach Japan war Akiras Entscheidung.«

Frau Ito vernahm den Unterton in meiner Stimme. Sie wollte mir die Hand auf den Arm legen.

Ich zuckte zurück. »Diese Gruppe? Ich bin hier, weil mich eine Freundin, die Japan verlassen hat, darum bat. Und was trage ich schon dazu bei? Sie schreiben die Aufsätze; Frau Kawai führt die Interviews.«

Ich lachte kurz auf.

»Ich bediene den Vervielfältigungsapparat!«

Frau Ito schaute mich entsetzt an. Sie hob zu einem verzweifelten Monolog über sich ergänzende Anstrengungen und Allgemeingut an.

Aus ihrem Wortfluß tauchte eine Erinnerung auf: Chie.

Zu Hanaes Sicherheit hatte ich meine Friedensaktivitäten vor ihr geheimgehalten. Aber Chie hatte ich von meinem Engagement erzählt. Stolz und eifrig wie ein Grundschulkind hatte ich Chie die erste Ausgabe unseres pazifistischen Rundbriefs vorgelegt.

»Wie sieht er aus?« wollte ich von ihr wissen.

Chie setzte die Brille auf und überflog die erste Seite. »Gut geschrieben.«

Ich wollte schon vor Stolz platzen, aber Chie war noch nicht fertig.

»Schlecht abgezogen«, sagte sie.

Frau Ito redete noch immer.

Ich fühlte mich erschöpft angesichts ihrer Energie.

»Alle wollen etwas von Ihnen«, dozierte sie. »Zuspruch, Essen oder auch nur die Gewißheit, daß Sie für sie da sind. Sie merken es nicht einmal. Sie schweben immer oben: heiter, unbeschwert, wie eine Boje. Gütiger Buddha! Sie reden, als wären Sie überflüssiger Ballast! Sehen Sie denn nicht, warum wir alle unsere Träume auf Sie projizieren? Sie sind der *Ballon*!«

Der Gedanke war so abwegig, daß ich beinahe lachen mußte.

Frau Ito, die Romanautorin.

20. Kapitel

Juni 1936

Nach der großen Erkenntnis bei Frau Ito beschloß ich, mein Leben selbst in die Hand zu nehmen.

Ich brachte Frau Kawai bei, wie man die sperrige Vervielfältigungsmaschine bediente, die auf einem antiken Tisch stand. Ich konservierte große Mengen an Nahrungsmitteln – alles, was man trocknen, süß oder sauer einlegen oder einsalzen kann. Ich kaufte eine Nähmaschine und verwandelte alle meine Hausfrauenkimonos in einfache Kleider nach westlichem Schnitt. Ich strebte nach Leichtigkeit und Mobilität – wollte mich befreien von Schuldgefühlen –, als ich von heute auf morgen meinen Ausstieg plante.

Ich stellte fest, daß eine Flucht nicht so einfach sein würde.

Frau Kawai rief mich immer wieder in Panik an. Der Apparat klemmt! Die Trommel gibt keine Tinte mehr her!

Chie starrte beim Abendessen auf ihren Teller, auf dem etwa eine eingelegte Pflaume, zwei gesalzene Rettiche und eine getrocknete Sardine lagen, und pflegte zu sagen: »Das sollen wir essen?«

Hanae war am schlimmsten. Sie begann, in meiner Nähe herumzulungern, und gab Kommentare zu meiner neuen Garderobe ab – »Moderne Kleider? Aus altem Kimono-Stoff?« Obwohl sie schon seit Jahren so unabhängig war, begann sie plötzlich, mir in den Ohren zu liegen, ich solle ihr den Pony schneiden oder einen verlegten Gegenstand auftreiben.

Für jede Bindung, die ich lockerte, legten sich fünf neue wie Spinnweben um mich.

An einem Nachmittag, während ich vor Hanae kniete, um den Saum ihres Rockes abzustecken, der wieder einmal ausgelassen werden mußte, grübelte ich über mein Leben voll belastender, letztlich jedoch banaler Aufgaben nach.

»Steh jetzt still!« fuhr ich Hanae an.

»Ich kann nicht! Ich versuche es, ehrlich, aber ich kann einfach nicht!«

Ich schaute von meiner Arbeit auf.

Hanae sprang zurück. Sie war jetzt vierzehn Jahre alt, hatte das Kinn vorgeschoben und schaute mich unglücklich und verwirrt blinzelnd an.

Ich atmete tief ein. Natürlich konnte sie nicht still stehen. Einen sicheren Stand zu bewahren, wenn die Kinder hinter ihrem Rücken herumlaufen, ist Sache der Eltern.

Hanae würde bald erwachsen sein.

Es bestand kein Grund, ihr schon jetzt die Tür zu weisen.

Oktober 1936

Ich beschloß, zu bleiben, bis Hanae erwachsen war. Wie ein Kindermädchen, das eingestellt wurde, um Zeitschriften zu ordnen, sich die Nägel zu feilen und nur für den Fall da zu sein, daß ihre Schutzbefohlenen (in Wirklichkeit tüchtiger als sie selbst) sie brauchen würden, nahm ich meine Verpflichtungen wieder auf.

Aber auf vergeistigte Weise.

Um meiner Nutzlosigkeit zu entkommen, zog ich aus meinem Körper aus und schwebte gewissermaßen einen Meter über mir: Ich betrachtete das Leben von oben herab, fröhlich und gleichgültig. Dort oben – nicht so recht von dieser Welt – schwamm und tauchte ich und kam mir wie ein Fötus vor, der am Magen-Darm-Trakt lauscht. Wunderbar frei von Körperlichkeit, die sich nebenan so vulgär abspielte.

Und als ich erfuhr, daß eine Spezialeinheit der Polizei Frau Kawais Wohnung nach der Anschriftenliste, die sie vorsichtshalber auswendig gelernt hatte, durchsucht hatte, hörte ich daher gelassen zu.

»Na und?« fragte ich munter.

Frau Ito fuhr zusammen, als hätte man sie geschlagen.

»Was ist los mit Ihnen?« fragte sie. »Sie haben den Vervielfältigungsapparat zerstört, sie haben auf die einzelnen Bestandteile uriniert! Können Sie sich zu keiner Reaktion aufraffen?«

Während Frau Ito mit ihren ausdrucksstarken, vor Wut funkelnden Augen in meinem Gesicht nach einer emotionalen Reaktion suchte, war ich im Grunde etwas böse auf sie.

Hatte sie denn nicht meinen Elan und meine Auftriebskraft gepriesen, meine Ähnlichkeit mit einem Heißluftballon?

Bei einer anderen Gelegenheit, als Chie mir meine mangelnde Aufmerksamkeit vorhielt – »Hanae braucht eine Mutter, und wo bist du? Wer ist dieser grinsende Trottel, der deinen Platz eingenommen hat?« –, hatte ich mich gleichfalls nicht beirren lassen. Ich ließ meiner Auftriebskraft einfach freien Lauf.

Hanae würde es schon schaffen. Ihr ganzes Leben lang war sie gelaufen, um fortzugehen.

An einem Morgen im Oktober, als ich gerade Zucker in Sesamöl und Sojasoße rührte, ließ sich Hanae auf die halbhohe Mauer plumpsen, die das Haus von der Küche trennte.

»Ich halt' es nicht mehr aus!«

Sie war gerade fünfzehn geworden und selbst durch den Nebel, der mich umgab, merkte ich, daß sie bemerkenswert hübsch geworden war.

Ich stand unter ihr am Herd und hielt die Pfanne schräg, verquirlte meine Marinade, sah zu, wie die Flüssigkeiten sich vermengten und trennten, rutschten und umherglitten.

»Was gibt's?« fragte ich beiläufig.

»Ich langweile mich.«

»Tja, hier habe ich was«, sagte ich glückstrahlend. »Ich mach' dir was Leckeres.«

Ich verrührte meine Kreation mit einem Paar großer Stäbchen und spürte die grobkörnige Struktur der Zuckerkristalle. Sie waren mir wichtiger als Hanae.

»Siehst du? Ich mariniere diese deutschen Würstchen, die ich auf dem ausländischen Markt gefunden habe.«

Hanae reagierte nicht.

»Es wird eine Art *teriyaki*, wie Hot Dogs *teriyaki*, die ich immer in Seattle gemacht habe.«

Hanae ließ die Beine baumeln und trat gegen die halbhohe Mauer. Ihre weißen Fesseln bewegten sich ziellos vor und zurück wie ein Paar Tauben, die sich nicht einig sind, wohin sie fliegen sollen.

»Ich kann meine Kleider nicht leiden.«

»Unsinn«, versuchte ich ihr gut zuzureden. »Dein Papa schickt sie dir mit all seiner Liebe.«

Hanae maulte. »Mari ist schon über zwei Jahre weg.«

»Aha, das ist es also.« Ich lächelte verführerisch. »Ich habe etwas zu tun für dich. Komm herunter und hilf mir, meinem Gericht einen Namen zu geben. Wie findest du: in Herrlichkeit getauchte Wurst? Oder Okzident-trifft-Orient?«

»Okzident-trifft-Akzidens!«

Hanaes Stimme zitterte vor hilfloser Wut. Sie versuchte nicht einmal zu lächeln.

Ich stellte die Pfanne ab. Ein mütterlicher Zug regte sich in mir. Allmählich erwachte ich aus meiner fröhlichen Ohnmacht.

Verlust war mir vertraut. Noch drei Jahre nach dem Tod meines Mannes hatte ich jede Nacht in seinem Pullover geschlafen.

»Freunde gehen manchmal fort«, sagte ich sanft. »Zu Anfang ist man einsam, doch du wirst dich daran gewöhnen.«

Hanae sprang von der Schwelle in die Küche hinunter: ein hoch aufgeschossenes, graziles Mädchen, schon einen halben Kopf größer als ich. Sie näherte sich meinem Gesicht und schnaubte.

»Sich daran gewöhnen! Langeweile, Leere – glaubst du, ich will mich daran gewöhnen? Es hinnehmen? Du denkst, ich bin nur ein kleines Mädchen, das schmollt, weil seine Spielkameradin fort ist?«

»Natürlich nicht«, sagte ich lahm, erschrocken über ihre Wut. »Ich kenne dich gut genug.«

Hanae spuckte beinahe.

»NICHTS weißt du über mich«, rief sie. »Es ist nicht nur Mari. Ich habe alles verloren, was mir je etwas bedeutet hat. Vater, Mari, sogar die Schule! Es ist nichts mehr übrig von dem, was ich gern habe!«

Ich merkte, daß ich nur noch Platitüden von mir geben konnte. Ihre Worten taten weh. »Jetzt reicht es! Du hast ein Dach über dem Kopf, Essen auf dem Tisch ... Meinst du, du bist die einzige, die jemals unglücklich gewesen ist? Und worüber? Daß du fünfzehn bist und deine Hormone verrücktspielen?«

Entsetzt hörte ich mich spotten.

»Ich weiß, was es heißt, unglücklich zu sein. Ich habe die Menschen, die ich liebte, sterben sehen!«

Ich riß mich zusammen. Gütiger Buddha, was tat ich da?

Keuchend standen wir voreinander, fassungslos, wie zwei Fremde.

»Hanae, meine Kleine«, sagte ich schließlich mit sanfter Stimme. »Ich weiß, manchmal tun Dinge schrecklich weh, aber wenn du sie nicht ändern kannst, mußt du sie hinnehmen. Das habe ich zumindest immer getan.«

Hanae schnaubte verächtlich.

»DU? Meinst du denn, ich will ausgerechnet so werden wie DU?«

Vielleicht war es tatsächlich hormonell bedingt. Oder, noch wahrscheinlicher, ein Versuch, meine Aufmerksamkeit wieder auf sich zu ziehen. Gleich danach verhielt Hanae sich fast wieder normal.

Dennoch war ich aufgerüttelt.

Ein Mädchen schaut sich um, sucht ein Vorbild, um zu sehen, wer sie sein will, wenn sie erwachsen ist. Hanae schaute sich um und hatte zwei Möglichkeiten zur Auswahl: Chie oder mich. Tyrann oder Hanswurst.

Ich hatte Hanae vernachlässigt, weil ich ihr kein anregendes Beispiel gab. Ich hatte ihr Hingabe vorgelebt, als ich nächtelang alle Bügelfalten an ihrem Rock bügelte. Ich hatte ihr Opfer vorgelebt, als ich den Schwanz des Fisches aß, die faulen Stellen vom Obst. Ich hatte ihr sogar Abkehr von der Realität vorgelebt, als ich in fröhlicher Selbstvergessenheit vor mich hin brabbelte.

Aber Integrität, Würde, Beherztheit?

Dennoch war ich mir nicht sicher, wie ich vorgehen sollte. Die nächsten beiden Tage dachte ich darüber nach, was zu tun sei. Sollte ich ein ausgiebiges, vertrauliches Gespräch mit ihr führen? Sollte ich mich von heute auf morgen ändern?

Am Abend des zweiten Tages ergriff Chie beim Abendessen das Wort.

»Ich weiß, daß ihr Vater in diesen Dingen das letzte Wort hat, aber meiner Meinung nach ist Hanaes Kleidung« – ihre Stimme triefte vor Verachtung – »ein bißchen langweilig geworden.«

Ich fuhr zusammen. Hatte Chie unseren Streit in der Küche mit angehört?

Ich warf Hanae einen verstohlenen Blick zu. Zum ersten Mal sah sie Chie an, als habe diese etwas Interessantes zu sagen.

»Ich habe einen Vorschlag«, fuhr Chie fort. »Wir wollen einen Ausflug machen. Wir ziehen unsere feinsten Kimonos an, nehmen den Zug, fahren aus Kyoto hinaus und betrachten die Herbstblätter in Arashiyama.«

Chie mit ihrem kultivierten Akzent und ihrer vollen, königlichen Stimme schlug das nicht nur vor. Es war vielmehr eine Aufforderung.

»Aber ich habe doch keinen Kimono«, sagte Hanae. Sie klang neugierig.

»Im übrigen«, schaltete ich mich ein, »haben die Behörden etwas gegen extravagante Kleidung. Damit wird in einer Zeit kriegsbedingten Elends ungehörige Fröhlichkeit an den Tag gelegt.« Ich vernahm den Jammerton einer Spielverderberin in meiner Stimme. Warum plapperte ich die Propaganda nach?

Chie beachtete mich nicht. »Naomi hat Schränke voller Kimonos hier gelassen. Du kannst dir einen aussuchen.«

Hanae klatschte in die Hände. Sie kam auf die Knie hoch und lechzte förmlich vor Vorfreude.

Ich ärgerte mich. Hanae – eine Heranwachsende, die sonst nur Gereiztheit, Mißtrauen oder Langeweile an den Tag legte – war plötzlich wie ein Schoßhund, der um Leckereien bettelt. Chie, die mich schon immer an Selbstsicherheit und Direktheit übertroffen hatte, bewies nun zudem noch, daß sie auch Hanaes Bedürfnisse besser befriedigen konnte als ich.

Unbeachtet und in den Schatten gestellt, begann ich zu schmollen.

»Mamas Sachen?« Hanaes Stimme, atemlos vor Eifer, durchbrach mein Selbstmitleid. »Du willst mir Mamas Kleider zeigen? Ich darf sie anfassen?«

Meine Antipathie geriet ins Schwanken. Da durfte ich nun einmal erleben, daß Hanaes Augen hoffnungsvoll funkelten!

Ich betrachtete Hanae wie zu der Zeit, als sie noch klein war, als ich mir die Rundungen ihrer Wangen einprägte, die kleine Mulde auf ihrem Nasenrücken. Ein genetischer Zufall hatte Hanae mit der erstaunlichen Schönheit von Naomi und der abstoßenden Arroganz von Chie belastet. Es war eine einschüchternde Kombination, die Hanae – da sie mit Intelligenz, Freimütigkeit und Skepsis gepaart war – zu einem einsamen Kind gemacht hatte.

»Komm«, sagte Chie zu Hanae. »Wir sehen uns mal die Kimonos deiner Mutter an. Wenn du willst, kann ich dir helfen, einen anzuprobieren.«

Sie hielt inne, als sähe sie Hanae in Naomis Kleidern vor sich.

Dasselbe tat ich auch. Es war fast so, als würden wir den Geist der jungen Naomi heraufbeschwören.

Chie gab einen Laut von sich, blinzelte und rieb sich den Hals. Es war eine faszinierende Geste, kaum wahrnehmbar. Ein Fremder hätte vielleicht gedacht, sie hätte sich an einem Stück Flußbarsch verschluckt und würde diskret versuchen, die Gräten loszuwerden. Doch ich wußte sofort Bescheid.

Chie weinte.

Tief in mir spürte ich Mißgunst aufkommen. Offenbar fehlte Naomi uns allen.

Hanae schaute zu Chie auf.

»Ja, bitte«, flüsterte sie inbrunstig. »Ich möchte gern.«

Ich schaute von Hanae zu Chie und dann wieder zurück. Unfreiwillig mußte ich seufzen.

Vielleicht, sagte ich mir, vielleicht kann ich es ertragen, sie zu teilen.

21. Kapitel

November 1936

Der Ausflug ins Herbstlaub

Hanae suchte sich einen burgunderfarbenen Seidenkimono aus. Um den Saum wogte gefiedertes Gras, das die Ernte im Herbst darstellen sollte. Azurblaue Fächer umspielten den sonnenblumengelben Seiden-*obi*; ihre halb geöffneten Formen symbolisierten eine erfreuliche Zukunft und Wachstum.

»Ich muß schon sagen«, meinte Chie, als Hanae angezogen war, »eine niveauvolle Zusammenstellung. Dramatisch, ohne in Konkurrenz zu den lebhaften Farben der Blätter zu treten.«

An einem Sonntag brachen wir nach Arashiyama auf. Chie trug einen violett-grauen Seidenkimono in der Farbe des Herbstregens und einen mit echten Silberfäden durchwirkten *obi*.

Ich hatte für diese Gelegenheit aus der Truhe, die ich aus Amerika mitgebracht hatte, einen champagnerfarbenen Seidenkimono mit dem Aufdruck von reifen Persimonen ausgegraben.

»Das Muster steht dir«, rief Hanae, die ihre Überraschung nicht verbergen konnte. »Mit deinem kurzen schwarzen Haar siehst du modern und unverwechselbar aus. Und dein *obi* ist in dem Tintenblau, das Vogelschwingen auf ihrer Unterseite haben!«

»Soll das heißen, ich sehe aus wie eine alte Krähe?« scherzte ich, aber alle wußten, daß ich mich freute.

Chie rief Ishigawas Taxi.

»Schick!« Er klatschte Beifall, als er uns sah.

Wir rutschten mit unseren raschelnden, knisternden Kimonos auf den Rücksitz des Taxis und fuhren zum Bahnhof von Kobe. Er war Anfang des zwanzigsten Jahrhunderts errichtet worden, als alle Architekten unter dem Eindruck der Weltausstellung von 1900 in Paris standen. Das Dach, ein Gitterwerk aus Glas und Stahl, wölbte sich hoch über uns. Neben dem Bahnhof standen zwei riesige Kaufhäuser mit Glasdächern (ähnlich dem *Printemps* und den *Galeries Lafayette* in Paris), jeweils die Tochtergesellschaft einer privaten Bahnlinie. Überall kreisten Busse dieser privaten Bahnlinien sowie städtische Busse und Privattaxis und versuchten sich gegenseitig an Geschäftigkeit, Raserei und lautem Hupen zu überbieten.

Obwohl es erst zehn Uhr an einem Sonntagmorgen war, herrschte auf den Straßen und Bürgersteigen vor dem Bahnhof dichtes Gedränge. Frauen verkauften Horoskope, Kinder verkauften Blumen, und alte Männer verkauften kleine Mahlzeiten aus Süßkartoffeln und Kastanien. Sie alle schoben ihre Handkarren dorthin, wo die Menge am dichtesten schien. Buddhistische Mönche in schwarzen Roben bettelten mit Messingschalen um Almosen, uniformierte Studenten und Straßenmusikanten, die auf alten japanischen Lauten spielten, schoben sich durch die Menge.

Obwohl die Spezialtruppe der Polizei – in der sich seit neuestem die Kontrolle des Lebens und der Gedanken manifestierte – nirgendwo in greifbarer Nähe war, machte sich ihre Allgegenwart doch bemerkbar. Noch vor wenigen Monaten hatten die Straßenmusikanten sich mit Namen wie Maru Shiba Rie oder Beigu Kasubei – für Maurice Chevalier und Bing Crosby – angepriesen und zu beliebten westlichen Schlagern närrische Späße aufgeführt.

Unter einer riesigen Messinguhr hindurch eilten wir in die große Bahnhofshalle. Durch die Glasscheiben an der hohen Decke drang Licht. Wolkenschatten jagten über die Marmorböden, auf denen sich das schlurfende Geräusch unserer Sandalen unter das Klappern hoher Absätze mischte.

Wohlhabende Paare in schicker westlicher Kleidung eilten vorüber. Sie hatten französische Kuchen in seidenen Tragetüchern bei sich. An ihrem arbeitsfreien Tag fuhren junge Fabrikarbeiterinnen nach Hause zu ihren Müttern, einen Festtagsfisch in Zeitungspapier in einem Häkelbeutel über der Schulter. Durch die Menschenmenge strichen Angehörige einer immer größer werdenden Bevölkerungsgruppe – Lumpensammler, Vagabunden und Bettler. Sie warfen heimliche Blicke in Abfalleimer und dösten auf öffentlichen Bänken vor sich hin.

Die ganze Zeit über stießen lange Züge – wie moderne Industriedrachen – an vielen Gleisen hinter der großen Bahnhofshalle ungeduldig ihren Dampf aus, bereit, in alle Richtungen abzufahren.

Wir fanden unseren Wagen nach Arashiyama, einen Ausflugswaggon von der Jahrhundertwende, an eine lange Reihe glänzender neuer Wagen angehängt, die in der alten, aber sich rasch modernisierenden Stadt Kyoto ihre Endstation erreichen würden.

»Ah!« rief ich, als ich in den Waggon stieg und die rote Samtpolsterung und die glänzenden Messingbeschläge im holzgetäfelten Abteil erster Klasse erblickte. »Ich hatte diese alten Ausflugswagen schon ganz vergessen. Die Züge, mit denen ich in Amerika gefahren bin, sahen ganz anders aus!«

Mein Ausruf überraschte Chie.

Chie mochte Züge nicht – »So ein Quietschen, Zischen und Dröhnen.«

Nach ihrem Dafürhalten war die Inneneinrichtung des alten Erste-Klasse-Waggons geschmacklos und protzig. Trotzdem hatte sie – da Lokomotiven eine Erfindung aus dem Westen sind – immer angenommen, die Zusammenstellung von rotem Samt und Messing sei beabsichtigt und trage einer gewissen Protzigkeit Rechnung, die der amerikanischen Kultur eigen zu sein schien.

Ich kramte in meinen Erinnerungen. »Einmal haben mein Mann und ich in Amerika eine Fahrt nach Yakima unternommen, im Osten, über die Cascade Mountains. Wir hatten einen Freund bei der Eisenbahn, der hat uns eine Karte geschickt.«

Ich sah mich um und wiederholte mich. »Unser Waggon sah ganz anders aus!«

»War er nicht so verziert?«

Der Gedanke entrüstete Chie. Wenn amerikanische Reisende sich nicht mit diesem Bordellambiente abfinden müssen, so hörte ich sie im Geiste schnauben, warum um alles in der Welt muß ich es dann?

Ich versuchte gar nicht erst, meine Belustigung zu verbergen. »Die dritte Klasse hatte harte Sitze, die Böden waren übersät mit Abfällen. Ja, sie war nicht so verziert.«

Mein Kommentar war alles andere als freundlich und ließ Chie dumm dastehen. Aber zu meiner Überraschung war sie froh.

Für gewöhnlich war sie die Taktlose, eine herrische Witwe, bei deren Sticheleien ich in grübelndes Schweigen verfiel. Nekken deutete auf Vertrautheit hin.

Durch einen Schwall aus Schwefel und Rauch trug uns die Lokomotive aus dem Industriegebiet Kobes hinaus.

Unser Waggon war kaum belegt. Ein paar Plätze weiter saß ein Student, der den struppigen Kopf tief in ein mathematisches Lehrbuch gesteckt hatte, und noch ein Stück weiter ein junges Paar in einfacher westlicher Kleidung, das anscheinend frisch verheiratet war, so wie sich die beiden aneinanderschmiegten. Am Ende des Wagens hatte eine Frau mit ihrem etwa dreijährigen Sohn Platz genommen.

Der Kleine summte im Rhythmus der Lok vor sich hin. Er rollte den Abakus seiner Mutter auf den Spuren des Schiebefensters entlang und spielte Eisenbahn.

Wir fuhren eine Stunde lang nach Nordosten, vorbei an den alten Holztempeln am Rande von Kyoto, herrlich anzusehen in ihrer unbemalten Schmucklosigkeit. Der Zug ruckelte und schnaubte. Der Kopf des Jungen fiel zur einen, dann zur anderen Seite und kam dann am Arm der Mutter zur Ruhe.

»Nenkoro, nen, nen, nen«, summte sie, als ihm der Abakus aus der Hand glitt.

Im Bahnhof von Kyoto stiegen noch mehr Touristen zu, während eine andere Zugmaschine an unseren Wagen gekuppelt wurde. Der Zug machte einen Satz nach vorn, und zwanzig

Minuten später erreichten wir die tiefbewaldeten Hügel von Arashiyama.

Dampf zischte, Metall kreischte.

In der Nähe eine rauschenden Flusses blieb die Lokomotive schnaufend an dem verlassenen Bahnsteig eines zweigleisigen Holzbahnhofs stehen.

Mit beträchtlichem Aufwand stiegen wir aus.

Chie ging voran. Da der enge Saum ihres Kimonos sie behinderte, blieb sie an der Waggontür stehen und betrachtete die tückischen Metallstufen. In die glitschigen Platten war ein Muster aus kleinen Romben eingelassen.

»Brauchst du Hilfe?« tönte Hanaes klare Stimme über den stillen Bahnsteig.

Chie schaute hinter sich zu Hanae, die um den Türrahmen lugte.

Hanae war nicht die einzige, der es aufgefallen war.

Plötzlich tauchten wie aus dem Nichts Hände auf – der Zugführer, der Schaffner, der gerade ausgestiegene Student, sogar ein Shinto-Priester mit hohem schwarzen Hut –, alle wollten Chie beim Aussteigen behilflich sein.

Nachdem Chie auf dem holprigen Bahnsteig einen Halt gefunden hatte, drehte sie sich um: Hanae stand auf der oberen Stufe und setzte den zarten Fuß im Brokat-*zori* eben vorsichtig auf die nächste Stufe.

Hanae sah in Naomis Kimono schlank und hübsch aus, wirkte aber noch etwas unbeholfen. Die Männer in ihrer Nähe hatten bereits staunend die Augenbrauen hochgezogen. Und als Hanae den tiefen Schritt nach unten machte, als sich der Saum ihres Kimonos teilte und einen Blick auf ihre glatten, geraden Beine freigab, sah Chie die Männeraugen sinnlich aufblitzen.

Seit ich zum letzten Mal das Herbstlaub der Ahornbäume in Arashiyama betrachtet hatte, war vieles anders geworden. Jahrhundertelang waren Frauen in ihren besten Kimonos hierhergekommen – eine wahre Zurschaustellung spätsommerlicher Schönheit –, und hatten sich dichtgedrängt an das Geländer des Holzstegs, der über den Fluß führte, gestellt und in das breite, ruhige Wasser geschaut. Sie waren vor Freude errötet, wenn ihre Männer poetisch wurden.

> Ferne Schönheit, dein Spiegelbild erfüllt mein Herz.
> Ich will dich haben; aber nein,
> Leere wie Tränen in der Hand.

Immer wieder war ich nach Arashiyama gekommen. Zuerst mit meiner Mama und meinem Papa, später dann mit meinem Mann Tadao. Jedesmal wetteiferten Familienmitglieder darum, wer den ergreifendsten Vers dichtete, wobei ihnen bewußt war, daß sie nicht nur von der Schönheit flammender Hügel und herabfallender, auf dem Fluß treibender Blätter sprachen, sondern auch von der Familie. Denn der Fluß spiegelte das kostbare, fließende Porträt der Familie wider.

An jenem Tag, als ich mit Hanae und Chie dort war, stand ich am dunklen Wasser und sah im Wirbel von Blättern und Spaziergängern, daß wir eine der wenigen Gruppen waren, die ganz in Kimonos gekleidet waren.

Ich lauschte auf die vertrauten Herbstgeräusche, doch statt Lyrik drang nur banales Geschwätz an mein Ohr: Schulberichte, Pläne für das Mittagessen, vereitelte Hoffnung auf Beförderung.

Ich war enttäuscht. Ich hatte gehofft, wir wären an diesem Ort, an dem der Familiengeist so deutlich spürbar ist und lyrisch zum Ausdruck gebracht wird, in der Lage, über unsere Gefühle zu sprechen.

»Mama, Papa, Tante, kommt mal her!«

Nicht weit von uns warf ein Junge von vielleicht sechs Jahren in Matrosenhemd und kurzer Matrosenhose auf der flußaufwärts gewandten Seite der Brücke ein Bündel Herbstlaub über das Geländer. Rasch eilte er zur anderen Seite, um seine kleine Flotte vorübergleiten zu sehen. »Kluger Junge!« rief der Vater, während Mutter und Tante zu ihm eilten. Die Pumps seiner Mutter klapperten über die Planken der alten Brücke.

Gemeinsam sahen wir zu, wie der Junge sich mit den Blättern beschäftigte und von einer Brückenseite zur anderen lief.

Kurz darauf nahm der Vater eine Zigarette aus der Tasche seines Zweireihers. Tabakduft zog durch die kühle Herbstluft.

Die Mutter wandte sich an ihre Schwester.

»Drei Generationen in Kimonos«, murmelte sie. Das Netz ihres kleinen gelbbraunen Hutes wippte in unsere Richtung. »Das bekommt man heutzutage nur noch selten zu sehen.«

Chie, verärgert darüber, wie unverblümt die Frau sie musterte, funkelte deren Spiegelbild wütend an. Doch das Wasser kräuselte sich und verwischte ihren vorwurfsvollen Blick.

»Zeitlos«, flüsterte die Schwester. »Drei unterschiedliche Formen von Schönheit: Spätherbst, Frühling und Hochsommer.«

Besänftigt betrachtete Chie unser Bild im Wasser. Sie, schlicht und elegant; Hanae gefällig und hübsch; ich ruhig und blühend – so standen wir still und auffallend zugleich inmitten einer diffusen Menge westlich gekleideter Menschen.

Wir sahen aus wie eine Familie.

Im stillen begann ich, ein Gedicht zu formulieren.

Der Junge kam auf einen ähnlichen Gedanken.

»Fallt herab, feurige Blätter«, zwitscherte er voller Liebreiz.

Chie lächelte. Vielleicht freute sie sich, daß einige Traditionen offenbar doch die Zeiten überdauerten.

Der Vater bemerkte es.

»Sag den ehrenwerten Damen noch den Rest des Gedichts auf.«

»Schön anzusehen wie der Glanz fallender Bomben«, zitierte der Junge stolz.

Chies Lächeln gefror.

»Auf, auf, zum Ruhm des Kaisers!«

Wir aßen ein japanisches Gericht in einem Café mit französischen, gußeisernen Bistrotischen, die im Licht der untergehenden Sonne vor einer Fensterfront mit Blick auf den Fluß Oi standen.

»Der kleine Junge auf der Brücke war ganz schön helle«, sagte Hanae zu Chie, als spräche sie zu ihresgleichen. Naomis Kimono verlieh ihr anscheinend das Gefühl, erwachsener zu sein.

»Otonashiku shinasai«, sagte Chie gereizt. »Fang keine Unterhaltung an, sondern folge ihr.«

Aber sie konnte Hanaes Köder einfach nicht widerstehen.

»Er war überhaupt nicht helle. Wie kommst du darauf, daß er helle sein könnte?«

»Und ob er helle war, sogar brillant. Für ein Kind in seinem Alter hatte er ein ausgezeichnetes Gedächtnis!«

»Dummes Mädchen, du verwechselst Erinnerungsvermögen mit Weisheit«, fuhr Chie sie an. »Der Junge war eine Marionette, die häßliche Worte in den Mund nimmt, ohne sie zu verstehen!«

Hanaes Begeisterung legte sich. Sie grübelte schweigend vor sich hin.

Chie bedauerte zusehends, diesen Ausflug vorgeschlagen zu haben.

Ich versuchte, die Stimmung zu entkrampfen. »Der Sommer ist zu Ende, aber der Fluß leuchtet immer noch.« Ich zeigte auf das Spiegelbild der bunten Hügel im Wasser.

»Noch?« fragte Hanae. Aus einem flachen Bambuskorb nahm sie sich mit ihren Stäbchen ein kleines Stück Tempura aus Süßkartoffeln.

Prüfend betrachtete Chie Hanaes Bewegungen. Bald würde sie ins heiratsfähige Alter kommen. In Japan konnte die Zukunft eines Mädchens von ihren Tischmanieren abhängen.

Hanae tauchte das Tempura-Stück graziös in ein Porzellanschälchen mit Soja-Ingwer-Soße und führte es zum Mund. Sie streckte den Kopf leicht vor, wie ein Spatz, der Wasser trinkt, und legte sich das Stück zwischen die vollen Lippen hinter die ebenmäßigen Zähne auf die weiche, rosa Zunge.

Es geschah völlig unbewußt, und doch wurde Chie wütend.

»Hör auf, so zu essen!« fauchte sie.

Hanae und ich erschraken.

Hanae aß genau so, wie Chie es ihr beigebracht hatte, wie es sich für alle unschuldigen Mädchen aus gutem Hause einfach gehörte.

Ich fragte mich, warum Chie so reagiert hatte. Vielleicht dachte sie an den Bahnhof, an die lüsternen Blicke, die wie Messer hinter höflichem Benehmen aufblitzten. Über kurz oder lang würde eine Reihe äußerst unwürdiger Männer Hanae beim Essen zuschauen. Sie würden am Tisch der Vermittlerin sitzen, würden Hanaes Technik prüfend in Augenschein nehmen und daran die Stärke ihres Appetits ablesen.

Ich schüttelte den Kopf. Was für eine Verschwendung! Die Männer würden sich nicht einmal die Zeit nehmen, nach Hanaes wesentlich beachtlicheren Begabungen zu fragen: ihrem scharfen Verstand, ihrem unnachgiebigen Wesen, der Art, wie sie die weiße Glut der Wut herunterschlucken kann, um den Kummer wie ein meisterhafter Glasbläser in der Magengrube so lange umzugestalten, bis er als kunstvoll geformter Groll herauskommt.

Männer würden einen Heiratsantrag machen, ohne zu begreifen, wie Hanae wirklich war. Sie würden es tun, weil sie mit der sinnlichen Raffinesse einer Geisha ißt.

Erneut verharrten wir schweigend.

Kurz darauf lenkte ich die Unterhaltung in eine andere Richtung.

»Als ich noch klein war«, sagte ich und versuchte, das Thema Laub und Flüsse wieder aufzugreifen, »kamen die Menschen an Sommerabenden auf der Terrasse dieses oder anderer Cafés zusammen.« Ich sprach langsam und behäbig wie der Fluß. »Sie kamen, um den Fischern zuzusehen, die mit abgerichteten Kormoranen arbeiteten.«

Ich schaute zum Fenster hinaus über die lange Arashiyama-Brücke und ließ mich durch die Jahre zurückgleiten.

»Ein Mann schürte dabei ein Feuer, dessen Flammen in einem Drahtkäfig über dem Bug tanzten. Ein zweiter stakte. Angeführt wurde so ein Boot von einem halben Dutzend Kormorane, die jeweils an einer Leine zogen und sich wie ein offener Fächer über das Wasser spannten.«

Ich hielt inne und knabberte an einem gebackenen Tofukuchen. Ich zog die Stirn kraus. Die Tofukuchen waren knusprig, leicht, ohne eine Spur von Öl und nicht mit meinen zu vergleichen.

»Schmecken die Kuchen hier nicht ein bißchen einfallslos?« fragte ich.

»Erzähl weiter«, drängte Hanae, wobei sie einmal mehr ihren Hang zeigte, die Führung zu übernehmen. »Wozu die Kormorane? Und das Feuer?«

Ihr Tonfall amüsierte mich. Selbst ihr glänzender Kimono konnte nicht über Hanaes dominierendes Wesen hinwegtäuschen. Vielleicht käme sie in einer Ehe besser zurecht, als ich dachte. Für einen zaghaften Mann war sie aber ganz offensichtlich nicht geschaffen.

»Die Kormorane sollten Fische fangen, die durch das Feuer angelockt wurden«, erklärte ich. »Immer wieder kamen die Vögel an Bord, ließen sich von den Ruderern die langen, schlanken Hälse streicheln und spuckten ihren Fang in geflochtene Körbe.«

Ich zeigte auf den breiten Fluß. »An heißen Sommerabenden zog ein ganzes Dutzend solcher Boote über das Wasser flußaufwärts. Sie waren wie leuchtende Sterne am dunklen Himmelszelt.«

Die Herbstsonne strömte durch die offenen Fenster des Cafés herein und wärmte uns. Eine kleine Brise wehte trockenes Laub über das Straßenpflaster.

Chie seufzte.

Der Duft von grünem Tee hing schwer und bitter in der Luft. Ihre alte Unzufriedenheit erwachte.

»Hast du die Boote von den Terrassen der Cafés aus beobachtet?« Chies Stimme hatte einen scharfen Unterton.

»Nein«, antwortete ich, ohne ihre Frage zu verstehen, denn ich hing noch meinen Erinnerungen nach. »Ich wollte nicht bei den Feiernden sein. Ich wollte ein Teil der Nacht sein.«

Bei der Erinnerung daran lachte ich leise.

»Wir kamen seit meinem neunten oder zehnten Lebensjahr jeden Sommer hierher. Wir standen im Dunkeln am Ufer. Papa hat mir immer eine Tüte ganz besonders schöner Feuerwerkskörper gekauft. Mama hat sich jedesmal beide Ohren zugehalten …«

»Ich war auch da«, unterbrach Chie mich. »Ich war mit Naomi und Kan da.«

Ich schaute auf und begegnete ihrem forschenden Blick. Es war ein beunruhigender, scharfer, hungriger Blick.

Hanae wandte sich an Chie. »Meine Mutter war hier?« fragte sie eifrig. »Hier auf dieser Terrasse? Wie wir?«

»Nein, wir fuhren in den Barken mit«, antwortete Chie zerstreut und von oben herab.

Hanae zuckte zusammen; ich beeilte mich, sie abzulenken und erklärte: »Auf schmalen Barken, die mit Papierlaternen bestückt waren und zwischen den Fischerbooten trieben, saßen Touristen. Fliegende Händler fuhren auf ihren Booten vorbei und verkauften Sake und hübsch verpackte Mahlzeiten.«

Ich verstummte und warf Chie einen kurzen Blick zu.

»Du mußt hier gewesen sein, als Naomi noch sehr klein war, noch bevor ich sie kannte.«

Ich dachte einen Augenblick nach.

»Vielleicht war es so am besten«, sagte ich. »Wenn wir Freundinnen gewesen wären, hätten Naomi und ich versucht, unsere Ausflüge aufeinander abzustimmen. Der Zauber des Abends wäre uns dabei entgangen, weil wir uns die ganze Zeit über gesucht hätten.«

Chie antwortete bedächtig, als enthülle sie sich selbst eine Wahrheit: »So wie mir der Zauber der Mutterschaft entgangen ist, weil ich immer nach den Kindern suchte, die ich verloren habe.«

Ich schaute sie vorsichtig und scheu an. Kinder, hatte sie gesagt. Stimmte das? Hatte sie um mich ebenso getrauert wie um meinen Bruder?

Hanae wiederum schaute mich an.

»Du kommst mir heute so anders vor, Tante.« Sie schüttelte den Kopf. »Ich weiß auch nicht, vielleicht liegt es nur am Kimono.«

Ich wandte den Blick von Chie ab und rieb den glänzenden Stoff meines Ärmels zwischen den Fingern.

»Dieser Kimono war ein Hochzeitsgeschenk von der Sehr Ehrenwerten Frau Fuji, deiner Urgroßmutter«, erzählte ich Hanae. »Ich habe ihn lange Jahre nicht getragen, aber jetzt fällt mir wieder ein, daß ich jedesmal mehr Selbstvertrauen und Gelassenheit hatte, wenn ich ihn trug.«

»Ich weiß, wie das ist! In Mamas Sachen fühle ich mich ...« – Hanae suchte nach einem Wort, Gemütsruhe war ihr so fremd – »besser.«

Sie verstummte und wurde rot, denn die plötzliche Offenbarung ihrer Gefühle machte sie verlegen.

»Du erinnerst mich an Naomi, als sie so alt war wie du«, sagte Chie.

Mit einem Ruck warf Hanae plötzlich den Kopf hoch. Offenbar war sie freudig überrascht; sie reagierte so selten auf diese Weise, wenn ihre Großmutter ihr etwas sagte, daß Chie eher gequält als erfreut wirkte.

Chie wandte sich an mich. Sie holte tief Luft.

»Und du erinnerst mich an deinen Vater Kan. Geduldig, großzügig, weise.«

Ich war beunruhigt und fürchtete schon, die Arterien in ihrem Kopf oder im Herzen hätten einen plötzlichen Schwächeanfall erlitten.

Nie zuvor hatte sie so viele freundliche Worte auf einmal ausgesprochen.

Mein prüfender Blick flößte ihr Unbehagen ein.

»Allerdings habt ihr beide einen bäuerischen Einschlag; ihr seid nicht so forsch und zielstrebig wie die Fujis.«

Sie hielt inne und holte noch einmal tief Luft, beinahe so, als atme sie das Aroma von Kans Pfeifentabak ein – von dem sie stets ein Paket unter dem Kopfkissen liegen hat.

»Du hast denselben Gang«, sinnierte sie und redete vielleicht eher mit Kan als mit mir. »Du neigst dazu, gedankenverloren umherzustreifen: die Hände hinter dem Rücken, die Schultern nach vorn gebeugt, den Hals vorgereckt.«

»Du weißt, wie ich gehe?« stammelte ich. Ich hatte gedacht, sie sähe mich eigentlich gar nie richtig.

»Natürlich!« fuhr sie mich an. »Du hast den Gang einer Schildkröte!«

Wir blinzelten uns an.

Sie räusperte sich.

»Einer *intelligenten* Schildkröte«, verbesserte sie sich zögernd, »deren Neugier größer ist als ihr Schritt.«

Ich war verwirrt und betrachtete sie eingehend.

Schließlich lächelte ich.

22. Kapitel

November 1936

So würde Chie es meiner Meinung nach sehen

Ich hatte diesen Ausflug nach Arashiyama geplant, nachdem ich vor einiger Zeit Etsukos Ich-Geschichte gelesen hatte. Eindringen in die Privatsphäre? Unsinn! Wir sind hier in Japan, dem Land der Nähe; so etwas wie Geheimnisse gibt es hier nicht – nur Diskretion. Im übrigen war es meine Pflicht, mich einzuschalten. Etsuko sonderte sich zunehmend ab. Sie umgab sich mit einem undurchdringlichen Nebel aus unbegreiflich dümmlicher guter Laune, als wäre sie auf einmal Ophelia.

Was mich auf ein anderes Thema bringt: ihre Schreiberei. Etsuko beschreibt Ereignisse und sogar Absichten einigermaßen genau (wobei ich ihr ziemlich viel künstlerische Freiheit zugestehe), aber bei der Charakterisierung von Personen hapert es. Nehmen wir zum Beispiel Hanae. Etsuko stellt sie zu altklug dar. Vor allem in jener frühen Szene, als Hanae beim Nachdenken über ihre Kleidung Einsicht in die Liebe gewinnt. Absurd! Ein Kind von zehn Jahren!

Um ihr nicht unrecht zu tun – ich bin nicht so unfreundlich, wie man aus Etsukos Geschichte schließen könnte –, stelle ich mir vor, daß Etsuko ehrlich glaubt, Hanae sei so, wie sie sie beschreibt. (Zugegeben, Hanae ist frühreif.) Mütter überschätzen ihre Kinder oft, weil die Geschwindigkeit, mit der sie heranwachsen, sie verwirrt und ängstigt.

Da wir gerade bei Müttern sind, möchte ich ein paar Beschwerden über die Mutterfigur vorbringen (vor allem über die Art und Weise, wie ich dargestellt werde). So eine engstirnige Frau. Kein Wunder, daß sie so verbittert ist. Man gewinnt den

Eindruck, daß sie nichts anderes tut, als ihre Kleider zu wechseln! Spricht Etsuko darüber, woher die Familie das Geld hat, um in solchem Glanz leben zu können? Beschreibt sie das Geschick der Mutter bei der Verwaltung ihres Besitzes, beim Handel mit internationalen Wertpapieren? Ich bin keine Hinterwäldlerin. Auch als Kan noch lebte, habe ich, die Fuji-Erbin, mich um juristische und finanzielle Angelegenheiten gekümmert.

Aber um es noch einmal zu sagen: Ich will es nicht so eng sehen. Etsuko kann nichts für ihre Sichtweise. Es fällt schwer, die eigene Mutter als Mensch zu sehen.

Dabei fällt mir eines von Naomis westlichen Meisterwerken ein. Soweit ich mich erinnere, ist der Mutter in dem Roman *Stolz und Vorurteil* ein ähnliches Schicksal beschieden. Die arme Mrs. Bennet wird regelrecht als Dummkopf dargestellt. Ich sehe das anders; ich glaube, sie ist die einzig reale Figur. (Daß Leser den stolzen, leidenschaftlichen Mr. Darcy bevorzugen, ist nicht weiter verwunderlich; aber wenn Sie mich fragen, ist er eine reine Fiktion.) Gewiß beunruhigt Mrs. Bennet das Thema Heirat. Diese vielen Töchter und keine Mitgift; sie versucht, sie alle über Wasser zu halten! Im übrigen redet sie genau so, wie Mütter es eben mit ihren Kindern tun. »Steh gerade.« – »Lächle, Jane.« – »Diese Familie raubt mir den letzten Nerv!«

Wahre mütterliche Zuneigung wird gerade über Tadel und Belehrungen vermittelt.

November 1936

Würde Chie es wirklich so sehen? Wer weiß? Immerhin schreibe ich einen Roman. Dann wiederum ist vielleicht zuviel aus der Diskrepanz zwischen Phantasie und Wirklichkeit entstanden. Tadao hielt mich für geistreich und hat dadurch dazu beigetragen, daß ich's tatsächlich wurde.

Möglicherweise wird die Realität ebenso durch die Vorstellungskraft geprägt wie umgekehrt. Schließlich passieren die Dinge, die (entgegen unserer Vorstellung) im wirklichen Leben geschehen, nicht wirklich, oder? Wir nehmen nur etwas wahr und legen es aus.

Meine Gedanken hierüber sind zugegebenermaßen verworren. Doch könnte nicht ebenso, wie in den konkreten Dingen des Alltags Zauberhaftes liegt (die Weichheit des Mooses an einer alten Mauer), auch in dem, was man sich vorstellt, Wahres sein?

Vor kurzem fiel mir DAS IST AMERIKA! wieder ein – die bescheidene, aber engagierte Broschüre des Reverend Mitsui. Sehr wahrscheinlich waren jene ordentlichen kleinen Spalten (Zurückhaltung/Spontaneität, Empfänglichkeit/Aktivität) nicht als Strafvermerk oder Warnung gemeint. Da sie keine Andeutungen von Konflikten enthielten – von gut oder böse, besser oder schlechter – waren sie vielleicht eher als Beispiele für Ergänzung gedacht. Wie Yin und Yang, Ost und West, Vorstellung und Realität.

23. Kapitel

März 1938

Eine Zeitlang dachte ich, mit der Annäherung zwischen Chie und mir am Ende meiner Ich-Geschichte angelangt zu sein. Nicht daß alles nun reibungslos zwischen uns verlaufen wäre; wir glichen noch immer zwei exzentrischen alten Jungfern, die zum Wohle eines Kindes zur Zusammenarbeit gezwungen waren. Doch es gab eine Art Abrundung unserer Beziehung – ein Gleichgewicht gegensätzlicher Kräfte –, die nach gegenseitiger Zuneigung roch.

Manchmal sah ich uns wie zwei Partnerinnen in einem Vaudeville-Stück: älter und reizbarer die eine – die Kritikerin und Strategin, die Zerstörerin unbegründeter Illusionen –, die andere jünger, überschwenglich und mitteilsam.

»Hör auf mit dem fröhlichen Gejammer und dem unaufhörlichen Geschwätz«, blaffte Chie mich häufig an.

Obwohl ich wußte, daß sie mich nie so lieben würde wie Naomi, war mir auch bewußt, daß wir beide – trotz Chies Gemecker – meinen Wert kannten.

Auch meine Beziehung zu Hanae veränderte sich mit der Zeit. Mit siebzehn Jahren brauchte sie meine Betreuung nicht mehr. Wenn ich ihr den Kragen richten oder eine Haarsträhne aus dem Gesicht streichen wollte, wich Hanae zurück, als wolle ein lästiger, übereifriger Hund sie mit den Pfoten kratzen.

Doch gibt es auch im Verlust plötzlich lichte Momente, wie die schönen Halluzinationen, die einem schlafhungrigen Mann kommen. In dem Maße, wie Hanae mir die Möglichkeiten entzog, für sie zu sorgen, begann sie ihrerseits, Zärtlichkeit zu zeigen.

Eines Abends, als Hanae ins Bett gehen wollte und ich den

Geistern meiner Mutter, meines Vaters, Tadaos und Naomis eine kleine Tasse Wasser opferte – ihre Fotos hatte ich an Naomis Hochzeitsspiegel gesteckt –, ertappte sie mich, wie ich stirnrunzelnd ein drahtiges graues Haar betrachtete.

Sie kam zu mir und ließ sich neben mir nieder.

»Komm, ich mach's«, erbot sie sich und zupfte den kränkenden Eindringling aus meiner Kopfhaut.

Seitdem sucht Hanae des öfteren und immer auf eigene Initiative meinen Kopf nach grauen Haaren ab. Sie kann ausgezeichnet Trost spenden, ohne daß ich das Gesicht verliere. Wenn wir vor dem Spiegel sitzen und ihre warmen Hände sanft mein Haar durchwühlen, können wir uns ansehen – indirekt. Wir sind beide froh über den Kontakt und trösten uns gegenseitig über das Unbehagen hinweg, das der Alterungsprozeß mit sich bringt.

Wenn sie auch hin und wieder zu kräftig ziept, so ist es doch eine nette Art, die natürlichen Feindseligkeiten einer Heranwachsenden gegenüber ihrer Mutter in andere Bahnen zu lenken!

Auf diese Weise erkenne ich allmählich, daß ich, so wie ich bin, noch etwas zu bieten habe. Mit der Erleichterung einer Heimkehrenden habe ich meine Seele wieder in meinen Körper geholt und mein einfaches Leben wiederaufgenommen. Mit einer merkwürdigen Art von Selbstvertrauen habe ich sogar Hauswirtschaftslehre als neues Wirkungsfeld für die Dissidentinnen vorgeschlagen.

Das bedarf vielleicht einer Erläuterung. Am 26. Februar 1936, dem Tag, an dem man Staatsmänner und ältere Offiziere planmäßig ermordete, wurde auch unser Vervielfältigungsapparat zerstört. An diesem Tag stürmten vierzehnhundert Soldaten, angeführt von fanatischen jungen Offizieren, das Polizeipräsidium von Tokio, das Kriegsministerium und die Hauptquartiere des Generalstabs sowie das neue Gebäude des japanischen Parlaments, um sie zu besetzen. Ihr Ziel war, jeden zu ermorden, der sich ihrer Sache des »imperialen Ruhms« in den Weg gestellt hatte. Die Extremisten und ihre Anhänger übernahmen drei Tage lang die Kontrolle und verzichteten auf die Macht erst, nachdem vernünftigere Vertreter der Armee die Unterstützung des Kaisers sichergestellt und ihre Kapitulation erzwungen hatten.

Obwohl nach dem 26. Februar allgemein Bemühungen in Gang gesetzt wurden, die Disziplin innerhalb der Armee wiederherzustellen, obwohl die Volksvertretung im Parlament als Gegenpol zur militärischen Aggression kurz wieder aufblühte und spürbare wirtschaftliche Erleichterungen eintraten, als die Arbeitslosenzahlen sanken und die schlimmsten Jahre der Wirtschaftskrise überstanden waren, war es zu spät, den Kriegstreibern Einhalt zu gebieten. Der Geist des Nationalismus war zu weit gediehen. Aus Furcht, das Bündnis, das General Tschiang Kai-schek 1937 mit seinen langjährigen kommunistischen Gegnern geschlossen hatte, ziele darauf ab, japanische Bürger aus dem Norden Chinas, aus Mandschukuo, zu vertreiben, waren selbst gemäßigte Japaner dafür, seine Regierung in Nanking zu unterwerfen.

In dieser Atmosphäre kam es im Namen der nationalen Einheit wieder zu Repressionen. Zensoren der Regierung verboten den Import ausländischer Zeitungen. Überwältigt vom Ruf nach militärischer Eskalation verfiel Frau Kawai in Teilnahmslosigkeit und Mutlosigkeit, und Frau Ito flüchtete sich in übertriebenen Aktionismus. Ich tauchte zu dieser Zeit gerade wieder aus meiner fröhlichen Betäubung auf. Das ganze Jahr 1936 hatte ich in schlafwandlerischem Zustand verbracht, während rings um mich herum das Chaos wütete.

Da wir keine Informationen aus Übersee mehr bekamen, keinen Vervielfältigungsapparat hatten, um sie zu verbreiten, und da wir drei unterschiedlichen Ablenkungen nachgingen, fiel unsere Frauengruppe auseinander.

Im vorigen Sommer dann, an einem heißen Julinachmittag 1937, forderte ein japanisches Bataillon auf der Suche nach Waffen, aus denen geschossen worden war, Einlaß in eine von Mauern umgebene Stadt in China. Als ihnen dieser verweigert wurde, erklärte Japan offiziell den Krieg.

Krieg war gegen den Willen des Volkes. Premierminister Konoye wagte einen schwachen Protest – es sei eine extreme Reaktion auf einen unbedeutenden Vorfall –, doch damals wurde die Regierung schon zum größten Teil vom Militär beherrscht, und er wurde überstimmt.

Mir kam zu Hause – nachdem ich zuerst mein Interesse an Hanae, dann an der Hausarbeit, dann am Leben selbst wiedergefunden hatte – eine Idee. Ich rief die Dissidentinnen an. Unter dem nicht ganz abwegigen Vorwand, uns für Kindererziehung, Ernährung und Mode zu interessieren, begannen wir, internationale Frauenzeitschriften zu sammeln.

Unser Plan war folgender: In diesen Frauenzeitschriften (die man für so trivial hielt, daß man sie noch nicht verboten hatte), versteckt unter Ratschlägen, wie man Magenkrämpfe auskuriert und mit der Schwiegermutter auskommt, standen Fakten über aktuelle Ereignisse. Sobald wir eine wie auch immer zensierte Nachricht aufdeckten, verbreiteten wir die Information bei scheinbar zufälligen Begegnungen in unserer harmlosen, geschwätzigen Art.

Die Frauen, zu denen wir Kontakt aufnahmen, halfen uns; sie gaben die Nachrichten eifrig weiter. Natürlich standen wir noch unter Beobachtung. Aber solange wir als eine Gruppe harmloser Klatschbasen galten, ließen uns die Behörden im wesentlichen in Ruhe. Sie hatten vergessen, daß steter Tropfen den Stein höhlen kann.

So kam es, daß wir über den täglichen Klatsch unter Frauen, über das Weiterreichen von kleinen Informationsbrocken bei Anproben und Mondbetrachtungen, im Fischgeschäft und im Gemüseladen versuchten, dem Krieg Einhalt zu gebieten.

Wir setzten große Hoffnungen auf unsere List.

Dann kam Nanking.

März 1938

Hanae bekommt einen neuen Lehrer

In ihrem vorvorletzten Jahr der Oberstufe mußte Hanae an einem Morgen im März feststellen, daß man einen Kriegshelden eingestellt hatte. Leutnant Matsunaga war Anfang Zwanzig und hatte den rechten Fuß verloren. Er war ein Veteran der Eroberung von Nanking. Obwohl General Tschiang Kai-schek seine Truppen zurückgezogen hatte, um sie neu zu formieren, glaubte ganz Japan, der Fall seiner Hauptstadt habe den Willen des Generals gebrochen. Wenn man ihn nur noch ein wenig unter Druck setzte, wäre der Krieg bald zu Ende und gewonnen.

Vom ersten Augenblick seines Lehrauftrags an begann Leutnant Matsunaga die Art des militärischen Drills zu verändern. Die Mädchen mußten seitdem nicht mehr Stöße mit Bambusbajonetten üben oder über Mauern klettern; statt dessen rollten sie Verbände auf und lernten, wie man schnell und doch vorsichtig Verwundete auf Tragen transportiert.

Jeden Tag, während sie im Schulhof trainierten – ein freiwilliges Opfer umsichtig in eine weiche Decke einschlugen und mit ihm ohne ruckartige Bewegungen schnell auf einen Sanitätswagen zuliefen –, trat Rektor Kido an sein Fenster. Er wirkte immer ein wenig verzweifelt. Hanae ahnte, daß er über die friedfertigen Übungen enttäuscht war, einen verwundeten Kriegshelden jedoch nicht kritisieren wollte.

Außerdem hatte Hanae den Eindruck, daß ihre Klassenkameradinnen den Kriegshelden im Gegensatz zum Rektor liebten. Für sie war er sowohl sensibel als auch tapfer. Bald dachten sie anscheinend kaum mehr an etwas anderes und wußten es so einzurichten, daß der Leutnant ihre Begeisterung mit anhörte.

»Die jungen Offiziere, die den Staatsstreich versucht haben, waren nicht verrückt!« deklamierte Reiko Watanabe (ein Mädchen, von dem man weiß, wie Hanae berichtete, daß sie Lippenstift in ihrer Schultasche hat). »Nach der Ermordung aller älteren Staatsmänner zu rufen war vielleicht ein bißchen übertrieben, aber ursprünglich glaubten sie an gesunde soziale Kontrolle.«

Hanae fand Reiko und die anderen Mädchen dumm, aber sie verurteilte sie nicht. Seit der Kürzung des Lehrplans hatten sie nicht mehr viel, womit sie sich geistig beschäftigen konnten. Nach Hanaes Ansicht waren die Schwärmereien der Mädchen für Matsunaga, den Ausbilder in militärischem Drill, so gut wie alles, was ihnen geblieben war – wenn sie es auch für sich selbst ablehnte. Hanae zog sich wieder zurück. Da sie nichts Substantielles hatte, worüber sie nachdenken konnte, trainierte sie ihr Gedächtnis. Bald wußte sie alles über Erste Hilfe – Unfälle, Blockade der Luftwege, Blinddarmentzündung, blutende Wunden, Blasen, Knochenbrüche bis hin zu Zeckenbissen, Bewußtlosigkeit, Verletzungen am Handgelenk und Hefemykosen.

Hanae übte sich auch in der Handarbeit und stellte *sen'ninbari* – Hosenschärpen mit tausend Stichen – her, die an Soldaten geschickt wurden. Die Arbeit mit der Nadel beruhigte sie. Ihr gefiel der Gedanke, der Fleiß von Frauen reinen Herzens könnte einen Soldaten vor Verwundung schützen. Während sie arbeitete und anderen Mädchen Stickmuster für deren Kriegerleibbinden anbot und tausend seltene Muster für sich selbst sammelte, dachte Hanae an ihre schwangere Mutter, die ihre ganze Unterwäsche bestickt hatte.

Ungeachtet ihres Eifers bekam Hanae kein Lob in der Schule. Sie glaubte, diese Mißachtung habe etwas mit ihrer Uniform zu tun. Während die der anderen Mädchen schon längst schlichter geworden war, hatte ihre – auch weiterhin vom Vater aus Seattle geschickte – noch immer einen großen, viereckigen Kragen und messerscharf gebügelte Falten.

Eines Morgens vernahm Hanae während der täglichen Versammlung ihren Namen.

»Shinoda, Hanae. Bitte auf das Podium.«

Aufgeregt ging sie nach vorn und dachte, ihre Heldentaten im Gedächtnistraining würden belohnt.

»Meine Damen, bitte beachten Sie nur«, rief der Rektor aus, »wie Hanae ihr Haar trägt.«

Das Haar? Verlor er jetzt ganz den Verstand? Hanae drehte sich um und starrte ihn an.

»Bitte, sehen Sie sich den langen, einfachen Zopf an, eine scheinbare Konzession an die Bescheidenheit. Eine löbliche Haartracht, wenn auch ein wenig merkwürdig bei jemandem, der in diesen Zeiten nationaler Schlichtheit so luxuriös gekleidet ist.«

Sie wurde rot. Jetzt wurde es ihr klar: Man bestrafte sie für ihre Kleidung.

»Doch wenn man näher hinblickt, fällt auf, daß dieser einfache Knoten gar nicht so einfach ist, wie er scheint. An seinem Ende sehen Sie nicht nur ein einfaches Gummi, sondern eine *Messingspange*, eine *verachtenswerte* Verschwendung von Metall!«

Die Beschäftigung des Rektors mit Metall war nicht etwa ein Tick von ihm. In den fünf Jahren, die vergangen waren, seitdem Chie mich zum ersten Mal gehänselt hatte, weil ich Stanniol aufhob, war das Sammeln von Metall zum Symbol für Nationalgefühl geworden. Tatsächlich sagte gerade in diesem Jahr die Regierung das Ereignis ab, auf das sich der Nationalstolz konzentriert hatte: die Ausrichtung der Olympischen Spiele 1940 in Tokio. Als Grund für die Absage wurde angegeben, der Stahl, den man für Munition benötige, solle nicht für den Bau von Stadien vergeudet werden.

Als Rektor Kido seine Ansprache beendete, standen Hanaes Klassenkameradinnen stocksteif da und schwiegen. Keine wußte so recht, wie sie sich verhalten sollte.

Der Rektor wartete.

Nervöses Kichern ertönte in der angespannten Atmosphäre, zunächst wie vereinzelte Gewehrschüsse. Dann schwoll es allmählich an, breitete sich aus, überschwemmte den Raum, bis Hanae schließlich hämischem Gelächter ausgesetzt war.

»Geh hinunter.«

Der Rektor entließ sie mit einer Kopfbewegung.

Als Hanae vom Podium trat, war sie ein anderer Mensch. Sie beschloß, sich nicht zum Narren machen zu lassen. Als sie vorbeiging, wagte niemand, sie anzusehen, aber sie bemerkte, daß viele Mädchen sich heimlich die Spangen aus den Haaren nahmen.

Am späten Vormittag sagte Leutnant Matsunaga den Drill für die Mädchen ab. Er versuchte, auf seinen Krücken das Gleichgewicht zu halten, während er in die Hände klatschte und eine vorzeitige Pause verkündete.

»Nutzt die Zeit, um über meine Worte nachzudenken«, wütete der sonst so stille Held. »Es bedarf mehr als nur des Entfernens von Haarspangen, um in diesem Krieg Rechtschaffenheit für sich in Anspruch zu nehmen.«

Hanae hatte keine Zeit, über seine Worte nachzudenken. Kimiko Takahashi begann sie zu verfolgen. Sie schob sich durch das Gedränge im Speisesaal auf Hanae zu. Laut rief sie Hanaes Namen. Den ganzen Tag über ging Hanae ihr durch geschickte Ausweichmanöver oder ein paar hastige Rückzüge auf die Toilette aus dem Weg.

Doch Kimiko erwies sich als hartnäckig. Auf dem Heimweg in der Straßenbahn konnte Hanae ihr nur entkommen, indem sie sich zwischen ein Fenster und einen großen, laut schnarchenden Mann setzte.

Als sie an der Endhaltestelle ausstiegen und über den Feldweg zum Dorf gingen, wagte Kimiko einen Vorstoß.

»Willst du ein Stück Schokolade?«

Was für eine plumpe Anbiederei, dachte Hanae. »Ich glaube nicht«, antwortete sie.

Sie vertiefte sich in den Anblick der Landschaft.

Der Frühling war in diesem Jahr früh gekommen. Den Kaulquappen in den Sümpfen wuchsen schon Beine. Die Wiesen, auf denen man im Sommer so gut Leuchtkäfer fangen konnte, waren blau vor Vergißmeinnicht.

»Komm schon«, beharrte Kimiko, »Schokolade schmeckt gut und ist knapp. Zier dich nicht vor lauter Stolz.«

»Ich bin nicht stolz«, sagte Hanae würdevoll. »Ich bin vorsichtig, was meine Ernährung betrifft.«

Kimiko lachte. »Ich habe dich nie gemocht«, meinte sie. »So wie du redest, so geschraubt und eingebildet. Aber jetzt gefällt es mir. Nur so kann man den aufrechten Gang beibehalten.«

Kimikos Worte klangen interessant. Erneut hielt sie Hanae die Schokolade hin.

Hanae verlangsamte den Schritt und nahm ein Stück.

In ihrem Bestreben, Kimiko hinter sich zu lassen, war sie schnell gelaufen. Da sie groß und sportlich war, hatte sie damit meistens Erfolg. Doch bei Kimiko war es anders. Kimikos kräftige Beine hielten mit Hanae Schritt. In einem Anflug von Konkurrenzneid dachte Hanae an die Sommerspiele im letzten Jahr, als Kimiko alle Sprungwettbewerbe gewonnen hatte.

Kimiko unterbrach Hanaes Gedankengänge.

»Ich fand es sehr ungerecht, wie der Rektor dich angegriffen hat.«

Aus dem Augenwinkel warf Hanae Kimiko einen kurzen, skeptischen Blick zu.

Kimiko hatte die Stirn in Falten gelegt und die dunklen Augenbrauen bei der Erinnerung finster zusammengezogen.

Erneut kam Neid in Hanae auf. Selbst mit gerunzelter Stirn war Kimiko noch erstaunlich hübsch.

Kimiko spürte Hanaes Blick und wandte sich ihr mit schiefem Lächeln zu.

»Danke für die Schokolade«, sagte Hanae förmlich. »Es war sehr nett von dir, sie mit mir zu teilen.«

Um jeglicher Verpflichtung aus dem Weg zu gehen, hatte sie beschlossen, Dankbarkeit zu zeigen.

»Gern geschehen. Mein Vater importiert jede Menge.« Kimiko hielt inne. Ihre Stimme war irgendwo zwischen Humor und Wut angesiedelt. »Das ist der Vorteil, wenn man Tochter eines Ausgestoßenen ist.«

»Eines Ausgestoßenen?« Hanae war überrascht. »Dein Vater ist doch reich, alle beneiden ihn!«

Kimiko wurde ernst. »Mein Vater ist ein internationaler Händler. Er interessiert sich für den Rest der Welt. Diese Tatsache macht ihn heutzutage zur Zielscheibe für Verdächtigungen. Hinzu kommt der Neid, den du erwähnt hast.«

Sie überlegte eine Weile.

»Ich glaube, deshalb war ich so sauer auf den Rektor. Es liegt doch auf der Hand, daß er dich rausgepickt hat, weil deine Tante diesen Krieg in Frage stellt.«

»Meine Tante?«

Kimiko war wütend.

»Komm, Hanae, alle wissen doch, daß sie zu einer Gruppe von Dissidentinnen gehört.«

»Dissidentinnen? Sie schneiden Rezepte aus *Frauenzeitschriften* aus!«

Hanae dachte an die Zeitschriften: die Ratschläge, wie man eine Ehe frisch hält, wie man alte Seidenstrümpfe neu verwenden kann; an die Beschreibung der unterschiedlichen Arten von Braunfäule, die amerikanische Gärten befallen. Hanae hatte sie so genau studiert wie ein Wahrsager seine Teeblätter, weil die Zeitschriften von ihrem Vater kamen.

Akira vernachlässigte sie durchaus nicht. Er schickte Matrosenkostüme und Dosen mit dem fragwürdigen neuen Frühstücksfleisch. Aber seine Briefe steckten voller Sätze, wie »Ich hoffe, Du bist gesund und munter«, oder »Ich nehme doch an, daß die Schule Dir gefällt«. Hanae hatte nur wenig entdeckt, was ihr helfen konnte, sich seine Welt vorzustellen.

Die Zeitschriften halfen ihr eher weiter. Sie benutzte die Schauplätze, Anzeigen und Konflikte, um ihrem Vater Leben einzuhauchen. Im Geiste stellte sie sich ihn in den von Braunfäule befallenen Gärten vor, wie er nachdenklich die Wurzelfäule betrachtete. Mit Hilfe der amerikanischen Frauenzeitschriften hatte Hanae ein buntes Leben für ihren Vater erfunden, gesegnet mit zeitsparenden Mahlzeiten und belastet mit dem Drama hartnäckiger Flecken.

Kimiko unterbrach Hanaes Tagträume.

»Vielleicht schneidet deine Tante ja Rezepte aus, aber es ist Teil einer vorsätzlichen Strategie, um Informationen weiterzugeben.«

Die Welt durch Kochen verändern. Hanae schüttelte den Kopf. Der Plan schien so abwegig, daß er nur von mir stammen konnte.

Kimiko sah Hanae von der Seite an. »Weißt du, meine Eltern bewundern sie. Und deine Großmutter ebenfalls – wie sie die Pachtzahlung für ihren Besitz ausgesetzt hat, als die Wirtschaftskrise anfing, und statt dessen ihr Erbe zu verkaufen begann.«

Hanae erschrak. Das war ihr neu (so wie mir, als sie es mir erzählte).

Dann schnaube Hanae, um ihrem Entschluß treu zu bleiben, sich vor niemandem zum Narren zu machen. »Was man aus deinem Verhalten aber nicht unbedingt schließen würde«, sagte sie kühl. »Soweit ich mich erinnere, hast du meine Tante sehr schlecht behandelt, als du einmal bei uns zu Besuch warst.«

Kimiko wurde rot.

»Ich war neidisch«, erklärte sie. »Ich war beliebt, machte mir aber Sorgen, weil ich tief in meinem Innern lebensfremd war. Dann bist du hierhergezogen. Ohne dich zu rechtfertigen, wer du bist. Du hast den Eindruck erweckt, als wärst du so klug, so unnahbar und als würdest du dir nichts aus den Hänseleien wegen deiner Kleidung machen.« Sie schüttelte den Kopf. »Ich dachte, dein Selbstvertrauen käme daher, daß du einer alteingesessenen, reichen Samurai-Familie entstammst. Meine Familie gehört zu den Kaufleuten. Du weißt ja, welche Vorurteile gegenüber Kaufleuten bestehen; sie gelten als skrupellos und geldgierig. Ich haßte unsere Stellung; ich wollte der Oberschicht angehören.«

Sie blieb stehen und sah Hanae direkt an. »Es tut mir leid, daß ich damals unhöflich war. Das war dumm von mir. Wenn ich dich überhaupt trösten kann, dann vielleicht mit der Tatsache, daß meine Grobheit nichts war im Vergleich zu der Verachtung, die ich meinem Vater gegenüber an den Tag legte.«

Hanae schaute auf ihre Schuhe. Kimikos Aufrichtigkeit beschämte sie. Auch Hanae hatte auf Kaufleute herabgesehen ...

Sie suchte nach versöhnlichen Worten.

»Du bist nicht dumm«, sagte sie schließlich. »Übrigens, herzlichen Glückwunsch zum ersten Platz bei den Aufnahmeprüfungen.«

»Das heißt noch lange nicht, daß ich nicht dumm bin«, erwiderte Kimiko mit verlegenem Schulterzucken. »Der erste Platz bedeutet nur hirnloses Auswendiglernen.«

Hanae zuckte zusammen. Sie hatte hart gearbeitet, um am Ende Zweitbeste in einer Disziplin zu sein, die Kimiko nicht einmal schätzte.

Kimiko merkte es. Sie wurde nervös. »Das hört sich arrogant an, nicht? Tut mir leid. Ich hätte mich lieber für deinen Glückwunsch bedanken sollen.«

»Nicht arrogant. Intelligent. So, als würdest du hinter die Dinge schauen. So wie du über Großmutters Erbstücke und den wahren Zweck von Tante Etsukos Frauengruppe Bescheid weißt.«

»Das hat nichts mit Intelligenz zu tun«, sagte Kimiko. »Das ist Allgemeinwissen.«

Hanae seufzte. Sie wußte nicht einmal, was alle wußten.

Kimiko las ihre Gedanken.

»Mach dir nichts daraus, Hanae, du bist intelligent. Bevor die Schule so langweilig wurde, habe ich gesehen, was du geleistet hast. Du hast einen regen Verstand. Du kannst Englisch. Du hast erstaunlich viele westliche Autoren gelesen.«

Kimiko hielt inne. Ihre Stimme wurde leise und traurig.

»Ich habe mich so auf die Oberschule gefreut, darauf, verschiedene Ideen kennenzulernen. Jetzt haben sie uns das alles genommen.«

Sie schüttelte den Kopf.

»Du kannst von Glück sagen, Hanae. Du hast so viel gelesen. Mein Vater, der erfolgreiche Importeur, hat versucht, mir eine Übersetzung von Tolstoi zu besorgen, aber man hat sie am Hafen entdeckt und beschlagnahmt.«

Hanaes Kopf fuhr ruckartig in die Höhe.

Sie hatte sieben Bände *Übersetzungen westlicher Meisterwerke* gelesen, und die Bücher lagen ihr schwer auf der Seele. Fünftausend Seiten und niemand, mit dem sie darüber reden konnte. Hanae kam sich vor wie eine Musikerin, die einen Koffer voller Noten geerbt hat, nur um festzustellen, daß alle ihre Begleiterinnen verschwunden sind.

Sie beschloß, Kimikos Waffenstillstandsangebot anzunehmen.

»Du interessierst dich für Übersetzungen?« fragte sie verführerisch.

Kimiko nickte.

»Komm mit mir«, sagte Hanae, mit den Worten spielend. »Wir wollen unseren Krieg in Frieden übersetzen.«

März 1938

Was ich später über die Anwerbung Masao Matsunagas erfuhr

Als er sich anwerben ließ, war Leutnant Masao Matsunaga – Hanaes neuer Lehrer in militärischem Drill – noch Student. Er hätte sich zurückstellen lassen können.

Masaos Vater war weder stolz noch wütend, als er von der Anwerbung erfuhr. Er saß steif und schweigend am niedrigen Eßtisch, als wäre das Flattern der Kimonoärmel an ihrer Vogelscheuche draußen plötzlich das einzig Wichtige.

»Man kann es rückgängig machen«, murmelte er. »Es war voreilig, aber ich weiß, du kannst es noch annullieren.«

»Ich will es aber nicht!« Masao konnte seine Verärgerung nicht unterdrücken. Er war mit seiner großen Neuigkeit nach Hause gekommen, und wie wurde darauf reagiert?

»Mutter!« fragte Masao zornig. »Überzeuge ihn!«

Frau Matsunaga schaute ratlos von ihrem Sohn auf ihren

Mann. Den Teller mit kalten *somen*, den sie hatte abräumen wollen, hatte sie auf dem Schoß vergessen.

Fast eine Minute verstrich.

Eine Zikade zirpte im Eingangsbereich.

Masaos Mutter drückte ein Taschentuch an die Stirn.

»Tuberkulose!« Herr Matsunaga ergriff das Wort, als habe er zufällig einen guten, lange verloren geglaubten Freund aus Kindheitstagen wiedergesehen.

Er betrachtete seinen jüngsten Sohn verschlagen.

»Du bist dünn. Gut, gut. Und blaß. Wenn du jetzt einen kleinen Buckel machst und dir ein Taschentuch vor den Mund hältst ...«

»Ich stelle mich nicht krank!«

Herr Matsunaga ging nicht darauf ein. Ganz in Gedanken tippte er mit seinen Stäbchen in die Handfläche.

»Denk an die Symptome, kurz vor der Einführungszeremonie, wenn sie dich fragen, ob du im letzten Moment noch Zweifel hättest: Nachtschweiß, Atemlosigkeit, Gewichtsverlust. Mama, können wir etwas tun, um seine Gewichtsabnahme zu beschleunigen?«

Masaos Mutter, die ihre Augen wie ein Kind weit aufgerissen hatte, wurde plötzlich rege.

»Eine Woche vorher keine Mahlzeiten mehr«, kommandierte sie mit mütterlicher Autorität. »Für eine milde Entwässerung werde ich ihm nur gegorenen Tofukuchen, gewürzt mit rotem Chili, zu essen geben.«

»Wird das den gewünschten Effekt haben?« fragte Masaos Vater skeptisch. Obwohl er die Frage gestellt hatte, schien er jetzt verblüfft zu sein, daß Mama – die Heilerin der Familie, die Herstellerin von heißen Reismehlumschlägen – so vertraut mit der Herbeiführung von Krankheiten war.

»Ja, das verleiht Masao-kun ein schwaches, fiebriges Aussehen.«

Die Verwendung seines Kindernamens brachte Masao wieder auf seine Anwerbung.

»Das ist unehrenhaft!« unterbrach er wütend.

Seine Eltern schauten ihn sprachlos an.

Am Rande der Veranda hörte Masao eine Fliege, die sich in einem Moskitonetz verfangen hatte und in ohnmächtiger Wut brummte und summte.

März 1938

Nach der Eroberung von Nanking lief das Leben auf Hochtouren. Zuerst wurden die Bürger durch Gerüchte hinter vorgehaltener Hand über »gewalttätige Ausschreitungen« verunsichert, die sich, wie wir vermuteten, auf die Mißhandlungen von Zivilisten bezogen. Die Ereignisse vom 26. Februar 1936 lagen noch nicht weit zurück, und die Gerüchte waren daher nur allzu glaubwürdig. Wenn japanische Offiziere Kabinettsmitglieder ermorden und ihre eigenen Militärkommandeure umbringen konnten, nur wegen des Verbrechens, nicht eifrig genug gewesen zu sein, wer konnte dann wissen, was sie den Chinesen erst antun würden? Doch Proteste wurden in Angst erstickt. Wer konnte sagen, was man selbst von der Armee zu erwarten hatte, wenn man als Aufrührer galt?

Hinzu kam, daß die internationale Ächtung die nationale Entschlossenheit nur stärkte. Man zeichnete den Bürgern das Bild vom heldenhaften Japan, das Asien vor den einkreisenden ABC-Mächten – Amerika, Britannien, China – beschützte (die nicht in die alphabetische Reihenfolge passenden Holländer und Franzosen wurden ausgelassen), und alle begannen, *»banzai!«* zu rufen.

Dann, als Politiker Ansprachen hielten, von denen die Aufmerksamkeit der Zuhörer mehr als strapaziert wurde, als kleine Geschäftsleute begannen, Miniaturflaggen zu verkaufen, als jeder sich ausrechnete, wie er die öffentliche Stimmung am besten für seinen persönlichen Profit ausnutzen könnte, verschwand die Demokratie.

Mich hätte es eigentlich nicht weiter überraschen sollen. Schließlich sind Demokratie und Parlamentarismus ausländische Konzepte, die vom Großteil der Öffentlichkeit nicht verstanden werden. Obwohl inzwischen zwei Generationen Zugang zu einem erstaunlich fortschrittlichen Bildungssystem haben, sind nur wenige weiter als bis zur fünften Klasse gekommen. Alte Ideen wie die Loyalität zum Clan und absoluter Gehorsam sind viel leichter zu begreifen.

Und so kam es, daß Kinder mit staatsbürgerlichen Ausflügen begonnen haben. Frische Truppen, Jungen in steifen Uniformen mit eifrigen, stolzen Gesichtern, werden überall herumgefahren. Eine Zeitlang hat das Kultusministerium seine Bemühungen verstärkt, westliche Wörter aus dem japanischen Vokabular zu tilgen, doch ich freute mich, als ich sah, daß Chies Prophezeiung – kleine, einfache Freuden würden uns retten – anscheinend wahr wurde. Als typische amerikanische Baseball-Ausdrücke durch japanische ersetzt werden sollten (das Ministerium war nicht so dumm, das Spiel selbst zu verbieten), froren die Spiele förmlich ein, weil die verwirrten Spieler ins Stolpern kamen, als sie sich an die neuen Worte erinnern sollten. Die Forderung, die Eltern nicht mehr mit Mama und Papa anzureden, wurde ebenso rasch fallengelassen.

Filme haben sich als weniger unverwüstlich erwiesen. Amerikanische Filme wie die, zu denen Chie und ich Hanae mitgenommen hatten, werden nicht mehr importiert. Meistens produzieren japanische Filmgesellschaften jetzt Filme, wie *Die menschlichen Bomben*, in denen der Heldenmut von Soldaten gepriesen wird, die sich im Krieg für ihre Kameraden opfern.

Die einflußreichen Toho-Studios in Osaka stellten sogar die Produktion von Samurai-Filmen ein. Diese Filme hatten Geschichten von einsamen *ronin* aus dem 17. Jahrhundert dargestellt – Samurais, die an keinen Lehnsherrn gebunden waren. Sie kamen in eine Stadt, vereinten die Bewohner in ihrem Kampf gegen einen ruchlosen, verbrecherischen Fürsten und ritten dann wieder einsam in nobler Haltung von dannen. In diesen Filmen hinterließ der Samurai stets Stadtbewohner, denen ein tieferes Verständnis von Mut und Integrität zuteil geworden war, sowie eine schöne, wehmütige Witwe, ewig dankbar für das Beispiel von Männlichkeit, das er ihrem vaterlosen Jungen gegeben hatte.

Als die Samurai-Filme eingestellt wurden, mußte ich wieder an Tatsuo Tanida denken. Er war Kameramann bei den Toho-Studios und drei Jahre zuvor ein paarmal bei unserer Antikriegsgruppe gewesen. Herr Tanida war ein großer, dünner Mann in mittleren Jahren, mit dem ruhigen, konzentrierten Auftreten eines Ingenieurs und ganz und gar nicht der Filmmagnat mit französischer Baskenmütze, der seine Anweisungen durch ein Megaphon brüllte, so wie ich ihn mir ursprünglich vorgestellt hatte.

Herr Tanida war sehr geduldig, als Frau Ito und ich ihn (mit unseren allzeit vorhandenen erzählerischen Ambitionen) hemmungslos mit Fragen über filmischen Erzählstil bombardierten. In liebevollen Details erklärte er uns den Gebrauch von »Kameraschwenk«, »Draufsicht« und »Kran«, um einer Szene eine bestimmte Atmosphäre und Motivierung zu verleihen. Er beschrieb, wie die Einstellungen »Master-Szene«, »Zweier- oder Dreier-Einstellung«, »Aufnahme über die Schulter« und »Nahaufnahme« koordiniert werden können, um die Dramatik einer Szene zu intensivieren. Während ich zuhörte, fiel mir auf, daß Herrn Tanidas Filme – so wie er selbst – mehr waren, als sie auf den ersten Blick schienen. Außer der Tatsache, daß sie Kindern aufregende Schwertspiele und Erwachsenen reizvolle Romantik boten, hatten Herrn Tanidas Samurai-Filme den hintergründigen Zweck erfüllt, einige Ideen über individuelles Bewußtsein und gesellschaftlichen Widerstand zu verbreiten.

Herr Tanida kam nur zwei- oder dreimal zu unseren Treffen. Er sah voraus, daß Propagandafilme zunehmen würden, und verließ die Studios, um eine Stelle als Wochenschaufilmer anzunehmen. Obwohl er Bedenken hinsichtlich der Auswirkungen hatte, die seine neue Stelle auf seine Frau, seinen sechsjährigen Sohn und seine politisch vorsichtige Mutter haben könnte, hatte

Herr Tanida die feste Absicht, der Öffentlichkeit eine alternative Sichtweise zu präsentieren.

Infolgedessen sah ich mir die Wochenschauen genau an, wenn ich ins Kino ging. Ich saß im Dunkeln und suchte nach Hinweisen, ob ein Film über die Eröffnungen von Munitionsfabriken und Kampagnen zur Einsparung von Papier vielleicht von Herrn Tanida sein könnte. Ich suchte seine genaue Beobachtungsgabe und die unterschwellige Erzählmethode, seinen persönlichen Stil.

Vor einem Jahr etwa schaute Herr Tanida zwischen zwei Aufträgen bei Frau Kawai vorbei. Er lieferte uns Informationen, die er von ausländischen Korrespondenten aufgeschnappt hatte, und teilte uns mit, man werde ihn endlich zur Kriegsberichterstattung ins Ausland schicken. Vier Monate später, als Herr Tanida aus China zurückkehrte, fing er an, öffentlich Vorträge zu halten. Beunruhigt las ich in den Zeitungen, man habe ihn wegen seiner Offenheit inhaftiert, doch kürzlich hieß es, er sei wieder entlassen worden.

Auch ich ließ mich durch den wahnsinnigen Aktionismus um mich herum anstecken. Obwohl die Sache, für die ich eintrat, gegen den Krieg gerichtet war, erlag ich der romantischen Vorstellung vom persönlichen Heldenmut ebenso wie jeder siebzehnjährige Infanteriesoldat.

Als die letzten Fakultätsmitglieder fluchtartig die Ausländerschule verließen, ging ich zu ihrem Ramschverkauf. Im Hochgefühl historischer Wichtigkeit erstand ich einen Vervielfältigungsapparat, mit dem ich den zerstörten von Frau Kawai ersetzen wollte.

Deshalb erfüllte es mich mit Unwillen und Ungeduld, als Frau Ito eines Sonntags vorschlug, wir sollten uns im Ferienhaus des Grafen auf dem Mount Rokko treffen. In dieser Zeit der Dringlichkeit empfand ich es als pure Zeitverschwendung, eine ganze Stunde aus der Stadt hinauszufahren.

März 1938

Mount Rokko

An einem Sonntagnachmittag schritt ich an den Ausläufern eines entlegenen Waldgebietes auf einem kleinen, hölzernen Bahnsteig auf und ab. Ich trug ein schräggeschnittenes Kleid, das (merkwürdigerweise, könnte ein Zuschauer sagen) aus *ikat*-gemustertem Kimonostoff (dunkelblau mit kleinen weißen Quadraten) geschneidert war, dazu eine für die Berge zu dünne Jacke aus mitternachtsblauem Leinen, und stampfte mit meinen in Pumps steckenden Füßen auf den Boden, um mich warm zu machen. Ich hatte nur meine hochfliegenden, reizbaren Gedanken, um mich abzulenken, und wartete auf die Drahtseilbahn zum Mount Rokko.

Am Waldrand stand ein Reh – die Vorderbeine gegen den Stamm eines Hartriegels gestützt und den Hals zum Äsen vorgestreckt. Mitten in der Bewegung hielt es plötzlich wachsam inne. Schlingernd und ruckend näherte sich eine winzige gelbe Gondel an schwirrenden Kabeln.

Ich stieg zusammen mit einem anderen Passagier ein.

Die Gondel setzte sich in Bewegung und schwebte knapp über den immergrünen Baumkronen dahin. Unter uns schossen aufgeschreckte Kaninchen kreuz und quer über den schmelzenden Schnee, mit dem einzigen, instinktiven Vorhaben, vor unserem Schatten zu fliehen.

Mein Herzschlag dröhnte mir in den Ohren.

Meine Verärgerung über diesen Ausflug war zum größten Teil meiner Höhenangst zuzuschreiben.

Der Anstiegswinkel wurde steiler. Der Wald fiel unter uns ab. Am Rande des Universums tauchte das Binnenmeer als ein sich öffnender blauer Bogen auf.

Zentimeter um Zentimeter schob ich mich auf meinem Sitz nach vorn. Die Drahtseilbahn war in der Schweiz hergestellt worden und für größere Passagiere gefertigt, so daß meine

Beine herabbaumelten. Schließlich fand ich Boden unter den Füßen, doch das dünne, vibrierende Blech verursachte mir Übelkeit. Ich wollte mich auf den Wald konzentrieren, aber der Höhenunterschied machte mich benommen. Vor lauter Verzweiflung versuchte ich, tief einzuatmen und bis zehn zu zählen.

Zypressen vermischten sich mit Schwefeldämpfen, die in Kringeln aus den verborgenen heißen Quellen stiegen.

Ich atmete aus und stellte fest, daß es mir besser ging.

»Kommen Sie wegen der Bäder hierher?«

Der andere Passagier, ein Mann mit gefälligen Gesichtszügen, Anfang Vierzig, lächelte mich an.

»Darf ich Ihnen ein …« Er kramte in seinem Rucksack herum, der über und über mit Bändern von buddhistischen Bergpilgerfahrten behängt war. Schließlich förderte er eine Banane zutage.

Er zog die Stirn kraus. »Ach nein, die ist zu zermatscht. Das geht nicht.« Noch einmal tauchte er in seinen Rucksack.

»Danke, aber ich brauche nichts. Die Fahrt dauert ja nur zwölf Minuten.« Ich atmete noch einmal tief durch. Nur noch neun Minuten, dachte ich, wenn ich Glück habe.

»Das macht doch keine Mühe.« Aus den Tiefen seines Rucksacks klang die Stimme des Mannes gedämpft.

Die Gondel schaukelte leicht an ihrem dünnen Kabel. Ich konzentrierte mich auf den gleichbleibenden Horizont.

Ich hatte den Mann schon fast vergessen, als …

»Rosinen!«

Er hielt mir eine winzige Tüte hin, gerade groß genug, daß einer davon satt werden konnte, und grinste breit, als habe er einen zweihundert Pfund schweren Thunfisch eingeholt.

Wie hätte ich ihn nicht mögen sollen?

»Danke. O nein! Ich kann sie nicht alle nehmen. Bitte, teilen wir sie uns, Herr …«

»Hashimoto, Yoshi heiße ich.«

»Sone, Etsuko Sone.«

Herr Hashimoto beugte sich vor und schüttete mir alle Rosinen in die Hand.

Ich schaute ihn vorwurfsvoll an.

»Ich dachte, wir wollten sie uns teilen.«

»Ich habe ein paar für mich zurückbehalten«, versicherte er mir.

Er lehnte sich zurück und steckte sich die wahrscheinlich einzige restliche Rosine in den Mund.

»Ist es nicht herrlich hier!« rief er begeistert und zeigte mit weit ausholender Geste über das Meer und die Berge. »Ich weiß nie, ob es die heißen Quellen sind, die Luft oder die Aussicht, die eine heilende Wirkung ausüben!«

Ich lachte, meine Höhenangst fiel angesichts seiner guten Laune in sich zusammen.

Die Seilbahn stieg durch wolkenlosen blauen Raum nach oben. Unter uns glitten Falken dahin.

»In Amerika sind Falken ein Symbol des Krieges«, sagte ich, ohne nachzudenken.

Herr Hashimoto wurde rot. »Frau Sone«, sagte er ernst, »sprechen Sie an diesem wunderschönen Ort lieber vom Frieden, nicht vom Krieg.«

Als ich kurz darauf in einem kühlen Rund aus Stein, Stahl und Glas stand, freischwebend über dem Berghang, dachte ich an Herrn Hashimoto.

Ich war in der Tat hierhergekommen, weil ich Frieden suchte. Frieden vor mir selbst und Frieden vor dem Krieg.

Ich sah mich im Ferienhaus der Itos um: elegant, schlicht und beruhigend. Sisalteppiche, eine Konzession des zwanzigsten Jahrhunderts an die traditionellen *tatamis*, lagen auf Dielenbrettern aus Hartholz. Möbel – rechteckige Lederkissen, gestützt von Stahlrohr – standen wie Skulpturen herum. Das einzig Ausgefallene war die Südwestseite, wo der Wald vor den bis zum Boden reichenden Fenstern zum Meer hin abfiel.

Frau Kawai trat neben mich.

»Da ist die Seilbahn«, sagte sie.

Nicht weit entfernt brachten kleine gelbe Punkte Bewegung in die Landschaft, wie Bienen, die einen Garten bestäuben.

Frau Ito schritt unruhig auf und ab.

»Ich habe einen besonderen Gast eingeladen«, erklärte sie.

Sie schaute sich zerstreut um. »Tee, Kaffee. Ich habe die Getränke vergessen!«

Als sie in die Küche eilte, die teilweise von einer Wand aus matten Glasbausteinen verdeckt war, hörte ich sie mit einer für eine Adlige erstaunlichen Vertrautheit darin herumhantieren, Schränke öffnen und Schubladen zuschmettern.

Ihre Geräusche wurden von heftigem Klopfen an der Haustür übertönt.

»Da ist jemand gekommen«, rief ich.

»Können Sie aufmachen?«

Ich ging quer durch den Raum, blieb stehen und öffnete die Tür.

Direkt vor mir tauchte das Gesicht von Hanaes Drill-Lehrer auf.

»Leutnant Matsunaga!« keuchte ich.

Ich war zutiefst erschrocken. Vielleicht führte er eine Razzia durch!

Frau Ito trat zu uns, in der Hand noch ein paar Kaffeebohnen.

»Leutnant Matsunaga«, wiederholte sie. »Vielen Dank, daß Sie gekommen sind.«

24. Kapitel

März 1938

Leutnant Matsunaga schliesst sich der Friedensgruppe an

Frau Ito ließ ihrem Gast kaum Zeit, zur Ruhe zu kommen.

»Sie behaupten, Sie seien Pazifist. Warum sind Sie dann in die Armee eingetreten?«

Leutnant Matsunaga rührte seinen Kaffee um. Sacht legte er den Löffel auf der Untertasse ab. »Anfänglich war ich gar nicht interessiert daran. Als Student mußte ich mir erst eine eigene Meinung bilden. Ich war kritisch gegenüber Autoritäten, lebte aber in der Gewißheit, daß meine Kommilitonen und ich am Ende zu den Privilegierten gehören würden. Vom Hörensagen wußte ich, was die Einberufung zum Militär bedeutete: Disziplin wird brutal durchgesetzt, der eigene Wille vorsätzlich gebrochen. Warum soll ich das riskieren? fragte ich mich. Ich habe doch schon einen sanften Weg zum Ruhm vor mir.«

»Was hat Ihre Meinung geändert?« fragte Frau Ito gespannt.

»Wollen Sie das wirklich wissen?« fragte der Kriegsheld. »Ich wurde Idealist und wollte die Welt retten.«

Der Leutnant begann zu lachen. Lautes, trauriges, ersticktes Lachen hallte von den Wänden wider. Wir schwiegen höflich, doch er hörte nicht auf. Er lachte so lange, daß ich mich schon besorgt fragte, ob ich nicht aufstehen und ihn schütteln sollte. Plötzlich war er wieder ernst.

»Es gab so viel Armut, wissen Sie. In den Dörfern rund um den Wohnort meiner Eltern war der Treibstoff knapp, die Versorgung klappte nicht richtig; die Menschen hungerten.«

Er schaute uns forschend an.

»Das Leben an der Universität war dagegen leicht. Meine Freunde und ich diskutierten viel. Für sie war Krieg unmoralisch. Nicht nur, weil die Beweggründe, die dazu führen, von Grund auf schlecht sind, sondern weil oft genug überhaupt keine existieren. Krieg wird weder aus Haß noch aus Furcht, sondern als eine Art Kavaliersport betrieben.«

»Als Sport?« Frau Ito richtete sich kerzengerade auf.

»Ja, vergleichbar mit Rugby. Eine Ansammlung von Männern, die nicht einmal besonders bösartig sind, und doch bereit, anderen Menschen Schmerzen bis hin zum Tod zuzufügen, und die selbst das Risiko eingehen, umzukommen, nur um das Hochgefühl des Spiels zu erleben.«

Er schaute auf seine schönen, langgliedrigen Hände.

»Einige hielten die Vereinten Nationen sogar für eine Pervertierung sportlicher Regeln. Allein die Tatsache ihrer Existenz stelle eine über allen Zweifel erhabene Berechtigung für den Krieg dar.«

Wir hörten ihm wie gebannt zu.

»Schockiere ich Sie damit? Gut. Zynismus ist gefährlich; er dient als Entschuldigung für Untätigkeit. An der Universität habe ich zuviel Zynismus erlebt, aber wem sollte ich mich sonst zuwenden? Unserer Regierung etwa? Der Eisenbahnskandal, der Matsushima-Skandal im Rotlichtmilieu: Unsere Demokratie stank wie eine syphilitische Wunde im fortgeschrittenen Stadium nach Korruption.«

Leutnant Matsunaga hob die Schultern.

»Vielleicht wäre es anders gelaufen, wenn sich 1931 die Professoren und Studenten mit ihrem landesweiten Streik gegen den Expansionismus hätten durchsetzen können. Aber als ich dann ins College kam, hatte man die Abweichler bereits gefeuert oder ins Gefängnis gesteckt. Ich schaute mich um und kam zu dem Schluß, die Hoffnung auf ökonomische Gleichheit läge bei den neuen Offizieren in der Armee, die ebenso jung und idealistisch waren wie ich.«

»Demnach glaubten Sie an Ishihara und Itagaki«, sagte Frau

Kawai tonlos und verbittert. »An die Architekten des Staates Mandschukuo.«

Der Leutnant entblößte die Zähne. Lächeln konnte man es kaum nennen.

»Ich dachte, Zynismus sei gefährlich. Viel schlimmer aber ist allzu große Sicherheit. Doch Sicherheit war genau das, was mich zu Ishihara und Itagaki hinzog. Ich war noch jung, ungeschickt und unsicher. Wie schön war es da, von einer Sache überzeugt zu sein.«

»Aber vom Kolonialismus?« protestierte ich. »Wie konnten Sie sich für den Kolonialismus entscheiden?«

»Ich betrachtete Mandschukuo nicht als Kolonie. Ich war davon überzeugt, es werde auf die Autonomie vorbereitet, damit später alle Nationen Seite an Seite in diesem Land leben könnten.«

Der Leutnant schnaubte verächtlich angesichts seiner damaligen Naivität.

»Mandschukuo eine Kolonie? Ganz und gar nicht. Mandschukuo sollte Utopia werden.«

»Utopia? Mit Blutvergießen aus der Wiege gehoben?« Frau Kawais Gesicht war purpurrot. Ihre Heftigkeit verblüffte mich. Frau Kawai war eine ruhige, beherrschte Frau, die nie zuvor Wut gezeigt hatte.

»*Gekokujo* nannte man es«, sagte sie verächtlich. »Eine Idee der Samurai, die Kommandokette zu durchbrechen. Doch in der Tradition der Samurai untersucht man seine eigenen Motive; man erkennt, daß das, was man vorschnell gern Prinzipien nennt, in Wahrheit Selbsttäuschung sein kann. Einen Vorfall zu inszenieren, eine souveräne Nation zu überfallen, das hat nichts mit *gekokujo* zu tun!«

Der Leutnant ging in die Defensive.

»Dennoch schien der Plan für Mandschukuo sehr vernünftig«, erklärte er etwas zu schnell. »Nach einer kurzen Besetzung sollte eine starke, freie Wirtschaft das Land in demokratischen Bahnen halten. Aber es entstanden Splittergruppen. Einige fürchteten, die Sowjetunion würde ohne anhaltende militärische Kontrolle vorrücken, Mandschukuo einnehmen und danach ein asiatisches Land nach dem anderen.«

»Deshalb mußten alle älteren Offiziere, die nicht einverstanden waren, umgebracht werden? Ist Kommunismus so fürchterlich, daß man auf Vatermord zurückgreifen mußte?«

Frau Kawai schauderte; vor Wut wurde sie laut. »Idealistische junge Offiziere mit unterschiedlichen Philosophien?« Sie spuckte aus. »HUNDE! Das sind sie für mich!«

Die Geschichte der Fumiko Kawai

Folgendes hat sie uns erzählt: Admiral Sato, von jenen jungen Offizieren als Verräter abgestempelt, war Frau Kawais Onkel. Sie war bei ihm aufgewachsen.

Fumiko war dreieinhalb, als sie und ihre Mutter ins Haus Sato zogen. Ihr Vater, ein Mann, der gern gelacht hatte, war an Krebs gestorben. Zur Kirschblüte hatte es mit Magenschmerzen begonnen, und zur Irisblüte wurde er in einer Urne beigesetzt.

Fumiko erinnerte sich noch an den Umzug, an das Gesicht ihrer Mutter – merkwürdig abgeflacht wie der kleine Gummiball, auf den Fumiko sich einmal absichtlich gesetzt hatte –, als sie das Haus verließen, wo sie ihr ganzes Leben gewohnt hatten. Sie erinnerte sich daran, wie ihre Mutter schwarze Lacktruhen gepackt, ganze Bündel von Seidenschals in eine wartende Rikscha getragen und zuletzt Fumiko auf den Stapel gesetzt hatte.

»Mama!« hatte Fumiko, der die ungewohnte Geschäftigkeit angst machte, von oben herab gerufen.

Ihre Mutter hatte gelächelt, was ihre Wangen wieder etwas voller werden ließ.

»Schau dich nur an«, hatte sie geträllert, war neben Fumiko geklettert und hatte ihr durch das Haar gestrichen. »Hervorgehoben wie eine *umeboshi* hoch oben auf einem Berg aus Reis.«

Jasminduft lag in der Luft. Ein Hausmädchen verbeugte sich und schniefte in ihren Ärmel.

»Sah neh«, hatte ihre Mutter leise gesagt. »Sollen wir jetzt zum Onkel ziehen?«

Admiral Sato war zwanzig Jahre älter als ihre Mutter und eher ein gütiger Großvater als ein Onkel. Jeden Abend nach dem Essen hatte der Admiral die kleine Fumiko zu einem Spaziergang ausgeführt, und Fumikos Mutter und Tante hatten sich lächelnd und unter vielen Verbeugungen an der Tür von ihnen verabschiedet. Er hatte Fumiko wie einen preisgekrönten Papagei auf seiner Schulter getragen, sich von einer Seite zur anderen gedreht, damit sie alles sehen konnte, und über die klugen Dinge gekichert, die sie ihm ununterbrochen ins Ohr flüsterte.

Wenn sie ein sehr braves Mädchen gewesen war – und sich widerstandslos auf ihr kleines Porzellantöpfchen hatte setzen lassen –, nahm Fumikos Onkel sie zu den Teehäusern im Vergnügungsviertel mit, wo Fische, hübsch anzusehen, in ihren Aquarien schwammen und Geishas mit Musikinstrumenten in der Hand durch schattige Eingangshallen huschten.

Eine Woche nach Fumikos sechstem Geburtstag hatten sie auf einem solchen Ausflug einen Mann getroffen. Er war ein Freund von Admiral Sato und trug einen kleinen Jungen auf dem Arm.

Fumiko blieb schmollend zurück. Ihr Onkel war ein beschäftigter Mann, den sie nur auf diesen Spaziergängen ganz für sich hatte.

Doch ihr Onkel lief eilig auf den anderen zu.

»Ah«, rief er ausnehmend freudig. »Wie alt?«

»Acht Monate.«

»So desu«, schwärmte der Admiral begeistert, seufzte wie ein Kenner und tätschelte das plumpe Knie mit den winzigen Kerben. »Sie sind ja so goldig, wenn sie klein sind.«

»Fumiko ist auch ein hübsches Kind«, sagte der Mann, doch

man sah ihm an, daß er es nicht meinte. Sein vernarrter
löste sich keine Sekunde von seinem kleinen Jungen.

Fumiko spürte den Blick ihres Onkels. In ihren hübsc
Kleidern hing sie niedergeschlagen an seinem ausgestreck
Arm, wie ein Drachen, der vom Wind im Stich gelassen wur

»Nicht wie dein Kleiner«, betonte Admiral Sato und sch
telte Fumikos schlaffen Arm. »Wenn sie so alt sind wie Fumik
muß man sich nur noch über sie ärgern.«

Fumiko wußte, daß er nur aus Bescheidenheit so gesprochen hatte. Außerdem war er abergläubisch und meinte, wenn er sie zu laut lobte, würde sie von begehrlichen Geistern geraubt. Doch am darauffolgenden Abend wollte Fumiko nicht mehr mit ihm spazierengehen.

Als er einen orangefarbenen Papiertiger hinter dem Rücken hervorzog, dessen Kopf an einer verborgenen Feder baumelte, wandte Fumiko den Kopf ab.

Er benutzt dich nur, sagte sie sich. Du bist nur eine Puppe, um die Geishas zu erfreuen.

Sie dachte daran, wie ihr Vater sie im Stich gelassen hatte, und war wütend, ihrem Onkel vertraut zu haben.

Ohne Fumiko ging Admiral Sato abends nicht mehr aus. Fumiko freute sich, als sie feststellte, daß der Besuch bei den Geishas nicht der eigentliche Zweck des Abendspaziergangs gewesen war. Dennoch verzieh sie ihm nicht.

Nach ein oder zwei Wochen fragte der Onkel sie nicht mehr. Es war schließlich an der Zeit für Fumiko, die Kleinkinderzeit hinter sich zu lassen: zur Schule zu gehen, Unabhängigkeit und Verpflichtung zu lernen. Es dauerte auch nicht lange, da lief sie nach dem Abendessen hinaus, um mit ihren Freundinnen zu spielen.

So zogen die Jahre ins Land.

Als Fumiko heiratete, war sie überrascht, Tränen in den Augen des Onkels zu sehen. Sie war gerührt, doch er war ein Admiral, und zu diesem offiziellen Anlaß konnte sie ihm in aller Öffentlichkeit keine besondere Aufmerksamkeit schenken.

Trotzdem stattete sie ihm in seinem Haus regelmäßig Besuche ab. Wenn sie dann wieder nach Tokio zurückfuhr, gaben sich ihre Mutter und ihre Tante immer viel Mühe, um ihr etwas Gutes zu essen mitzugeben. Ihr Onkel kam eigens, um sich von ihr zu verabschieden.

»Richte deinem Mann herzliche Grüße von mir aus«, pflegte er zu sagen.

An einem verschneiten Abend vor zwei Jahren, dessen Datum, der 26. Februar, später berühmt werden sollte, überredeten Frau Kawai, ihre Mutter und ihre Tante Admiral Sato, mit ihnen ins No-Theater zu gehen. Kurz nach ihrer Rückkehr klopfte jemand dreimal laut an die Tür (wie es überall in der Stadt üblich war).

»Wer mag das sein bei der Kälte?« fragte Frau Kawais Mutter lachend, noch ganz ausgelassen von der Vorstellung.

Es klopfte noch einmal, lauter, donnernd diesmal. Der Frohsinn wich aus den Augen ihrer Mutter.

»ADMIRAL SATO, WIR VERLANGEN, VORGELASSEN ZU WERDEN!«

»Ich mach' das schon«, sagte Frau Kawais Onkel und zog das Hausmädchen zurück, das zur Tür gehen wollte.

»Bleibt hier. Macht keine Geräusche.« Er schob das Hausmädchen und die anderen Frauen in den kleinen Raum neben seinem Arbeitszimmer.

Sie drängten sich im Dunkeln zusammen und hörten das Rumpeln der Doppeltür am Eingang.

»Guten Abend«, sagte der Admiral.

»WIR HABEN DEN BEFEHL, SIE ZU TÖTEN!« Die Stimme war so jung, daß sie an der Botschaft beinahe erstickte.

»Es ist kalt; es schneit. Bitte, kommen Sie doch herein aus dem Dunkeln, und lassen Sie uns darüber reden.«

Die Würde des alten Admirals muß die Soldaten durcheinandergebracht haben. Frau Kawai vernahm schlurfende Schritte, als sie über die Schwelle traten. Es polterte leise, als sie höflich die Schuhe auszogen.

»Es muß doch einen Grund dafür geben, daß ich sterben soll«, sagte ihr Onkel zu seinen Besuchern. »Den hätte ich gern erfahren.«

Seine Stimme kam aus dem Arbeitszimmer. Frau Kawai kratzte ein Guckloch in die Wand aus Reispapier.

Zwei Dutzend halbwüchsige Soldaten drängten sich im Raum und traten verlegen von einem Fuß auf den anderen. Sie schauten einander an.

»Ich nehme an, man hat Sie nicht informiert«, seufzte ihr achtzigjähriger Onkel. »*Shikataganai.* Da kann man leider nichts machen.«

Er stand auf und nahm Haltung an.

»Nein!« schrie Frau Kawais Tante auf.

Sie stürzte in den Raum, als drei der Männer das Feuer eröffneten.

Die Affenhorde

Wie versteinert saßen wir in Frau Itos modernem Haus und schwiegen.

»Wissen Sie, wie merkwürdig Ehre sich auswirken kann?« seufzte Frau Kawai.

Sie schlug die Arme um sich, als wäre ihr kalt.

»Als meine Tante neben meinem Onkel hockte und ihr Kimono sich voll Blut sog, als das Hausmädchen schluchzend in der Eingangshalle kauerte, trat der verantwortliche Hauptmann heran. Er befahl seinen Männern zu salutieren. Mit entsetzlichem Getöse knieten sie neben meinen Onkel nieder und präsentierten die Gewehre.«

Frau Kawai verzog den Mund.

»Dann wandte sich der Hauptmann an meine Tante. Er zuckte mit den Schultern und sagte bedauernd: ›Das alles tut mir leid; ich habe Ihren Mann von Anfang an bewundert. Aber sein Standpunkt wich von unserem ab.‹«

Niemand rührte sich.

»Und Ihr Onkel?« fragte ich leise.

»Er hat sich wieder erholt. Er ist ein starker alter Tiger.«

Kurz darauf erhob sich der Leutnant schwerfällig von der niedrigen Couch und hüpfte auf seinen Krücken zum Fenster.

Er betrachtete die herrliche Landschaft.

»Ich bin in Bergen wie diesen hier groß geworden«, sagte er sanft. »Als ich noch klein war, rannte einmal am Tag eine Affenhorde auf ihrem Weg zum Fluß durch unseren Hof. Meinen älteren Bruder interessierte das nicht, aber meine Schwester und ich beobachteten sie gern.«

Affen? Ich war etwas verblüfft.

»Ein gutmütiger alter Affe, der schon silbergraue Haare im Fell hatte, war der Anführer«, fuhr der Leutnant fort. »Die Weibchen hüteten gemeinsam die Affenbabys. Die heranwachsenden Männchen führten hinter dem Rücken des alten Anführers Ringkämpfe aus und verhielten sich respektlos, zum Beispiel warfen sie mit Kot.«

Der Leutnant stand mit dem Gesicht zum Fenster, doch er sprach ruhig und sicher, so daß wir ihn gut verstanden.

»Im Winter war die Nahrung knapp, aber sie teilten alles, auch wenn es nur wenig war.« Leutnant Matsunaga seufzte. »Meine Schwester und ich liebten die Affen. Wir gaben ihnen Namen und Persönlichkeiten. Dann haben wir eine Dummheit begangen. Ohne es meinen Vater wissen zu lassen, denn er hatte uns wiederholt geraten, die Affen in Ruhe zu lassen, begannen wir, sie zu füttern.«

Er wandte sich um und schaute uns beinahe verblüfft an.

»Und wissen Sie was? Unsere guten Absichten haben das Leben dieser Affen ruiniert. Die Mütter rannten fort, um das Futter zu verschlingen oder zu horten, und vernachlässigten dabei ihre Kinder.«

Er schüttelte den Kopf.

»Eines Tages sah meine Schwester, wie ein heranwachsender

Affe eines der verlassenen Babys tötete und tatsächlich auffraß. Weinend rannte sie zu meinem Vater.«

Der Leutnant versank in ein langes Schweigen, so daß ich mich schon besorgt fragte, wohin ihn seine Gedanken wohl trugen. Seine Nachdenklichkeit machte mich traurig. Ich war an junge Männer gewöhnt, die Schlager vor sich hin pfiffen.

»Und Ihr Vater?« fragte Frau Ito leise.

Leutnant Matsunaga schaute auf, als wäre er überrascht, uns zu sehen.

»Mein Vater sagte, die Affen seien mit uns verwandt. Wir seien wesensgleich. ›Die Zivilisation ist ein dünner Lack‹, sagte er. ›Seht zu, daß es euch nicht ebenso ergeht wie den Affen.‹«

25. Kapitel

Juli 1938

Was ich in Frau Itos Ferienhaus erfuhr, verstörte mich so sehr, daß ich wie gelähmt war. Zum ersten Mal wurde mir bewußt, daß der Krieg nicht nur eine unerfreuliche Art des menschlichen Umgangs war, sondern etwas Entsetzliches, Häßliches – direkt vor unserer Haustür.

Auch bei den folgenden Treffen, selbst als unser Kreis sich erweiterte und wir mehr Friedenspamphlete druckten, quälten mich Nervosität und Mutlosigkeit. (Neu in unserer Gruppe war Kimiko Takahashi, die, als ich meiner Beunruhigung darüber Ausdruck verlieh, daß ein Kind sich einer politischen Gruppe anschloß, ruhig antwortete: »Ich bin fast achtzehn, und meine Eltern wissen von meiner Entscheidung.«)

Was ich auch tat, es würde nie genug sein.

Dieses Gefühl befiel mich immer in Gegenwart von Masao Matsunaga. Wenn ich versuchte, ihn zu begeistern, ihn zu ermutigen und aufzumuntern, reagierte er kurz angebunden und zerstreut. Ehe mir der nächste Satz einfiel, war er schon wieder tief in Gedanken versunken.

Mehr noch, ich hatte den Verdacht, daß seine Gedanken alle mit dem Tod zu tun hatten.

Es tat mir weh. Mit jeder Unterhaltung, die zwischen uns erstarb, wurde mir deutlicher bewußt: Masao selbst war teilweise tot.

Der Gedanke machte mich wütend. Ich war fest entschlossen, ihn zu retten. Ich dachte, wenn ich diesem sympathischen Jungen einfach nur zu neuem Lebensmut verhelfen könnte, wäre mein ganzer Traum vom Frieden weniger abwegig.

Als ich in der Zeitung las, daß mein alter Freund Tatsuo Tanida, der Kameramann und Kriegsgegner, im Kaufhaus Daimaru einen Vortrag halten würde, hoffte ich, meiner Sache damit ein Stück näherzukommen.

Der Vortrag im Kaufhaus

»*Irasshaimase!* Willkommen bei Daimaru!«

Vier hübsche Verkäuferinnen in Pumps und weißen Handschuhen verbeugten sich, als Masao Matsunaga und ich durch die Drehtür schritten.

Die Verkäuferinnen wurden rot. Aus niedergeschlagenen Augen taxierten sie Masao: seine straffe Haltung, die auf unterdrückte Wut schließen ließ, die schönen Augen mit dem bekümmerten Blick.

Die Verkäuferinnen seufzten. Ihnen war anzusehen, was sie dachten; auch ohne die Krücken war ihnen klar, daß ein Held vor ihnen stand.

Ich warf Masao einen verstohlenen Blick zu. Er bemerkte die Bewunderung der Mädchen nicht, sondern focht seinen eigenen Kampf aus.

»Ich habe hier mal gearbeitet«, sagte ich und versuchte, ihn wieder in die Gegenwart zu holen.

Masao schreckte auf und sah sich gezwungen, Konversation zu machen.

»Tatsächlich?«

Er erstickte beinahe an diesem einen Wort.

»Ja, vor zwanzig Jahren.«

Ich schaute mich um und bemühte mich, eine Unterhaltung über Vitrinen aus Mahagoni, Wandtäfelungen aus Walnußholz und Kronleuchter an hohen Decken in Gang zu halten. »Im wesentlichen hat sich nichts verändert. Es gibt Handtaschen und Strumpfwaren, Männerbekleidung und Sportartikel, und auf der nächsten Etage ...«

»Auf welcher Etage findet der Vortrag statt?« unterbrach Masao mich.

»Auf der vierten und obersten: Spielwaren, Bücher, ein Restaurant und ein Ausstellungsraum.«

Ich spulte die Information automatisch ab. Ich hatte die Etagen ausgerufen, während der Aufzugführer die Gittertüren bedient hatte.

Wir gingen durch den Laden. Ich hing noch immer meinen Erinnerungen nach und deutete auf einen verglasten Balkon. »Oben im Zwischenstock arbeiten die Buchhalter.«

Die Buchhalter, die alle grüne Augenschirme trugen, beugten sich eifrig über ihre Bücher.

»Das sind ja alles Frauen!« stellte ich überrascht fest.

»Frauen sind überall«, sagte Masao. »Sehen Sie dort links die Frau in der schwarzen Hose? Sie trägt einen Kasten für eine ...«

»Piccoloflöte.«

»Vor drei Jahren noch hätte sie niemals außerhalb ihrer vier Wände gespielt. Jetzt ist sie wahrscheinlich in einer Militärkapelle. Und da, die Frau, die eine Sportausrüstung kauft.«

Leise und voll Bitterkeit zählte er mit. »Vierzehn, fünfzehn, sechzehn Tischtennisbälle. Sie muß Sportlehrerin an einer höheren Töchterschule sein. Sehen Sie sich doch nur um«, fuhr er barsch fort, »es werden jeden Tag weniger Männer.«

»Vielleicht ist das gar nicht so schlecht«, erwiderte ich leicht säuerlich, denn ich war es allmählich leid, daß er mir meine gute Laune verdarb. »Frauen können durchaus etwas leisten. Vielleicht werden wir unsere Fähigkeiten auch dann noch nutzen können, wenn der Krieg vorbei ist und die Männer zurückkehren.«

Masao sah mich skeptisch an.

»Wie?« Meine Stimme nahm einen drohenden Unterton an. »Sind Sie etwa der Meinung, wir sollten unsere Begabungen nicht nutzen?«

Zu unser beider Verblüffung zog ich Masao mit einem Ruck hinter eine bogenförmige Auslage.

»Ich habe hier gearbeitet«, zischte ich. »Ich habe Japanisch und Englisch gesprochen und war unentbehrlich. In Amerika habe ich wie ein Mann gearbeitet. Und als ich nach Japan zurückkehrte, bin ich sieben Jahre lang fast nicht aus dem Haus gegangen. Und warum nicht? Weil es sich nicht ziemte. All die Frauen, die als Sklavinnen in Heimarbeit beschäftigt sind, das ist in Ordnung, aber in der Öffentlichkeit Flöte spielen? O nein, das ziemt sich nicht!«

Masao wachte langsam auf und blinzelte wie ein Schlafwandler, dem man kaltes Wasser über den Kopf geschüttet hatte.

»Und Hanae.« Ich plapperte immer weiter und konnte gar nicht aufhören.

»Sie ist ein intelligentes Mädchen, stark, will etwas Besseres werden und ist bereit, alle Mühen dafür auf sich zu nehmen. Wissen Sie, welche Chancen sie hat?«

Masao schluckte die Luft, die ich ihm nahm.

Ich war nicht zu bremsen.

»Oder Kimiko! Ich nehme an, sie ist Ihnen aufgefallen. Wenn Sie sich dazu aufraffen könnten, etwas Menschliches zu tun, dann würden Sie sich vielleicht sogar in sie verlieben. Aber nein, Sie suhlen sich ja nur in Ihrem eigenen Schmerz und haben keine Ahnung, wer sie wirklich ist!«

Endlich kam Leben in Masao.

»Frau Sone!« rief er. »Bitte, es war nicht meine Absicht, Sie zu kränken! Verzeihen Sie, wenn ich einen falschen Eindruck erweckt habe! Ich wollte Frauen nicht abwerten; ich wollte damit nur sagen, daß ich fürchte, es wird überhaupt kein Mann mehr zurückkommen!«

Erleichtert atmete ich auf. Zum ersten Mal klang Masao völlig normal wie jeder junge Mann, der verstört darüber ist, daß er einen älteren Menschen verletzt hat.

Plötzlich wurde mir klar, was mich so in Wut versetzt hatte: Es ging nicht um Frauen, sondern um den Krieg. Was war an dieser Front in China passiert? Was hatte einen netten jungen Mann so bitter werden lassen?

»Schon gut, schon gut«, besänftigte ich ihn, erleichtert wie eine Mutter, deren Kind einen Fieberanfall überwunden hat.

Schweigend standen wir nebeneinander, versuchten zu Atem

zu kommen und unsere aufgewühlten Gefühle und Gedanken wieder unter Kontrolle zu bringen.

Masao wandte sich mir zu. »Bitte verzeihen Sie meine übertriebene Ichbezogenheit«, sagte er ausgesucht höflich. »Ich grüble zu sehr über meine Wut.«

Er verbeugte sich, wie es sich für einen wohlerzogenen jungen Mann gehörte. »Vielen Dank, daß Sie sich so entschlossen eingeschaltet haben.«

»Eingeschaltet?« Schuldbewußt wurde ich rot. »War es nicht eher wie ein *Koller*?«

Als Masao und ich endlich im Vortragssaal unter dem Glasdach ankamen, hatte sich unsere Beziehung verändert.

Wie eine Mutter, die sich nach Kräften bemüht hat, die Taschen ihres verwöhnten Jungen für das College zu packen, und auf einmal sieht, wie er blinzelt, sich aufrichtet, ihr eine Tasse heißen Tee in die Hand drückt und dann die Taschen selber packt, war ich nun auch nicht mehr so besorgt um Masaos geistige Gesundheit.

Und er war weniger besorgt um mich.

»Herr Tanida wird Ihnen gefallen«, sagte ich zu Masao, während er mich an Reihen aufgestellter Klappstühle entlangführte. »Er ist Kameramann der Wochenschau und war schon überall. Er hat uns immer mit Informationen versorgt, die wir in unserem Rundbrief veröffentlichen konnten.«

Ich setzte mich in die erste Reihe.

»Kommen Sie hierher«, sagte ich. »Es ist leer, und außerdem habe ich Herrn Tanida schon lange nicht mehr gesehen. Ich würde ihn gern auf mich aufmerksam machen.«

»War er in China?«

Ich warf Masao einen kurzen Blick zu. Er hatte sich nach vorn gebeugt, um seine Krücken neben sich auf den Boden zu legen, so daß ich sein Gesicht nicht sah.

»Ja«, sagte ich. »Er sollte über die Pen-Schwadron berichten – Sie wissen schon, die Schriftsteller, die ausgeschickt wurden, um unsere Jungs zu glorifizieren –, doch seine Absicht war es, der herrschenden Selbstgefälligkeit die Schrecken des Krieges gegenüberzustellen.«

»Und, hat er sie gefunden?«

Masaos Stimme klang abgehackt und sardonisch.

»Wie bitte?«

»Hat er die Schrecken des Krieges gefunden?«

»Ja.«

Ich schwieg lange. »Doch als er sie fand, hat er die Kamera aus der Hand gelegt.«

»Ist er nicht gerade deshalb dorthin gegangen, für diesen Moment des Ruhms?« knurrte Masao unfreundlich.

Ich schaute ihn mit mütterlichen Vorwurf an. »Sie dürfen sich nicht lustig machen.«

Masao wurde rot, schien sich aber zu entspannen.

Ich holte tief Luft, um meiner Stimme einen freundlichen Ton zu geben.

»Die Bilder, die Herr Tanida aufnahm, waren entsetzlich – um so mehr, als sie erregend wirkten. Er legte die Kamera aus der Hand, weil er wußte, daß er sonst zu einem Pornographen geworden wäre.«

In die Zuschauer kam Bewegung.

Eine Frau mit weißer Schärpe trat auf das Podium und begann mit einer blumigen Einleitung.

Masao schaute sich um. »Viele Leute sind nicht gekommen, vielleicht gerade einmal sechzig, und die meisten sind von der Patriotischen Frauenliga«, flüsterte er besorgt. »Sind Sie sicher, daß Sie wissen, was Sie tun?«

Ich tätschelte seinen Arm.

»Das hier soll ein öffentlicher Vortrag über den Krieg werden. Natürlich zieht das die Patriotische Liga an. Herr Tanida kann die Regierung nicht offen kritisieren, aber er ist sehr klug. Hören Sie einfach zu. Ich bin sicher, wir werden etwas erfahren.«

Die Frau beendete die Einführung.

»Und jetzt Herr Tanida, bitte!«

Ich freute mich und lächelte.

Nichts geschah.

Die Frau verständigte sich verstohlen mit jemandem zu ihrer Rechten hinter der Bühne.

»Herr Tanida«, zischte sie.

Ein wie von Tuberkulose ausgezehrter Mann humpelte mit schmerzlicher Entschlossenheit auf das Podium hinaus.

»Oje!« murmelte Masao. »Er sieht ja furchtbar aus!«

Als die Zuhörer zu zögerndem Applaus ansetzten und die Frau das Podium verließ, applaudierte ich auch.

Ich lächelte und klatschte so lange, bis meine Handflächen schmerzten.

Dieser Mann war einmal Herr Tanida gewesen.

Der Sprecher starrte stolz ins Publikum, ohne etwas zu sehen.

Nach langem Schweigen und erst, als die Frau von der Patriotischen Liga von hinten soufflierte, begann er zu sprechen.

»Meine Damen und Herren«, sagte Herr Tanida in stiller Resignation, »heute abend will ich ...« Er hielt inne. Allem Anschein nach überkam ihn ein Schwächegefühl. »Ich meine ...«

Er verstummte. Seine Kiefermuskeln arbeiteten.

Beklommenes Raunen machte sich im Publikum breit.

Herr Tanida holte entschlossen tief Luft und riß sich zusammen. Doch als er sich nach vorn beugte, um zu reden, zitterten seine Lippen, als würde er gleich in Tränen ausbrechen.

Ebenso erging es mir.

»Was hat er denn?« zischte Masao.

Herr Tanida starrte seine Notizen an.

Ich konzentrierte mich auf meine Worte und versuchte, meine Stimme zu beherrschen.

»Er saß wegen Verletzung der Publikationsgesetze sechs Monate lang im Gefängnis. Das ist sein erster öffentlicher Auftritt.«

Masao blinzelte heftig. »Tut mir leid, Frau Sone. Ich wußte nicht, daß er im Gefängnis war.«

Masaos Stimme war sanft, als wäre ich plötzlich alt geworden. Er nahm meinen Arm. »Lassen Sie uns nach Hause gehen.«

Steif blieb ich sitzen und schwieg.

Masao versuchte es noch einmal.

»Frau Sone, wußten Sie das nicht? Wenn ein Gefangener freigelassen wird, dann heißt das, er ist umgedreht worden. Dieser Vortrag war nicht seine Idee; es ist eine öffentliche Erniedrigung, wahrscheinlich Teil seiner Strafe.«

»In Shanghai«, verkündete Herr Tanida, »steht in einem schönen öffentlichen Park ein Schild, das die Briten dort aufgestellt haben.«

»Ist schon gut«, flüsterte ich Masao zu. »Lassen Sie uns bleiben. Ich will ihm beistehen.«

»Fünf Worte«, sagte Herr Tanida. »Für Hunde und Chinesen verboten.«

Es klang, als mache er sich über sich selbst lustig.

»Das ist nicht gerade sehr nett.«

Herr Tanida fuhr fort. Seine Stimme hatte einen harten, verächtlichen Unterton. Die Briten seien Imperialisten. Das große asiatische Konjunkturentwicklungsgebiet, angeführt von den Japanern, behandle die Chinesen mit größerem Mitgefühl.

»Ich gehe!« platzte es wütend aus Masao heraus. Er griff nach seinen Krücken und stemmte sich hoch.

Doch ich war sicher, aus Herrn Tanidas Ton Abscheu vor sich selbst herauszuhören.

Ich zitterte. Mit welchen Schrecken hatten seine Kerkermeister seine Familie bedroht?

»Sehen Sie her zu mir«, flüsterte ich.

Ich schickte Herrn Tanida eine telepathische Botschaft, oder vielleicht betete ich auch.

»Bitte schauen Sie mich an. Ich weiß, Sie werden das alles überstehen und immer noch der Alte sein. Bitte, geben Sie mir ein Zeichen.«

Masao verblüfften meine Worte. Mitleidig schaute er zwischen Herrn Tanida und mir hin und her, seufzte und setzte sich wieder.

Wir blieben bis zum Ende des Vortrags, ertrugen das ungemütliche Rascheln des Publikums, die Geräusche von Menschen, die sich von ihren Klappstühlen erhoben und zur Tür gingen. Wir blieben, bis nur noch Masao, Herr Tanida und ich übrig waren. Wir sahen uns in der einsetzenden Dämmerung an.

»Herr Tanida. Ich bin's, Etsuko Sone«, krächzte ich.

Herr Tanida sah mich an und erkannte mich nicht. Er wandte sich ab und ging.

August 1938

Das Aufsagen von Sutras

Als Herr Tanida seinen leeren Blick auf mich richtete, war ich verloren. Das Leben ist gnadenlos.

Jetzt – drei Wochen später –, während meine Straßenbahn vor Frau Kawais Haltestelle langsamer wird, schaue ich aus dem heruntergelassenen Fenster. Das Binnenmeer erstreckt sich bis zum Horizont, grün bewaldete Inselchen erheben sich wie Nadelkissen aus Plüsch. Auf dem Vogelmarkt heben Kanarienvögel den Kopf; sie füllen den Hals mit dem Duft nach Sonnenschein und Pollen und singen, als wären sie frei.

»Ehrenwerte Frau! Bitte!« Metall quietscht auf Metall, und die Straßenbahn kommt holpernd zum Stehen. Ein verzweifeltes Gesicht taucht am unteren Fensterrand auf.

Eine Frau in geflickten Arbeitskleidern – eine Ohrschnecken-Taucherin, erkennbar an der sonnenverbrannten Haut und der verblüffenden Elastizität ihres nicht mehr ganz jungen Körpers – springt auf und ab.

Sie hält einen *sen'ninbari* hoch, eine breite, für ein Familienmitglied bestimmte Leibbinde, die angeblich durch tausend Stiche von tausend Frauen kugelsicher wird. Sie deutet durch Gesten die Bewegung des Nähens an und zeigt auf die Tür der Straßenbahn.

»Kommen Sie dorthin?«

Ich nicke zustimmend. Diese Frau ist einfallsreich, verpflichtet sich ihre Leute im voraus.

Ich trete an die Tür der Straßenbahn und sehe, was ich erwartet habe: ein halbes Dutzend Frauen, die alle mit ihrem *sen'ninbari* winken.

Vor drei Wochen, als ich aus Herrn Tanidas Vortrag kam, passierte das gleiche. Masao zog mich vom Stuhl, schob mich in den Aufzug und manövrierte mich durch die aus Bronze und Glas gefertigte Drehtür des Daimaru. Draußen kam ein Dutzend Frauen auf uns zu.

Sie umringten uns gierig, die wertlosen Schärpen fest in der Hand.

»Treten Sie zurück«, warnte ich sie.

In ihren herandrängenden Körpern, ihren erhitzten Gesichtern glaubte ich Herrn Tanidas Kerkermeister zu erkennen.

»Ein Stich«, lockte die kleine, dicke Frau eines Fischers. »Ein Stich, und Sie können weitergehen.«

Sie grub mir die Finger ins Fleisch. Sie hielt mir ihre Leibbinde hin – dünner, billiger Stoff, der nach Sardinen stank.

Mir wurde übel. Erneut dachte ich an Herrn Tanida: sein verbrauchter Körper, das Entsetzen in seinen leeren Augen.

Ich wollte unbedingt etwas Häßliches, Grausames tun.

»Sie wollen, daß ich Ihnen helfe?« gurrte ich.

Ich griff nach dem Stoff und beugte mich vor. »Was würden Sie tun, wenn ich sie zerreiße?« flüsterte ich und fummelte mit finsterer Miene an der Schärpe herum. »He? Was dann?«

»Frau Sone!«

Masaos Aufschrei verwirrte mich.

Die Frau packte ihre Schärpe und machte sich aus dem Staub.

»Frau Sone.« Masaos Stimme klang freundlich. »Kommen Sie, wir gehen nach Hause. Sie sind verzweifelt.«

»Ich und verzweifelt?« kreischte ich und zeigte auf die Frauen. »Die sind von allen guten Geistern verlassen! Sehen Sie doch nur, sie sind überall, wie Läuse.«

»Aber, Frau Sone«, versuchte Masao mich zu beruhigen, »die Hälfte von ihnen sind einfach nur Schulmädchen.«

»Nicht die Schulmädchen!« unterbrach ich ihn.

Ich schauderte und senkte die Stimme.

»Es sind die *Frauen*«, zischte ich. »Ihr Fanatismus. Glauben die denn wirklich, daß eintausend Stiche ein Stück Stoff kugelsicher machen?«

»Ja«, sagte Masao.

Diese einfache Gewißheit machte mich hilflos und halb wahnsinnig.

»Schön, dann sind sie eben dumm!« fuhr ich ihn an. »Eine Million Stiche würden nicht eine einzige Seele retten. Sie sind dumm wie Bohnenstroh und ...«

»Mütter«, sagte Masao leise. »Mütter, Großmütter, Ehefrauen.«

Das bremste mich.

»Was sollen sie sonst tun?« fragte Masao ruhig. »Ihre Männer sind eingezogen worden. Wollen sie, daß sie desertieren und wie Verräter hingerichtet werden? Natürlich nicht. Würden sie sich unserer Friedensgruppe anschließen? Dazu ist es zu spät, ihre Männer sind einberufen worden.«

Er schüttelte den Kopf. »Natürlich glauben sie an ihre Schärpen. Mehr können sie wirklich nicht tun.«

Er lachte traurig. »Die Leidenschaft dieser Frauen liegt einfach in der menschlichen Natur. Komischerweise ist es beinahe bewundernswert.«

»Bewundernswert? Aber es ist so unnütz!«

»Es ist eine Sache des Glaubens.«

»Oh.« Mir versagte die Stimme. Seine Antwort enttäuschte mich. »Welcher Dummkopf glaubt schon an Propaganda?«

»Es ist der Glaube an *Mythen*, nicht an Propaganda.«

Masao schaute mich mit einer Art scheuem Eifer an.

»Wie Eltern«, sagte er, »die am Bett ihres kranken Kindes Sutras aufsagen und diesen gutgemeinten, aber sinnlosen Akt immer wieder mit äußerster Hingabe ausführen.«

Er steigerte sich in eine gewisse Begeisterung hinein und schaute mir prüfend ins Gesicht, um zu sehen, ob ich ihm folgte.

»Es geht nicht um die Sutras; Eltern wissen, daß Worte keine Medizin sind.«

»Was dann?«

Masao überlegte. »Ich weiß es nicht. Daß eine gnädige Kraft die extreme Unvernunft ihres Wunsches erkennt?«

Er wurde rot und stieß plötzlich die Luft aus. »Vielleicht ist es verrückt«, murmelte er.

»Gute Frau!« Eine gebeugte alte Frau näherte sich. Es war offensichtlich eine Bauersfrau, deren verschossener Sonnenhut aus der Menge der Stadtbevölkerung wie die rosa Haube eines Säuglings hervorstach.

Ich starrte Masao an.

»Sie sprechen von unseren Friedenspamphleten, nicht wahr?« flüsterte ich.

»Gute Frau!« Die Frau hielt mir ihren *sen'ninbari* hin.

Ich nahm ihre Nadel und machte einen Stich.

»Ist es denn zu spät?« fragte ich Masao, als wir sie zu einer anderen Frau laufen sahen. »Werden eine Million Friedensflugblätter keine einzige Seele retten?«

Masao gab keine Antwort.

26. Kapitel

September 1938

Eines Dienstag nachmittags stieg ich in den Zug nach Osaka, um Herrn Tanida zu besuchen. Nach japanischem *kata* nahm ich ein Geschenk mit. In einer Buchhandlung für fremdsprachige Literatur in Kobe hatte ich ein Buch über Frank Capra, Howard Hawks und Rowland V. Lee aus der Zeit vor dem Importverbot gefunden. Chie, Hanae und mir hatten ihre Filme *Es geschah in einer Nacht, Napoleon vom Broadway* und *Das Rätsel von Monte Christo* gut gefallen; und obwohl ich wußte, daß Herr Tanida nicht Englisch lesen konnte, wollte ich ihm das Buch schenken.

Nachdem mein Taxi mich in einem alten Wohngebiet vor dem mit Ziegeln gedeckten Tor des bescheidenen Hauses abgesetzt hatte, in dem Herr Tanida mit seiner Familie lebte, öffnete seine Frau mir die Tür. Sie trug den Kimono einer einfachen Hausfrau, bat mich einzutreten, nahm mein Geschenk mit angemessenem Protest entgegen und reichte mir Tee aus einer hübschen, mit Holzkohle befeuerten Kanne. Ihr Sohn war noch in der Schule, und obwohl sie Herrn Tanida mein Buch brachte, weigerte er sich, aus den hinteren Räumen des Hauses nach vorn zu kommen.

Ich war nicht gekränkt. In Gesprächen mit Masao war ich zu der Erkenntnis gekommen, daß er mich vor dem Verdacht schützen wollte, ich hätte mit einem Mann Verbindung aufgenommen, der unter Polizeiaufsicht stand.

Als ich mich erhob, um mich zu verabschieden, sah Frau Tanida noch einmal nach ihrem Mann, um ihn zu fragen, ob er sich vielleicht von mir verabschieden wollte. Sie kam allein zurück, doch mit einem Paket und einer Notiz in den Händen.

Auf dem Zettel bat Herr Tanida darum, ich möge ihn nicht

mehr besuchen. Das Paket enthielt ein wunderbares Geschenk, dem ich entnahm, daß er es schaffen würde. Herr Tanida hatte mir eine Ausgabe gesammelter Reisegedichte des berühmten Haiku-Meisters Bashu geschenkt.

Herr Tanida hat mir einmal erzählt, daß Filme erst durch Schneiden und Kleben entstehen. Er sprach dabei nicht nur über Filmmontage, das Einfügen von Szenen auf Zelluloid, sondern auch darüber, in welchem Maße Kino Spannkraft aus anderen Kunstformen gewinnt.

Herr Tanida erklärte es folgendermaßen: Der Musik entnehme der Film die Ideen des visuellen und erzählenden Rhythmus, der Malerei das Gleichgewicht von Farbtönen und Schattierungen und dem Tanz den Fluß von Bewegung und Bedeutung. Fügt man all dem die Verwendung des Dialogs, der Kostüme und des Schauplatzes im Theater hinzu, erhält man eine Kunstform, die auf einer geradezu genialen Bearbeitung beruht.

Mehr noch als Raffinesse oder Unterhaltung strebte Mr. Tanida in seinen Filmen eine Eigenschaft an, die er Spontaneität nannte. Die Fähigkeit, den Zuschauern laufend Neues zu bieten und ihnen das Moment der Erkenntnis und Überraschung zu vermitteln.

Kein Wunder, daß seine Filme mich an Haiku-Dichtung erinnerten.

27. Kapitel

September 1938

Bevor ich anfing, diesen Roman zu schreiben, dachte ich, zum Schreiben müsse man zunächst eine Idee im Kopf haben: eine Geschichte, eine Erinnerung, etwas, das einen Anfang, eine Mitte und einen Schluß hat. Als ich über Hanaes Geburt schrieb, fühlte ich mich in dieser Ansicht bestätigt. Ein Kind ist im Mutterleib; ein Kind befindet sich im Geburtskanal; ein Kind kommt greinend auf die Welt.

Sehr bald jedoch mußte ich feststellen, daß meine Ich-Geschichte glitschig wie das Neugeborene geworden war. Ich schrieb nicht, um einen Rahmen für das, was im nächsten Augenblick passieren würde, zu schaffen, sondern um zu verstehen, was gerade geschehen war.

Das ist bei richtigen Schriftstellern wahrscheinlich nicht so. Ich habe keine Ahnung, wie sie es machen – wie sie Erzählungen von mehr als ein oder zwei Seiten entwickeln. Ich glaube allerdings, damit läßt sich erklären, warum die laienhafte Ich-Geschichte so beliebt ist. Das Ziel hierbei ist nicht so sehr, eine Handlung voranzutreiben, sondern zu entdecken, wo man steht.

Es ist etwas geschehen, das ich nicht verstehe.

Ich habe versucht, darüber zu schreiben, aber meine Gedanken sind zu verworren. Ich habe den Trick angewandt, den ich von meinem alten Freund Viktor gelernt habe, als ich mich direkt in Hanae oder Chie hineinversetzte. Doch diese Technik funktioniert am besten, wenn man versucht, die Sichtweise eines anderen zu verstehen. In diesem Fall ist es mein eigenes Verhalten, das ich nicht begreifen kann.

Ich habe Herrn Tanida einmal gefragt, was ihm an der Erfahrung des Filmemachens am besten gefalle. »Man kann dem Zuschauer alles zeigen, was man noch nicht gesehen hat«, lautete seine Antwort.

Herr Tanida meinte damit den Einblick. Ein Filmemacher gewinnt nach und nach einen Einblick durch eine Vielzahl erster Einstellungen und indem er wiederholt dreht und bespricht, was ein Publikum schließlich sehen soll. Die Entwicklung einer Bildsequenz ist ein langsamer, unsicherer Prozeß, während dem der Filmemacher die Bedeutung einer Szene aufdeckt.

Obwohl das Publikum die glatte Version mag, die am Ende herauskommt, bereitete Herrn Tanida vor allem der Werdegang Freude. Mit jeder der zahlreichen Aufnahmen konnte er etwas mehr sehen.

Deshalb versuche ich neuerdings, das Leben mit den Augen eines Kameramannes zu sehen, so wie einst durch Viktors Fotoapparat. Ich suche nach Mustern und Rhythmen – wenn schon nicht mit der Sichtweise einer Kamera, so doch aus der Perspektive einer Dramatikerin – und habe damit den Vorteil, wenigstens eine gewisse Distanz der Regie wahren zu können.

Oktober 1938

Die verlorenen Kinder: Eine kurze, autobiographische Szene

SEPTEMBER 1938, EMPFANGSRAUM IM HAUS DER FUJI

In einem strengen, vornehmen Raum fällt von der Seite her die Nachmittagssonne ein. Durch den Wandschirm im Hintergrund kann man einen japanischen Zwergahorn mit roten Blättern im Garten sehen. Ich sitze an einem niedrigen Tisch und trinke Tee. Ich öffne einen dicken Briefumschlag, und wir sehen auf dem Absender die Worte »Seattle, USA«. Ich lächle und blättere den Inhalt durch. Während ich lese, fängt AKIRAS Kommentar aus dem Off an.

AKIRA

Er spricht beherrscht und kommt gleich zur Sache.

Liebe Etsuko, ich hoffe, es geht Dir gut. Beiliegend findest Du den monatlichen Unterhalt für Dich und Hanae.

Ich kichere. Akiras Briefe sind so vorhersehbar und förmlich. Rasch blättere ich zur nächsten Seite um.

AKIRA

Seine Stimme wird nachdenklich und drängend.

Liebe Freundin, ich mache mir die größten Sorgen wegen dieser Geschichte mit China. Ich halte es für dringend geboten, daß Hanae nach Hause kommt …

Ich bin verärgert und nicht bereit, über diese Aussicht nachzudenken. Rasch wende ich die Seite um, und ein dicker Stapel gefalteter Blätter fällt heraus. Ich entspanne mich. Es ist das monatliche Schreiben Akiras an Hanae, eine etwas langweilige Zusammenstellung ernsthafter Ermahnungen (geh brav zur Schule, höre auf Deine Tante und Deine Großmutter), Hoffnungen (daß es Dir gut geht, daß du einen schönen, klaren Herbst genießt) und Beobachtungen über das Wetter in Seattle (ein Kontinuum von regnerisch bis gelegentlich sonnig). Ich falte das Papier auseinander und glätte die eng beschriebenen Seiten.

AKIRA

Er klingt ganz anders: warm, leidenschaftlich, zärtlich. Obwohl er nur drei Gedichte vorliest, erfahren wir, daß er in den letzten zehn Jahren Dutzende geschrieben hat, zu jeder Jahreszeit.

Gedichte an meine Tochter

Herbst 1928
Bunt blutet Papier
im Kielwasser Deines Schiffs.
Trauernde Gänse fliehen.

Winter 1929
Eis stöhnt auf den Flüssen, doch ich bin glücklich.
Heute abend fand ich einen kleinen rosa Strumpf in deinem Zimmer.

Langsam blättere ich die vielen Seiten durch. Ich bin sichtlich gerührt.

AKIRA

Sommererinnerung 1934
Wie süß die Melone war!
Ein glücklicher Kern klebt an deinem Kinn.

Im Hintergrund hören wir, wie eine schwere Schiebetür geöffnet wird. Ich erschrecke bei dem Geräusch.

HANAE

Tadaima, ich bin wieder da!

Ihre Stimme klingt fröhlich und natürlich.

Schuldbewußt blicke ich auf. Ich packe eilig den Brief und den Stapel Gedichte und versuche, sie mir in den Ausschnitt zu stecken. Sie sind zu dick. Mit zunehmender Furcht schaue ich mich um. Da ich kein Versteck finde, setze ich mich schließlich darauf. Die ganze Zeit über hört man HANAE *mit dem Hausmädchen reden und am Eingang klappern.*

Rasch tritt HANAE, *ein hochgewachsenes, anmutiges Mädchen von fast siebzehn Jahren, in einem Matrosenkostüm mit Faltenrock in den Raum. Sie kommt gerade aus der Schule und ist noch atemlos. Sie lächelt.*

HANAE

Makiko hat gesagt, Papa hat geschrieben!

ICH

Nein, diesmal nicht.

Ich bin etwas durcheinander von meinen Anstrengungen, den Brief zu verstecken, und verstehe auch nicht, was ich da eigentlich tue. Ich hebe den

Briefumschlag auf, in dem nur Akiras Geld steckt, und schaue ihn verwirrt an.

Diesmal ist es nur Geld.

SPÄT AM SELBEN ABEND, KÜCHE IM HAUS DER FUJI

Die Küche wirkt düster und unheimlich. In einem Nachthemd, das wie ein Kimono geschnitten ist, hocke ich allein und unbeobachtet neben einer kleinen elektrischen Lampe. Ich lese Akiras Gedichte. Plötzlich und unerwartet überkommt mich eine Erinnerung. Beunruhigt und wissend zugleich schaue ich auf.

RÜCKBLENDE IN MEINE ERINNERUNG:

VOR UNSEREM BAUERNHAUS, EINE WOCHE NACH MEINEM ZEHNTEN GEBURTSTAG

Ein rustikales, reetgedecktes Bauernhaus liegt inmitten frisch angelegter Reisfelder und rundgeschnittener Maulbeerbüsche. Im Vorgarten spielt ein kleines Mädchen.

ICH

Ein mageres kleines Mädchen im bunten, abgetragenen Baumwollkimono eines Bauernkindes liest vor sich hin summend Schnee-Erbsen aus.

POSTBOTE

Auf einem Fahrrad.

Ein Paket für dich, Etsuko-chan!

Er hat eine liebevolle Stimme, er kennt jeden im Dorf.

ICH

Für mich!

Ich bin aufgeregt.

Mein erstes Paket!

POSTBOTE

Er zwinkert mir zu.

Sieht so aus, als wäre es etwas Besonderes!

Winkend radelt er davon.

Ich reiße die Verpackung auf. Darinnen liegt eine verlockend ausse-

hende Zuckerstange – eine Seltenheit –, die ich schnell in meinem Kimonoärmel verschwinden lasse. Meine Eltern lehnen nämlich Süßigkeiten ab, und ich habe Angst, sie könnten sie mir wegnehmen.

Außerdem ist da noch ein Brief mit vielen, eng beschriebenen Seiten.

Ich fange an, ihn zu lesen, und blättere die vorn und hinten bekritzelten Seiten um. Währenddessen verändert sich mein Gesichtsausdruck: zuerst eifrig, dann verwirrt, schließlich beunruhigt.

CHIEs Stimme kommt aus dem Off.

CHIE

Liest den Schluß

Bin ich für immer …

Sie hält inne.

Deine Mutter, Chie Fuji.

Beim Klang dieses Namens fahre ich verstört und entsetzt zusammen.

ICH

PAPA!

Den Brief mit spitzen Fingern haltend, als könnte ich mich daran verbrennen, laufe ich ins Haus.

EIN PAAR STUNDEN DANACH, IM BAUERNHAUS,
IN DEM ICH MEINE KINDHEIT VERBRACHTE

Es ist Spätnachmittag; fahles Licht fällt schräg in den Raum. Meine Eltern (MR. UND MRS. IZUMI) *knien in Baumwollkimonos auf sauberen, aber abgenutzten tatamis vor einem glühendheißen* hibachi. PAPA *hat Chies Brief in der Hand.* MAMA *sitzt, wie es sich für eine japanische Ehefrau gehört, ein Stück hinter meinem Vater. Beide sind ungewohnt steif und förmlich. Auf der anderen Seite des* hibachi *knie ich vor ihnen, die Augen niedergeschlagen, und schmolle. Ich habe das Gefühl, aus mir unverständlichen Gründen in der Patsche zu stecken.*

PAPA

Seine Stimme und sein Verhalten sind ernst.

Es war richtig von dir, daß du uns den Brief gezeigt hast.

Er betrachtet mich eingehend, seine Hände zittern leicht.

Sie versucht ihr Handeln zu erklären. Verstehst du, was sie sagen will?

MAMA

Mama hat meinen Vater beobachtet. Sie schüttelt den Kopf; sie murmelt kaum hörbar:

Die arme, bemitleidenswerte Frau.

ICH

Ich verstehe nicht, sehe aber die zitternden Hände meines Vaters und stelle mir vor, daß von dem Brief eine schreckliche Bedrohung ausgeht. Also nicke ich lammfromm.

Ja, Papa.

Dann frage ich mit der natürlichen Neugier eines Kindes auf alles Makabre hoffnungsvoll:

Ist sie verrückt, Papa? Wird sie mich töten?

PAPA

Natürlich nicht!

Er ist verärgert.

Aber ...

Er beugt sich vor und schaut mich durchdringend an.

Wie sie ja auch in ihrem Brief schreibt, ist die Sache abgeschlossen, und das wissen wir schon alle. Sie selbst hat entschieden, daß wir dich behalten sollen. Du mußt nicht antworten. In dieser Situation könnte ein Kontakt nur schmerzlich sein.

Er beugt sich noch weiter vor.

Verstehst – du – das?

Er zieht die Frage absichtlich in die Länge.

ICH

Ja, Papa.

Obwohl ich eigentlich nichts verstehe, bin ich entgegenkommend. Ich verbeuge mich, während ich rede.

PAPA

Gut.

Er betrachtet mich liebevoll.

PAPA

Wir wollen die Sache einfach nicht mehr erwähnen.

Während wir den Brief anstarren, läßt PAPA *ihn langsam in die Flammen sinken.*

Oktober 1938

An diesem Abend in jener weit zurückliegenden Woche, in der ich zehn Jahre alt wurde, schlich ich früh ins Reisfeld. Ich versteckte mich hinter den hohen, herabhängenden Körnern, balancierte auf den Dämmen zwischen den dunklen Wasserflächen, zog die Zuckerstange aus meinem Ärmel und legte sie sacht auf meine Zunge.

Es brannte, als wäre es Gift – wie importiertes Pfefferminz, das ich allerdings noch nie probiert hatte. Ich schleuderte die Stange weit von mir in den Schlamm.

Oktober 1938

Natürlich handelte es sich um einen Liebesbrief. Da es ihm jedoch an jeglichen Wendungen, wie »Ich weiß ja, daß Du ein gutes Mädchen bist« oder einem dieser Sätze mangelte, die Erwachsene üblicherweise an ein Kind schreiben, kann ich nicht sagen, welcher Art er war. Ich weiß noch, daß er verwirrend und unheimlich war, ein Strom bekennender Worte, die mich so lange mit der Schande der Illoyalität belasteten, bis ich schließlich irgendwann damit fertig wurde.

Damals dachte ich, der Brief sei verrückt; jeder im Dorf wußte, daß Chie einmal eine Zeitlang wahnsinnig gewesen war. Doch jetzt, da ich Akiras Gedichte unter einem Pökelfaß in der Küchenecke versteckt habe, weiß ich, daß es ein Liebesbrief war. Noch dazu ein zwingender. Der einzige Brief, den ich je von meiner Mutter erhielt. Wie konnten meine Eltern nur so kaltblütig sein, ihn zu verbrennen?

Nur aus Liebe, die Liebe fürchtet.

Oktober 1938

Eine Szene, in der ich (teilweise) meine Täuschung aufhebe

In einiger Entfernung sehen wir den Empfangsraum des Fuji-Hauses. Es ist an einem Nachmittag im Oktober. Hanae muß bald nach Hause kommen. Durch den shoji *sehen wir, daß die Äste des japanischen Ahorns kahl sind. Ich sitze am Tisch und habe Akiras neuesten Brief in der Hand. Diesmal ist er recht dünn.*

Ich öffne ihn.

AKIRA spricht aus dem Off, während ich lese. Seine Stimme ist herzlich, aber förmlich. Uns wird klar, daß dies seine übliche Briefstimme ist.

AKIRA

Liebe Etsuko, anliegend füge ich die monatliche Unterhaltszahlung bei. Ich hoffe, bei Euch ist alles in Ordnung.

Ich lese die eine Seite schnell zu Ende, dann nehme ich die für Hanae bestimmte Anlage zur Hand.

AKIRA

Liebste Hanae, wie sehen die Herbstblätter dieses Jahr aus? Hier in Seattle ist es regnerisch und kalt. Übrigens wird Dir die Post demnächst eine Geburtstagsüberraschung von mir bringen.

ICH

Ich kichere in mich hinein.

Ein Matrosenkostüm.

AKIRA

Bitte, höre auf Deine Tante und Deine Großmutter, sei folgsam und behandle sie mit Respekt.

Er hält inne, seine Stimme wird gefühlvoll.

Mit den besten Grüßen, Vater.

Im Off gleitet eine schwere Schiebetür auf. Plötzlich hört man HANAE *mit dem Hausmädchen reden und im Eingang klappern.*

Ich nehme rasch Akiras Gedichte, die neben mir auf dem Boden liegen, und stecke sie in Akiras neuen Brief.

ICH

Hanae!

Trotz meiner Heiterkeit klingt meine Stimme angespannt.

Komm her, eine Geburtstagsüberraschung! Dein Vater hat dir einen ganz besonders schönen Brief geschickt.

Oktober 1938

Mit Spannung begann Hanae die Gedichte zu lesen. Dann schaute sie auf und wurde rot. »Darf ich sie mitnehmen?«

Ich lächelte und nickte. »Natürlich.«

Als sie fortlief, ihren Schatz fest an die Brust gedrückt, war ich glücklich. Obwohl ich auf einen Schlag gefaßt war.

Ich wünschte, ich hätte Chies Brief noch.

Dann traf mich ein zweiter Schlag, und diesmal waren es

Schuldgefühle. Ich verstand, warum Chies Brief verbrannt worden war.

Eltern können nicht *zu* großherzig sein, denn es besteht die Möglichkeit, daß ihr Kind sie verläßt. Ich hatte die Risiken gegeneinander abgewogen wie meine Mama und mein Papa.

Ich hatte den Brief vernichtet, in dem Akira darum bittet, Hanae nach Hause zu schicken.

28. Kapitel

November 1938

Was wissen wir schon von unserer Familie? Wie Planeten eines Sonnensystems kreist jeder für sich auf seiner Umlaufbahn. Manchmal sind wir nah und erstaunlich schön, wie der Mars, der rot neben dem Mond glüht, dann wieder monatelang von Wolken verhüllt. Vertraut und rätselhaft, notwendig und unnütz. Auch wenn wir nicht zu sehen sind, haben die anderen doch die Gewißheit, daß wir da sind.

Doch jeder besteht aus einer anderen Materie, hat eine andere Atmosphäre und andere Bedürfnisse. Selbst bei unseren Kindern, die wir geradezu zum Fressen gern haben (»Ich verschlinge dich«, habe ich immer zu Hanae gesagt, wobei mein Wunsch und meine Absicht war, sie in meine Umlaufbahn, unter meine Planetendecke zu ziehen), können wir nicht mehr tun, als Laternenlicht und Morsezeichen zu ihnen hinaufschicken.

Und doch schalten wir unsere Signale oft zu den kritischsten Zeiten ab, weil wir zu scheu oder zu dumm sind oder einfach Pech haben.

Trotzdem umkreisen wir unsere Lieben – wohl wissend, wie machtlos wir sind und daß wir nicht verhindern können, daß sie sich im Verkehr verlaufen, Liebeskummer haben, in Kriegszeiten eingezogen werden. Wir blitzen und morsen, sticken unsere *sen'ninbari* und hoffen, daß unsere Lieben zum Himmel schauen und in unseren verschlüsselten Mitteilungen eine Warnung und einen wärmenden Lichtstrahl finden.

So sehe ich es. Lange nach meiner Geburt, als Chie aus ihrem Wahn erwachte, war es bereits zu spät.

Ich war nicht mehr da. Man hatte mich einer Familie übergeben, deren Kind tot geboren war.

»Etsuko ist ein glückliches Kind und wird von den Eltern geliebt«, berichtete die Sehr Ehrenwerte Frau Fuji. »Ich halte mich auf dem laufenden.«

Sie kniete im Sonnenlicht vor der Schmucknische und fertigte ein kunstvolles Blumengesteck aus Eukalyptus und Dahlien an.

»Als ich sie letzte Woche besuchte, führte Frau Izumi mir vor, wie reizend die Kleine sprechen kann.«

Chie stellte ihre Teeschale ab.

»Sie kann schon sprechen? Wie klug! Was sagt sie denn?«

Jetzt, da sie wieder bei klarem Verstand war, war sie neugierig auf mich, ihr einjähriges Kind.

Chies Mutter zögerte und schnitt an ihrem Gesteck herum, wie sie es einst gelernt hatte. Der längste Zweig, der den Himmel darstellte, fiel versehentlich um.

»Ach, nicht viel«, sagte sie und spielte mit einer widerspenstigen Dahlie. »Eigentlich nur ein Wort. Du weißt ja, wie kleine Kinder sind, stets wiederholen sie unsinnige Silben. Wie ich gerade Kan erzählt habe, glaube ich nicht, daß Etsuko wirklich versteht, was sie sagt.«

Chie spürte, wie sich ihre Brust zusammenzog, als sich eine kleine Gewißheit einstellte. Sie holte tief Luft.

»Was sagt sie?« fragte sie hartnäckig und strich immer wieder über die zusammengefaltete Serviette auf ihren Knien. Sie wollte es ausgesprochen hören, wollte spüren, wie das Wort in der Luft hing.

Ihrer Mutter war unbehaglich zumute. Sie warf Kan einen hilfesuchenden Blick zu.

Chie schloß die Augen und wartete.

Kans Stimme drang wie das heilende Brennen eines Antiseptikums in eine offene Wunde ein.

»Mama«, antwortete er.

So neugierig sie auch war, Chie hat mich nicht wieder zu sich zurückgeholt. Bindungen waren entstanden. Sie zu durchtrennen wäre brutal gewesen. Im übrigen hatte sie Angst vor kleinen Kindern. Mein Bruder war unter ihrer Obhut gestorben. Ich hatte sie in den Wahnsinn getrieben.

Chie kannte Mittel und Wege, wie man eine Schwangerschaft verhütete. Zeiten des Nachgebens und Zeiten der Entsagung. Vier Jahre vergingen. Ihre Eltern drängten nie auf einen Erben.

Dann war mit einemmal Naomi unterwegs. In einer Mischung aus Vorfreude und Angst spürte Chie die ersten Anfälle von Übelkeit, das Verlangen nach eingelegten Pflaumen. Die ganzen neun Monate lang wartete sie angespannt, die Hände fest an den gewölbten Bauch gedrückt, und prüfte andauernd, ob ihr Kind noch trat.

Als Naomi zur Welt kam, war Chies Familie außer sich vor Freude. Kan weinte. Die Sehr Ehrenwerten Herr und Frau Fuji vergaßen jeden Anstand und hielten einander vor den Augen aller in einer langen, engen Umarmung fest.

Später, als die glückbringenden roten Bohnen mit klebrigem weißen Reis verzehrt waren und die Diener alle Prunkteller wieder eingewickelt und leise weggepackt hatten, ging Kan ins Kinderzimmer.

Er kniete neben Chies Futon nieder, wiegte seine schlafende Naomi und betrachtete ihre papierenen Fingernägel.

»Absolut vollkommen«, gurrte er.

Kerzenschein aus den Lampions auf dem Boden leckte am Saum seines Gewandes.

»Du bist unser Segen«, flüsterte Kan in Naomis Haare.

Chie sah die Verzückung auf Kans Gesicht, und ihr wurde klar, wie sehr ihm seine anderen Kinder fehlten.

Sie kam unter ihren Decken hervor.

Zum ersten Mal tat sie etwas, das in anderen Ehen üblich war. Sie kniete vor ihrem Mann nieder und berührte mit der Stirn den Boden.

»Die hier werde ich nicht loslassen.«

Chie hat ihr Versprechen gehalten. Sie hielt Naomi fest. Doch vielleicht war ihr Griff zu verzweifelt. Zwischen dem Tod meines Bruders und Naomis Geburt hatte Chie ihre Weichheit eingebüßt. Sie zeigte ihre Zuneigung nicht spielerisch genug. Sie war eine steife Mutter, eine förmliche Ehefrau.

Andere Menschen besaßen mehr Geschick für die Liebe; sie wuchs und bereicherte ihr Leben. In Chie hatte die Liebe etwas Unheilvolles geweckt. Etwas, das sie glaubte unterdrücken zu müssen.

Chie dachte, ihre Liebe sei übertrieben, steigere sich von Glück in Ekstase, von Ekstase in Wahn. Sie arbeitete stets daran, sie in Grenzen zu halten.

Wir blieben getrennt. Bis zu diesem verhängnisvollen Wiedersehen an meinem zehnten Geburtstag war ich Chie nie begegnet. Oh, sie hatte mich gesehen. Sie hatte nach mir gesucht, war in die Stadt gegangen, hatte Scharen von Schulmädchen betrachtet, wenn sie auf dem Weg von der Schule nach Hause Hüpfspiele veranstalteten. Doch damals standen wir uns zum ersten Mal gegenüber.

Das Wiedersehen war nicht ihre Idee gewesen.

»Triff sie doch einfach«, hatten Chies Eltern sie überredet. »Wir wissen doch, wie du dich nach ihr sehnst.«

Sie lagen im Mineralquellenbad Beppu bis zum Kinn in heißem, rotbraunem Schlamm.

»Ich mich nach ihr sehnen?« Chie wackelte mit den Füßen und genoß die beruhigende Wärme, die zwischen die Zehen drang. »Ihr seid zu romantisch. Etsuko ist eine Fremde für mich. Im übrigen, was soll es schon nützen? Ihr habt doch selbst gesagt, daß sie glücklich ist.«

»Sie ist von unserem Blut!« Chies Mutter stützte sich auf einen Ellbogen, und es schmatzte leise. »Von deinem Blut. Warum soll sie in Armut leben, wenn wir ihr viel mehr bieten könnten?«

Chie wich ihrem Blick aus. Sie inhalierte den durchdringenden Geruch von Schwefel und Eisen. »Armut?« sagte sie kühl. »Wenn ich mich recht erinnere, habt ihr doch gesagt, den Izumis gehe es gut.«

Der Sehr Ehrenwerte Herr Fuji setzte sich auf. Er beugte sich zu ihr herüber, das Gesicht gerötet vor Hitze und Verärgerung.

»Natürlich geht es ihnen gut«, sagte er und funkelte sie an. »Glaubst du etwa, wir würden unsere Enkelin ins Unglück schicken?«

Er drohte mit dem Finger. Rotbrauner Schlamm flog nach hinten und blieb wie Mörtel an seinen Augenbrauen kleben.

»Stell dich nicht dumm. Das paßt nicht zu dir. Du weißt genau, was unser Name für das Kind tun kann!«

Als ich dann bei unserem Wiedersehen weinte und nach Hause gehen wollte, war Chie verständlicherweise enttäuscht. Natürlich hatte sie sich Hoffnungen gemacht.

Sie dachte an mich und Naomi. Sie stellte sich ein Haus vor, erfüllt vom Lärm spielender, miteinander streitender Schwestern.

Doch als ich sie ansah, als wäre sie ein Monstrum, spürte Chie, daß es so sein sollte. Instinktiv schien ich zu ahnen, wovor Chie sich immer gefürchtet hatte: ein zweites Mal bei mir zu versagen.

November 1938

Obwohl meine Entschlüsselung reine Spekulation ist, glaube ich daran, als entspräche sie der Wahrheit.

Ich könnte Chie fragen. Warum hatte sie mir den Brief geschrieben? Was wollte sie mich wissen lassen? Es wäre vielleicht schön, die Fakten der Geschichte zu erfahren, Warmherziges aus ihrem Munde zu hören. Aber vielleicht ist das im Grunde gar nicht notwendig.

Ich sehe Chie jeden Abend am Eßtisch, ebenso unnahbar und konstant wie einen Planeten. Sie hat mich in ihr Haus geholt. Würden ihre Worte mir darüber hinaus noch mehr sagen?

Falls ich fragte, bestünde immerhin die Möglichkeit, daß sie nicht in der Lage wäre zu antworten. Wenn Hanae mich fragte, warum ich einen Teil von Akiras Brief vernichtet habe, könnte ich dann die primitiven Ängste einer Mutter erklären?

Vielleicht gilt sowohl für Chie als auch für mich, daß es unmöglich ist, sich ohne einen unvernünftigen Herzensschrei mit dem Entsetzen abzufinden, ein Kind zu verlieren.

29. Kapitel

Februar 1939

Hanae kurz vor dem Schulabschluss

Ob es dem alten Dekorum gefällt oder nicht, Hanae wird bei der Entlassungsfeier in diesem Jahr die Schülerrede halten.

»Du hast doch nichts dagegen, oder?« fragt sie Kimiko, während sie den Schulhof überqueren und das Eis unter ihren Füßen knirscht.

»Natürlich nicht, du hast schwer gearbeitet, die ganzen Themen in Erster Hilfe auswendig gelernt.« Kimiko verschiebt umständlich den ledernen Ranzen auf ihrem Rücken.

Das kommt Hanae merkwürdig vor, weiß sie doch, daß der Ranzen nicht schwer ist. Zur Zeit tragen sie in ihren Ranzen nicht mehr als das Mittagessen und ein paar Flugblätter über Erste Hilfe oder Hauswirtschaftslehre mit sich herum.

Aus den Tiefen von Kimikos Ranzen vernimmt Hanae das Geräusch eines einsamen Tuschpinsels, der ungehindert hin und her rollt.

Hanae seufzt. Leere kann aufreibend sein. »Erste Hilfe und Kinderpflege« nennt sie den Lehrplan.

»Ist es nicht lächerlich?« platzt es aus Hanae heraus. »Ich habe nur dadurch Überlegenheit gewonnen, daß ich besser als alle anderen über die unwichtigsten Themen Bescheid weiß, die es gibt.«

»Erste Hilfe und Kinderpflege sind nicht unwichtig«, zitiert Kimiko. »Es sind Themen über die Fortführung des Lebens.«

»Und militärischer Drill?«

Kimiko wird rot. »So wie Sensei Matsunaga den Drill durchführt, geht es dabei auch um Lebenserhaltung.«

Hanae registriert den Titel *Sensei* – Ehrenwerter Lehrer – und betrachtet Kimikos rotes Gesicht. Hat sich ihre Freundin etwa in den Leutnant verliebt?

Sie schlängeln sich durch die engen Gassen.

Es ist eine freundliche Gegend. Kleine windschiefe Geschäfte mit Holzläden an den Fenstern lehnen aneinander. Die Telefondrähte für Nebenanschlüsse über ihren Köpfen sind ebenso ineinander verflochten wie das Leben der Bewohner.

Hanae seufzt wehmütig.

»Die Gegend hier erinnert mich an Seattle, an Japantown, nicht so sehr in ihrer Ausdehnung, denn wie alles in Amerika ist Japantown auch großflächig, sondern in ihrer Vertrautheit.«

Kimiko ist mit ihren Gedanken ganz woanders. »Erste Hilfe, Kinderpflege, selbst Kochen«, sagt sie plötzlich. »*Nichts* ist unbedeutend, wenn man es nur bewußt und liebevoll tut!«

Hanae wift Kimiko einen kurzen Blick zu. Das klingt merkwürdig: didaktisch und leicht verrückt wie Tante Etsuko.

»Du warst bei der Friedensgruppe meiner Tante, stimmt's?« fragt Hanae mit listigem Lächeln.

Auf der anderen Straßenseite spielen drei kleine Jungen mit Bambusstöcken Soldat.

Kimiko bleibt stehen und schaut Hanae direkt in die Augen. »Ja«, sagt sie.

So hingebungsvoll hat Kimiko bei ihren Unterhaltungen über Romane und die Schule noch nie geklungen.

»Was machst du da?«

Zum ersten Mal ist Hanae neugierig, was die Friedensgruppe angeht.

Kimiko ist nachdenklich. »Ich weiß nicht. Nicht genug.«

Sie biegen um eine Ecke.

»Sieh mal, da ist ein Verabschiedungskomitee«, bemerkt Kimiko.

Ein junger Mann in Uniform, etwa zwanzig Jahre alt, wartet an der Haltestelle. Neben ihm stehen seine Eltern und die jüngere Schwester. Mittelschülerinnen haben sich vor ihm aufgereiht und überreichen ihm unter Verbeugungen Tüten voll Gebäck zum Trost, anerkennende Worte und *sen'ninbari.*

Strahlend hält der Einberufungsoffizier des Ortes (neben seiner eigenen Befreiung vom Militärdienst) ein großes, wortreiches Spruchband in der Hand.

Kimiko liest die Tuschezeichen.

»Herzlichen Glückwunsch zur Einberufung. Wir beten für deine triumphale Rückkehr.«

»Da ist wohl das Haus der Familie.« Hanae zeigt auf ein Haus weiter vorn, auf dessen Dach eine Flagge mit der aufgehenden Sonne weht. »Ich finde es gut, wenn Nachbarn das tun«, sagt sie. »Daß sie eine Flagge zur moralischen Unterstützung hissen, bis der Soldat nach Hause kommt.«

Kimiko lacht kurz auf. »Sensei Matsunagas Mutter fand es gräßlich, jeden Morgen mit dem Ding da oben aufzuwachen.«

Sie zeigt auf die Haltestelle, auf die tränenüberströmte Mutter, die niemand beachten will. »Du willst mir doch nicht etwa weismachen, daß sie die kleine Flagge nicht für einen Fluch hält.«

Hanae schaut Kimiko kritisch an.

»Seit wann weißt du denn so viel über Leutnant Matsunagas Mutter?«

Die Straßenbahn kommt.

»Banzai, banzai«, feuern Mitglieder der Frauenvereinigung zur Nationalen Verteidigung den Soldaten an. In ihren weißen Schärpen und Schürzen sehen sie wie eine Kreuzung aus Diplomaten und Bäckern aus.

Hanae sieht zu, wie der Soldat einsteigt.

Seine Mutter hält ihn am Arm fest.

Sacht löst er sich aus ihrem Griff.

Zwei Wochen später sitze ich in Frau Kawais Wohnzimmer und falte einen Stapel Flugblätter auf dem Schoß, als jemand an die Tür klopft.

»Das muß Kimiko sein«, sagt Frau Ito. »Ich mache ihr auf.«

Sie geht hinaus. Vom Eingang her höre ich einen erregten Wortwechsel, Frau Itos und Kimikos Lachen.

»Etsuko-san!« ruft Frau Ito mir zu. »Kimiko hat eine Überraschung!«

Kichernd schlurfen sie herein und verbergen eine unbekannte Person hinter sich.

Da sie diesen Auftritt für unwürdig hält, befreit sich die Gestalt und tritt einen Schritt vor.

»Hallo, Tante.«

Hanae begrüßt mich unpersönlich, als träfe sie mich zum ersten Mal.

Eine Welle durchflutet mich wie ein Tsunami nach einem Seebeben. Genau das habe ich befürchtet, seitdem Kimiko sich der Friedensgruppe angeschlossen hat: daß ich mitansehen muß, wie mein Kind, das zu einer jungen Frau herangewachsen ist, sein Engagement und seine Gefahren wählt.

Als Hanae meinem Blick begegnet, bin ich ängstlich wie noch nie, und doch war ich nie stolzer.

»Willkommen, Ha-chan.«

Meine Stimme ist weich. Ich rede sie an wie früher, als sie noch klein war, und weiß, daß es vielleicht das letzte Mal ist.

»Das hier sind Frau Kawai und Herr Hashimoto«, stellt Kimiko begeistert vor.

Herr Hashimoto verbeugt sich lächelnd.

»Ich bin eigentlich kein Mitglied. Ich habe deine Tante kennengelernt, als wir gemeinsam mit der Seilbahn auf den Mount Rokko gefahren sind und ich nichts anderes im Sinn hatte, als zu wandern.«

Das Lächeln auf seinem attraktiven, sympathischen Gesicht wird breiter.

»Vier Stunden später trafen wir uns in der Seilbahn nach unten wieder, und sie hat mich in einen Untergrundkämpfer verwandelt!«

Er lacht über seine witzigen Worte vergnügt in sich hinein.

»Freut mich, Sie kennenzulernen«, sagt Hanae steif. Geselligkeit liegt ihr nicht.

Am Eingang klopft es wieder. Frau Kawai öffnet die Tür.

»Sind die Faltblätter fertig?« fragt eine ruhige Stimme.

Hanae fährt zusammen, als sie sie hört.

Als Frau Kawai dem neuen Besucher vorangeht, folgt ihr ein leises Tocken auf dem Boden.

»Hanae«, sage ich, als die beiden den Raum betreten, »ich glaube, du kennst Masao Matsunaga.«

Hanae läßt die Höflichkeitsfloskeln über sich ergehen. Sie trinkt Tee, probiert die kleinen Happen. Vor allem betrachtet sie die Anwesenden.

Nichts entgeht ihr: Frau Itos theatralisches Auftreten, die freundliche Art, mit der Herr Hashimoto anderen etwas zu essen aufdrängt, denn offenbar ist es ihm wichtig, daß sich alle entspannen. Am eingehendsten aber mustert sie Masao: taxiert sein Lächeln, seine Ernsthaftigkeit, seine gelegentliche geistige Abwesenheit.

»Und jetzt sagen Sie mir doch«, fragte sie und unterbricht die gesellige Unterhaltung, »wie Sie zu einem Kriegshelden geworden sind.«

Langsam stellt Masao seine Teetasse auf einem Seitentisch ab.

Schweigen legt sich über den Raum. Eine geschlagene Minute vergeht.

»Es war eine Zeit ohne Verstand«, sagt Masao schließlich. Seine Miene ist ruhig. Er betrachtet seine Hände, die er auf die Knie gelegt hat. »Männer suchten die Anführer auf, die sie lange Zeit bewundert hatten, zogen die Schuhe aus, wie es sich gehört, und dann erschossen sie diese Anführer kurzerhand.« Seine Stimme wurde härter. »Sie gaben vor, China zu befreien – die Zivilisation, die sie am meisten verehrten, den Ursprung der japanischen Kultur –, und verbrachten anschließend zwei Monate in Nanking, um auf alles zu schießen, was sich bewegte.«

Masao hat die Absicht zu schockieren. Lassen wir das Thema, will er damit sagen.

Hanae zuckt zusammen, doch ich weiß, daß sie nicht klein beigeben wird.

Masao bückt sich nach den Krücken, die auf dem Boden neben seinem Stuhl liegen, und erhebt sich. Er humpelt zum Fenster, öffnet den Damastvorhang und schaut mit leerem, starrem Blick in den Hof hinaus.

»In dieser Zeit hirnverbrannter Sinnlosigkeit«, sagt er sarkastisch, »wurde ich ein Kriegsheld.«

Herr Hashimoto ist besorgt; Masao hat sich in unsere frohe, taktvolle Gruppe so gut eingefügt. Herr Hashimoto wirft einen schnellen Blick in die Runde, nimmt ein Stück Sesamkuchen und will gerade aufstehen und den Kuchen Masao bringen, als Kimiko Takahashi, die neben ihm sitzt, ihn am Arm zurückhält.

Herr Hashimoto setzt sich wieder.

»Was haben Sie getan?« fragte Hanae.

Masao dreht sich zu ihr um.

»Ich habe widerrechtlich ein Militärfahrzeug benutzt. Ich bin durch die geplünderte Stadt Nanking gefahren und habe vergewaltigte und verstümmelte Frauen aufgelesen.«

Er sieht Hanae herausfordernd an.

Frau Ito und Frau Kawai wechseln besorgte Blicke.

Schließlich fährt Masao fort.

»Ich wollte die Frauen nach Hause fahren, doch sie weinten und schrien nach ihren Kindern. Deshalb fuhr ich sie durch die ganze Stadt und half ihnen bei der Suche nach den Kindern.«

Fassungslos schüttelt er den Kopf, jetzt ganz in seine Geschichte eingetaucht.

»Ganz Nanking stand in Flammen. Überall stank es nach Holzkohle. Hier und da hörte man Gewehrschüsse.«

»Und dann?«

»Je länger ich fuhr, um so klarer wurde mir, daß die Frauen keine Kinder mehr hatten.«

Niemand sagt ein Wort.

Obwohl Frau Ito Masao zunächst einlud, damit er uns über Nanking informierte, sind wir fast ein Jahr lang sehr vorsichtig gewesen und haben ihn nicht zuviel gefragt. Er kam uns immer zu zerbrechlich vor, das Thema zu vertraulich und die Erinnerungen danach zu frisch.

»Schließlich hielt man mich an.«

Distanz und Verwunderung schleichen sich in seine Stimme.

»Irgendwie war ich froh darüber. Ich hatte keine Ahnung, wie ich den Frauen helfen sollte. Ich holte ihnen Wasser, versorgte ihre oberflächlichen Wunden. Aber ich wußte, daß wir nicht ewig so weiterfahren konnten und daß ich sie schließlich vor einem rauchenden Trümmerhaufen würde absetzen müssen, den sie einmal als ihr Zuhause betrachtet hatten, und sie allein lassen mußte.«

Masao hielt inne.

Ich habe diesen verwunderten Tonfall schon einmal gehört. Damals in Seattle wurden drei Männer von herabfallenden Baumstämmen erschlagen. Ein vierter entkam. Als man ihn, übel zugerichtet, aber noch am Leben, eilends in das Hotel brachte, in dem ich arbeitete, hörte ich, wie er immer wieder jedem erzählte, was passiert war, sobald ihm jemand zuhörte.

Masao beugt sich über seine Krücken.

»Doch als man mir befahl, das Fahrzeug abzugeben, weigerte ich mich. Bei der Auseinandersetzung, die dann folgte, prallte eine Kugel im falschen Winkel ab. Dunkel quoll es oben aus meinem glänzenden schwarzen Stiefel und ruinierte die Falte meiner frisch gebügelten Hose.«

Er hebt kurz die Schultern.

»Man nahm mich fest und führte mich ab.«

»Und die Frauen?« Kimikos Stimme klingt freundlich, aber bestimmt.

Masao sieht uns beinahe eifrig an, als wäre er dankbar, uns seine Schande gestehen zu können.

Er flüstert heiser. »Ich habe keine Ahnung, was aus den Frauen geworden ist.«

Wir sitzen wie eine Trauergemeinde zusammen, fast wie bei einem Leichenschmaus.

Kurz darauf steht Kimiko auf. Sie geht mit festem Schritt zum Serviertisch, gießt heißen Tee in eine frische Tasse und bringt sie Masao. Wie eine Krankenschwester, die sich um Frostbeulen kümmert, legt sie seine langen Finger um die zerbrechliche Tasse und zieht sich wieder zurück.

Masao balanciert allein auf seinen Krücken und hält die Tasse fest. Dann trinkt er sie in einem Schluck leer.

»Und was dann?« fragt Hanae in nüchternem Ton, als sei die Information, die sie verlangt, nicht Ungewöhnliches.

»Was?« fragt Masao zerstreut.

»Man hat Sie verhaftet und dann?«

Masao lächelt zynisch.

»Inzwischen«, sagt er, »spielte meine Gehorsamsverweigerung keine Rolle mehr. Zu Hause in Tokio hatte das Kriegsministerium Wind von den Grausamkeiten bekommen. Die Verantwortlichen wurden in aller Stille zurückbeordert.«

Er lachte leise, und es klingt wie der Schrei bei einer Geburt: schmerzerfüllt und erleichtert zugleich.

»Da man die Befehle meiner Vorgesetzten nun für ungesetzlich hielt, da ich äußerst uneffektiv, aber humanitär gehandelt hatte, da mein Bein brandig geworden war und amputiert werden mußte, da ich offensichtlich für den Kriegseinsatz untauglich geworden war – ich war direkt von der Offiziersschule gekommen und wurde als weichlich verachtet; wahrscheinlich würde ich innerhalb der ersten Woche meiner ersten Einberufung von meinen eigenen Leuten erschossen werden –, hat man mich auf schnellstem Wege ehrenhaft entlassen.«

30. Kapitel

März 1939

Hanae und ihr Sensei

»Sie waren wirklich ein Kriegsheld«, sagt Hanae einmal zu Masao, nachdem sie schon eine geraume Zeit an dem wöchentlichen Treffen der Friedensgruppe teilgenommen hat. »Sie haben einen Lastwagen gestohlen, damit diese Frauen überleben konnten.«

»Nein«, erwidert er. »Die Frauen waren eine Nebensache, mit der ich mich von dem Entsetzen ablenken wollte. Ich habe den Lastwagen in einem Anfall von Hysterie gestohlen.«

Er hält im Falten eines Flugblatts inne.

»Ich war der Ansicht, der sozialen Gerechtigkeit zu dienen, aber mein Einsatz diente allein der Selbstbestätigung.«

Er schaut sie an.

»Zwischen Absicht und Tat besteht ein himmelweiter Unterschied.«

»Den Laster zu stehlen war eine Tat.«

»Aber war sie edel?«

»Natürlich.« Hanae denkt kurz nach, um sich zu erinnern. »Moralische Taten: hierarchische und logische Mittel der Einschätzung«, ein Kapitel aus einem der Lehrbücher, die sie von Miß Langley bekommen hat.

»Diebstahl an sich ist nicht edel«, zitiert sie, »aber wenn der Diebstahl dazu dient, Leben zu retten – wie zum Beispiel der Diebstahl eines Medikaments für ein krankes Kind –, dann wiegt die Bedeutung der Tat schwerer als die Verletzung der gesellschaftlichen Bürgerpflicht, nicht zu stehlen.«

Sie wartet auf die Reaktion ihres Lehrers. Sie ist stolz auf ihren logischen und moralischen Verstand.

Er schenkt ihr ein kurzes Lächeln.

»Dasselbe habe ich auch gedacht, als ich in deinem Alter war.«

Hanae strahlt. Sie ist eine Heldin! Sie streckt einen Daumen in die Höhe.

»Was ist das?«

»Gut gemacht, so teilt man Lob mit den Mannschaftskameraden.«

Sie schmunzelt vergnügt darüber, daß sie ihrem Sensei etwas beibringen kann. Der erhobene Daumen gehört zu den weniger kulturellen Lektionen, die sie von unseren Besuchen amerikanischer Filme mitgebracht hat.

Sensei Matsunaga schüttelt sanft den Kopf.

»Ich dachte eher an eine Warnung als an Lob.«

»Aber Sie waren doch ein Held.«

»Ich war überheblich und hatte Glück.«

Hanae zieht die Stirn in Falten. Das Glück läßt sie gelten, doch mit dem Gedanken, er sei überheblich, kann sie sich nicht anfreunden.

»Ich habe mich anwerben lassen, weil ich glaubte, ich könnte in den Kampf ziehen und ein Zeichen für soziale Gerechtigkeit setzen«, erklärt er. »Ich habe nie in Erwägung gezogen, daß der Kampf mich zeichnen würde.«

»Sie meinen, daß Sie hätten umkommen können?«

»Nein, das hatte ich mir überlegt. Der Tod gehörte zu meinem Traum vom Helden. Womöglich würde ich mein Leben aushauchen, doch mein Opfer, zusammen mit den Opfern meiner Brüder, würde die Welt wie herabfallende Kirschblüten in blendende Schönheit verwandeln.«

Unbewußt rollt er das Blatt, das er falten soll, zu einer Rolle zusammen. Er tippt damit auf die offene Handfläche.

»Fast alle Rekruten haben so gedacht, obwohl sie sich aus aufrichtigeren Beweggründen der Armee anschlossen. Sie gingen nicht hin, um eine Utopie zu erschaffen. Sie zogen in den Krieg, weil sie ihre Familien liebten, die stolz auf sie sein sollten.«

»Wie konnte der Kampf Spuren hinterlassen, ohne Sie umzubringen?« will Hanae wissen. »Meinen Sie damit Ihr verlorenes Bein?«

»Ach was«, erwidert Masao wegwerfend. »Das war doch gar nichts.«

Hanae denkt laut. »Aber was konnte der Krieg Ihnen denn antun, das schlimmer ist, als verstümmelt zu werden?«

Die Sache macht ihr Spaß. Ihr Lehrer hat ein intellektuelles Rätsel aufgestellt, und sie konzentriert sich auf die Lösung.

»Es ist nicht die Tatsache, getötet zu werden …« murmelt sie vor sich hin.

Masao unterbricht sie mit plötzlicher Schärfe. »Im Krieg wird man zum Mörder.«

Der Kommentar hört hier auf. Es ist etwas, worüber Hanae nie nachgedacht hat.

»Aber das stimmt doch nicht! Sie haben doch niemanden umgebracht; Sie haben versucht, den Menschen zu helfen. Die anderen Männer sind durchgedreht. Sie selbst haben sich edel verhalten.«

»Ich hatte Glück.«

Masaos Worte klingen schroff. Er steckt sich das gerollte Flugblatt auf den Zeigefinger und wirbelt es immer wieder herum.

»Ich hatte gerade mein Offizierspatent bekommen. Zusammen mit den anderen neuen Offizieren wurde ich für ein paar Tage zur Schulung vor Ort nach China geschickt, ehe wir unsere Männer zugeteilt bekamen.«

Ein leichtes Schaudern überläuft ihn.

»*Unsere Männer.* Das erste, was wir feststellten, als wir von Bord gingen, waren die Augen der Männer, die wir anführen sollten. Sie glänzten. Wir hatten Angst, sie anzusehen. Solche Augen hatten wir noch nie bei irgendwelchen Menschen gesehen.«

Das Flugblatt wackelt auf Masaos Finger und wirbelt wie eine Gebetsmühle.

»Das Ausbildungslager für Offiziere war ein geschützter Ort gewesen, weit entfernt vom Wüten des Krieges. Unsere Übungen waren rein intellektueller Art gewesen – wir hatten topographische Karten von Nanking und Umgebung studiert und darüber diskutiert, aufgrund welcher Taktik Nanking sicher kapitulieren würde. Ich hatte dabei ausgesprochen gut abgeschnitten.

Am zweitletzten Tag der Ausbildung hielt unser Ausbilder – ein Leutnant, der nicht viel länger im Dienst war als ich – beide Hände hoch, als habe er uns eine besondere Überraschung anzukündigen.

›Morgen findet eine Abschlußfeier statt‹, verkündete er, ›und danach brechen wir nach Nanking auf. Auf diese Weise werden Sie sehen, ob die Taktiken, die Sie hier entwickelt haben, der Sache gerecht werden.‹«

Masao zerknüllt das Friedensflugblatt in einer Hand.

»Am darauffolgenden Tag roch es nach Gras und Stiefelwichse, als wir vor unseren Kommandeuren aufmarschierten. Neben einer provisorisch ausgehobenen Grube hatte man Sitze für sie aufgestellt. Wir reihten uns auf der gegenüberliegenden Seite auf.

›Jetzt wollen wir mal sehen, ob diese Männer den Mut haben, einen Infanteriezug zu führen‹, verkündete unser Ausbilder und verbeugte sich vor den Offizieren. ›Ich werde zeigen, wie man den Feind unterwirft. Leutnant Kase, Sie sind als nächster dran, also passen Sie auf.‹«

Masao hält kurz inne.

»Leutnant Kase war der erste in der Reihe, ich der drittletzte. Ich bemühte mich, etwas zu sehen, damit ich, wenn ich vorführen sollte, was ich für ein Manöver in Kriegskunst hielt, ehrenhaft abschneiden würde.«

Er schüttelt verwirrt den Kopf.

»Ein abgemagerter Mann in Lumpen ließ sich widerstandslos nach vorn führen, um die Rolle des Gefangenen zu spielen. Er wurde an den Rand der Grube gestellt, und unser

Ausbilder drückte ihm den Kopf nach unten, damit er sich verbeugte.«

Leutnant Matsunaga – denn jetzt ist er offenbar mehr Offizier als Zivilist – läßt sein Friedensflugblatt fallen.

»Das kam mir komisch vor. Ich erwartete eine Demonstration unseres Könnens und unserer Tapferkeit, doch hier war der Feind bereits unterworfen.«

Hanae ahnt etwas und will sich die Ohren zuhalten. »Ich glaube, ich will es nicht wissen ...«

Sie erhebt sich von ihrem Stuhl.

Doch Leutnant Matsunaga ist schneller als sie. Er springt mit weit ausgebreiteten Krücken auf und tritt ihr in den Weg.

»AHHHH!« schreit er dabei.

Wie der Blitz zieht er ein imaginäres Schwert aus der Scheide und schwingt es in tödlichem Bogen.

»NEIN!« Hanae fällt zurück auf ihren Stuhl und bedeckt das Gesicht mit beiden Händen.

»ZACK!« schreit der Leutnant. »BUMM!«

Ein Schrei dringt aus Hanaes Brust. Sie zittert unkontrolliert.

Masao, der neben ihr steht, wischt seine imaginäre Schwertklinge ab.

»Na, na«, sagte er zerstreut, aber freundlich. Er setzt sich und tätschelt ihr sanft den Rücken.

Hanaes Gesicht ist tränenüberströmt. Ihre Schultern beben noch immer.

Kurz darauf spricht Masao.

»Ich habe keinen Lastwagen gestohlen, um Frauen zu retten«, sagt er ruhig. »Ich habe ihn nicht einmal gestohlen, um meine Seele zu retten. Ich rannte über das Feld auf den Lastwagen zu, weil er in der Nähe stand und ich wußte, daß ich mich übergeben würde. So etwas Schreckliches, und mein einziger Gedanke war, daß ich mich nicht in aller Öffentlichkeit beschmutzen wollte.«

Schweigend sitzen sie da.

»Du willst Mut?« fragt Masao. »Dann sieh nicht mich an.

Wenn du mich ansiehst, sollst du wissen, was du siehst. Glück. Glück und Wundbrand waren es, die mich gerettet haben. Vor dem Selbsthaß, vor dem Entsetzen, vor der absoluten Hoffnungslosigkeit, wie ich sie in den Augen der Veteranentruppe sah.«

31. Kapitel

Mai 1939

Mein Mann und ich haben einmal im Juni einen Ausflug nach Tokio unternommen. Es war die Zeit der Irisblüte, und wir besuchten die berühmten Irisgärten im Meiji-Park. An jedem Punkt, von dem aus man einen besonders schönen Blick hatte (eigentlich hinter jeder Wegbiegung), trafen wir auf ein Dutzend Hobbymaler. Sie drängten sich dort auf einem kleinen Fleck zusammen, bildeten mit den Fingern die Ausschnitte, die sie malen wollten, legten den Kopf schief, um neue Perspektiven auszuprobieren, mühten sich auf ihren Paletten ab, um die richtige Schattierung herauszubekommen.

Ihre Bilder sahen am Ende alle gleich aus.

Es ist nicht nur ein japanisches Phänomen. Überall auf der Welt gibt es diese Seelandschaften im Mondlicht, die rosafarbenen Bilder von Peonien, die Darstellungen von Mutter und Kind. All diese abgenutzten Bilder, die so viel Mühe gekostet haben und so wenig Bewunderung ernten.

Denken wir doch nur an die Künstler! Obwohl sie genau wissen, daß sie Monets Garten nicht noch einmal einfangen können, laufen sie in Scharen zu jeder Gelegenheit ins Freie, packen ihre Staffeleien, bereit für einen neuen Versuch. Soll man in diesem Fall lachen, weinen oder applaudieren?

Es gibt einen Grund, warum ich diese Geschichte erzähle. Für mich stellen diese Sonntagsmaler *myo* dar – den Gedanken, daß Erhabenheit im Gewöhnlichen und Kleinen zu finden ist. Diese Maler streben nicht nach Einmaligkeit, Berühmtheit und Genialität, sondern erkennen ihre durchschnittliche Begabung, ohne zu verzagen.

Es sind die Segnungen im Leben, nicht im Selbst, die sie ausdrücken wollen.

Und darin liegt die Erhabenheit. Denn in der Art und Weise, wie Menschen ihre gradlinigen, anständigen Ziele verfolgen, wie sie auf ihren primitiven Flöten spielen, ihre flachen Landschaften malen, wie sie ihre Ehefrauen ganz normal lieben – unzählige Menschen in allen Kulturen und zu allen Zeiten, die angesichts eines zufälligen Universums beharrlich, aber bewußt kleine Handlungen von Wertschätzung ausführen – liegt eine rätselhafte, merkwürdige Schönheit.

Seit ich zuletzt an diesem Manuskript gearbeitet habe, ist recht viel geschehen, mehr, als ich hätte schreiben können. Und jetzt, da ich endlich soweit bin, daß ich in meine Geschichte passe, stehe ich an einem verblüffenden Punkt.

Ich bin am Ende meiner Ich-Geschichte angelangt.

Vor Jahren, als ich zu schreiben begann, fragte ich mich, wie man eine Ich-Geschichte abschließt und ob ich in meinen minutiösen, chronologischen Aufzeichnungen bis ans Ende meiner Tage weitermachen müßte. Manchmal hätte ich gern Reiseerinnerungen geschrieben, denn vermutlich wird diese Form so häufig gewählt, weil der Schluß kein Problem aufwirft.

Welche andere Geschichte bietet schon einen so praktischen Schluß, die Möglichkeit zu sagen »Dann fuhr ich nach Hause zurück«?

Doch ich habe herausgefunden, daß das Leben seine eigenen Punkte setzt: Es schafft Paragraphen, Kapitel, Anfang und Ende. Und ich glaube, ich habe gelernt, warum wir unsere Ich-Geschichte schreiben.

Aus dem Schlichten, Einfachen dringt eine merkwürdige Art Musik.

Obgleich der Begriff »Musik« vielleicht zu stark ist. Was hervordringt, ist eine zufällige Note hier, ein abgerissener Satz da, ein paar Fragmente, die auf einen Zusammenhang schließen lassen. Sie sind selbst in ihrer Unvollständigkeit berauschend. Die reinen Untertöne einer Melodie.

Der verräterische Tintenfisch

Am Vortag von Hanaes Schulabschluß kam Chie in die Küche, als ich gerade vor mich hin schimpfte.

»Idioten!« Ich nahm einen rohen Tintenfisch nach dem anderen zur Hand und schleuderte sie quer durch den Raum. »Da! Da! Und da!«

»Etsuko!«

Schnaufend und mit wildem Blick drehte ich mich um.

Ich nahm meine Schimpftirade wieder auf und schleuderte die Tintenfische weiter durch den Raum.

»DA! UND DA!«

»Bist du wahnsinnig geworden?«

Chie vergaß ihre Arthritis und sprang von der hohen Schwelle auf den rauhen Boden der Küche hinab. Sie versuchte, mir einen Tintenfisch aus der Hand zu winden.

»Hör auf!« befahl sie.

Ich spürte das wabbelige Fleisch des Tintenfischs zwischen unseren Händen. Ich klammerte mich daran fest, wirbelte herum wie eine Wölfin, die ein Stück Fleisch vor einer angreifenden Konkurrentin schützt, und preßte meine Beute an die Brust.

»Etsuko! Rede mit mir!«

Chie wischte sich die Hände an ihrem silbern durchwirkten Seidenkimono ab und packte mich am Handgelenk.

Ich drehte mich um die eigene Achse, hob beide Arme und hielt mir den Tintenfisch über den Kopf.

»Dumm, dumm, dumm!« schrie ich.

Wie stolperten durch die Küche. Immerhin trug ich auf dem Erdboden der Küche feste Schuhe, Chie nicht. Ihre reinweißen *tabi*, ein Symbol dafür, daß eine kultivierte Person sich von allen Niederungen des Lebens entfernt hält, wurden unsagbar schmutzig.

Chie grub ihre Fingernägel in meine Haut.

»ETSUKO!«

Ich ließ die Arme sinken, ließ den Tintenfisch los, drückte ihn ihr in die Hand und schloß ihre Finger darum. Wie ein übertrieben aufrichtiger Amerikaner beim Händeschütteln legte ich meine beiden Hände um ihre Hand, in der sie den Tintenfisch hielt.

»Da hast du ihn«, sagte ich versöhnlich.

Chie fuhr zurück. Sie warf einen Blick auf den Tintenfisch in ihrer Hand und schleuderte ihn zu Boden.

Ich bückte mich danach. »Gutes Essen sollte man nicht verschwenden«, sagte ich ruhig. »Vor allem, wenn es so viel Mühe gekostet hat, es zu retten.«

Chie beobachtete mich aufmerksam; sie zuckte mit den Schultern und hatte Mühe, Atem zu schöpfen.

»Was sollte das denn werden?« fragte sie schließlich.

»Tintenfisch.«

»Ich weiß, daß es Tintenfisch ist, aber wozu das Ganze?«

Ich seufzte, trat ans Waschbecken und legte den Tintenfisch hinein. Dann holte ich aus der Kühlkiste kalten Gerstentee und goß zwei Tassen voll.

»Ist dir aufgefallen, daß ich in den letzten Wochen nichts anderes als Tintenfisch auf den Tisch bringe?«

Ich verfiel in einen seltsamen Singsang.

»Tintenfisch, Tintenfisch, Tintenfisch.«

Plötzlich überlief Chie ein Schauer. Vielleicht war ich wirklich wahnsinnig geworden.

»Na schön, die Gerichte sind etwas monoton. Aber so schlimm ist es auch wieder nicht; du hast dir bei der Zubereitung ja Variationen einfallen lassen. Es ist aber nicht so, daß wir unbedingt Fisch essen müssen. Warum bereitest du nicht eine deiner anderen Spezialitäten zu? Sushi aus Frühstücksfleisch zum Beispiel?« Chie merkte, wie lächerlich es war, was sie da sagte, nur um mir gut zuzureden. Sie wurde wütend.

»WAS IST DENN BLOSS LOS MIT DIR?«

»Seit Wochen gibt es nur noch Tintenfisch auf dem Markt. Weißt du, was das bedeutet?«

»Nein«, seufzte Chie. »Aber du wirst es mir schon sagen.«

»Zuerst hatte ich keine Ahnung. Doch nach ein paar Wochen kam mir ein Verdacht. Heute bin ich hinunter zum Hafen gegangen, an den Kai für die Fischereiflotte, und habe mich umgehört.«

Ich seufzte nachdrücklich und mit Schaudern.

»Es gibt nur Tintenfisch auf dem Markt, weil außer Tintenfisch nichts gefangen wird. Und außer Tintenfisch wird nichts gefangen, weil Tintenfisch das einzige ist, was im seichten Küstengewässer zu finden ist, denn es fahren nur Küstenboote aus.«

Meine Stimme war matt.

Chie starrte mich verständnislos an.

»Und außer Küstenbooten fährt nichts mehr aus, weil die Tiefseeboote von der Marine eingezogen wurden. Sie werden zu Kanonenbooten umgebaut.«

Ich schaute Chie mit angespanntem Lächeln an. »Was hat der Tintenfisch also zu bedeuten?«

Chie schüttelte verwirrt den Kopf. »Daß die Marine mehr Boote braucht?«

»Nicht nur!«

Ich lachte so schrill, daß es beinahe an Hysterie grenzte.

»Japan bereitet sich auf den Kampf im Pazifik vor. Es wird einen Weltkrieg geben!«

Verluste bei der Übertragung

»Das ist doch egal«, sagte Chie. »Hanae ist ein Mädchen, sie wird nicht eingezogen. Eine Ausweitung des Krieges macht für uns keinen Unterschied.«

»O doch. Wir können sie nicht hierbehalten. Sie muß zu ihrem Vater zurück.«

»Wir sind ein kleiner Ort«, fuhr Chie fort. »In Kobe gibt es keine strategisch wichtigen Anlagen. Ja, der Hafen. Aber wir könnten mit ihr umziehen, weiter ins Land hinein. Sie wird nicht direkt in Gefahr geraten.«

Chies Gesicht war eine unbewegliche Maske. Sie sah mich an, ohne mich zu sehen.

»Das sind doch alles nur Mutmaßungen«, schloß sie. »Du machst aus einer kleinen Knappheit beim Fischhändler eine Krise. Vielleicht liegt es nur an der Algenblüte.«

Zerstreut schob sie die Haare zurück, die sich aus den Haarnadeln ihres Knotens gelöst hatten.

Ich betrachtete den aufgelösten Knoten. Wann war Chie so grau geworden?

»Warum hast du mit mir gerungen?« fragte ich, plötzlich neugierig geworden.

»Wie?« Chie wirkte ausdruckslos wie eine müde, alte Frau.

»Warum bist du heruntergesprungen und hast mit mir um den Tintenfisch gekämpft? Ich bin jünger und stärker als du. Warum hast du nicht einfach die Diener gerufen?«

»Es war ein Notfall. Du warst so anders. Ich dachte einen Moment lang, du hättest gerade einen Anfall wie dein Vater früher.« Chie seufzte. »Wenn dein Kind erstickt, reagierst du automatisch. Da wartest du nicht so lange, bis die Diener kommen.«

Meine Händen rochen nach Tintenfisch. Ein sauberer, salziger Geruch wie Tränen stieg mir in die Nase.

»Tut mir leid, wenn ich dir einen Schreck eingejagt habe.« Ich bemühte mich um eine sanfte Stimme. »Aber Japan bereitet sich darauf vor, alles aufs Spiel zu setzen. Du verstehst, warum Hanae gehen muß.«

»Ahhh!« schrie Chie auf, und es klang, als risse Seide entzwei.

Ich schaute zur Seite.

Draußen schwankten die Äste einer Trauerweide, verhedderten sich ineinander und warfen Schatten an die Wand. Es sah aus wie eine Frau beim Haarewaschen.

»Siebzehn.« Ungläubig schüttelte ich den Kopf. »Einmal, als Hanae gerade auf die Welt gekommen war, habe ich sie neben mich auf das Bett gelegt. Ich wollte das Pulsieren der Fontanelle beobachten; der Anblick hatte für mich etwas zutiefst Anrührendes. Ich rückte ihr schnuppernd immer näher, bis ich ihr schließlich wie ein Muttertier den Kopf abschleckte.«

Chie lachte – ein kleiner, sanfter Seufzer.

»Du hast deine Sache gut gemacht«, sagte sie.

»Ich bin nicht Naomi ...«

»Nein«, unterbrach Chie mich. »Aber du mußt dich nicht entschuldigen.«

Wir lehnten an dem Reis-*hibachi* und tranken unseren Tee.

»Was soll ich nur ohne sie anfangen?« sagte ich. »Ohne dieses Kind bin ich nichts.«

Chie richtete sich auf. Sie sah mich kritisch an.

»Hör auf damit«, sagte sie.

»Womit?«

»Hör auf, dich aus dem Leben zurückzuziehen, dich in Selbstmitleid zu ergehen. Du tust dir und Hanae damit keinen Gefallen.«

Sie zupfte an ihrem Kimono, glättete ihre Haare, um sich wieder herzurichten. »Du kannst ein Kind nicht ständig umsorgen«, schimpfte sie. »Und dabei seine Träume mißachten und seinen Horizont einengen.«

Immer stärker kam die alte, ermahnende Chie wieder zum Vorschein.

»Finde dein eigenes Ziel, wenn du weise lieben willst. Gehe nicht davon aus, daß du es in einem anderen Menschen findest.«

Sie sah mich scharf an.

»Den Fehler habe ich gemacht«, sagte sie mit Nachdruck. »Ich habe mein Neugeborenes erstickt. Ich habe ihm mit dem Gewicht meiner Aufmerksamkeit die Luft abgeschnitten. Ebensogut hätte ich ein Hirsekissen nehmen können.«

»Nein!« protestierte ich. »Plötzlicher Kindstod kommt durchaus vor.«

Aber Chie wollte mir nicht zuhöhren.

»Und dann«, flüsterte sie und sah mich forschend an, »weil ich denselben Fehler nicht noch einmal machen wollte, weißt du, was ich dann getan habe?«

Sie wartete meine Antwort nicht ab.

»Ich habe dich weggeworfen!«

Ihr Blick war in weite Ferne gerichtet und ebenso verzweifelt wie Masaos, als er über Nanking sprach.

»Kan hat mich wieder ins Lot gebracht. Mit seiner Hilfe habe ich Naomi großgezogen, aber kurz nachdem er gestorben war, habe ich sie vertrieben. Sie ist in einem fremden Land gestorben.«

Sie stieß einen seltsamen, leisen Laut des Verlangens aus, ähnlich einer rolligen Katze. »Was ist Liebe am Ende anderes als ein Verlust nach dem anderen!«

»Kein Verlust, Gewinn!«

In meiner Stimme lag eine Autorität, die ich erst kürzlich an mir festgestellt hatte.

Chie sah mich an.

Ich holte Luft. »Du hast mich nicht ausrangiert, du hast mir zwei Familien gegeben. Du hast Naomi nicht fortgetrieben, du hast sie so erzogen, daß sie ihr eigenes Leben gewählt hat.«

Chie winkte ab.

»Naomi ist tot«, sagte sie müde. »Was macht das schon?«

»Dann ist sie eben tot« schrie ich. »Dann geht Hanae eben nach Amerika. Niemand gehört einem auf ewig!«

Verblüfft hielt ich inne. Ich merkte, daß ich mir selbst gut zuredete.

Ich atmete aus. »Sei nicht so hart zu dir selbst«, sagte ich freundlich. »Was können wir schon angesichts des großen Universums tun?«

Chies Hals war starr vor Anspannung. Ihre Augen flackerten.

Sie begann in der Küche auf und ab zu gehen, langsam zunächst, dann immer erregter. Sie nahm die Tintenfische in die Hand, spülte sie ab und packte sie fein säuberlich ins Eis.

Ich sah ihr erstaunt zu. Chie war noch nie in ihrem Leben in einer Küche gewesen, doch sie war ein Naturtalent, wenn es darum ging, Ordnung zu schaffen.

»Also muß Hanae gehen«, murmelte sie bei der Arbeit. »Wir müssen diesen Verlust in Gewinn übertragen ...«

Ich trat ans Spülbecken, um ihr zu helfen.

Chie schaute auf. Sie hatte begeistert einen Gedanken aufgenommen.

»Hanae ist intelligent«, sagte Chie. »Es heißt, in Amerika habe ein intelligentes Mädchen große Chancen, aufs College zu gehen.«

»Sie ist amerikanische Staatsbürgerin«, fügte ich hinzu, »und in Amerika haben Frauen das Wahlrecht.«

Chie quittierte Hanaes goldene Zukunft mit einem kurzen Nicken – beinahe so tief, daß man es als Verbeugung auffassen konnte.

Ich hielt den Mund, kannte ich doch auch die andere Seite von Amerika: die Rassendiskriminierung, die restriktiven Gesetze. Ganz so leicht würde Hanaes Leben nicht sein.

»Was ist mit dir?« fragte Chie plötzlich ängstlich. »Wirst du mitgehen?«

»Nein. Sie braucht kein Kindermädchen mehr.«

Ich sah Chie offen an.

»Und wie du schon sagtest, kann ich sie nicht zu meinem alleinigen Lebenssinn machen.«

Chie nickte zufrieden. »Du hast deine Friedensgruppe. Arbeite hart, halte durch. Du kannst die Welt verändern, wenn du es nur versuchst.«

»Wahrscheinlich nicht«, seufzte ich traurig und resigniert. »Aber für die Gruppe muß ich wissen, was ich will, und einen Standpunkt einnehmen.« Ich lächelte. »Vielleicht verändere ich mich selbst.«

Ungewollt tauchte eine Erinnerung auf: Herr Hashimoto.

Freundlich und höflich, hatte er mir immer besondere Aufmerksamkeit geschenkt. Obwohl ich spürte, daß er mich anziehend fand, hatte er meine freundliche Gleichgültigkeit respektiert. Dann, vor einer Woche, als wir gemeinsam den Vervielfältigungsapparat bedienten, fielen mir plötzlich seine Hände auf. Die Sehnen, die Muskeln. Sie spannten und streckten sich direkt unter seiner Haut: still, wissend und stark. Sie faszinierten mich, die Hände dieses Mannes, wie ein Destillat des Lebens selbst. Mit wachen Sinnen stand ich neben ihm und spürte die Hitze seines Körpers.

Aus meinen Gedanken aufschreckend, wurde ich rot.

Ich warf Chie einen verstohlenen Blick zu.

Sie betrachtete mich. Ihre Nase war rosa, als sie zur Seite schaute.

»Du bist keine Enttäuschung«, sagte sie rauh. »Du bist genau wie dein Vater.«

Ich zögerte einen Moment, dann berührte ich ihr Gesicht.

»Chie«, sagte ich, »ich bin wie du.«

32. Kapitel

Hanaes Schulabschluss: Ein selektiver Blick zurück durch mein Tagebuch

3. März 1939

In ganz Japan finden am letzten Schultag kurz nach Mittag Abschlußfeiern statt, die alle ganz ähnlich ablaufen. Familien versammeln sich, Diplome werden verteilt, und mit viel Pathos wird »Auld Lang Syne« gesungen.

Der einzige Teil, auf den Hanae sich freut, ist der Schluß, wenn die Abschiedsrednerin im Namen der Abschlußklasse ein Wort des Dankes ausspricht.

7. März 1939

Nach einem Rohrbruch ist die Aula ruiniert. Die Verabschiedung muß neu geplant werden.

8. März 1939

Hanaes Rektor kündigt an, die Abschlußfeier werde wie geplant stattfinden und von drinnen nach draußen verlegt. Seine Stimme war über den Lautsprecher kaum zu verstehen, denn auf dem Sportfeld hinter dem Schulgebäude wurde an einer Bühne gehämmert.

12. März 1939

Man hat eine Zuschauertribüne und Klappstühle bestellt, doch die Vorbereitungen für die Abschlußfeier laufen nicht reibungslos. Seitdem der Ort des Geschehens verlegt wurde, halten sich hartnäckige Gerüchte, daß alles noch ganz anders werden kann.

Kimiko genießt die Aufregung.

»Die Verlegung der Abschlußfeier war, als hätte man den ersten Haken an einem viel zu engen Korsett gelöst«, hörte ich sie leise zu Hanae sagen. »Die Regierung sollte aufpassen; zu viele Einschränkungen regen die Anarchie an!«

15. März 1939

Heute berichtete Hanae, eine Delegation von etwa fünfzehn Müttern habe den Rektor bei der morgendlichen Versammlung angesprochen.

»Wie schlagen vor, den Zaun um den Sportplatz mit Blumengirlanden zu schmücken«, lautete ihr Anliegen.

Alle 483 Schülerinnen, die mit Flüstern und Herumzappeln beschäftigt waren, blieben wie angewurzelt stehen und blickten starr geradeaus.

»Das scheint mir kaum angemessen«, antwortete der Rektor. »Es handelt sich hier um einen Schulabschluß, nicht um eine Gartenhochzeit.«

Die Mütter lächelten nervös. Aber sie machten keine Anstalten, sich zurückzuziehen.

»Außerdem sind Blumen in diesen schweren Zeiten des Krieges einfach ungehörig«, fuhr der Rektor fort.

Frau Shimizu, die Gattin des Bürgermeisters, trat vor. Ihre Tochter Sachiko hat als drittbeste Schülerin abgeschlossen. »Diese ganze Strenge lastet schwer auf der Moral der Gesellschaft«, versuchte Frau Shimizu ihn zu überreden. »Wir brauchen daher etwas, an dem sich alle erfreuen können.«

Der Rektor war nicht überzeugt.

»Ach, kommen Sie schon!« Frau Shimizu versetzte dem Rektor einen Schubs, der, so spielerisch er auch sein mochte, ihren höheren Stand deutlich zum Ausdruck brachte.

»Ehrenwerter Rektor«, neckte die Ehrenwerte Frau des Bürgermeisters, »seien Sie doch nicht immer so verdrießlich!«

23. März 1939

Sieben Tage vor der Abschlußfeier kam die Vereinigung der Mütter, die inzwischen auf siebenundvierzig angewachsen war, in Hanaes Schule. Sie baten darum, eine amerikanische Tradition zu übernehmen: Ausgezeichnete Schülerinnen sollten namentlich hervorgehoben und geehrt werden.

Nachdem er einmal in Anwesenheit aller seiner Schützlinge einer Gruppe schrulliger Frauen in mittleren Jahren hatte nachgeben müssen, war der Rektor vorsichtig geworden. Er schickte seine Antwort schriftlich:

Die Verdienste einzelner mit mehr als einer Randnotiz im gedruckten Programm anzuerkennen kommt einer Aufforderung zu anmaßendem Verhalten gleich.

Hanae war enttäuscht, doch wieder einmal gaben die hervorragenden schulischen Leistungen von Sachiko Shimizu den Ausschlag, denn ihr Vater – Bürgermeister Shimizu – schaltete sich schließlich ein.

»Papa hat den Rektor zu uns eingeladen, und ich habe gelauscht«, flüsterte Sachiko, während sie gedankenlos Wasser über das Gesicht der Gummipuppe laufen ließ, die sie zusammen mit Hanae in Hauswirtschaftslehre badete. »Er hat Druck auf ihn ausgeübt.«

»Und?«

»Papa wird den fünf besten Schülerinnen besondere Zertifikate überreichen!«

Hanae klatschte in die Hände.

»Außerdem«, fuhr Sachiko fort, und ihr Flüstern wurde allmählich lauter, »wurde die Abschlußfeier vom Nachmittag auf den Abend verschoben.«

Sie nahm eine imposante Haltung ein und ahmte ihren Vater nach: »Damit möglichst viele Gemeindemitglieder daran teilnehmen können.«

Hanae legte ein Handtuch auf den Tisch, um die Puppe abzutrocknen und ihr eine neue Windel anzulegen. »Und der Rektor war damit einverstanden?«

Sachiko lächelte. »Zuerst hat er sich geweigert, aber am Ende hielt er einen Vortrag darüber, daß der westliche Liberalismus – Symbol für Ungezwungenheit und Veränderung – das Rückgrat japanischer Schulpolitik sei.«

»Sachiko Shimizu«, rief die Hauswirtschaftslehrerin. »Benimm dich, und hör auf, die Puppe so am Fuß herumzuschlenkern!«

Abschlussfeier

Am Abend der Abschlußfeier liegt Spannung in der Luft. Als die Schülerinnen das Feld betreten, geht wie bei einem sportlichen Wettkampf ein Raunen durch die Zuschauer.

»So muß es bei einem Stierkampf in Spanien sein«, murmelt Kimiko, während sie zwischen der Tribüne hindurch auf die Bahn treten. »Hysterisch und traurig.«

Der Abend ist lau. Der Duft von Treibhausblumen, der von den Girlanden am geschmückten Zaun herüberweht, ist erdrückend. Einer langen Reihe von Sargträgern gleich schreiten 120 Mädchen steif, immer zwei und zwei, ihrem Schicksal entgegen.

Vor dem Podium trennen sie sich. Kimiko setzt sich zu den anderen Schülerinnen. Hanae nimmt ihren Platz bei den Schülerinnen ein, die eine Auszeichnung erhalten sollen.

Der Rektor tritt auf das Podium.

»Meine Damen und Herren, Kameraden in diesem ruhmreichen nationalen Leid. Schulabgängerinnen, Dienerinnen der tapferen Männer, die kämpfen, um Asien zu befreien ...«

Geplant ist folgendes: Alle sollen sich zu Ehren des Kaisers verneigen; die Klasse schreitet über die Bühne und holt sich die Diplome ab. Schließlich wird der Bürgermeister den fünf besten die Zertifikate in der entsprechenden Rangfolge aushändigen.

»Applaudiert wird erst, wenn alle Diplome überreicht sind«, ruft Rektor Kido zuversichtlich.

Natürlich kommt alles ganz anders.

Von Anfang an kann die Menge ihre Erregung nicht zügeln. Denn bei jedem Mädchen – durchschnittliche Mädchen, die in alphabetischer Reihenfolge aufgerufen werden und in Hanaes Augen nicht besonders hervorragen – klatschen die Familienmitglieder laut und ausgiebig.

»Atta, Junko!«

»Wir wollen Reiko. Wir wollen Reiko.«

Ihr rüpelhaftes Benehmen ist äußerst ungehörig.

»Was ist denn da los?« flüstert Hanae der Begrüßungsrednerin Midori Setsu zu, die neben ihr sitzt.

Midori zuckt mit den Schultern. »Zu viele Trinksprüche zu Hause beim Abendessen?«

Bürgermeister Shimizu, der ungeduldig auf die Ehrung seiner Tochter wartet, schaut immer wieder auf die Uhr.

Der blaue Himmel färbt sich violett.

Ein Raunen geht durch die Zuschauer. »Generator, Generator.«

Rektor Kido, ganz in seiner Rolle als Bewahrer, beißt sich auf die Lippen und fährt fort, die Diplome zu verteilen.

Es wird dunkel.

Hanae legt den Kopf in den Nacken und sucht nach Sternbildern.

»Generator! Generator!«

Die Menge droht zu rebellieren.

Der Bürgermeister zieht die Stirn kraus, kleine Beamte eilen zum Bühnenrand.

Hanae ist beeindruckt von ihrer auffälligen Heimlichtuerei: Im Krebsgang tragen sie vor dem Podium Notizen hin und her. Schließlich springt der Generator mit ohrenbetäubendem Lärm an.

Alle, die auf der Bühne sitzen, werden vom Flutlicht geblendet.

Als nur noch fünf Namen vorzulesen sind, werden die Familien unruhig. Sie eilen zu den Schulabgängerinnen, Blitzlicht flammt auf, Glückwünsche werden laut.

Es ist klar, daß sie aufbrechen wollen.

Der Bürgermeister wirkt nervös.

»Verehrte Eltern, Dekorum!« bittet der Rektor.

Die Menge achtet nicht auf ihn.

»Gesamtnote fünfter Platz«, ruft Bürgermeister Shimizu beunruhigt, »Nakamura, Kazuko!«

Kazuko stolpert unter dem Krawall von Störenfrieden nach vorn. Die Zuschauer strömen vom Feld.

Dann, als der Bürgermeister in Panik gerät – er ruft »Nummer vier!«, hat aber den Namen der Schülerin vergessen –, hat Rektor Kido eine Idee.

Er tritt ans Mikrophon des Bürgermeisters und beginnt einen leisen Singsang.

»Showa, Showa, Showa.«

Wütend und händeringend tritt der Bürgermeister zurück. Der große Augenblick für den Rektor ist gekommen, wobei er in einer Situation, die ohnehin außer Kontrolle zu geraten droht, für noch mehr Chaos sorgt.

Doch die Menge bleibt stehen und dreht sich um.

»Showa, Showa«, wiederholt der Rektor.

Die Menge wird still.

»Showa, Showa«, flüstert der Rektor.

Und die Menge begreift.

»Showa, Showa«, hallt es von überallher wider.

»Showa! Showa!«

Immer wieder, immer lauter rufen sie den Namen des Kaiserhauses.

Der Bürgermeister ist glücklich.

»Dritter Platz in der Gesamtnote«, ruft er triumphierend, »meine Tochter, Shimizu, Sachiko!«

»SHOWA!« antwortet die Menge. Ein paar Leute beginnen zu klatschen.

»Vielen Dank für die Ehre, die mir zuteil wird«, murmelt Sachiko ins Mikrophon. Bescheiden blickt sie zur Seite.

»Platz zwei der Gesamtnote …«

Der Countdown läuft. Hanae ist gespannt wie an Neujahr.

»SHOWA. SHOWA.«

Hanae schwitzt.

»Gesamtnote erster Platz: *Minasama*, und nun spenden wir alle einen herzlichen Applaus für SHINODA, HANAE!«

»BRAVO!«

Das ganze Feld bricht in Begeisterung aus.

»BRAVO! BRAVO!«

Das hätte sie sich nie träumen lassen.

Hanae schwebt über die Bühne. Sie nimmt das Mikrophon in die Hand. Es kreischt.

Hanae blinzelt mit den Augen und sucht Chie und mich, doch das Flutlicht blendet sie zu stark.

Ein plöztlicher Windstoß fährt ihr in den Faltenrock. Sie atmet die süße Nachtluft tief ein.

»SHOWA! SHOWA!«

Hanae fährt sich mit der Zunge über die Lippen. Sie wirft einen kurzen Blick zum Bühnenrand auf den Rektor und das Kollegium.

Sensei Matsunaga schaut ihr fest in die Augen.

Dann hält er mit kurzem Lächeln einen Daumen hoch.

Hanae beugt sich ans Mikrophon.

»Im Namen der Schulabgängerinnen möchte ich mich bedanken.«

Der Bürgermeister strahlt.

Der stellvertretende Rektor will schon die Nadel des Plattenspielers auf »Auld Lang Syne« legen.

Hanae hat sich vorgenommen, mit ein paar weiteren Artigkeiten zu schließen, doch plötzlich geht etwas mit ihr durch.

»Showa«, sagt sie. »Showa ist ein wunderschönes Wort. Es bedeutet Klarheit und Frieden.«

Die Zuschauer werden ruhig.

»Im Leben müssen wir uns für einen Weg entscheiden, wir müssen uns einem Ziel widmen.«

Hanae hört den Widerhall ihrer Stimme im Dunkel – Sätze, die sie nie geplant hatte.

»Deshalb sind die diesjährigen Schulabgängerinnen bis hierher gekommen.«

»Bravo!« ruft ein Vater.

»Doch Triumph kann blenden. Es kann sein, daß wir einen Kurs beibehalten, weil wie dankbar sind, daß er uns Ruhm eingebracht hat, nicht etwa, weil er gerecht oder gut wäre.«

Das Lächeln auf dem Gesicht des Bürgermeisters erlischt.

»Jetzt engagieren wir uns in einem expandierenden Krieg, der angeblich von Vorteil für Asien sein soll.«

Aus den Augenwinkeln sieht Hanae, wie der Rektor aufsteht und ans Pult treten will. Sensei Matsunaga hindert ihn mit seinen Krücken daran.

Sie spricht schneller. »Was ich heute abend sagen will, ist, daß wir alle uns bei unseren persönlichen und nationalen Entscheidungen immer überlegen müssen, warum wir etwas tun.«

»Bringt sie zum Schweigen!« ruft jemand.

Hanae tritt an die Stufen.

»RUHE! RUHE!« ruft die Menge.

Ich springe auf. »Hör nicht auf sie, Hanae!«

Mit einem Ruck dreht Hanae sich in die Richtung, aus der meine Stimme kommt.

»RUHE! RUHE! RUHE!« Die Menge droht, in einen Mob auszuarten.

Hanae wirkt verängstigt. Sie versucht, von der Bühne zu gehen, und stolpert.

»HANAE, DU KANNST STOLZ SEIN!«

In dem Moment, als Kimiko sie auffängt, hört Hanae Chie so laut schreien, daß die Menge aufhört zu singen, aus Furcht, ihre Stimmbänder könnten reißen.

Chie zitiert die Worte von Abraham Lincoln aus den westlichen Meisterwerken, und Hanae ist überrascht, daß Chie sie überhaupt gelesen hat.

»MÄNNER, DIE SCHWEIGEN, WENN SIE REDEN SOLLTEN, SIND FEIGLINGE!«

33. Kapitel

Mai 1939

Die betörende Last des Schönen

»Wie bist du mit dem Rektor zurechtgekommen?« fragte ich Chie. »Hanae ist noch minderjährig, aber ich hörte, wie er damit drohte, dich ins Gefängnis stecken zu lassen.«

Es war früh am Morgen nach der Abschlußfeier. Wir stiegen einen alten Weg hinauf, der sich durch einen Bergwald mit riesigen Farnen, glitzernden Spinnweben und Zedern wand.

Chie hob die Schultern. »Ich bin fast siebzig. Niemand würde ernsthaft in Erwägung ziehen, eine alte Frau ins Gefängnis zu stecken, nur weil sie Abraham Lincoln zitiert.«

Bleiche Sonnenstrahlen fielen schräg durch die Äste und warfen Muster auf den Waldboden. Bei jedem Schritt stieg kräftiger Lehmgeruch aus dem weichen, mit Kiefernnadeln übersäten Boden.

Wir näherten uns etwa vierzig Felsenstufen, die neben dem gewundenen Pfad anstiegen. Neben jeder Stufe standen kleine Steinlaternen mit Pagodendächern wie eine Ehrenwache ungiftiger Pilze.

Hanae, die vor uns herging, drehte sich um.

»Sieh mal, Tante Etsuko«, rief sie. »Blumen!«

Wir blieben stehen.

Aus einem schmelzenden Schneefeld am Rande des Kliffs tauchten violette Blüten auf.

Ich schaute über den Rand. Tief unter uns schwebten graue Ziegeldächer, und aus ihrer Mitte erhob sich gestochen scharf ein roter Kinderdrachen, der wie ein Gebet in Spiralen in die Höhe stieg.

Hanae bot Chie ihren Arm an.

»Danke für Mamas Hochzeitsspiegel«, sagte sie und neigte den dunklen Haarschopf vor Chies silbernem, während sie den Anstieg begannen. »Tante Etsuko hat mir die Geschichte erzählt.«

Nachdem wir fluchtartig von der Abschlußfeier aufgebrochen waren, hatten Hanae und ich noch bis nach zwei Uhr nachts miteinander geredet. Bis unser Hals trocken war, bis unsere Gemüter sich beruhigt hatten, bis selbst die alten Ziegel des Hauses aufgehört hatten zu knirschen und sich zur Ruhe begeben hatten.

»Aber du mußt mitkommen!« hatte sie geweint, als ich ihr über ihre anstehende Abreise nach Amerika erzählt hatte. »Wer soll sich denn um Papa und mich kümmern?«

Ich schaute Hanae an – sie saß auf ihrem Futon und hatte beide Arme um die Knie geschlungen, die sie unter ihr Nachthemd gezogen hatte –, und eine traurige, ergebene Zärtlichkeit überkam mich. Ich wußte, daß ich sie nicht behalten konnte, empfand aber beim Gedanken an ihren Abschied nicht gerade Freude.

Sanft berührte ich eine ihrer Haarsträhnen.

»Dein Papa und du.«

»Und was ist, wenn wir uns verändert haben? Er hat die Gedichte an ein perfektes kleines Mädchen geschrieben; was ist, wenn er mich nicht leiden kann?«

»Du hast dich verändert; wir verändern uns ständig. Aber ihr beide werdet euch immer noch liebhaben.«

Hanae war unbehaglich zumute. Als sie sprach, schaute sie auf ihre Zehen.

»Kannst du uns nicht vielleicht nach einiger Zeit besuchen kommen?«

»Ja.«

»Und Obaa-san?«

»Das werden wir bestimmt versuchen.«

Das schien sie zu beruhigen; sie begann zu planen und sich

ihre Zukunft auszumalen. Vielleicht könnte sie ja ein College besuchen, vielleicht könnte sie einmal nach New York fahren, vielleicht könnte sie lernen, wie man einen Haushalt führt, und ihrem Vater eine große Hilfe sein. Ob ich ein paar Rezepte hätte, die ich ihr mitgeben könnte?

Ein zaghaftes Lächeln huschte über meine Lippen. Rezepte, dachte ich, als wäre das Leben eine exakte chemische Wissenschaft.

Ich war genauso naiv gewesen: eine junge Frau, die ihr wahres Ich hatte finden wollen, ihre ganz spezielle Zukunft. Die gedacht hatte, das Leben warte nur wie ein hübscher Spielhase darauf, eingefangen und gezähmt zu werden.

Ich schüttelte bedauernd den Kopf. Eigentlich hatte ich mich nicht verändert. Obwohl ich die Erfahrung gemacht hatte, daß das Leben auf Zufällen beruht und herzlos ist, wollte ich noch immer genau wissen, was das Leben gut macht.

»Oh, Tante!«

Hanae hielt in ihrer Liste inne. Plötzlich empfand sie Pein.

»Meine Rede heute abend ...«

»Sie war tapfer und ehrlich.«

»Nein, war sie nicht! Es waren nur Worte, die ich von Frau Ito und den anderen aufgeschnappt hatte. Verstehst du? Das war nicht ich. Es war eigentlich nicht *meine* Rede!«

Es hätte ein Aufschrei sein können, das kurze Stocken in ihrer Stimme – so zerrte es an mir. Ich sah, wie Selbstzweifel ihre Gesichtszüge verwüsteten, als hätte eine Sprengladung ihre Träume zerfetzt.

Ich nahm sie fest in beide Arme. Sie zitterte; ich wußte, daß sie weinte.

»Natürlich hast *du* gesprochen!« zischte ich und wollte mit zutiefst empfundenem Ingrimm, daß sie es wußte. »Du hast diese Worte ausgesprochen! Auf deinen ureigenen Impuls hin!«

In meiner Leidenschaft spürte ich kaum ihre weiche Haut, ihren Seifengeruch. Die Luft zwischen uns war völlig aufgebraucht.

Und vielleicht war das meine Antwort, mein eigener Impuls. Daß ich mich zwang, plötzlich zu wollen, was sie auch wollte – erwachsen zu sein, an sich selbst zu glauben –, viel stärker, als ich sie zu behalten wünschte.

Mag sein, daß ich nie erfahren werde, was das Leben gut macht, aber dieser Impuls gehört mit Sicherheit dazu. Dieser plötzliche Sog aus tiefster Seele, der uns zwingt – aller Logik, Zwiespältigkeit und Angst zum Trotz –, ja zu sagen am Tisch der Heiratsvermittlerin, Friedensflugblätter zu drucken, wenn wir aus dem Krieg zurückkehren, einen geliebten Menschen mit handschriftlichen Rezepten gehen zu lassen (wie meine Mama es für mich getan hatte, wie ich es bestimmt für Hanae tun würde), um einen unsicheren Schritt vorwärts zu tun.

Ich zog mich zurück, gerade so weit, daß sie es klar vor sich sehen konnte.

»O ja!« sagte ich lachend und weinend zugleich. »Du hast diesen wunderbaren Augenblick geschaffen. Und jetzt geh nach Amerika, tu deinen nächsten Schritt. Du wirst es schaffen, Ha-chan. Du bist bereit.«

Am darauffolgenden Morgen führte uns der Weg, den wir bergan stiegen, zu einem kleinen Friedhof mitten auf einer Waldlichtung.

Wir betraten ihn. Vögel flogen auf, unsere Blicke folgten ihnen zu dem hohen, immergrünen Baldachin hinauf.

»Oh«, hauchte Hanae.

Mit einer Bambusschale goß Chie sich Wasser aus einem Steinbecken über die Hände. Sie trat auf einen Holzaltar zu.

Auf einem vom Tau durchnäßten Lotusblatt lag ein Opfer aus groben Reiskörnern.

Chie legte die Handflächen aneinander und verbeugte sich.

Mit der Zeit hatten wir das Gefühl, als wären Geister um uns. Die Sehr Ehrenwerten Herr und Frau Fuji lächelten. Kan trug ein pummeliges Kleinkind auf dem Arm.

»Ich habe Etsuko und Hanae mitgebracht«, sagte Chie.

Mein Großvater freute sich. Damit er besser sehen konnte, setzte er die Brille auf, die Chie vor Jahren an seinen Grabstein gehängt hatte.

Gemeinsam wandelten wir auf dem Teppich aus Tannennadeln zwischen der Ansammlung wunderschöner, als Grabmarkierung dienender Steine – jeder einzelne handverlesen und an diesen entlegenen Ort getragen.

Wir fanden den Namen Fuji.

Wortlos nahm Chie ein paar Mandarinen aus einem zusammengeknoteten, quadratischen Seidentuch.

Sie legte ein frisches rotes Lätzchen auf den Grabstein meines Bruders und verteilte die Opfergaben.

»Ich habe für uns auch Mandarinen mitgenommen«, sagte ich zu Hanae.

Ich breitete eine Decke aus, auf der wir uns niederließen, um als Lebende gemeinsam mit den Toten ein Familienpicknick zu genießen.

»Wißt ihr was?« fragte Hanae kurz darauf. »Ich glaube, meine Mama ist hier.«

Chie machte es sich an Kans Grabstein noch gemütlicher. Sie begann zu dichten:

Familientreffen!
Drachen steigen mit schillernder Hoffnung auf!

Nach den nächsten Zeilen suchend, hielt sie inne. Ich beendete das Gedicht für sie.

Schneeglöckchen blühen am Friedhof.
Aus dem Schatten erhebt sich der Morgen.

Danksagung

Für die Anekdoten von Mark Twain/Marx Brook, für Aluminiumteller mit Pasteten und drahtige Aufhänger von Prototypen wissenschaftlicher Wunderwerke, für seine fortdauernde Inspiration und Wärme bin ich dem verstorbenen Bernard Vonnegut, einem bescheidenen, lustigen Mann und freundlichen Genie, das Wolken und Träume aussäte, ewig zu Dank verpflichtet.

Michi Minatoya Vonnegut brachte mich auf das Bild von Etsuko als Heißluftballon, der, obzwar am Boden befestigt, andere wie eine Boje über Wasser hält.

Marysue Rucci, meine Redakteurin, glaubte an dieses Buch, brachte mit Anmut und Takt Vorschläge ein, die von unschätzbarem Wert waren. Ich danke Sally Wofford-Girand, meiner Literaturagentin, daß sie mir großzügig mit ihrem Enthusiasmus und ihrem Scharfsinn zur Seite stand.

Hiroaki und Aimee Minatoya gaben mir Mut, antworteten auf meine vielen Fragen über die damalige Zeit und halfen mir beim Verständnis von Traditionen. Robert Shields versorgte die Kinder, half mir mit dem Computer und bot handfeste Unterstützung an. Darüber hinaus bin ich der Seattle Arts Commission und der King Country Arts Commission dankbar für ihre Stipendien.

Mit großem Respekt danke ich den Familien der verstorbenen Koki Iwamoto, Shyogo Iwamoto und Fumiko Ikeda für gelebte Lektionen. Zuweilen mehr, als das Herz ertragen konnte.

Glossar

banzai! – Hurra! (wörtl. »zehntausend Jahre!«)
benshi – Sprecher im Kino bei Stummfilmen
bi-jin – eine Schönheit
butsudan – buddhistischer Hausaltar (od. Familienaltar)
cha no yu – Teezeremonie
dai – groß, Größe (auch ein Buchstabe)
daikon – Rettich
enka – volkstümlicher Schlager (ursprünglich gesungen von japanischen Straßensängern Anfang des Jahrhunderts bis in die 30er Jahre)
eroguro nansensu – erotischer, grotesker Nonsens (Ein von den Medien ins Leben gerufener Ausdruck aus den englischen Wörtern »erotic«, »grotesque« und »nonsense«, mit denen die Dekadenz bezeichnet wurde, der eine Gruppe von Künstlern und Intellektuellen um 1930 herum erlegen war. Das Wort ging in den folgenden Jahrzehnten militaristischer Prägung unter und erfuhr erst kürzlich eine Art Wiederbelebung, als sich in den 80er und 90er Jahren erneut der Hang zur Dekadenz bemerkbar machte.)
gekokujo – Niederwerfung der Oberen durch die Unteren; Empörung von »unten« gegen die Obrigkeit
genbuku – Initiationsfeier der Samurai (Das Ritual wurde ursprünglich für einen Jungen der Samurai-Klasse durchgeführt, wenn er das Mannesalter erreichte – damals zwischen 11 und 16 Jahren. Er bekam eine andere Frisur, andere Kleidung, Kopfschmuck usw. Heute gibt es einen Nationalfeiertag für alle, die mit 20 die Volljährigkeit erreicht haben, doch wird der Ausdruck Genbuku dafür nicht mehr verwendet.)
geta – erhöhte Holzsandalen mit Zehenriemen

giri – gesellschaftliche Pflicht (ungeschriebenes, ethisches Gesetz für Japaner)
hachimaki – Stirnband
hadako no tsukiai – ganz offen miteinander umgehen
Haiku – dreizeiliges Kurzgedicht (5/7/5 Silben) über einen momentanen Gefühlszustand
hakama – Hosenrock der japanischen traditionellen Festkleidung
hana no chu nen – Blüte im mittleren Alter
haori – Jacke, die über dem Kimono getragen wird, Überwurf
hibachi – ein mit Holzkohle beheiztes Kohlebecken, auf dem auch gegrillt wird
ikat – Muster: weiße Quadrate auf Blau
juku – Nachhilfeschule
Kabuki-Theater – Bürgerliches Theater der Edo-Zeit (1600–1868) mit festgelegten Rollentypen, bestehend aus Schauspiel, Musik und Tanz. Sämtliche Darsteller sind Männer.
kanko odori – Tanz
kappogi – Schürzenkittel
kara age – Gemüse, Fische oder Meeresfrüchte unpaniert fritiert
kata – Art und Weise, etwas zu tun; Norm, Regel, Vorbild; Gebrauch, Brauch, Sitte; Gewohnheit. Ein weiter Begriff, der von der praktischen Art und Weise, in der etwas getan wird, bis hin zu ästhetischen oder ethischen Idealen reicht.
kendo – japanische Schwertkunst
kinoji – Selbstbeherrschung (auch ein Buchstabe); hier i.S.v. Bescheidenheit
kiri tansu – Kommode aus Paulownienholz (eines der wichtigsten Materialien zum Bau von Möbeln, vor allem Kommoden für Seidenkimonos; da das Holz leicht ist, gut zu bearbeiten; es verzieht sich nicht und zieht Feuchtigkeit an. Die Maserung des Holzes tritt mit der Zeit immer deutlicher hervor, so daß es meistens nicht bearbeitet wird.)
kore wa! – was für eine Überraschung!
kuroko – schwarzgekleideter Bühnenhelfer im Kabuki-Theater

matsutake – Kiefernpilz, »der König unter den Pilzen«

miso – Bohnenmus; eine vergorene, sorgfältig ausgereifte Sojabohnen-Grundsubstanz der japanischen Küche

myo – Wunder, wundersam; Geheimnis (z.B. der Natur); Geschicklichkeit

No – klassisches Theater mit Masken, Tanz, Musik und Gesang

obi – breite Schärpe aus schwerem Stoff, die über dem Kimono getragen und auf dem Rücken zu verschiedenen Formen gebunden wird

obon – Buddhistisches Totenfest (14.–16. August)

ojosan – verwöhnte Tochter aus gutem Hause

okoto – liegende japanische Harfe mit 13 Saiten

omiyage – Geschenk, Mitbringsel

omochi – Reiskuchen; eine formbare, kompakte Masse aus eingekochtem und nachher sorgfältig verstampftem Klebreis

oshibori – heißes (oder feuchtes) Erfrischungstuch (für Gäste)

oshi-ire – Wandschrank mit Schiebetüren

ozoni – festliche Neujahrssuppe

ronin – Samurai, der an keinen Lehnsherrn gebunden ist

sabi – Begriff aus der Ästhetik: rustikale, zeitlose Eleganz; Freude an herber, unvollkommener Schönheit

satsuma – alter Name einer Provinz im Südwesten von Kyushu

sen'ninbari – Kriegerleibbinde, an der 1000 Frauen jeweils einen Stich gestickt haben; der Tausendstich

sensei – ehrenwerter Lehrer

shakuhachi – Bambusflöte (55 cm lang, mit 5 Löchern)

shamisen – gitarrenartiges, dreisaitiges Instrument mit langem Hals und ohne Bünde

shi-shosetsu – autobiographischer Roman, »Ich-Geschichte«

shoji – Schiebetür (od. Schiebefenster) aus durchscheinendem Papier

showa – Name der Ära nach dem letzten Kaiser Showa 1925–1989

soba – Buchweizennudeln

so desu? – Wirklich?

somen – Fadennudeln
sushi-norimaki – in Purpurtangblätter gewickelte Reisbällchen
tabi – Socken aus Stoff mit abgeteilter großer Zehe
taihen da! – schrecklich!
taiko – Trommel
tansu – Kommode
tatami – Strohmatte
tempura – in einer leichten Teighülle fritierte Gemüse und Meeresfrüchte
tori teriyaki – in Sojasoße mariniertes und gegrilltes Huhn
tsukiyama – künstlicher Hügel (im japanischen Garten)
umeboshi – Salztrockenpflaumen
wabi – Begriff aus der Ästhetik – das Einfach-Schlichte
yaki-imo – geröstete Süßkartoffeln
yoshi – Adoptivsohn
yugen – Begriff aus der Ästhetik – mystische Tiefe, stille Schönheit
yukata – leichter Sommerkimono
zori – Sandale

Ein bewegendes Frauenschicksal im alten China

Shanghai 1878: Der kleinen May werden im Alter von zwei Jahren die Zehen gebrochen und die Füße eingebunden, denn die »Lotosfüße« sollen nach altem Brauch ihren Heiratswert erhöhen. Aber May lässt sich ihre Eigenständigkeit nicht nehmen – auch nicht, als sie ihren Körper verkaufen muss, um zu überleben. Ihr Schicksal ist eng verflochten mit dem ihrer Nichte Alice und nur durch diese findet sie schließlich den Weg in die Freiheit ...

»Eine faszinierende Spurensuche«
Madame

Kathryn Harrison
Die gebundenen Füße
Roman

List Taschenbuch

L33

Die bezaubernde Katzengeschichte der Autorin von Die Wand

Bartls Abenteuer ist
die bezaubernde, vergnügliche
und einfühlsame Geschichte
eines kleinen Katers, der von
seiner Mutter fortgeholt wird
und in einer Familie ein neues
Zuhause bekommt.
Wir erleben, wie Bartl zögernd
die Welt zu erkunden beginnt,
wie er Abenteuer und
Mutproben, Gefahren und
Triumphe besteht, wie er der
Held der Katzenwelt und
eindeutig die »Hauptperson«
der Familie wird.

Marlen Haushofer
Bartls Abenteuer
Roman

List Taschenbuch